SARA PARETSKY

Schadenersatz

Buch

Der erste Einsatz für Vic Warshawski, Privatdetektin in Chicago, die männliches Draufgängertum mit weiblichem Charme verbindet. Und die auch in den Künsten der Selbstverteidigung versiert ist – so die schmerzhafte Erfahrung zweier Gauner, die Vic dazu »überreden« sollen, die Ermittlungen in ihrem aktuellen Fall einzustellen. Ein mysteriöser Klient, der sich als der prominente Bankdirektor John Thayer ausgibt, hatte sie gebeten, ein verschwundenes Mädchen zu suchen. Doch weder die Identität des Auftraggebers noch die der Verschwundenen bestätigen sich durch Vics Nachforschungen. Und statt auf eine junge Frau stößt sie im Zuge ihrer Ermittlungen auf die Leiche eines jungen Mannes – Student und Sohn des wirklichen John Thayer. Wer ist sein Mörder? Wozu das Versteckspiel ihres Klienten? Die Spur führt direkt zu einem großangelegten Versicherungsbetrug, in den nicht nur einflußreiche Finanziers und Versicherungsmanager verwickelt sind, sondern auch die Stützen der Gewerkschaft. Die wollen mit allen Mitteln versuchen, die Aufdeckung ihrer lukrativen illegalen Geschäfte zu verhindern. Vic läßt sich nicht einschüchtern und tritt einen gefährlichen Wettlauf gegen einen mächtigen Gegner an. Einen Wettlauf, dessen Siegespreis das Leben eines jungen Mädchens sein wird …

Autorin

Sara Paretsky wurde 1947 in Kansas geboren, sie promovierte in Geschichte. Von 1977 bis 1985 war sie Verkaufsmanagerin einer großen Versicherungsgesellschaft. Ihre Kriminalromane, in deren Mittelpunkt die Privatdetektivin Vic Warshawski steht und deren Schauplatz Chicago ist, wurden in zahlreiche Sprachen übersetzt und erfolgreich verfilmt. Neben diversen Literaturpreisen erhielt Sara Paretsky bereits zweimal eine Ehrendoktorwürde. Mehr zur Autorin unter http://www.saraparetsky.com.

Weitere Romane von Sara Paretsky sind bei Goldmann in Vorbereitung.

Sara Paretsky

Schadenersatz

Ein
Vic Warshawski Roman

Aus dem Amerikanischen
von Uta Münch

GOLDMANN

Die Originalausgabe erschien 1982
unter dem Titel »Indemnity Only!«
bei The Dial Press, New York.

Umwelthinweis:
Alle bedruckten Materialien dieses Taschenbuches
sind chlorfrei und umweltschonend.

Taschenbuchausgabe April 2003

Dieses Werk wurde vermittelt durch die Literarische
Agentur Thomas Schlück GmbH; 30827 Garbsen.
Umschlagfoto: Design Team, München
Umschlagfoto: Zefa/Masterfile
Satz: DTP-Service Apel, Hannover
Druck: Elsnerdruck, Berlin
Titelnummer: 45380
BH · Herstellung: Sebastian Strohmaier
Made in Germany
ISBN 3-442-45380-1
www.goldmann-verlag.de

3 5 7 9 10 8 6 4 2

1
Sommer

Die Nachtluft war drückend und schwül. Während ich den Michigansee entlang nach Süden fuhr, stieg mir der Geruch verwesender Maifische in die Nase, der wie ein zartes Parfüm in der schweren Luft hing. Hier und da leuchteten in den Parks nächtliche Barbecuefeuer. Auf dem Wasser suchten im Schein grüner und roter Lichterketten die Leute der Schwüle zu entgehen. Am Ufer herrschte lebhafter Verkehr; die Stadt befand sich in rastloser Bewegung – jeder wollte Atem schöpfen. Es war Juli in Chicago.

Ich verließ die Uferstraße in Höhe der Randolph Street und bog unter den Eisenträgern der Hochbahn in die Wabash Avenue ein. In der Monroe Street hielt ich an und stieg aus.

In dieser Entfernung vom See war die Stadt ruhiger. Das South Loop, wo es außer einigen Peep-Shows und dem Stadtgefängnis keine Vergnügungsmöglichkeiten gab, war menschenleer; ein Betrunkener, der auf unsicheren Beinen die Straße hinuntertorkelte, war meine einzige Gesellschaft. Ich überquerte die Wabash Avenue und betrat das Pulteney-Gebäude neben dem Tabakwarenladen in der Monroe Street. Bei Nacht wirkte es für ein Bürogebäude ziemlich scheußlich. Die Mosaikwände in der Eingangshalle waren beschädigt und schmutzig. Ich fragte mich, ob der abgetretene Linoleumfußboden jemals gereinigt wurde. Die Halle mußte auf potentielle Kunden einen äußerst vertrauenswürdigen Eindruck machen.

Ich drückte auf den Knopf für den Aufzug. Ohne Erfolg. Ich versuchte es noch einmal. Wieder umsonst. Dann schob ich die schwere Tür zum Treppenhaus auf und stieg langsam hinauf zum vierten Stock. Es war kühl im Treppenhaus, und ich trödelte einige Minuten, bevor ich den schlecht beleuchteten Gang betrat, der in den östlichen Trakt führte, in dem die Mieten günstiger sind, weil alle Fenster auf die Wabash-Hochbahn hinausgehen. In dem trüben Licht konnte ich das Türschild erkennen: »V. I. Warshawski. Privatdetektiv«.

Ich hatte den telefonischen Auftragsdienst von einer Tankstelle im Norden aus angerufen – eine reine Routineangelegenheit auf dem Weg nach Hause, wo mich eine Dusche, eine Klimaanlage und ein verspätetes Abendessen erwarteten. Ich war überrascht, als man mir sagte, es sei ein Anruf für mich gekommen, und verärgert, als ich hörte, daß der Betroffene seinen Namen nicht hatte nennen wollen. Anonyme Anrufer sind mir ein Greuel. Sie haben gewöhnlich etwas zu verbergen, häufig etwas Kriminelles, und sie hinterlassen keinen Namen, damit man nicht vorzeitig dahinterkommt.

Der Typ wollte um 21 Uhr 15 kommen, so daß mir nicht einmal Zeit blieb zum Essen. Ich hatte einen frustrierenden Nachmittag in der ozonreichen Bruthitze hinter mir, weil ich einen Druckereibesitzer ausfindig machen wollte, der mir fünfzehnhundert Dollar schuldete. Im letzten Frühjahr hatte ich sein Unternehmen davor bewahrt, von einem landesweit operierenden Unternehmensverband geschluckt zu werden, und nun bereute ich, daß ich es getan hatte. Hätte mein Konto nicht einen so verdammt schwindsüchtigen Eindruck gemacht, so hätte ich mich um den Anruf überhaupt nicht gekümmert. Aber wie die Dinge lagen, straffte ich die Schultern und schloß die Tür auf.

Im Lampenlicht sah mein Büro zwar spartanisch aus, aber keineswegs häßlich, was mich ein bißchen aufmunterte. Im

Gegensatz zu meiner Wohnung, die sich stets im Zustand leichter Unordnung befindet, ist mein Büro im allgemeinen aufgeräumt. Den wuchtigen Schreibtisch aus Holz hatte ich bei einer Polizeiauktion erstanden. Die kleine Olivetti-Kofferschreibmaschine war Eigentum meiner Mutter gewesen, ebenso der Druck über meinem grünen Aktenschrank, der die Uffizien darstellte. Beides sollte meinen Besuchern den Eindruck vermitteln, daß sie bei mir in erstklassigen Händen waren. Zwei Stühle mit geraden Rückenlehnen für meine Kunden vervollständigten die Ausstattung. Da ich hier nicht viel Zeit verbrachte, brauchte ich keinen weiteren Komfort.

Ich war ein paar Tage lang nicht im Büro gewesen und mußte einen ganzen Stapel Rechnungen und Reklamesendungen durchsehen. Eine Computerfirma wollte mir demonstrieren, welch enorme Hilfe mir ihre Geräte sein konnten. Ich fragte mich, ob mir ein handlicher kleiner Computer auf meinem Schreibtisch wohl lukrative Kunden besorgen würde.

Das Zimmer war stickig. Ich blätterte die Rechnungen durch, um zu sehen, ob etwas Dringendes dabei war. Autoversicherung – die müßte bezahlt werden. Die anderen sortierte ich aus; es handelte sich zumeist um Originalrechnungen, vermischt mit ein paar ersten Mahnungen. Im Regelfall zahle ich erst, wenn eine Rechnung zum drittenmal präsentiert wird. Wenn jemand mein Geld dringend braucht, wird er mich kaum vergessen. Ich stopfte die Beitragsrechnung der Versicherung in meine Umhängetasche und trat dann zum Fenster, um die Klimaanlage auf die höchste Stufe zu stellen. Im Zimmer wurde es dunkel. Durch mein Verschulden war im anfälligen elektrischen Versorgungssystem des Pulteney-Gebäudes eine Sicherung durchgebrannt. Zu dumm! In einer solchen Bruchbude konnte man eben die Klimaanlage nicht plötzlich auf »Maximum« stellen. Ich verwünschte mich und die Hausverwaltung und überlegte, ob der Kellerraum mit den Sicherungskästen wohl nachts zugänglich war. Im Laufe der Jahre hatte ich mir ohnehin angewöhnt, das meiste selbst zu reparieren – auch die regelmäßig einmal im Monat verstopfte Toilette im Bad des siebenten Stocks.

Ich tastete mich durch die Halle und die Treppe hinunter. Eine einzelne nackte Glühbirne erhellte das Untergeschoß. In ihrem Licht sah ich ein Vorhängeschloß an der Tür, hinter der sich die Sicherungskästen befanden. Tom Czarnik, der mürrische Hausmeister, traute niemandem über den Weg. Zwar kann ich Schlösser in der Regel knacken, aber für ein amerikanisches Vorhängeschloß fehlte mir jetzt die Zeit. Vielleicht ein andermal. Ich zählte auf italienisch bis zehn, bevor ich mich wieder auf den Weg nach oben machte; mein Enthusiasmus hatte inzwischen noch weiter abgenommen.

Vor mir hörte ich schwere Tritte – vermutlich mein anonymer Besucher. Als ich oben ankam, öffnete ich leise die Tür zum Treppenhaus und beobachtete ihn in dem schwachen Licht. Er klopfte an meine Bürotür. Ich konnte ihn nicht besonders gut erkennen, doch es schien sich um einen kleinen, untersetzten Mann zu handeln. Er wirkte sehr entschlossen. Als auf sein Klopfen keine Antwort erfolgte, öffnete er ohne Zögern die Tür und ging hinein. Ich ging den Flur entlang und trat nach ihm ein.

Die zwei Meter hohe Leuchtschrift von Arnie's Steak Joynt auf der anderen Straßenseite leuchtete abwechselnd rot und gelb auf und erfüllte mein Büro mit zuckenden Lichtreflexen. Ich sah, wie es meinen Besucher beim Aufgehen der Tür herumriß. »Ich suche V. I. Warshawski«, erklärte er mit heiserer, aber selbstsicherer Stimme – der Stimme eines Mannes, der es gewohnt war, seinen Kopf durchzusetzen.

»Ja«, sagte ich, ging an ihm vorbei und ließ mich hinter meinem Schreibtisch nieder.

»Was – ja?« fragte er.

»Ja, ich bin V. I. Warshawski. Haben Sie bei meinem Auftragsdienst den Termin vereinbart?«

»Stimmt. Ich wußte allerdings nicht, daß ich vier Stockwerke bis zu einem finsteren Büro hochsteigen muß. Warum, zum Teufel, funktioniert der Aufzug nicht?«

»Die Mieter in diesem Haus sind alle sportliche Typen. Wir haben beschlossen, den Aufzug abzuschaffen; Treppensteigen ist eine anerkannte Vorbeugungsmaßnahme gegen Herzinfarkt.«

Im Neonblitz von Armes Reklame konnte ich sehen, daß er eine ärgerliche Handbewegung machte. »Ich bin nicht hergekommen, um mir Ihre Scherze anzuhören«, sagte er mit gepreßter Stimme. »Wenn ich eine Frage stelle, erwarte ich eine vernünftige Antwort.«

»Dann stellen Sie am besten vernünftige Fragen. Also, möchten Sie mir nun erzählen, weshalb Sie einen Privatdetektiv brauchen?«

»Ich weiß nicht recht. Ich brauche zwar Hilfe, aber diese Bude hier – guter Gott! Warum ist es hier eigentlich so finster?«

»Das Licht brennt nicht«, sagte ich ärgerlich. »Wenn Ihnen meine Nase nicht gefällt, können Sie ja gehen. Im übrigen kann ich anonyme Anrufer nicht ausstehen.«

»Schon gut, schon gut«, sagte er besänftigend. »Sie brauchen nicht gleich so wütend zu werden. Aber müssen wir unbedingt im Dunkeln sitzen?«

Ich mußte lachen. »Ein paar Minuten vor Ihrem Eintreffen ist eine Sicherung durchgebrannt. Wir können ja rübergehen in Arnie's Steak Joynt, wenn Sie's hell haben wollen.« Ich hätte ihn mir auch ganz gern mal näher angesehen.

Er schüttelte den Kopf. »Nein, bleiben wir hier.« Er machte noch ein paar fahrige Bewegungen, bevor er sich auf einem der Besucherstühle niederließ.

»Haben Sie auch einen Namen?« fragte ich, um die Pause zu überbrücken, bis er zur Sache kam.

»Oh, natürlich, Verzeihung.« Er fummelte in seiner Brieftasche herum, zog eine Karte hervor und schob sie über den Schreibtisch. Ich hielt sie hoch, um sie im Lichtschein von Arnie's Steak Joynt zu entziffern. »John L. Thayer. Stellvertretender Generaldirektor, Ft. Dearborn Bank and Trust, Treuhandgesellschaft«. Ich spitzte die Lippen. Es geschieht nicht oft, daß ich in die Gegend von La Salle Street komme, doch John Thayer war unbestreitbar ein sehr einflußreicher Mann in Chicagos größter Bank. Heiliges Kanonenrohr, dachte ich. Laß diesen Fisch bloß nicht durch die Maschen schlüpfen, Vic. Hier kamen die Kohlen!

Ich steckte die Karte in die Tasche meiner Jeans. »Ja, Mr. Thayer. Wo liegt nun das Problem?«

»Es handelt sich um meinen Sohn. Das heißt, um seine Freundin. Jedenfalls ist sie diejenige, die ...« Er hielt inne. Eine Menge Leute, insbesondere Männer, haben Schwierigkeiten, über ihre Probleme zu sprechen, und sie brauchen ein Weilchen, bis sie in Schwung kommen. »Hören Sie, ich will Ihnen nicht zu nahe treten, aber ich bin mir nicht sicher, ob ich es Ihnen wirklich erzählen soll. Es sei denn, Sie hätten einen Partner oder dergleichen.«

Ich schwieg.

»Haben Sie nun einen Partner?« Er war hartnäckig.

»Nein, Mr. Thayer«, sagte ich gelassen. »Ich habe keinen Partner.«

»Also, das ist bestimmt nicht der richtige Job für ein Mädchen.«

An meiner rechten Schläfe begann eine Ader zu pochen. »Nach einem langen Arbeitstag bei dieser Hitze habe ich mein Abendessen ausfallen lassen, nur um mich hier mit Ihnen zu treffen.« Meine Stimme war ganz rauh vor Wut. Ich räusperte mich und versuchte, mein inneres Gleichgewicht wiederzuerlangen. »Sie wollten mir nicht einmal sagen, wer Sie sind, bevor ich Sie dazu drängte. Mein Büro paßt Ihnen nicht, ich passe Ihnen nicht, aber Sie sind nicht einmal in der Lage, eine offene Frage zu stellen. Was wollen Sie eigentlich herausbekommen? Ob ich ehrlich bin oder reich oder hart im Nehmen oder was sonst? Wenn Sie Referenzen brauchen, dann sagen Sie es. Aber verschwenden Sie nicht auf diese Art meine Zeit. Ich habe es nicht nötig, Ihnen meine Dienste aufzudrängen – schließlich waren Sie es, der auf einem Termin mitten in der Nacht bestanden hat.«

»Ich zweifle nicht an Ihren Fähigkeiten«, entgegnete er rasch. »Glauben Sie mir, ich will Sie wirklich nicht auf die Palme bringen. Aber Sie sind nun mal ein Mädchen, und es könnte eine harte Sache werden.«

»Ich bin eine Frau, Mr. Thayer, und ich kann gut auf mich aufpassen. Könnte ich das nicht, so würde ich nicht in dieser Branche arbeiten. Wenn es Schwierigkeiten gibt, finde ich schon einen Weg, um damit fertig zu werden – oder ich versuche es zumindest. Aber das ist mein Problem, nicht Ihres. Wollen Sie mir jetzt also von Ihrem Sohn erzählen, oder kann ich nach Hause gehen und meine Klimaanlage einschalten?«

Er dachte nach, während ich einige Male tief Atem holte, um mich zu entspannen und die Beklemmung in meiner Kehle loszuwerden.

»Ich bin mir nicht sicher«, meinte er schließlich. »Es ist mir zwar äußerst zuwider, aber ich muß zugeben, daß mir keine andere Wahl bleibt.« Er blickte auf, doch ich konnte seinen Gesichtsausdruck nicht erkennen. »Alles, was Sie von mir hören, muß streng vertraulich behandelt werden.«

»Gebongt, Mr. Thayer«, sagte ich müde. »Es bleibt alles unter uns und Arnie's Steak Joynt.«

Er holte tief Luft, entsann sich aber, daß er die versöhnliche Tour draufhatte. »Eigentlich handelt es sich um Anita, die Freundin meines Sohnes. Was nicht heißen soll, daß mit meinem Sohn Pete alles in bester Ordnung ist.«

Drogen, dachte ich verdrossen. Diese Typen vom Nordufer haben doch nichts anderes im Sinn. Ginge es um eine Schwangerschaft, so würden sie einfach die Abtreibung finanzieren und fertig. Nun, ich durfte nicht wählerisch sein. Also produzierte ich ein aufmunterndes Geräusch.

»Ja, diese Anita ist keine besonders angenehme Type, und seitdem sich Pete mit ihr abgibt, hat er ganz absonderliche Ideen im Kopf.« Seine Ausdrucksweise hörte sich merkwürdig umständlich an.

»Ich fürchte, ich kann nur Tatbestände aufdecken, Mr. Thayer. Bezüglich der Einstellung Ihres Jungen kann ich nicht viel machen.«

»Nein, nein, das weiß ich. Es ist nur – habe ich Ihnen schon gesagt, daß sie beide an der Universität von Chicago studieren? Sie leben dort in irgend so einer abscheulichen Kommune zusammen. Na ja, jedenfalls spricht Pete in letzter Zeit häufig davon, Gewerkschaftsfunktionär zu werden, statt Betriebswirtschaft zu studieren, und ich bin deshalb hingefahren, um mit dem Mädchen zu sprechen.«

»Wie heißt sie mit Familiennamen, Mr. Thayer?«

»Hill. Anita Hill. Also, wie schon erwähnt, ich fuhr hin, um einiges klarzustellen. Und unmittelbar danach ist sie verschwunden.«

»Das klingt ganz so, als habe sich Ihr Problem von selbst gelöst.«

»Das würde ich mir sehr wünschen. Aber jetzt kommt Pete und sagt, ich hätte sie mir gekauft, hätte ihr Geld gegeben, damit sie verschwindet. Er droht sogar damit, einen anderen Namen anzunehmen und unterzutauchen, bis sie wieder auf der Bildfläche erscheint.«

Mir schien, ich wüßte nun alles, was ich wissen mußte. Ich wurde bezahlt, um ein Mädchen aufzuspüren, damit dessen Freund sich bereit finden würde, Betriebswirtschaft zu studieren.

»Und sind Sie an ihrem Verschwinden schuld, Mr. Thayer?«

»Ich? Wenn das der Fall wäre, könnte ich sie ja zurückholen!«

»Nicht unbedingt. Sie hätte die Möglichkeit gehabt, Sie um fünfzig Tausender zu erleichtern und sich dann mit dem Geld aus dem Staub zu machen. Oder Sie könnten zur Bedingung gemacht haben, daß sie sich nie wieder blicken läßt. Oder Sie könnten sie umgebracht haben beziehungsweise jemand zu diesem Zwecke angeheuert haben, und nun brauchen Sie einen Sündenbock. Ein Typ wie Sie hat da eine Menge Möglichkeiten.«

Er schien darüber leicht belustigt zu sein. »Hm, ja. Vermutlich könnte das alles zutreffen. Auf jeden Fall möchte ich, daß Sie sie aufspüren – daß Sie Anita finden.«

»Mr. Thayer, ich lehne ungern einen Auftrag ab – aber warum gehen Sie nicht zur Polizei? Die sind dort auf solche Fälle viel besser eingerichtet als ich.«

»Ich und die Polizei …«, fing er an und stockte. »Ich habe keine Lust, meine familiären Probleme bei der Polizei an die große Glocke zu hängen«, erklärte er dann entschieden.

Das klang zwar ganz plausibel – aber was hatte er ursprünglich sagen wollen? »Und weshalb hatten Sie solche Bedenken, daß die Sache heikel werden könnte?« überlegte ich laut.

Er rutschte ein bißchen auf seinem Stuhl herum. »Nun, diese Studenten heutzutage können ja ziemlich ausflippen«, brummte er. Ich hob skeptisch die Augenbrauen, was er allerdings in der Dunkelheit nicht bemerkte.

»Wie sind Sie an meinen Namen geraten?« fragte ich. Wie in einer Werbeumfrage: Haben Sie von uns durch *Rolling Stone* erfahren oder durch Freunde?

»Ich fand Sie in den Gelben Seiten. Außerdem brauchte ich jemanden im Geschäftsviertel und jemanden, der meine – Geschäftspartner nicht kennt.«

»Mr. Thayer, ich verlange hundertfünfundzwanzig Dollar pro Tag zuzüglich Spesen, Anzahlung fünfhundert Dollar. Sie erhalten von mir Zwischenberichte, aber meine Klienten machen mir keine Vorschriften, wie ich die Ermittlungen zu führen habe – genausowenig wie Ihre Witwen und Waisen sich in die Abwicklung Ihrer Treuhandgeschäfte einmischen würden.«

»Dann nehmen Sie also den Auftrag an?« fragte er.

»Ja«, erwiderte ich knapp. Wenn das Mädchen nicht tot war, dürfte es keine großen Schwierigkeiten machen, es aufzuspüren. »Ich brauche noch die Adresse Ihres Sohnes an der Universität«, fügte ich hinzu. »Und ein Foto des Mädchens, sollten Sie eins besitzen.«

Er zögerte kurz und schien etwas sagen zu wollen, gab mir aber dann die Adresse: 5462 South Harper Street. Ich hoffte, daß sie stimmte. Er zog auch ein Bild von Anita Hill hervor, doch konnte ich es in dem unregelmäßig aufflackernden Licht nicht richtig erkennen; anscheinend handelte es sich um einen Schnappschuß aus dem Jahrbuch der Uni. Mein Klient bat mich, ihn wegen der Zwischenberichte lieber zu Hause anzurufen statt im Büro. Ich kritzelte seine Privatnummer auf die Visitenkarte und schob sie wieder in meine Tasche.

»Wann rechnen Sie damit, daß Sie etwas herausbekommen haben?« wollte er wissen.

»Das kann ich Ihnen erst sagen, wenn ich mich mit der Sache befaßt habe, Mr. Thayer. Aber ich werde das morgen früh gleich als erstes tun.«

»Weshalb fahren Sie nicht noch heute abend rüber?« bohrte er weiter.

»Weil ich noch etwas anderes zu erledigen habe«, entgegnete ich kurz und bündig. Zu Abend essen und etwas trinken zum Beispiel.

Eine Zeitlang versuchte er noch, mich zu überreden, allerdings nicht unbedingt deshalb, weil er glaubte, ich würde meinen Sinn ändern, sondern eher, weil er gewohnt war, daß alles nach seinem Kopf ging. Schließlich gab er auf und überreichte mir fünf Hundert-Dollar-Scheine.

Im Licht von Armes Reklame warf ich einen schrägen Blick darauf. »Ich nehme auch Schecks, Mr. Thayer.«

»Mein Besuch bei Ihnen soll im Büro nicht publik werden. Meine Sekretärin heftet die Kontoauszüge ab.«

Ich war befremdet, jedoch nicht überrascht. Eine erstaunliche Anzahl von Männern in leitender Position überließ diese Angelegenheit ihren Sekretärinnen. Ich dagegen vertrat die Ansicht, daß außer Gott, dem Finanzamt und meiner Bank niemand Einblick in meine finanziellen Transaktionen haben sollte.

Er stand auf, und ich geleitete ihn hinaus. Bis ich die Tür abgeschlossen hatte, war er bereits im Treppenhaus. Weil ich ihn mir etwas genauer ansehen wollte, lief ich schnell hinterher. Ich war nicht scharf darauf, jeden Mann in Chicago unter flackerndem Neonlicht betrachten zu müssen, nur um meinen Klienten wiederzuerkennen. Die Treppenhausbeleuchtung war nicht besonders gut; in diesem Licht erschien mir sein Kopf jedoch hart und kantig – irisch, hätte ich getippt, und keineswegs so, wie ich mir einen Vize bei der Fort Dearborn vorgestellt hätte. Sein Anzug war zwar teuer und gut geschnitten, doch er machte mehr den Eindruck, als sei er direkt von der Leinwand eines Edward-Robinson-Films herabgestiegen und nicht aus den oberen Etagen der achtgrößten

Bank des ganzen Landes. Andererseits sah man mir die Detektivin auch nicht gerade an. Eigentlich versuchen die Leute selten, vom Aussehen einer Frau auf ihren Beruf zu schließen; trotzdem sind sie meist perplex, wenn sie erfahren, womit ich meinen Lebensunterhalt verdiene.

Mein Mandant wandte sich nach Osten, Richtung Michigan Avenue. Mit einem Achselzucken ging ich hinüber zu Arnie's Joynt. Der Besitzer servierte mir einen doppelten Johnnie Walker Black und ein Lendensteak aus seiner privaten Schatzkammer.

2
Universitätsabschluß

Ich erwachte sehr zeitig am nächsten Morgen. Der Tag schien wieder genauso schwül und heiß wie der Vortag werden zu wollen. Viermal in der Woche zwinge ich mich zu irgendeiner Form von Fitneßtraining. In der Hoffnung auf ein Ende der Hitzewelle hatte ich an den beiden vergangenen Tagen pausiert, aber heute mußte ich mich wohl oder übel aufraffen. Ist der dreißigste Geburtstag nur noch eine zärtliche Erinnerung, dann muß man für jeden Tag ohne Training büßen, sobald man wieder damit beginnt. Im übrigen fällt mir körperliches Training leichter als Diät, und das Laufen hilft mir, mein Gewicht in Grenzen zu halten. Was nicht heißen soll, daß ich mich darum reiße, noch dazu an einem Morgen wie diesem.

Die fünfhundert Dollar, die mir John Thayer am Abend vorher gegeben hatte, hoben meine Stimmung beträchtlich, und ich fühlte mich sehr wohl, als ich Shorts und ein T-Shirt anzog. Das Geld lenkte mich auch von der drückenden Luft draußen ab. Ich schaffte lockere acht Kilometer – hinüber zum See, einmal rund um den Belmont-Hafen und wieder zurück zu meiner geräumigen, billigen Wohnung in der Halsted Street. Es war erst halb neun, aber das Laufen in der Hitze hatte mich bereits stark ins Schwitzen gebracht. Ich trank ein großes Glas Orangensaft und machte Kaffee, bevor ich unter die Dusche ging. Meine Joggingsachen ließ ich auf dem Stuhl liegen; auch um das Bett kümmerte ich mich nicht. Schließlich steckte ich ja mitten in der Arbeit und hatte keine Zeit, und außerdem würde es keiner sehen.

Bei Kaffee und Räucherfisch versuchte ich mir klarzuwerden, auf welche Weise ich bei Peter Thayer das Thema seiner verschwundenen Freundin anschneiden könnte. Da sie von seiner Familie abgelehnt wurde, verübelte er es seinem Vater wahrscheinlich, daß er einen Privatdetektiv beauftragt hatte, um die Hintergründe ihres Verschwindens aufzuklären. Ich würde mich also als jemand ausgeben müssen, der mit der Universität in Zusammenhang stand – vielleicht als eine ihrer Kommilitoninnen, die sich ein paar Notizen borgen wollte? Für eine Studentin sah ich allerdings reichlich alt aus. Und was dann, wenn sie sich im Sommersemester überhaupt nicht eingeschrieben hatte? Vielleicht war es besser, ich tat so, als hätte ich etwas mit einer alternativen Zeitschrift zu tun, für die sie einen Artikel schreiben sollte. Etwas über Gewerkschaften; Thayer hatte ja erwähnt, daß sie daran interessiert war, Peter zu einem Gewerkschaftler zu machen.

Ich stapelte mein Geschirr neben dem Ausguß auf und betrachtete die Ansammlung gedankenverloren. Ein Tag noch, dann war der Abwasch fällig. Den Müll brachte ich aber hinunter – ich bin zwar unordentlich, aber noch lange kein Ferkel. Es hatten sich auch ganze Stöße von Zeitungen angesammelt, und ich nahm mir einige Minuten Zeit, um sie draußen neben den Mülltonnen aufzuschichten. Der Sohn des Hausmeisters verdiente sich ein paar Pfennige mit dem Altpapier.

Ich zog Jeans und ein gelbes Baumwolltop an und besah mich mit kritischem Wohlwollen im Spiegel. Im Sommer sehe ich am besten aus. Von meiner italienischen Mutter habe ich den olivenfarbenen Teint geerbt, der so wundervoll bräunt. Ich grinste mir zu. Ich konnte sie förmlich hören: »Ja, Vic, du bist hübsch – doch hübsch ist nicht genug. Hübsch sein kann jede. Aber wenn du im Leben zurechtkommen willst, brauchst du Grips. Du brauchst eine Beschäftigung, einen Beruf. Du mußt arbeiten.« Sie hatte gehofft, ich würde Sängerin werden, und mit mir in nimmermüdem Eifer geübt; als Detektivin hätte ich ihr bestimmt nicht gefallen. Das galt auch für meinen Vater. Er war selbst Polizist gewesen, ein Pole mitten unter Iren. Weiter als zum Sergeant hatte er es nie gebracht, was teils seinem Mangel an Ehrgeiz zuzuschreiben war, teils aber auch – dessen war ich mir sicher – seiner Herkunft. Von mir hatte er allerdings große Dinge erwartet ... Mein Lächeln im Spiegel wurde ein wenig schief, und ich wandte mich ruckartig ab.

Bevor ich mich in Richtung Süden auf den Weg machte, marschierte ich zu meiner Bank und zahlte die fünf Hunderter ein. Alles hübsch der Reihe nach. Der Kassierer nahm sie entgegen, ohne mit der Wimper zu zucken; schließlich konnte ich nicht erwarten, daß jeder davon so beeindruckt war wie ich.

Um halb elf bog ich mit meinem Chevy Monza in Höhe der Belmont Avenue in den Lake Shore Drive ein. Der Himmel war bereits weiß vor Hitze, und die Wellen glänzten kupfern. Zu dieser Tageszeit waren nur Hausfrauen, Kinder und Detektive unterwegs; ich spurtete in dreiundzwanzig Minuten nach Hyde Park und hielt auf der mittleren Zufahrt.

Seit zehn Jahren hatte ich das Universitätsgelände nicht mehr betreten, doch es hatte sich kaum verändert, weniger jedenfalls als ich. Irgendwo hatte ich gelesen, daß das schmuddelige, ärmliche Erscheinungsbild des Studenten im Wandel begriffen war und allmählich von der klaren Frische der fünfziger Jahre verdrängt wurde. Dieser Wandel war ganz eindeutig an Chicago vorübergegangen. Junge Leute undefinierbaren Geschlechts schlenderten händchenhaltend oder in Gruppen vorbei, mit Punkfrisuren, ausgefransten Shorts und löcherigen Arbeitshemden – höchstwahrscheinlich der einzigen Verbindung zur Arbeitswelt, die sie samt und sonders vorzuweisen hatten. Annähernd ein Fünftel der Studentenschaft stammte aus Familien mit einem Jahreseinkommen von fünfzigtausend Dollar oder darüber, aber ich würde mich nicht darum reißen, dieses Fünftel nur nach der äußeren Erscheinung bestimmen zu müssen.

Aus der flimmernden Hitze trat ich in die kühlen Hallen aus Stein. Von einer Telefonzelle aus rief ich die Universitätsverwaltung an. »Könnten Sie mir vielleicht sagen, wo ich eine Ihrer Studentinnen, eine gewisse Miss Anita Hill, finden kann?« Vom anderen Ende kam – von einer alten und brüchigen Stimme – die Aufforderung zu warten. Papiergeraschel im Hintergrund. »Könnten Sie den Namen buchstabieren?« Natürlich. Erneutes Geraschel. Die brüchige Stimme verkündete, daß es keine Studentin dieses Namens gebe. Hieß das, daß sie für das Sommersemester nicht eingeschrieben war? Es hieß, daß es keine Studentin dieses Namens gab. Ich fragte nach Peter Thayer und war etwas überrascht, als sie die Harper-Adresse vorlas. Wenn Anita nicht existierte, wieso dann der junge Mann?

»Tut mir leid, daß ich Ihnen so viel Mühe mache, aber ich bin seine Tante. Könnten Sie mir sagen, in welchen Vorlesungen er heute stecken mag? Er ist nicht zu Hause, und ich bin nur heute in dieser Gegend.« Es mußte sich sehr liebevoll angehört haben, denn Miss Brüchig ließ sich dazu herbei, mich davon in Kenntnis zu setzen, daß Peter im laufenden Semester nicht eingeschrieben war, daß mir jedoch die Fachabteilung Politische Wissenschaften unter Umständen weiterhelfen könne. Ich dankte ihr verbindlich und empfahl mich.

Stirnrunzelnd betrachtete ich das Telefon und überlegte den nächsten Schritt. Wenn es keine Anita Hill gab, wie sollte ich sie dann finden? Und wenn es keine Anita Hill gab, weshalb erteilte mir jemand den Auftrag, sie zu finden? Und weshalb hatte mir dieser Jemand erklärt, beide wären Studenten dieser Universität, wenn in der Verwaltung keinerlei Unterlagen über das Mädchen vorhanden waren? Möglicherweise täuschte er sich auch; sie besuchte vielleicht nicht die Universität von Chicago, sondern die Roosevelt-Universität, und lebte nur in Hyde Park. Ich beschloß, zu dem Apartment zu gehen und nachzusehen, ob jemand zu Hause war.

Also kehrte ich zurück zu meinem Wagen. Im Innern war es erstickend heiß, und ich verbrannte mir die Finger am Lenkrad. Zwischen dem Papierkram auf dem Rücksitz lag noch ein Handtuch, das ich vor einigen Wochen mit an den Strand genommen hatte. Ich zog es hervor und legte es über das Lenkrad. Da ich lange nicht in dieser Gegend gewesen war, hatte ich gewisse Schwierigkeiten mit den Einbahnstraßen, doch schließlich und endlich fand ich die Harper Street. Nummer 5462 war ein einstmals gelbes dreistöckiges Ziegelgebäude. In der Eingangspassage roch es wie in einem Bahnhof der Hochbahn – stickig und ein bißchen nach Urin. Eine Tüte mit der Aufschrift »Harolds Hühnerstall« lag zerknittert in einer Ecke, daneben ein paar abgenagte Knochen. Die innere Tür hing lose in den Angeln. Das Schloß fehlte anscheinend schon seit geraumer Zeit. Die vormals braune Farbe war überall abgesplittert. Ich rümpfte die Nase. Den Thayers war sicherlich nicht zu verübeln, daß sie an der Unterkunft ihres Sohnes keinen allzu großen Geschmack fanden.

Es gab kein Klingelschild. Die Namen waren in Blockschrift auf Karteikarten geschrieben und mit Klebestreifen an der Wand befestigt. Thayer, Berne, Steiner, McGraw und Harata bewohnten ein Apartment im dritten Stock. Das mußte wohl die abscheuliche Kommune sein, über die sich mein Mandant so aufgeregt hatte. Von Hill keine Spur. Ich fragte mich, ob er Anitas Familiennamen verwechselt hatte oder ob sie unter falschem Namen lebte. Ich drückte auf die Klingel und wartete. Keine Reaktion. Ich klingelte erneut. Wieder nichts.

Inzwischen war es Mittag geworden, und ich entschloß mich, eine Pause zu machen. Wimpy's Snack Bar im nahegelegenen Einkaufszentrum, an die ich mich erinnerte, hatte einem hübschen, klimatisierten Restaurant im griechischen Stil Platz gemacht. Ich aß dort einen hervorragenden Krabbensalat, trank dazu ein Glas Chablis und kehrte danach wieder zur Wohnung zurück. Vermutlich hatten die jungen Leute Ferien-Jobs und würden nicht vor fünf Uhr eintreffen, doch ich hatte am Nachmittag nichts weiter vor, als diesen Gauner von Druckereibesitzer aufzuspüren.

Es meldete sich immer noch niemand, aber während ich läutete, trat ein zerknautscht aussehender junger Mann aus der Tür. »Wissen Sie, ob in der Wohnung von Thayer-Berne jemand zu Hause ist?« erkundigte ich mich. Er sah mich mit leicht glasigen Augen an und murmelte, er habe schon tagelang keinen von ihnen zu Gesicht bekommen. Ich zog Anitas Bild aus der Tasche und erklärte ihm, daß ich bemüht war, meine Nichte zu erreichen. »Sie müßte jetzt eigentlich zu Hause sein, aber mir kommen langsam Zweifel, ob ich die richtige Adresse habe«, fügte ich noch hinzu.

Er bedachte mich mit einem gelangweilten Blick. »Ja, ich glaube, sie wohnt hier. Ich weiß nicht, wie sie heißt.«

»Anita«, sagte ich, aber er war bereits nach draußen geschlurft. Ich lehnte mich gegen die Wand und dachte ein paar

Minuten nach. Natürlich konnte ich bis heute abend warten, um zu sehen, wer auftauchen würde. Ging ich allerdings gleich hinein, so hatte ich die Chance, eventuell mehr herauszufinden als durch Herumfragen.

Ich öffnete die innere Tür, bei der das Schloß fehlte, wie ich schon morgens festgestellt hatte, und stieg rasch hinauf in den dritten Stock. Ich hämmerte gegen die Tür des Thayer-Berne-Apartments. Keine Antwort. Ich preßte mein Ohr dagegen und vernahm das leise Summen einer Klimaanlage. Daraufhin zog ich einen Schlüsselbund aus der Tasche, und nach einigen vergeblichen Versuchen hatte ich Erfolg.

Ich trat ein und schloß die Tür sacht hinter mir. Ein enger Korridor führte direkt ins Wohnzimmer, das äußerst dürftig mit ein paar Baumwollkissen auf dem blanken Fußboden sowie einer Stereoanlage möbliert war. Die sah ich mir genauer an: ein Kenwood-Plattenspieler mit JBL-Lautsprecher. Hier hatte jemand Geld. Zweifellos der Sohn meines Mandanten.

Aus dem Wohnzimmer gelangte man in einen Gang mit Zimmern zu beiden Seiten; man kam sich vor wie in einem Güterwagen. Als ich den Flur entlangging, stieg mir ein widerwärtiger Geruch in die Nase, der an fauligen Abfall oder eine tote Maus denken ließ. Ich steckte meinen Kopf in jedes Zimmer, konnte aber nichts entdecken. Der Gang mündete in eine Küche. Hier war der Gestank am intensivsten, aber ich brauchte eine volle Minute, um seine Ursache festzustellen: Ein junger Mann lag zusammengesunken über dem Tisch. Ich ging zu ihm hinüber. Trotz der Klimaanlage im Fenster befand sich der Körper bereits im ersten Stadium der Auflösung.

Der Geruch war scharf, süßlich und ekelerregend. Der Krabbensalat und der Chablis veranstalteten einen Protestmarsch in meinem Magen, doch ich überwand meine Übelkeit und hob den Jungen vorsichtig an den Schultern hoch.

Mitten in seiner Stirn befand sich ein kleines Loch. Ein dünnes Rinnsal von Blut war daraus hervorgesickert und auf seinem Gesicht getrocknet, das Gesicht selbst jedoch war unverletzt. Der Hinterkopf dagegen bot einen gräßlichen Anblick.

Ganz behutsam ließ ich ihn wieder auf den Tisch zurückgleiten. Irgend etwas – nennen wir es getrost weibliche Intuition – sagte mir, daß ich es hier mit den sterblichen Überresten von Peter Thayer zu tun hatte. Mir war klar, daß ich die Wohnung schleunigst verlassen und die Polizei rufen mußte, aber andererseits bekam ich vielleicht nie mehr die Möglichkeit, mich hier umzusehen. Der junge Mann war unzweifelhaft schon eine ganze Weile tot, so daß die Polizei ruhig noch ein paar Minuten warten konnte.

Ich wusch mir über dem Ausguß die Hände und begab mich wieder in den Gang, um von dort aus die einzelnen Zimmer zu inspizieren. In Gedanken beschäftigte mich die Frage, wie lange die Leiche wohl schon so gelegen haben mochte und weshalb keiner der Mitbewohner die Polizei gerufen hatte. Die zweite Frage beantwortete sich teilweise von selbst durch eine neben das Telefon geklebte Liste, auf der Bernes, Steiners und Haratas Ferienanschriften verzeichnet waren. Zwei der Räume, in denen sich Bücher und Papierkram befanden, jedoch keine Kleidung, wurden offenbar von irgendeiner Kombination dieser drei bewohnt.

Das dritte Zimmer hatte dem Toten und einem Mädchen namens Anita McGraw gehört. Ihr Name zierte in großzügigen, schwungvollen Lettern die Vorsatzblätter zahlreicher Bücher. Auf dem schäbigen Holzschreibtisch lag ein ungerahmtes Foto, das den toten Jungen und ein Mädchen draußen am Strand zeigte. Das Mädchen hatte leicht gelocktes kastanienbraunes Haar und strahlte so viel Vitalität und Gefühlsüberschwang aus, daß das Bild fast zu leben schien. Es war eine weit bessere Aufnahme als der Schnappschuß aus dem Uni-Jahrbuch, den mir mein Mandant am Vorabend überlassen hatte. Ein junger Mann war sicher bereit, für ein Mädchen wie dieses noch mehr aufzugeben als ein betriebswirtschaftliches Studium. Ich mußte Anita McGraw unbedingt kennenlernen.

Ich blätterte die Papiere durch, fand aber nichts Persönliches darunter – nur Handzettel mit der Aufforderung zum Boykott aller Druckschriften, die nicht von der Gewerkschaft herausgegeben wurden, ein wenig marxistische Literatur sowie die in einer Studentenbehausung zu erwartende Masse von Notizbüchern und Kollegheften. In einer Schublade entdeckte ich einige Zahlungsanweisungen neueren Datums, ausgestellt von der Ajax-Versicherungsgesellschaft auf den Namen Peter Thayer. Ganz offensichtlich hatte der junge Mann einen Ferienjob gehabt. Ich hielt die Abschnitte ein Weilchen unschlüssig in der Hand, dann schob ich sie in die Gesäßtasche meiner Jeans. Hinter den Abschnitten waren noch ein paar andere Papiere hervorgequollen, darunter ein Wahlschein, versehen mit einer Anschrift in Winnetka. Den nahm ich ebenfalls an mich. Man weiß nie, wozu etwas noch nütze sein kann. Ich steckte die Fotografie ein und verließ das Apartment.

Im Freien atmete ich in tiefen Zügen die benzingeschwängerte Luft ein. Ich hätte nie gedacht, daß ich ihren Geruch einmal so schätzen würde. Ich lief zurück zum Einkaufszentrum und rief das einundzwanzigste Polizeirevier an. Mein Vater war zwar schon seit zehn Jahren tot, doch ich kannte die Nummer immer noch auswendig.

»Drucker, Morddezernat«, knurrte eine Stimme.

»In der South Harper Street Nummer fünf-vier-sechs-zwei, Apartment drei, liegt ein Toter«, erklärte ich.

»Wer sind Sie überhaupt?« raunzte er mich an.

»South Harper Nummer fünf-vier-sechs-zwei, Apartment drei«, wiederholte ich. »Haben Sie das notiert?« Ich legte auf.

Daraufhin ging ich zurück zu meinem Wagen und verließ die Szene. Die Polypen würden mir vielleicht später die Hölle heiß machen, weil ich nicht gewartet hatte, aber im Augenblick hatte ich ausschließlich das dringende Bedürfnis, meine Gedanken zu ordnen. In einundzwanzig Minuten schaffte ich es bis zu meiner Haustür. Als erstes duschte ich ausgiebig, um den Anblick von Peter Thayers Hinterkopf aus meinem Gedächtnis zu waschen. Dann schlüpfte ich in weiße Leinenhosen und eine schwarze Seidenbluse – saubere, elegante Kleidung, die mir das Gefühl gab, fest in der Welt der Lebenden verankert zu sein. Ich angelte das Sortiment gestohlener Unterlagen aus der hinteren Tasche meiner Jeans und stopfte sie zusammen mit der Fotografie in eine große Umhängetasche. Sodann machte ich mich auf in mein Büro, verschloß die Beweisstücke in meinem Wandsafe und meldete mich anschließend beim telefonischen Auftragsdienst. Niemand hatte für mich angerufen; ich versuchte es also unter der Nummer, die mir Thayer gegeben hatte. Nach dem dritten Läuten verkündete eine Frauenstimme: »Kein Anschluß unter dieser Nummer. Bitte rufen Sie die Auskunft an und wählen Sie neu.« Die monotone Stimme zerstörte den letzten Rest von Vertrauen in die Identität meines nächtlichen Besuchers, der mir noch verblieben war. Ich kam zu der Überzeugung, daß er jedenfalls nicht John Thayer hieß. Aber wer war er dann, und weshalb hatte er mich dazu ausersehen, die Leiche zu finden? Weshalb hatte er das Mädchen mit hineingezogen, noch dazu unter falschem Namen?

Ein nicht identifizierter Klient und eine identifizierte Leiche stellten mich vor das Rätsel, worin wohl meine Aufgabe bestehen sollte; zweifellos hatte man einen Dummen gebraucht, der den Toten entdeckte. Aber trotz allem … Miss

McGraw war tagelang nicht gesehen worden. Mein Mandant mochte zwar nur daran interessiert sein, daß ich die Leiche fand, mich aber interessierte vor allem das Mädchen.

Es gehörte wohl kaum zu meinen Aufgaben, Peters Vater von seinem Tod zu unterrichten – falls er nicht bereits Bescheid wußte. Bevor ich jedoch meinen Besucher vom Vorabend endgültig als John Thayer abschrieb, mußte ich ein Bild von ihm haben. »Schaffe stets klare Verhältnisse« – das war schon von jeher mein Motto. Ich zupfte ein Weilchen an meiner Unterlippe und zermarterte mir dabei das Gehirn, bis mir schließlich einfiel, wo ich ein Bild des Mannes bekommen konnte, ohne daß es jemand erfuhr – und zudem mit einem Minimum an Aufwand und Aufsehen.

Nachdem ich mein Büro abgeschlossen hatte, begab ich mich durch das Geschäftsviertel hinüber zur Monroe und zur La Salle Street. Die Fort Dearborn Trust war auf vier mächtige Gebäude verteilt, an jeder Ecke der Kreuzung eines. Ich suchte mir das mit dem goldenen Schriftzug über dem Portal aus und erkundigte mich beim Portier nach der PR-Abteilung.

»Zweiunddreißigster Stock«, nuschelte er. »Haben Sie einen Termin?« Ich gönnte ihm ein engelhaftes Lächeln, sagte »ja« und schwebte zweiunddreißig Stockwerke hinauf, während er an seinem Zigarrenstummel weiterkaute.

PR-Empfangsdamen sind stets wohlproportioniert, gut gelackt und überaus modisch gekleidet. Der enganliegende lavendelfarbene Overall dieser Dame stellte vermutlich das ausgefallenste Kleidungsstück in der gesamten Bank dar. Sie bedachte mich mit einem Plastiklächeln und überreichte mir huldvoll ein Exemplar des neuesten Geschäftsberichts. Ich setzte mein eigenes Plastiklächeln auf und ging zum Aufzug zurück, nickte dem Portier unten wohlwollend zu und schlenderte davon.

Mein Magen war noch etwas instabil; ich begab mich also mitsamt meinem Bericht zu Rosie's Deli, um ihn bei Kaffee und Eisbecher zu lesen. John L. Thayer, Stellvertretender Generaldirektor der Treuhandgesellschaft, war an einer auffälligen Stelle zusammen mit ein paar anderen hohen Tieren innen auf der Umschlagseite abgebildet. Er war schlank, sonnengebräunt und in grauen Flanell gekleidet, und ich brauchte ihn nicht unters Neonlicht zu halten, um zu erkennen, daß er keinerlei Ähnlichkeit mit meinem Besucher vom Vorabend aufwies.

Wieder zupfte ich an meiner Lippe. Die Polizei würde sicher sämtliche Nachbarn befragen. *Einen* Anhaltspunkt hatte ich ihr voraus, weil ich ihn mitgenommen hatte: die Zahlungsanweisungen für den jungen Mann. Die Zentrale der Ajax-Versicherungsgesellschaft befand sich im Geschäftsviertel, nicht weit von meinem gegenwärtigen Standort entfernt. Es war drei Uhr nachmittags, noch nicht zu spät für Geschäftsbesprechungen.

Die Ajax hatte ihre Zelte in einem modernen sechzigstöckigen Wolkenkratzer aus Glas und Stahl aufgeschlagen, den sie ganz für sich beanspruchte. Von jeher galt er für mich als das häßlichste Bauwerk in der ganzen Innenstadt, obwohl ich ihn nur von außen kannte. Die ebenerdige Eingangshalle machte einen düsteren Eindruck, und ich sah mich durch das Interieur keineswegs veranlaßt, meine ursprüngliche Ansicht zu revidieren. Der Wachmann hier war aggressiver als der Bankportier; er weigerte sich, mich ohne Passierschein überhaupt einzulassen. Ich gab vor, einen Termin bei Peter Thayer zu haben, und erkundigte mich nach dem Stockwerk.

»Nicht so hastig, Gnädigste«, raunzte er mich an. »Wir rufen erst mal oben an, und wenn dieser Herr in seinem Büro ist, wird er Ihnen die Berechtigung erteilen.«

»Mir die Berechtigung erteilen? Sie meinen wohl, er wird

mir die Berechtigung zum Betreten des Gebäudes erteilen. Hinsichtlich meiner Existenzberechtigung ist er dazu nämlich nicht befugt.«

Der Portier stapfte hinüber zu seiner Zelle und telefonierte. Es überraschte mich nicht zu hören, daß Mr. Thayer nicht im Hause war. Ich verlangte, jemanden aus seiner Abteilung zu sprechen. Ich hatte es gründlich satt, feminin und konziliant zu sein und erreichte durch mein energisches Auftreten, daß ich mit einer der Sekretärinnen sprechen durfte.

»Ich bin V. I. Warshawski«, erklärte ich frostig. »Mr. Thayer erwartet mich.«

Die sanfte weibliche Stimme am anderen Ende entschuldigte sich. »Mr. Thayer ist die ganze Woche nicht erschienen. Wir haben schon versucht, ihn zu Hause zu erreichen, aber es geht niemand ans Telefon.«

»Ich glaube, dann sollte ich mich mit jemand anderem in Ihrer Abteilung unterhalten.« Ich gab mich weiterhin sehr energisch. Sie wollte wissen, worum es ging.

»Ich bin Detektivin«, erklärte ich. »Hier ist etwas Oberfaules im Gange, von dem der junge Thayer mir erzählen wollte. Wenn er nicht im Büro ist, spreche ich eben mit jemand anderem, der über Thayers Arbeit informiert ist.« Was ich da vorbrachte, klang ziemlich fadenscheinig, aber sie bat mich zu warten, während sie Rücksprache nehmen wollte. Der Wachmann starrte mich immer noch an und fummelte an seiner Pistole herum. Fünf Minuten später war die Dame mit der sanften Stimme wieder in der Leitung, diesmal ein wenig atemlos. Mr. Masters, der stellvertretende Chef der Schadensabteilung, war bereit, mich zu empfangen.

Dem Wachmann ging es gegen den Strich, mich hinauffahren zu lassen. In der Hoffnung, daß ich gelogen hatte, fragte er sogar bei Miss Samtstimme nach. Aber schließlich erreichte ich doch den vierzigsten Stock. Beim Verlassen des

Fahrstuhls sanken meine Füße tief in grünen Velours. Ich durchpflügte ihn in Richtung Empfang am südlichen Ende der Halle. Eine gelangweilte Empfangsdame riß sich von ihrem Roman los und reichte mich an die junge Frau mit der sanften Stimme weiter. Sie saß an einem Schreibtisch aus Teakholz, eine Schreibmaschine an ihrer Seite, und führte mich nun in Masters' Büro.

Der Raum war so groß wie ein Tennisplatz und bot eine überwältigende Aussicht über den See. Masters Gesicht hatte das für gewisse erfolgreiche Geschäftsleute über fünfundvierzig typische wohlgenährte und leicht rosig angehauchte Aussehen, und es strahlte mich über einem gutgeschnittenen grauen Sommeranzug an. »Keine Gespräche durchstellen, Ellen«, wies er die Sekretärin an, als sie das Zimmer verließ.

Nach einem kräftigen Händedruck überreichte ich ihm meine Karte.

»Nun, was haben Sie denn für ein Anliegen, Miss – äh …?« Er lächelte gönnerhaft.

»Warshawski. Ich möchte Peter Thayer sprechen, Mr. Masters. Nachdem er jedoch offenbar nicht im Hause ist und Sie sich bereitgefunden haben, mich zu empfangen, hätte ich gern gewußt, weshalb der junge Mann das Gefühl hatte, einen Privatdetektiv zu benötigen.«

»Das kann ich Ihnen nun wirklich nicht sagen, Miss – äh – macht es Ihnen etwas aus, wenn ich Sie mit Ihrem Vornamen anrede?« Er sah auf meine Visitenkarte. »Was bedeutet das V?«

»Es ist die Abkürzung meines Vornamens, Mr. Masters. Wären Sie so freundlich, mir zu sagen, mit welchen Arbeiten Mr. Thayer hier befaßt ist?«

»Er ist mein Assistent«, erwiderte Masters mit verbindlicher Freundlichkeit. »Ich bin mit Jack Thayer gut befreundet, und als sein Sohn, der an der Universität von Chicago studiert, einen Ferienjob suchte, war ich froh, ihm behilflich sein zu können.« Er zwang einen Ausdruck der Besorgnis in seine Gesichtszüge. »Sollte sich der Junge tatsächlich in solchen Schwierigkeiten befinden, daß er die Hilfe eines Detektivs benötigt, dann wüßte ich sicherlich davon.«

»Mit welchen Aufgaben ist Mr. Thayer in seiner Eigenschaft als Ihr Assistent betraut? Bearbeitet er Schadensfälle?«

»Aber nein!« Masters strahlte. »Solche Sachen werden bei unseren Niederlassungen erledigt. Nein, wir befassen uns hier mit der unternehmerischen Seite des Geschäfts – Etatfragen und dergleichen. Der Junge stellt mir die Zahlen zusammen. Außerdem leistet er gute Routinearbeit; er überarbeitet Berichte und so weiter. Ein prima Kerl. Ich hoffe, er ist nicht durch diese Hippies in Schwierigkeiten geraten, mit denen er sich da drüben abgibt.« Er senkte die Stimme. »Unter uns gesagt: Jack meint, sie hätten seine Vorstellungen hinsichtlich der Geschäftswelt sehr negativ beeinflußt. Der eigentliche Sinn und Zweck dieses Ferienjobs war nämlich, ihm praxisnah einen positiveren Eindruck vom Geschäftsleben zu vermitteln.«

»Und ist das gelungen?« erkundigte ich mich.

»Ich hoffe es, Miss – äh – ich hoffe es.« Er rieb sich die Hände. »Ich wünschte natürlich, ich könnte Ihnen helfen ... Könnten Sie mir vielleicht einen Anhaltspunkt geben, was den Jungen bedrückte?«

Ich schüttelte den Kopf. »Er hat nichts verlauten lassen ... Rief einfach an und fragte, ob ich heute nachmittag vorbeikommen könnte. Bestünde die Möglichkeit, daß hier im Hause etwas im Gange ist, bei dem ein Detektiv nach seiner Meinung recht nützlich wäre?

»Nun, oft weiß ein Abteilungsleiter nicht, was sich unter seinen Augen tut.« Masters legte seine Stirn in gewichtige Falten. »Man steht so hoch über den Dingen; die Leute ziehen einen nicht ins Vertrauen.« Wieder lächelte er. »Aber es würde mich schon sehr wundern.«

»Weshalb wollten Sie mit mir sprechen?« fragte ich.

»Oh, wissen Sie, ich hatte Jack Thayer versprochen, mich um seinen Sohn zu kümmern. Und wenn ein Privatdetektiv auftaucht, sieht das nach einer ernsten Sache aus. Trotzdem, Miss – äh –, an Ihrer Stelle würde ich mir keine allzu großen Gedanken machen. Wir könnten allerdings unter Umständen Ihre Dienste in Anspruch nehmen, um herauszufinden, wo Peter steckt.« Er lachte über seinen Scherz. »Er ist nämlich schon die ganze Woche nicht dagewesen, und zu Hause können wir ihn auch nicht erreichen. Ich habe es Jack noch gar nicht erzählt – er ist sowieso schon enttäuscht von seinem Sohn.«

Er begleitete mich durch die Halle zum Lift. Ich fuhr hinunter bis zum zweiunddreißigsten Stockwerk, stieg dort aus, fuhr wieder nach oben und schlenderte erneut hinüber zum Empfang. »Ich hätte gern den Arbeitsplatz des jungen Thayer gesehen«, erklärte ich Ellen. Sie blickte hilfesuchend auf Masters' Tür, doch die war geschlossen.

»Ich glaube nicht, daß ...«

»Nein, vermutlich nicht«, unterbrach ich. »Aber ich werde mich auf jeden Fall auf seinem Schreibtisch umschauen. Ich kann auch jemand anderen fragen, wo er steht.«

Sie machte ein unglückliches Gesicht, führte mich aber zu einem abgetrennten kleinen Raum. »Ich kriege Schwierigkeiten, wenn Mr. Masters herauskommt und Sie hier sieht«, meinte sie.

»Ich wüßte nicht, weshalb«, beruhigte ich sie. »Sie können doch nichts dafür. Ich werde ihm erklären, daß Sie Ihr Bestes getan haben, mich abzuwimmeln.«

Peter Thayers Schreibtisch war unverschlossen. Ellen stand dabei und sah mir einige Minuten lang zu, während ich

Schubladen öffnete und Papiere durchblätterte. »Wenn ich gehe, können Sie mich durchsuchen, damit ich nichts mitnehme«, sagte ich, ohne aufzublicken. Sie gab einen verächtlichen Laut von sich, kehrte aber zu ihrem eigenen Schreibtisch zurück.

Die vorhandenen Papiere waren genauso nichtssagend wie die im Apartment des jungen Mannes: zahlreiche Kontenblätter, auf denen die verschiedensten Haushaltsposten zusammengezählt waren, eine Computerliste mit Schadensfällen und Vorschlägen für Entschädigungssummen aus der Arbeitsunfall-Versicherung, Korrespondenz mit den Schadenssachbearbeitern der Ajax – »Sehr geehrter Herr Soundso, bitte überprüfen Sie die vorgeschlagenen Entschädigungssummen der folgenden Anspruchssteller ...« Nichts, wofür man einen jungen Mann ermorden müßte.

Ich kratzte mich gerade wegen dieser dürftigen Ausbeute am Kopf und überlegte meine nächsten Schritte, als mir zu Bewußtsein kam, daß mich jemand beobachtete. Ich blickte auf. Es war nicht die Sekretärin.

»Sie sind ganz ohne Zweifel wesentlich dekorativer als der junge Thayer«, verkündete der Beobachter. »Sind Sie seine Nachfolgerin?«

Der Sprecher war in Hemdsärmeln, ein Mann Mitte dreißig, dem man kaum erst sagen mußte, wie gut er aussah. Ich bewunderte seine schmalen Hüften und die Art, wie er seine Brooks-Brothers-Hosen trug.

»Gibt es hier überhaupt jemanden, der Peter Thayer gut kennt?« fragte ich.

»Yardleys Sekretärin ist ganz verrückt nach ihm, aber ich kann nicht beschwören, daß sie ihn kennt.« Er trat näher heran. »Weshalb das Interesse? Sind Sie vom Finanzamt? Hat der Kleine etwa die fälligen Steuern für den umfangreichen Familienbesitz hinterzogen, der ihm überschrieben wurde?

Oder ist er mit Geldern der Schadensabteilung durchgebrannt und hat sie dem Revolutionskomitee übergeben?«

»Was den Beruf angeht, haben Sie richtig getippt«, gab ich zu. »Und verschwunden ist er offenbar auch. Ich habe übrigens nie mit ihm gesprochen«, fügte ich vorbeugend hinzu. »Kennen Sie ihn?«

»Besser als die meisten hier oben.« Er grinste fröhlich; trotz seiner Arroganz wirkte er sympathisch. »Er erledigte wohl Kleinarbeiten für Yardley – Yardley Masters, mit dem Sie sich gerade unterhalten haben. Ich bin Yardleys Haushaltsexperte.«

»Was halten Sie von einem Drink?« schlug ich vor.

Er sah auf die Uhr und grinste wieder.

»Sie haben mich überzeugt, werte Dame.«

Er hieß Ralph Devereux. Im Aufzug erzählte er mir, daß er erst kürzlich aus einem Vorort in die Stadt gezogen sei und das gemeinsame Haus in Downers Grove nach der Scheidung seiner Frau überlassen habe. Die einzige ihm bekannte Bar im Geschäftsviertel sei Billy's, der Treffpunkt der Schadensabteilung. Ich schlug das etwas weiter westlich gelegene Golden Glow vor, um den Leuten aus dem Weg zu gehen, die er kannte. Auf unserem Weg durch die Adams Street kaufte ich die *Sun-Times*.

Das Golden Glow ist eine Besonderheit in der südlichen Innenstadt. Die winzige Kneipe aus dem vorigen Jahrhundert ist auch heute noch mit einer hufeisenförmigen Mahagonibar ausgestattet, um die sich die echten Trinker versammeln. Acht oder neun kleine Tische und Nischen drängen sich entlang der Wände, und ein paar Tiffany-Lampen, die noch aus der Zeit stammen, zu der das Lokal eingerichtet wurde, sorgen für anheimelnde Beleuchtung. Barkeeper Sal ist eine wundervolle dunkelhäutige Frau von beinahe einsachtzig. Ich habe schon beobachtet, wie sie nur durch ein Wort und den entsprechenden Blick eine Rauferei beendet hat – mit Sal läßt sich so schnell keiner ein. Am heutigen Nachmittag trug sie einen silbernen Hosenanzug. Umwerfend!

Sie begrüßte mich mit einem Kopfnicken und brachte ein Glas Black Label in unsere Barnische. Ralph bestellte einen Gin-Tonic. Das Lokal war nahezu leer; vier Uhr nachmittags ist ein bißchen früh, selbst für die im Golden Glow verkehrenden Gewohnheitstrinker.

Devereux legte einen Fünf-Dollar-Schein für Sal auf den Tisch. »So, nun erzählen Sie mal, weshalb sich so eine großartige Frau wie Sie für einen grünen Jungen wie Peter Thayer interessiert.«

Ich schob ihm sein Geld wieder hin. »Sal setzt es auf meine Rechnung«, erklärte ich. Dann blätterte ich die Zeitung durch. Für die Vorderseite war die Meldung zu spät eingegangen, aber man hatte zwei Viertelspalten auf Seite sieben dafür reserviert. RADIKALER BANKERBE ERSCHOSSEN lautete die Schlagzeile. Thayers Vater wurde im letzten Absatz kurz erwähnt. Den meisten Platz nahm ein Bericht über seine vier Wohngenossen und ihre radikalen Aktivitäten ein. Die Ajax-Versicherungsgesellschaft war mit keiner Silbe erwähnt.

Ich faltete die Zeitung und wies Devereux auf die Meldung hin. Er warf zunächst einen kurzen Blick darauf, aber als bei ihm der Groschen fiel, riß er mir das Blatt aus den Händen. Ich beobachtete ihn während des Lesens. Die Meldung war knapp; er mußte sie mehr als einmal gelesen haben, bevor er verwirrt zu mir aufsah.

»Peter Thayer? Tot? Was soll das heißen?«

»Weiß ich auch nicht. Ich möchte es gern herausfinden.«

»Sie wußten es bereits, als Sie die Zeitung kauften?«

Ich nickte. Er warf nochmals einen Blick auf den Bericht und blickte mich dann an. Auf seinen ausdrucksvollen Gesichtszügen zeigte sich Verärgerung.

»Und woher?«

»Ich habe die Leiche entdeckt.«

»Warum, zum Teufel, haben Sie mir das nicht schon drüben bei der Ajax erzählt, statt so ein Versteckspiel zu veranstalten?« fragte er.

»Nun, Sie wären alle als Mörder in Frage gekommen. Sie, Yardley Masters, seine Freundin … Ich wollte sehen, wie Sie auf die Meldung reagieren.«

»Wer sind Sie nun eigentlich, verdammt noch mal?«

»Ich heiße V. I. Warshawski, bin Privatdetektivin und untersuche den Mord an Peter Thayer.« Ich überreichte ihm eine Visitenkarte.

»Sie? Sie sind doch genausowenig Detektivin wie ich Balletttänzerin bin!« rief er aus.

»Es müßte sehr reizvoll sein, Sie in Trikot und Tutu zu sehen«, konterte ich, während ich die Plastikhülle mit der Fotokopie meiner Zulassung als Privatdetektiv hervorzog. Er betrachtete sie eingehend und zuckte dann stumm die Achseln. Ich verstaute die Lizenz wieder in meiner Brieftasche.

»Nur um den Punkt abzuhaken, Mr. Devereux: Haben Sie Peter Thayer umgebracht?«

»Nein, zum Teufel, das habe ich nicht!« Er knirschte wütend mit den Zähnen, setzte mehrmals zum Sprechen an, gab es dann aber auf, weil er nicht in der Lage war, seine Gefühle in Worte zu fassen.

Ich nickte Sal zu, worauf sie uns eine weitere Runde Drinks servierte. Allmählich füllte sich die Bar mit Vorortpendlern. Devereux trank seinen zweiten Gin und entspannte sich ein wenig. »Ich hätte zu gern Yardleys Gesicht gesehen, als Sie ihn fragten, ob er Peter ermordet habe«, bemerkte er trocken.

»Ich habe ihn nicht danach gefragt. Allerdings konnte ich auch nicht klären, weshalb er mich unbedingt sprechen wollte. Spielte er Thayer gegenüber tatsächlich die Beschützerrolle? So etwas hat er nämlich angedeutet.«

»Nein.« Er dachte über meine Frage nach. »Er hat ihm keine große Aufmerksamkeit geschenkt. Natürlich waren da noch die familiären Beziehungen ... Hätte Peter in der Tinte gesessen, so hätte Yardley bestimmt das Gefühl gehabt, sich um ihn kümmern zu müssen, weil er glaubte, es John Thayer schuldig zu sein ... Tot ... Und er war so ein netter Junge, trotz seiner radikalen Gesinnung. Mein Gott, das wird Yardley schwer treffen. Und seinen Vater auch. Thayer war alles andere als begeistert von der Unterkunft des Jungen – und jetzt ist er auch noch von so einem Lumpen erschossen worden!«

»Woher wissen Sie, daß sein Vater nicht begeistert war?«

»Ach, das war kein großes Geheimnis. Kurz nachdem Pete bei uns angefangen hatte, kam Jack Thayer hereingestürmt und spielte sich fürchterlich auf. Er brüllte herum wie der Vizepräsident, wenn er Dampf abläßt; der Junge verrate durch sein Gewerkschaftsgetue die Familie, und weshalb er nicht mal in einer anständigen Wohnung leben könne. Ich schätze, sie hatten ihm eine Eigentumswohnung gekauft – selbst wenn Sie das nicht für möglich halten würden. Ich muß zugeben, daß sich der Junge ganz prima verhalten hat; er ist weder explodiert noch sonst etwas.«

»Hatte er bei seiner Arbeit für die Ajax mit – nun, sagen wir mal, streng vertraulichen Unterlagen zu tun?«

Devereux war verdutzt. »Sie versuchen doch sicher nicht, seinen Tod irgendwie mit der Ajax in Verbindung zu bringen? Ich dachte, es sei völlig klar, daß ihn einer dieser Drogensüchtigen erschossen hat, die immer wieder drüben in Hyde Park Leute umbringen.«

»Das hört sich ja an, als hielten Sie Hyde Park für den Schauplatz von Bandenkämpfen, Mr. Devereux. Dabei ereigneten sich nur sechs von zweiunddreißig Morden im einundzwanzigsten Polizeirevier letztes Jahr in Hyde Park – also einer alle zwei Monate. Peter Thayer kann man wohl kaum in die Juli/ August-Statistik dieser Gegend einordnen.«

»Ja, woraus schließen Sie dann, daß der Mord mit der Ajax zu tun hat?«

»Ich bin noch zu keinem Schluß gekommen. Ich versuche nur, verschiedene Möglichkeiten auszuschließen ... Haben Sie schon jemals eine Leiche gesehen – oder besser gesagt, einen Körper, den eine Kugel zur Leiche gemacht hat?« Er schüttelte den Kopf und rutschte unbehaglich auf seinem Stuhl herum. »Dann habe ich das Ihnen also voraus. Und man kann oft schon aus der Lage des Körpers erkennen, ob das Opfer den Versuch gemacht hat, sich gegen den Angreifer zu wehren. Also, dieser Junge saß in einem weißen Hemd am Küchentisch – vermutlich fertig angezogen, um am Montag morgen hierher zur Arbeit zu fahren –, als ihm jemand eine Kugel mitten durch den Kopf schoß. Das könnte nun zwar ein Profi gewesen sein, doch er hätte zumindest irgend jemanden mitbringen müssen, den der Junge kannte, damit der nicht mißtrauisch wurde. Das hätten Sie sein können oder Masters oder sein Vater oder seine Freundin ... Ich bin gerade im Begriff herauszufinden, weshalb wir Sie ausschließen können.«

Er schüttelte den Kopf. »Ich muß Ihnen den Gegenbeweis schuldig bleiben. Nur kann ich nicht mit einer Pistole umgehen – doch es würde mir bestimmt kaum gelingen, Ihnen das plausibel zu machen.«

Ich mußte lachen. »Doch, wahrscheinlich schon ... Und wie steht's mit Masters?«

»Yardley? Hören Sie auf! Er gehört zu den angesehensten Leuten, die Sie überhaupt bei der Ajax finden können!«

»Was nicht ausschließt, daß er ein Mörder ist. Warum erzählen Sie mir nicht ein bißchen mehr über Peters Arbeit?«

Er sträubte sich noch eine Weile, aber schließlich ließ er

sich dazu bewegen, sich über seine Arbeit und über Peters Aufgabenbereich auszulassen. Es schien alles in allem keinen Mord wert zu sein. Masters trug die Verantwortung für die finanzielle Seite der Entschädigungsfälle, für Rückstellungen und so weiter, und Peter mußte für ihn die Zahlen zusammenstellen, ausgeführte Überweisungen aufrechnen gegen die Summe der Rückstellungen für diverse Ersatzansprüche, die einzelnen Ausgabepositionen der Niederlassungen addieren, um Budgetüberschreitungen festzustellen, und im übrigen all jene langweiligen Routinearbeiten erledigen, die erforderlich sind, um den Geschäftsbetrieb aufrechtzuerhalten. Aber trotz allem ... Trotz allem hatte sich Masters bereitgefunden, mich unangemeldet zu empfangen, mich, eine Unbekannte, noch dazu Detektivin. Wenn er nichts von Peters Schwierigkeiten gewußt hatte – oder vielleicht sogar von seinem Tod –, dann fiel es mir schwer zu glauben, er habe aus reiner Verpflichtung John Thayer gegenüber gehandelt.

Ich richtete mein Augenmerk auf Devereux. War er tatsächlich nur ein Schönling, oder wußte er vielleicht etwas? Sein Ärger war mir als Ausdruck eines echten Schocks und ehrlicher Betroffenheit über die Tatsache erschienen, daß der Junge tot war. Andererseits war Ärger auch gut geeignet, andere Gefühle zu vertuschen ... Ich entschloß mich, ihn im Augenblick noch als unschuldige Nebenfigur zu betrachten.

Devereux' angeborene irische Frechheit gewann langsam wieder die Oberhand; er fing an, mich wegen meines Berufs zu necken. Ich war der Ansicht, alles erfahren zu haben, was ich wissen wollte – jedenfalls so lange, bis ich in der Lage war, ihm aufgrund neuer Erkenntnisse gezieltere Fragen zu stellen. Ich ließ daher die Angelegenheit ruhen und ging auf leichtere Themen über.

Nachdem ich Sals Bon abgezeichnet hatte (sie schickt mir einmal im Monat eine Rechnung), begab ich mich mit Devereux in das Officer's Mess zu einem ausgedehnten Abendessen. Dieses indische Lokal ist meiner Ansicht nach eines der romantischsten Restaurants in ganz Chicago. Man mixt dort übrigens auch einen hervorragenden Pimm's Cup. Auf den Scotch getrunken, sorgte er dafür, daß mir nur ein nebelhafter Eindruck blieb von diversen Diskos im nördlichen Innenstadtbereich, in denen ich getanzt hatte. Vielleicht waren auch noch ein paar Drinks dazugekommen. Jedenfalls war es bereits nach eins, als ich – allein – in meine Wohnung zurückkehrte. Ich war froh, einfach nur meine Sachen über einen Stuhl werfen zu können und ins Bett zu fallen.

3
Experten am Werk

Peter Thayer protestierte gegen die kapitalistische Unterdrückung, indem er wie ein Wilder durch die Gänge des Ajax-Verwaltungsgebäudes raste; Anita McGraw trug ein Spruchband mit einer Streikparole und stand damit lächelnd in einer Ecke. Dann stürzte Ralph Devereux aus seinem Büro und erschoß Thayer. Das Echo des Schusses hallte in den Gängen, wurde immer von neuem zurückgeworfen, und ich versuchte, Devereux die Pistole zu entwinden und fortzuschleudern, doch der Widerhall hörte nicht auf. Ich fuhr aus dem Schlaf. An meiner Tür läutete es Sturm. Ich schlüpfte aus dem Bett. Gerade als ich mir die Jeans und eine Bluse anzog, ertönte lautes Klopfen. Der schale Geschmack in meinem Mund und der Nebel vor meinen Augen sagten mir, daß ich spät in der vergangenen Nacht offenbar einen oder zwei Scotch zuviel getrunken hatte. Ich taumelte zur Eingangstür und sah durch den Spion, während gleichzeitig erneut harte Fäuste gegen die Tür hämmerten.

Draußen standen zwei Männer, beide ziemlich bullig, mit zu kurzen Jackenärmeln und Bürstenhaarschnitt. Den jüngeren rechts kannte ich nicht, aber der ältere links war Bobby Mallory, Lieutenant im Morddezernat des einundzwanzigsten Bezirks. Ich schloß umständlich auf und probierte ein sonniges Lächeln.

»Morgen, Bobby. Was für eine nette Überraschung!«

»Guten Morgen, Vicki. Entschuldige, daß wir dich aus dem Bett werfen«, meinte Mallory mit gezwungener Heiterkeit.

»Keine Ursache, Bobby. Ich freue mich immer, wenn du kommst.« Bobby Mallory war der engste Freund meines Vaters auf dem Revier gewesen. Sie hatten in den dreißiger Jahren gemeinsam als Streifenpolizisten begonnen, und Bobby hatte Tony nicht vergessen, selbst dann nicht, als ihn seine Beförderungen Vaters Arbeitsbereich entrückten. Gewöhnlich bin ich am Erntedankfest bei ihm und Eileen, seiner warmherzigen und mütterlichen Frau, sowie ihren sechs Kindern und vier Enkelkindern zum Essen eingeladen.

Im allgemeinen versucht Bobby, meine Arbeit zu ignorieren – zumindest meine Detektivarbeit. Er sah mich nicht direkt an, sondern blickte an mir vorbei. »Das ist Sergeant John McGonnigal«, erklärte er in herzlichem Ton, wobei er eine vage Armbewegung in McGonnigals Richtung vollführte. »Wir würden gern hereinkommen und dir ein paar Fragen stellen.«

»Bitte«, sagte ich höflich und wünschte, meine Haare würden nicht so ungepflegt um meinen Kopf hängen. »Freut mich, Sie kennenzulernen, Sergeant. Ich bin V. I. Warshawski.«

McGonnigal und ich schüttelten uns die Hände, und ich trat zurück, um sie in den kleinen Windfang eintreten zu lassen. Der Korridor dahinter führte direkt zum Bad, Schlafzimmer und Wohnzimmer lagen rechts und Eßzimmer und

Küche links davon. Morgens kann ich also immer gleich vom Schlafzimmer ins Bad und dann in die Küche taumeln.

Ich führte Bobby und McGonnigal in die Küche und setzte Kaffee auf. So ganz nebenbei streifte ich ein paar Krümel vom Küchentisch und kramte im Kühlschrank nach Pumpernickel und Cheddarkäse. Hinter meinem Rücken äußerte Bobby: »Räumst du diese Rumpelkammer denn nie auf?«

Eileen ist eine fanatische Hausfrau. Würde sie sich nicht am Anblick von Menschen beim Essen ergötzen, so bekäme man in ihrem Haushalt vermutlich niemals einen schmutzigen Teller zu Gesicht. »Ich hatte zu tun«, sagte ich, um Würde bemüht, »und eine Haushälterin kann ich mir nicht leisten.«

Mallory sah sich angewidert um. »Weißt du, wenn dich Tony häufiger übers Knie gelegt hätte, statt dich so fürchterlich zu verziehen, dann wärst du jetzt eine zufriedene Hausfrau und würdest nicht Detektiv spielen und uns unsere Arbeit erschweren.«

»Aber ich bin doch glücklich als Detektivin, Bobby, und als Hausfrau war ich unmöglich!« Das entsprach den Tatsachen. Ein kurzer Abstecher in die Ehe vor acht Jahren hatte nach vierzehn Monaten mit der Scheidung geendet. Manche Männer können eben unabhängige Frauen nur aus der Ferne bewundern.

»Detektiv ist kein Beruf für ein Mädchen wie dich, Vicki – es ist etwas anderes als Sport und Spiel. Das habe ich dir schon hundertmal gesagt. Und jetzt bist du sogar in einen Mord verstrickt. Zuerst wollten sie Althans herschicken, um mit dir zu reden, aber ich brachte meine Position ins Spiel, um den Fall selbst zu übernehmen. Du mußt dich aber trotzdem äußern. Ich hätte gern gewußt, was du bei dem jungen Thayer zu suchen hattest.«

»Dem jungen Thayer?« wiederholte ich.

»Komm, werd erwachsen, Vicki«, riet mir Mallory. »Dieser mit Drogen vollgepumpte Typ vom zweiten Stock, mit dem du dich auf dem Weg in Thayers Wohnung unterhalten hast, hat eine ziemlich gute Beschreibung von dir gegeben. Drucker hat deine Meldung entgegengenommen; nachdem er die Beschreibung hatte, meinte er gleich, es könne deine Stimme gewesen sein ... Außerdem hast du noch einen Daumenabdruck auf dem Küchentisch hinterlassen.«

»Ich war ja schon immer der Meinung, daß sich Verbrechen nicht lohnen, Bobby. Wollt ihr Jungs Kaffee oder ein Ei oder sonst was?«

»Wir haben schon gefrühstückt, du Witzbold. Die arbeitenden Bevölkerungsschichten können nicht so lange im Bett bleiben wie Dornröschen.«

Wie ich mit einem Blick auf die Uhr neben der Tür feststellte, war es erst zehn Minuten nach acht. Kein Wunder, daß ich einen Wattekopf hatte. Fein säuberlich schnitt ich Käse, grünen Paprika und Zwiebeln, verteilte alles auf dem Pumpernickel und schob den Sandwich unter den Grill. Während ich dastand und darauf wartete, daß der Käse schmolz, wandte ich Bobby und dem Sergeant den Rücken zu; sodann hob ich das Ganze auf einen Teller und goß mir eine Tasse Kaffee ein. Bobbys Atemfrequenz zeigte mir an, daß ihm langsam der Kamm schwoll. Als ich mein Frühstück auf den Tisch stellte und mich ihm gegenüber rittlings auf einen Stuhl setzte, war sein Gesicht bereits rot angelaufen.

»Ich weiß nur sehr wenig über den jungen Thayer, Bobby«, meinte ich entschuldigend. »Mir ist bekannt, daß er an der Universität von Chicago studierte und daß er jetzt tot ist. Und daß er tot ist, weiß ich aus der *Sun-Times.*«

»Du brauchst dich bei mir nicht anzustrengen, Vicki. Daß er tot ist, weißt du, weil du seine Leiche entdeckt hast.«

Ich aß einen Bissen von dem getoasteten Käsebrot mit dem

grünen Paprika. »Nun, nachdem ich die Story in der *Sun-Times* gelesen hatte, nahm ich an, daß es sich bei dem Jungen um Thayer gehandelt hatte; das wußte ich natürlich nicht, als ich die Leiche fand. Für mich war es eine ganz normale Leiche, dahingerafft in der Blüte des Lebens«, fügte ich in frömmelndem Ton hinzu.

»Erspare mir die Leichenreden und erzähle, was dich dort hingeführt hat«, forderte Mallory.

»Du kennst mich doch, Bobby – ich habe einen Riecher für Verbrechen. Wo immer sich das Böse zeigt – ich habe mir zur Aufgabe gemacht, es auszulöschen.«

Mallory wurde dunkelrot. McGonnigal hüstelte diskret und wechselte das Thema, bevor sein Chef einen Schlaganfall bekam. »Haben Sie zur Zeit irgendeinen Mandanten, Miss Warshawski?« wollte er wissen.

Selbstverständlich hatte ich damit gerechnet, aber ich war mir nicht ganz sicher, wie ich reagieren sollte. Doch verloren ist, wer da zögert im Detektivgeschäft; ich entschloß mich daher zu teilweiser Offenheit.

»Ich hatte den Auftrag, Peter Thayer dazu zu bewegen, ein betriebswirtschaftliches Studium zu absolvieren.« Mallory war am Ersticken. »Ich schwindle nicht, Bobby«, bekräftigte ich ernst. »Ich fuhr hin, um den Jungen zu treffen. Und da die Tür zu seiner Wohnung offenstand, bin ich ...«

»Als du ankamst oder nachdem du sie aufgebrochen hattest?« unterbrach mich Mallory.

»Also bin ich hineingegangen«, fuhr ich fort. »Auf alle Fälle schätze ich, daß ich meinen Auftrag nicht erfüllt habe; denn ich glaube kaum, daß Peter Thayer jemals Betriebswirtschaft studieren wird. Mir ist auch nicht klar, ob ich den Mandanten noch habe.«

»Wer hat dich beauftragt, Vicki?« Mallory hatte sich wieder beruhigt. »John Thayer?«

»Weshalb sollte mich John Thayer wohl beauftragen?«

»Das wirst du mir erklären, Vicki. Vielleicht führte er etwas Fieses im Schilde, um den Jungen von diesen verkrachten Drogentypen loszueisen.«

Ich trank meinen Kaffee aus und sah Mallory offen ins Gesicht. »Vorgestern nacht hat mich ein Kerl aufgesucht und mir erzählt, er sei John Thayer. Er erteilte mir den Auftrag, Anita Hill zu suchen, die Freundin seines Sohnes.«

»Es gibt keine Anita Hill im vorliegenden Fall«, warf McGonnigal ein. »Aber eine Anita McGraw. Anscheinend hat er sein Zimmer mit einem Mädchen geteilt, aber in der ganzen Szene geht es heute so durcheinander, daß man nicht mehr unterscheiden kann, wer zu wen gehört.«

»*Zu wem*«, sagte ich geistesabwesend. McGonnigal sah verständnislos drein. »Man kann nicht mehr unterscheiden, wer *zu wem* gehört, Sergeant«, erläuterte ich. Mallory gab Geräusche von sich, als wolle er gleich explodieren. »Jedenfalls«, fügte ich hastig hinzu, »begann ich zu vermuten, daß mich der Kerl an der Nase herumgeführt hatte, als ich herausfand, daß keine Anita Hill an der Universität registriert war. Später wurde das zur Gewißheit.«

»Wie das?« erkundigte sich Mallory.

»Ich verschaffte mir ein Foto von Thayer bei der Fort Dearborn Bank and Trust. Er war nicht mit meinem Mandanten identisch.«

»Vicki«, sagte Mallory, »du bist eine Nervensäge. Tony würde sich im Grabe umdrehen, wenn er wüßte, was du so machst. Aber blöd bist du nicht. Du willst mir doch nicht weismachen, daß du ihn nicht gebeten hast, sich auszuweisen, oder etwa nicht?«

»Er hat mir seine Visitenkarte gegeben und dazu seine Privatnummer und einen Vorschuß. Ich war sicher, mit ihm wieder in Verbindung treten zu können.«

»Zeig mir doch mal seine Visitenkarte«, bat Mallory. Mißtrauischer Hund.

»Es ist tatsächlich seine«, entgegnete ich.

»Könnte ich sie bitte trotzdem sehen.« Er hatte den Ton eines Vaters an sich, der sich seinem aufsässigen Kind gegen über gerade noch beherrschen kann.

»Sie wird dir auch nichts anderes verraten als mir, Bobby.«

»Ich glaube nicht daran, daß er dir seine Karte gegeben hat«, meinte Mallory. »Du hast den Typ gekannt und willst ihn decken.«

Achselzuckend ging ich ins Schlafzimmer und holte die Karte aus der obersten Kommodenschublade. Nachdem ich mit einem Schal die Fingerabdrücke abgewischt hatte, brachte ich sie Mallory. In der unteren linken Ecke befand sich die Anschrift der Fort Dearborn. »John L. Thayer, Stellvertretender Generaldirektor, Treuhandgesellschaft«, stand in der Mitte, zusammen mit dem Telefonanschluß. Ganz unten hatte ich seine angebliche Privatnummer hingekritzelt.

Mallory brummelte zufrieden und steckte sie in ein Plastiktütchen. Ich verriet ihm nicht, daß die einzigen vorhandenen Fingerabdrücke meine eigenen waren. Warum sollte ich ihm eine seiner seltenen Freuden verderben?

Mallory beugte sich vor. »Was wirst du als nächstes unternehmen?«

»Ja, ich weiß nicht so recht. Ich habe Geld dafür bekommen, ein Mädchen aufzuspüren, und ich bin der Meinung, das sollte ich auch tun.«

»Wartest du auf eine göttliche Eingebung, Vicki?« erkundigte sich Mallory mit forcierter Heiterkeit. »Oder hast du bereits irgendwelche Anhaltspunkte?«

»Ich werde vielleicht ein paar Leute befragen.«

»Vicki, wenn du irgend etwas über den Mord wissen solltest, das du mir verschweigst ...«

»Du wärst doch der erste, der es erfährt, Bobby«, versicherte ich. Und das war nicht einmal eine Lüge; denn ich konnte ja nicht mit Bestimmtheit sagen, ob die Ajax in den Mordfall verwickelt war oder nicht. Jeder hat eben seine eigene Vorstellung davon, was womit zusammenhängen könnte.

»Vicki, wir befassen uns mit dem Fall. Du brauchst mir nicht zu beweisen, wie schlau oder gerissen du bist. Also bitte tu mir den Gefallen – oder tu Tony den Gefallen –, und laß McGonnigal und mich den Mörder finden, ja?« Er beugte sich vor und blickte mich eindringlich an. »Vicki, was ist dir an der Leiche aufgefallen?«

»Daß sie erschossen wurde, Bobby. Ich habe keine gerichtsmedizinische Untersuchung vorgenommen.«

»Vicki, ich würde dir liebend gern in deinen hübschen kleinen Hintern treten! Du hast einen Beruf gewählt, der für jedes anständige Mädchen indiskutabel ist, aber deswegen bist du noch lange nicht schwachsinnig. Ich weiß, daß du beim Betreten der Wohnung weder geschrien hast noch dich übergeben mußtest, wie das für ein Mädchen schicklich gewesen wäre – wobei wir im Moment noch außer acht lassen wollen, wie du überhaupt in die Wohnung gekommen bist. Du hast dich überall umgesehen. Wenn dir tatsächlich nichts Besonderes an der Leiche aufgefallen ist, dann verdienst du, daß dir der Kopf weggeballert wird, sobald du vor die Tür trittst!«

Ich seufzte und ließ mich im Stuhl zurücksinken. »Okay, Bobby: Der Junge ist reingelegt worden. Kein drogenverseuchter Radikaler hat auf ihn geschossen. Es muß jemand dabeigewesen sein, den er kannte, den er quasi zu einer Tasse Kaffee eingeladen hatte. Meiner Ansicht nach muß ein Profi den Schuß abgegeben haben; es war saubere Arbeit – eine einzige Kugel, millimetergenau im Ziel –, doch jemand, den er kannte, muß Zeuge gewesen sein. Möglicherweise war es auch ein ausgezeichneter Schütze aus seinem Bekanntenkreis ... Habt ihr euch schon mit seiner Familie befaßt?«

Mallory ignorierte meine Frage. »Ich hatte bereits erwartet, daß du zu diesem Ergebnis kommen würdest. Und genau deshalb, weil du genug Grips besitzt, um zu erkennen, wie gefährlich die Sache ist, möchte ich dich bitten, die Finger davon zu lassen.« Ich gähnte. Mallory war fest entschlossen, keinen Wutanfall zu kriegen. »Komm, Vicki, halt dich raus aus dem Schlamassel. Ich habe eine Nase für organisiertes Verbrechen, für gewerkschaftliche Interessen; das alles sind Institutionen, mit denen du dich nicht anlegen solltest.«

»Du gehst wohl davon aus, daß sich der Junge in den Fängen der Gewerkschaft befand, bloß weil er mit ein paar Radikalen befreundet war und mal mit Spruchbändern gewedelt hat? Mach dich nicht lächerlich, Bobby!«

Auf Mallorys Gesicht zeichnete sich ein innerer Konflikt ab zwischen dem Wunsch, mir den Fall Thayer auszureden, und der Notwendigkeit, Dienstgeheimnisse zu wahren. Schließlich erklärte er: »Wir haben Beweise dafür, daß die jungen Leute ihre Poster zum Teil von einer Druckerei bezogen, die vorwiegend für die Scherenschleifer arbeitet.«

Ich wiegte bedenklich den Kopf. »Entsetzlich.« Die Internationale Bruderschaft der Scherenschleifer war berüchtigt wegen ihrer Verbindungen zur Unterwelt. Sie hatten in den Wirren der dreißiger Jahre Schlägertrupps angemietet und waren sie seither nicht mehr losgeworden. Das hatte zu Korruption bei Wahlen und im finanziellen Bereich geführt und – und ganz plötzlich dämmerte mir, wer mein entfleuchter Mandant war, weshalb mir Anita McGraws Name bekannt vorkam und der Typ ausgerechnet mich aus den Gelben Seiten herausgefischt hatte. Ich lehnte mich noch bequemer in meinen Stuhl zurück und sagte kein Sterbenswort.

Mallorys Gesicht lief rot an. »Vicki, wenn du mir in diesem

Fall in die Quere kommst, bringe ich dich zu deinem eigenen Besten hinter Gitter!« Er stand so wütend auf, daß sein Stuhl umkippte. Dann nickte er Sergeant McGonnigal zu, und kurz darauf knallte die Tür hinter ihnen ins Schloß.

Ich goß mir noch eine Tasse Kaffee ein und nahm sie mit ins Bad, wo ich sehr heißes Wasser in die Wanne einlaufen ließ, versetzt mit einer großzügig bemessenen Dosis Azuree-Badesalz. Als ich wohlig hineinsank und sich die Nachwirkungen meiner mitternächtlichen Trinkerei allmählich aus meinen Knochen verzogen, entsann ich mich einer Nacht vor mehr als zwanzig Jahren. Meine Mutter war dabei, mich ins Bett zu bringen, als es läutete und der Mann aus der Wohnung unter uns hereintaumelte, ein stämmiger Mann, etwa im gleichen Alter wie mein Vater, vielleicht eher jünger. Kleinen Mädchen erscheinen alle wuchtigen Männer alt. Ich hatte heimlich aus der Tür gespäht, weil sich alles in Aufruhr befand, und gerade noch gesehen, daß er blutüberströmt war, bevor meine Mutter auf mich zustürzte und mich ins Schlafzimmer zurückscheuchte. Sie blieb dort bei mir, und wir beide hörten Bruchstücke der Unterhaltung: Auf den Mann hatte man geschossen – vermutlich von der Firmenleitung angeheuerte Gangster –, aber er wagte nicht zur Polizei zu gehen, weil er ebenfalls organisierte Verbrecher gedungen hatte, und ob Dad ihm helfen würde.

Tony versorgte die Wunde. Dann aber tat er etwas sehr Ungewöhnliches für einen sonst so sanftmütigen Menschen: Er befahl dem Verletzten nämlich, aus der Gegend zu verschwinden, und sich nie mehr bei uns blicken zu lassen. Der Mann war Andrew McGraw.

Ich hatte ihn niemals mehr gesehen und ihn auch nie mit dem McGraw in Verbindung gebracht, der zum gegenwärtigen Zeitpunkt als Präsident der Sektion 108 und damit praktisch der gesamten Gewerkschaft fungierte. Offensichtlich hatte er sich an meinen Vater erinnert. Ich vermutete, daß er versucht hatte, Tony über die Polizei zu erreichen. Als er vom Tod meines Vaters erfuhr, griff er mich aus den Gelben Seiten heraus, in der Annahme, ich sei Tonys Sohn. Nun, das war ein Irrtum: Ich war seine Tochter, und mit mir war nicht so gut Kirschen essen wie mit meinem Vater. Ich habe die Energie meiner italienischen Mutter geerbt, und ich bin bestrebt, ihrem Grundsatz nachzueifern, Schwierigkeiten bis zum Ende durchzustehen. Aber von meinen persönlichen Eigenschaften einmal abgesehen: Sehr wahrscheinlich saß McGraw augenblicklich so tief in der Tinte, daß er nicht einmal auf die Unterstützung des gutmütigen Tony hätte zählen können.

Ich trank noch etwas Kaffee und spreizte meine Zehen im Wasser. Es schimmerte türkis, war aber klar und durchsichtig. Ich fixierte meine Füße und versuchte dabei, meine Informationen zu ordnen. McGraw hatte eine Tochter. Allem Anschein nach liebte sie ihn, denn sie schien sich der Arbeiterbewegung verschrieben zu haben. Im allgemeinen treten Kinder wohl nicht für die Überzeugungen oder die Arbeit ihrer Eltern ein, wenn sie sie hassen. War Anita verschwunden, oder hielt er sie verborgen? Wußte er vielleicht, wer Peter umgebracht hatte, und war sie deswegen weggelaufen? Oder glaubte er, sie habe den Jungen getötet? Die meisten Morde – so rief ich mir ins Gedächtnis – wurden von geliebten Menschen begangen, was Anita statistisch gesehen an die erste Stelle rückte. Welcher Art waren wohl McGraws Verbindungen zum organisierten Verbrechertum, mit dem die Internationale Bruderschaft auf so gutem Fuße stand? Wäre es für ihn nicht ganz einfach gewesen, jemanden anzuheuern, um jenen Schuß abzufeuern? Ihn hätte der Junge auch ohne weiteres zu einem Gespräch hereingelassen, ganz gleich, welche Gefühle beide füreinander hegten, denn McGraw war der Vater seiner Freundin.

Während ich meinen Kaffee austrank, überlief mich ein Frösteln – trotz des warmen Badewassers.

4
Bangemachen gilt nicht!

Die Hauptverwaltung der Internationalen Bruderschaft der Scheren-, Messer- und Klingenschleifer befindet sich in der Sheridan Road, etwas südlich von Evanston. Das zehnstöckige Gebäude mit der Fassade aus weißem italienischem Marmor wurde vor ungefähr fünf Jahren errichtet. Das einzige Bauwerk in Chicago, das mit solchem Luxus Schritt halten kann, ist die Zentrale der Standard of Indiana, was nach meinem Dafürhalten bewies, daß die Gewinne der Bruderschaft und der Ölindustrie sich die Waage hielten.

Die Sektion 108 hatte ihren Sitz im neunten Stock. Ich reichte der Empfangsdame meine Karte. »Mr. McGraw erwartet mich«, erklärte ich. Ich wurde in den nördlichen Trakt weitergeleitet. McGraws Sekretärin bewachte den Eingang eines seeseitig gelegenen Büros in einem Vorzimmer, das Ludwig XIV. alle Ehre gemacht hätte. Ich überlegte, wie sich die Internationalen Brüder wohl fühlen mochten, wenn sie zu Gesicht bekamen, wofür ihre Beiträge verwendet worden waren. Möglicherweise existierten in den unteren Etagen aber auch ein paar ärmliche Büroräume, wo das Fußvolk empfangen wurde.

Wieder übergab ich meine Visitenkarte der Sekretärin, einer Frau mittleren Alters mit grauen Korkenzieherlocken und einem rot-weißen Kleid, das ihre schlaffen Oberarme auf unvorteilhafte Weise enthüllte. Ich spiele schon seit längerem mit dem Gedanken, Fünf-Pfund-Hanteln zu stemmen, um meinen Trizeps zu straffen. Bei diesem Anblick fragte ich mich, ob mir noch Zeit bleiben würde, um auf dem Heimweg bei Stans Sportfachgeschäft vorbeizufahren und ein Paar Kurzhanteln zu erstehen.

»Ich habe einen Termin bei Mr. McGraw.«

»Sie sind nicht eingetragen«, erwiderte sie kurz und bündig; sie sah mich dabei nicht an. Ich trug mein dunkelblaues Rohseidenkostüm mit der Blousonjacke. In dieser Aufmachung sehe ich wirklich umwerfend aus, und ich war der Meinung, etwas mehr Beachtung zu verdienen. Es mußte wohl an den schlaffen Muskeln liegen.

Ich lächelte. »Sicher wissen Sie so gut wie ich, daß Mr. McGraw zuweilen seine Geschäfte in eigener Regie erledigt. Er hat diesen Termin mit mir privat vereinbart.«

»Mr. McGraw hat zwar manchmal mit Nutten zu tun«, sagte sie mit rot angelaufenem Gesicht und auf den Schreibtisch gesenkten Augen, »aber es passiert zum erstenmal, daß er eine zu sich ins Büro kommen läßt.«

Ich widerstand dem Impuls, ihr mit ihrer Schreibtischlampe den Schädel einzuschlagen. »Mit einer so gut aussehenden Dame im Vorzimmer ist er doch nicht auf Fremdversorgung angewiesen ... Würden Sie mich nun bitte bei Mr. McGraw anmelden?«

Ihr schwammiges Gesicht zuckte unter der dicken Makeup-Schicht. »Mr. McGraw befindet sich in einer Konferenz und darf nicht gestört werden.« Ihre Stimme vibrierte. Ich kam mir vor wie ein Ekel; ich war nicht imstande, ein Mädchen oder einen Mörder zu finden, aber es gelang mir mit Leichtigkeit, nicht mehr ganz taufrische Sekretärinnen fertigzumachen.

McGraws Büro war zwar schalldicht, doch der Lärm jener Konferenz drang bis ins Vorzimmer. Ganz schön beachtlich, diese Konferenz. Ich wollte gerade verkünden, daß ich die Absicht hätte, mich niederzusetzen und zu warten, als in dem

Getöse ein einzelner Satz zu verstehen war, der die Tür aus Rosenholz durchdrang.

»Du hast meinen Sohn beseitigen lassen, verdammt noch mal!«

Wie viele Menschen gab es wohl, deren Söhne in den letzten achtundvierzig Stunden beseitigt worden waren und die zudem mit den Scherenschleifern in Verbindung standen? Mehr als einen, möglicherweise – aber die Chancen waren minimal. Unter lautem Protest der Korkenzieherlocken öffnete ich die Tür zum Allerheiligsten.

Es war nicht so groß wie das von Masters, aber alles andere als bescheiden, und es gewährte Ausblick auf den Michigansee und einen hübschen kleinen Privatstrand. Im Augenblick herrschten keine besonders friedlichen Zustände. Zwei Männer hatten an einem runden Tisch in der Ecke Platz genommen, aber einer war jetzt aufgesprungen und vertrat brüllend seinen Standpunkt. Trotz seines wutverzerrten Gesichts hatte ich keine Probleme, in ihm das Original der Fotografie aus dem Geschäftsbericht der Fort Dearborn Trust zu erkennen. Und derjenige, der bei meinem Eintreten ebenfalls aufsprang und zurückbrüllte, war unzweifelhaft mein Mandant. Kurz und stämmig, jedoch nicht dick, bekleidet mit einem graugländenden Anzug.

Als sie mich erblickten, erstarrten beide zu Salzsäulen.

»Was, zum Teufel, suchen Sie denn hier?« donnerte mein Mandant. »Mildred!«

Korkenzieherlöckchen kam leuchtenden Auges angewatschelt. »Ich habe ihr gesagt, daß Sie sie nicht sehen wollen, aber nein, sie muß hier hereinplatzen wie eine …«

»Ich bin V. I. Warshawski, Mr. McGraw.« Ich erhob meine Stimme, um den Krawall zu übertönen. »Vielleicht haben Sie jetzt keine Lust, mit mir zu reden, aber im Vergleich zu den Schnüfflern vom Morddezernat, die Ihnen bald auf der Pelle sitzen werden, müßte ich Ihnen eigentlich wie ein Engel erscheinen … Hallo, Mr. Thayer«, fügte ich hinzu und streckte ihm die Hand hin. »Das mit Ihrem Sohn tut mir sehr leid. Ich bin es, die seine Leiche entdeckt hat.«

»In Ordnung, Mildred«, sagte McGraw müde. »Ich kenne diese Dame, und ich möchte gern mit ihr sprechen.« Mildred schoß einen wütenden Blick auf mich ab, bevor sie sich umwandte und hinausstolzierte; die Tür flog mit unnötiger Heftigkeit ins Schloß.

»Mr. Thayer, woraus schließen Sie, daß Mr. McGraw Ihren Sohn beseitigt hat?« erkundigte ich mich im Konversationston, während ich mich in einem Lederfauteuil in der Ecke niederließ.

Der Bankmanager hatte sich wieder in der Gewalt. Die Wut war aus seinen Zügen gewichen und hatte einem würdigen und unverbindlichen Gesichtsausdruck Platz gemacht. »McGraws Tochter war mit meinem Sohn befreundet«, sagte er mit einem leisen Lächeln. »Als ich vom Tod meines Sohnes erfuhr, als ich hörte, daß er erschossen worden war, bin ich einfach aufgekreuzt, um herauszufinden, ob McGraw etwas darüber wußte. Ich glaube nicht, daß er Peter umgebracht hat.«

McGraws Zorn war zu groß, als daß er Thayers Spiel mitgemacht hätte. »So ein Quatsch!« schrie er heiser und mit zunehmender Lautstärke. »Seit Annie anfing, sich mit diesem bleichsüchtigen Nordufer-Würstchen herumzutreiben, bist du ständig hier aufgetaucht und hast sie und mich beschimpft! Jetzt, da der Junge tot ist, versuchst du, sie durch den Dreck zu ziehen! Aber das eine schwör' ich dir: Es wird dir noch leid tun!«

»In Ordnung«, konterte Thayer. »Wenn du's unbedingt so haben willst – bitte! Deine Tochter habe ich schon auf den ersten Blick durchschaut. Peter hatte keine Chance – er, als unschuldiger Junge mit hohen Idealen, er war bereit, alles zu vergessen, was seine Mutter und ich für ihn geplant hatten, und das wegen eines Mädchens, das mit jedem Dahergelaufenen ins Bett ...«

»Überleg dir gut, was du sagst, wenn du über meine Tochter sprichst«, knurrte McGraw.

»Ich habe McGraw förmlich angefleht, seine Tochter an die Leine zu legen«, fuhr Thayer fort. »Ich hätte mir das genausogut sparen können. Leute wie er reagieren nicht auf menschliche Gefühle. Er und seine Tochter hatten Peter für irgendeinen Zweck ausersehen, weil er aus einer reichen Familie stammte. Und als sie kein Geld aus ihm herausholen konnten, haben sie ihn umgelegt.«

McGraw lief puterrot an. »Haben Sie die Polizei von Ihrer Theorie in Kenntnis gesetzt, Mr. Thayer?« fragte ich.

»Falls ja, dann bringe ich dich Drecksack wegen Verleumdung vor Gericht«, warf McGraw ein.

»Ich lasse mir von dir nicht drohen, McGraw«, grollte Thayer. Typische John-Wayne-Imitation.

»Haben Sie die Polizei von Ihrer Theorie in Kenntnis gesetzt, Mr. Thayer?« wiederholte ich.

Unter seiner gepflegten Bräune lief er ein bißchen rot an. »Nein, ich wollte nicht, daß es in den Zeitungen breitgetreten wird; meine Nachbarn sollten nicht erfahren, in welchen Kreisen der Junge verkehrte.«

Ich nickte. »Aber Sie sind tatsächlich überzeugt davon, daß Mr. McGraw entweder allein oder gemeinsam mit seiner Tochter für den Mord an Peter verantwortlich ist?«

»Ja, das bin ich, verdammt noch mal!«

»Und haben Sie Beweise für Ihre Annahme?« fragte ich.

»Nein, hat er nicht, zum Kuckuck!« donnerte McGraw los. »Kein Mensch könnte so eine total hirnverbrannte Behauptung belegen! Anita liebte diesen Rotzlöffel. Ich hab' ihr ja prophezeit, daß sie hier einen kolossalen Fehler macht. Man braucht sich bloß mit den Bonzen einzulassen, und schon verbrennt man sich den Arsch. Genau das ist eingetreten.«

Mir schien allerdings, als seien in diesem besonderen Fall die Bonzen die Gelackmeierten, doch ich fand es nicht besonders hilfreich, das jetzt zu erwähnen.

»Haben Sie Mr. McGraw bei einem früheren Besuch eine Visitenkarte gegeben?« fragte ich Thayer.

»Ich weiß nicht«, erwiderte er gereizt. »Wahrscheinlich habe ich bei der Sekretärin eine abgegeben, als ich eintraf. Was geht Sie das überhaupt an?«

Ich lächelte. »Ich bin Privatdetektivin, Mr. Thayer, und ich führe private Ermittlungen für Mr. McGraw. Neulich abend zeigte er mir Ihre Visitenkarte, und ich fragte mich, wie er dazu gekommen war.«

McGraw drückte sich unbehaglich in seinen Sessel. Thayer starrte ihn mit einem ungläubigen Ausdruck an. »Du hast ihr meine Visitenkarte gezeigt? Weshalb, zum Teufel? Übrigens, was hat dich überhaupt zu einem Privatdetektiv geführt?«

»Ich hatte schon meine Gründe.« McGraw wirkte verlegen und hinterhältig gleichzeitig.

»Davon bin ich überzeugt«, meinte Thayer bedeutungsvoll. Er wandte sich zu mir. »Welchen Auftrag erledigen Sie für McGraw?«

Ich schüttelte den Kopf. »Diskretion ist bei mir im Preis inbegriffen.«

»In welchem Bereich üben Sie Ihre Tätigkeit aus?« erkundigte sich Thayer. »Scheidungen?«

»Die meisten Leute denken sofort an Scheidung, wenn sie einem Privatdetektiv gegenüberstehen. Offen gestanden, mir wird bei Scheidungen zuviel im Dreck gewühlt. Ich bekomme häufig Aufträge aus der Industrie. Kennen Sie Edward Purcell, den ehemaligen Aufsichtsratsvorsitzenden von Transicon?«

Thayer nickte. »Jedenfalls habe ich von ihm gehört.«

»In dieser Sache habe ich die Ermittlungen durchgeführt. Er schaltete mich ein, weil der Aufsichtsrat seiner Firma von ihm Rechenschaft über den Verbleib des Umlaufvermögens forderte. Leider hatte er seine Spuren nicht gründlich genug getilgt, bevor er mir den Auftrag erteilte. Purcells Selbstmord und die Umstrukturierung der ziemlich angeschlagenen Transicon hatten Chicago damals zehn Tage lang in Atem gehalten.«

Thayer beugte sich zu mir herab. »Wenn das so ist, was will dann McGraw von Ihnen?« Er wirkte auf den ersten Blick nicht so bedrohlich wie McGraw, aber er zählte ebenfalls zu jener imposanten Sorte von Männern, denen es stets gelingt, andere einzuschüchtern. Ich war der geballten Kraft seiner Persönlichkeit ausgesetzt und mußte mich aufrichten, um ihr zu widerstehen.

»Was geht Sie das an, Mr. Thayer?«

Er bedachte mich mit einem Stirnrunzeln, das ihm vielleicht bei seinen Untergebenen Gehorsam verschaffen mochte. »Wenn er Ihnen meine Karte gegeben hat, dann geht es mich sehr wohl etwas an.«

»Es hatte überhaupt nichts mit Ihnen zu tun, Mr. Thayer.«

»Das stimmt, Thayer«, knurrte McGraw. »Und jetzt raus aus meinem Büro.«

Thayer wandte sich zu McGraw um, und ich entspannte mich ein wenig. »Versuchst du etwa, mich in deine dreckigen Geschäfte hineinzuziehen, McGraw?«

»Paß auf, was du redest, Thayer! Mein Name und meine Geschäfte sind über jeden Verdacht erhaben, was dir auch jedes Gericht hierzulande bestätigen kann. Und selbst der Kongreß. Also laß den Quatsch.«

»Klar, der Kongreß hat sich zu dir bekannt. Bloß gut, daß Derek Bernstein unmittelbar vor der Senatsdebatte gestorben ist.«

McGraw baute sich direkt vor dem Bankmanager auf. »Du verdammter Misthund! Verschwinde hier, sonst fliegst du gleich so hochkantig raus, daß dir deine Überheblichkeit ein für allemal vergeht!«

»Ich habe keine Angst vor deinen Schlägertypen, McGraw; du kannst mir nicht drohen!«

»Jetzt reicht's aber«, fuhr ich dazwischen. »Sie sind ja beide solche Mordskerle, daß man nur staunen kann. Ich bin jetzt gebührend beeindruckt und sterbe fast vor Angst. Vielleicht könnten Sie diese Kindereien nun unterlassen. Wieso messen Sie dem Ganzen solche Bedeutung bei, Mr. Thayer? Was ist schon dabei, wenn Mr. McGraw mit Ihrer Visitenkarte herumgespielt hat? Aber er hat niemals versucht, Ihren Namen in seine schmutzigen Geschäfte hineinzuziehen – falls er mit schmutzigen Geschäften zu tun haben sollte. Regen Sie sich deshalb so auf, weil Sie selbst Dreck am Stecken haben? Oder wollen Sie sich nur beweisen, daß Sie überall der Obermacker sind?«

»Überlegen Sie sich, was Sie sagen, junge Frau. Ich kenne eine Menge einflußreicher Leute in unserer Stadt, und die könnten …«

»Das ist genau das, worauf ich hinauswollte«, unterbrach ich ihn. »Ihre einflußreichen Freunde könnten veranlassen, daß mir meine Lizenz entzogen wird. Zweifellos. Aber warum wäre das gerade für Sie von Bedeutung?«

Er schwieg einige Augenblicke. Schließlich sagte er: »Geben Sie nur acht, wenn Sie sich mit McGraw auf etwas einlassen. Gerichtlich mag er nicht zu belangen sein, aber er hat bei einer Menge übler Machenschaften die Hände im Spiel.«

»Schon gut. Ich werde aufpassen.«

Er sah mich mit säuerlicher Miene an und verließ dann das Büro.

McGraw gönnte mir einen wohlwollenden Blick. »Den haben Sie genau richtig angepackt, Warshawski.«

Ich ignorierte diese Bemerkung. »Weshalb haben Sie mir neulich nacht einen falschen Namen genannt, McGraw? Und weshalb haben Sie für Ihre Tochter einen anderen Namen erfunden?«

»Wie haben Sie mich übrigens aufgespürt?«

»Als der Name McGraw plötzlich auftauchte, begann es in meinem Gedächtnis zu arbeiten. Ich erinnerte mich an die Nacht, in der auf Sie geschossen wurde. Und nachdem Lieutenant Mallory die Scherenschleifer erwähnt hatte, fiel mir alles wieder ein. Was hat Sie eigentlich zu mir geführt? Dachten Sie, mein Vater würde Ihnen wieder aus der Patsche helfen, so wie damals?«

»Wovon reden Sie überhaupt?«

»Ach, hören Sie doch auf, McGraw. Ich war ja dabei. Möglicherweise erinnern Sie sich nicht mehr an mich – aber ich erinnere mich an *Sie*. Sie kamen blutüberströmt herein, und mein Vater hat Ihnen die Schulter verbunden und Sie aus dem Haus gebracht. Hatten Sie angenommen, er würde Ihnen diesmal wieder aus irgendeinem Schlamassel helfen – bis Sie herausbekamen, daß er tot war? Und wie ging's dann weiter? Haben Sie meinen Namen auf den Gelben Seiten entdeckt und vermutet, ich sei Tonys Sohn? Also, raus damit: Weshalb haben Sie Thayers Namen benutzt?«

Er gab seinen inneren Widerstand ein wenig auf. »Ich war mir nicht sicher, ob Sie für mich arbeiten würden, wenn Sie meinen Namen erfuhren.«

»Und warum gerade Thayer? Mußten Sie denn den Boss von Chicagos größter Bank mit hineinziehen? Warum nannten Sie sich nicht einfach Joe Blow?«

»Ich weiß nicht. Vermutlich ein spontaner Einfall.«

»Ein spontaner Einfall? So schwachsinnig können Sie doch gar nicht sein. Er könnte Sie wegen Rufmords oder ähnlichem belangen, weil Sie seinen Namen auf diese Weise ins Gespräch gebracht haben.«

»Warum, zum Teufel, haben Sie es ihm dann verraten? Sie stehen schließlich auf meiner Gehaltsliste.«

»Da befinden Sie sich im Irrtum. Sie haben mich auf freiberuflicher Basis mit gewissen Ermittlungen betraut – aber ich stehe keineswegs auf Ihrer Gehaltsliste. Was uns wieder zur ursprünglichen Frage zurückbringt: Zu welchem Zwecke haben Sie mich überhaupt angeheuert?«

»Um meine Tochter zu finden.«

»Was hat Sie dann veranlaßt, ihr einen falschen Namen zu geben? Wie sollte ich sie damit je aufspüren können? Nein. Ich glaube, Sie haben mich dazu angeheuert, die Leiche zu entdecken.«

»Jetzt hören Sie mir einmal gut zu, Warshawski ...«

»Hören Sie mir erst mal zu, McGraw. Es ist ganz offensichtlich, daß Sie vom Tod des Jungen wußten. Wann haben Sie davon erfahren? Oder haben Sie ihn etwa erschossen?«

Seine Augen waren nur noch Schlitze in dem grobschlächtigen Gesicht, als er dicht an mich herankam. »Unterlassen Sie die Klugscheißereien, Warshawski.«

Mein Herz schlug schneller, doch ich wich ihm nicht aus. »Wann haben Sie die Leiche gefunden?«

Er starrte mich noch geraume Zeit an, dann lächelte er ein wenig. »Sie sind kein Softie. Frauen mit Courage imponieren mir ... Ja, ich machte mir wegen Anita Sorgen. Sie ruft gewöhnlich Montagabend an, und als sie sich nicht meldete, dachte ich, es sei das beste, hinüberzufahren und nach dem Rechten zu sehen. Sie wissen ja selbst, wie gefährlich die Gegend dort ist.«

»Wissen Sie, Mr. McGraw, ich finde es immer wieder erstaunlich, wie viele Leute der Meinung sind, die Universität von Chicago läge in einer gefährlichen Gegend. Unter diesen Umständen ist es mehr als verwunderlich, daß überhaupt Eltern ihre Kinder dorthin schicken. So, und jetzt wollen wir's mal mit der Wahrheit probieren. Als Sie mich aufsuchten, wußten Sie von Anitas Verschwinden; sonst hätten Sie mir niemals ihr Bild gegeben. Sie machen sich Sorgen um sie, und Sie möchten, daß sie gefunden wird. Gehen Sie davon aus, daß sie den Jungen umgebracht hat?«

Hierauf erfolgte eine explosionsartige Reaktion. »Nein, verdammt noch mal! Wenn Sie's unbedingt hören wollen: Sie kam Dienstag abend von der Arbeit nach Hause und fand seine Leiche. In ihrer Panik rief sie mich an, danach verschwand sie.«

»Hat sie Sie beschuldigt, ihn getötet zu haben?«

»Warum hätte sie das tun sollen?« Er war angriffslustig, zeigte aber Ansätze von Unbehagen.

»Oh, ich kann mir eine Menge Gründe denken. Sie konnten den jungen Thayer nicht ausstehen; Sie vertraten die Meinung, Ihre Tochter würde sich an die Bonzen verkaufen. Daraufhin haben Sie in einem Anfall mißverstandener väterlicher Besorgnis den jungen Mann getötet, in dem Glauben, Ihre Tochter würde wieder zu Ihnen zurückkehren. Statt dessen …«

»Sie sind übergeschnappt, Warshawski! Kein Vater verhält sich so hirnrissig!«

Ich habe schon eine beträchtliche Anzahl von Eltern gesehen, die sich noch viel hirnrissiger verhielten, beschloß aber, mich über diesen Punkt nicht mit ihm zu streiten. »Nun«, meinte ich, »wenn Ihnen diese Version nicht gefällt, versuchen wir's doch mit der nächsten. Peter hat auf irgendeine Weise von gewissen zwielichtigen, vielleicht sogar kriminellen Machenschaften Wind bekommen, in die Sie und die Scherenschleifer verwickelt sind. Er setzte Anita von seinen Befürchtungen in Kenntnis, nahm aber, weil er sie liebte, davon Abstand, ihren Vater bei den Polypen anzuschwärzen. Als junger Mann mit Idealen mußte er Sie jedoch mit den Tatsachen konfrontieren. Und er war nicht käuflich. Also erschossen Sie ihn oder gaben zumindest den Auftrag dazu, und Anita war klar, daß Sie es gewesen sein mußten. Sie tauchte unter.«

McGraw verlor wieder die Nerven; er tobte und brüllte und bedachte mich mit Schimpfwörtern. Schließlich sagte er: »Warum, in drei Teufels Namen, hätte ich Sie wohl beauftragt, meine Tochter zu suchen, wenn sie mich am Ende doch bloß denunzieren würde?«

»Ich weiß nicht. Möglicherweise sind Sie das Wagnis eingegangen, weil Sie ein gutes Verhältnis zu ihr hatten und daher nicht damit gerechnet haben, von ihr verraten zu werden. Das Problem ist, daß die Polizei Sie über kurz oder lang sowieso mit Anita in Verbindung bringen wird. Nachdem verschiedene Schriftstücke in der Wohnung herumlagen, die Ihre Druckerei gestaltet hat, weiß man von den Verbindungen der jungen Leute zur Bruderschaft. Polizisten sind ja keine Schwachköpfe; jeder weiß, daß Sie Gewerkschaftsführer sind, und der Name McGraw steht an der Wohnungstür.

Wenn sie zu Ihnen kommen, dann kümmern sie sich bestimmt nicht um Ihre Tochter oder um ihr Verhältnis zu Ihnen. Sie haben nämlich einen Mord aufzuklären, und sie werden ganz wild darauf sein, Ihnen den in die Schuhe zu schieben – besonders, wenn ein Arrivierter wie Thayer ihnen im Nacken sitzt. Falls Sie mir nun alles erzählen, was Sie wissen, dann könnte ich vielleicht – aber wirklich nur *vielleicht* – Sie und Ihre Tochter da heraushalten; natürlich nur, wenn Sie tatsächlich unschuldig sind.«

McGraw studierte eine Weile den Fußboden. Mir wurde bewußt, daß ich während meiner Rede die Sessellehnen umklammert hatte, und ich entspannte vorsichtig meine Muskeln. Endlich sah er mich wieder an und sagte: »Versprechen Sie mir, mit dem, was ich Ihnen jetzt erzähle, nicht zur Polizei zu gehen?«

Ich schüttelte den Kopf. »Versprechen kann ich gar nichts, Mr. McGraw. Es würde mich meine Lizenz kosten, wenn ich Informationen über ein Verbrechen zurückhielte.«

»Es geht doch nicht um so was, verdammt! Herrgott noch mal, Warshawski, Sie benehmen sich, als hätte ich diesen beschissenen Mord begangen oder dergleichen!« Er atmete schwer. Nach ein paar Minuten begann er wieder zu sprechen. »Was ich Ihnen erzählen möchte, ist – Sie haben recht. Ich habe – ich war – also, ich habe tatsächlich die Leiche des Jungen entdeckt.« Er hatte die ersten Worte hervorgewürgt; danach ging es besser. »Annie – Anita rief mich am Montag abend an. Sie war nicht in der Wohnung, wollte aber nicht verraten, wo sie sich aufhielt.« Er rutschte auf seinem Stuhl hin und her. »Anita ist ein braves und vernünftiges Mädchen. Als Kind wurde um sie nie großes Theater gemacht, und als sie dann erwachsen war, hatte sie gelernt, unabhängig zu sein. Wir beide, sie und ich, verstehen uns sehr gut; sie zeigte schon immer Interesse für die Gewerkschaft, aber sie hängt keineswegs an Daddys Rockschößen. Das hätte mir auch gar nicht gefallen.

Am Dienstag abend war sie kaum wiederzuerkennen. Sie war beinahe hysterisch, kreischte eine Menge sinnloses und dämliches Zeug. Vom Tod des Jungen hat sie allerdings nichts erwähnt.«

»Was hat sie denn gekreischt?« fragte ich beiläufig.

»Ach, einfach nur Blödsinn, den ich mir nicht zusammenreimen konnte.«

»Das gleiche Lied mit neuer Strophe«, bemerkte ich.

»Wie?«

»Das hatten wir doch schon mal«, erläuterte ich. »Nur tönt es jetzt lauter und noch weniger schön.«

»Ein für allemal: Sie hat mich nicht beschuldigt, Peter Thayer umgebracht zu haben!« brüllte er mit voller Kraft.

Wir machten keine großen Fortschritte.

»Also gut, sie hat Sie nicht beschuldigt, Peter umgebracht zu haben. Hat sie Ihnen von seinem Tod erzählt?«

Er hielt einen Moment inne. Würde er mit ja antworten, so stellte sich automatisch die nächste Frage, weshalb das Mädchen untergetaucht war, wenn es nicht glaubte, daß McGraw den Mord begangen hatte. »Nein. Wie ich schon sagte, sie war nur hysterisch. Sie ... Nun, später, nachdem ich die Leiche gesehen hatte, kam mir die Idee, daß sie – daß sie deswegen angerufen hatte.« Wieder unterbrach er sich, diesmal, um in seinem Gedächtnis zu forschen. »Sie legte auf, und ich versuchte, zurückzurufen, aber es meldete sich niemand; also fuhr ich hin, um der Sache auf den Grund zu gehen. Dabei fand ich die Leiche.«

»Wie sind Sie hineingekommen?« fragte ich verwundert.

»Ich habe einen Schlüssel. Annie gab ihn mir bei ihrem Einzug, doch ich hatte ihn vorher noch nie benutzt.« Er kramte in seiner Hosentasche und präsentierte einen Schlüssel. Ich warf einen Blick darauf und zuckte die Achseln.

»Das war am Dienstag abend?« Er nickte. »Und Sie haben bis Mittwoch abend gewartet, um mich aufzusuchen?«

»Ich lauerte den ganzen Tag darauf, daß irgend jemand den Toten finden würde. Als nichts darüber gemeldet wurde ... Sie hatten richtig vermutet.« Er lächelte reumütig, wodurch sein Gesicht anziehender wurde. »Ich hatte gehofft, daß Tony noch am Leben ist. Ich hatte zwar seit Jahren nicht mehr mit ihm gesprochen. Damals bei der Stellinek-Sache hat er mich ganz unmißverständlich vor die Tür gesetzt, was ich dem guten alten Kerl gar nicht zugetraut hätte, aber außer ihm gab es meiner Ansicht nach wirklich niemanden, der mir hätte helfen können.«

»Warum haben Sie denn nicht selbst die Polizei gerufen?«

Sein Gesicht wurde wieder verschlossen. »Weil ich nicht wollte«, entgegnete er knapp.

Ich dachte ein Weilchen darüber nach. »Wahrscheinlich war Ihnen eine eigene Informationsquelle lieber, und Sie waren nicht der Meinung, daß Ihnen Ihre Polizeikontakte dabei helfen würden.« Er widersprach nicht.

»Sind irgendwelche Ruhestandsgelder bei der Fort Dearborn Trust angelegt?« erkundigte ich mich.

McGraw lief schon wieder rot an. »Halten Sie Ihre gottverdammten Pfoten aus unseren Pensionsgeldern raus, Warshawski. Es schnüffeln bereits so viele Leute darin herum, daß deren Sicherheit für die nächsten hundert Jahre einwandfrei garantiert ist. Da brauchen wir Sie nicht auch noch.«

»Wickeln Sie über die Fort Dearborn Trust irgendwelche finanziellen Transaktionen ab?«

Er geriet so in Wut, daß ich mir überlegte, welchen Nerv ich da getroffen haben mochte, doch er bestritt es energisch.

»Und wie steht's mit der Ajax-Versicherungsgesellschaft?«

»Nun, wie soll's damit stehen?« fragte er zurück.

»Ich weiß nicht, Mr. McGraw. Laufen dort Versicherungen Ihrer Organisation?«

»Darüber bin ich nicht informiert.« Sein Gesicht war unbeweglich, und er blickte mich kalt und durchdringend an, in der gleichen Art, wie er vermutlich den jungen Timmy Wright der Sektion 4318 von Kansas City angeblickt hatte, als der den Versuch unternommen hatte, mit ihm über korrekte Wahlen in diesem Distrikt zu diskutieren. (Timmy war vierzehn Tage danach im Missouri River aufgetaucht.) Er wirkte jetzt wesentlich gefährlicher als vorher mit dem rot angelaufenen Gesicht und dem Herumgebrülle. Ich machte mir so meine Gedanken.

»Und was ist mit den Pensionen? Ajax ist im Pensionsgeschäft stark vertreten.«

»Verflixt noch mal, Warshawski, verziehen Sie sich! Sie hatten den Auftrag, Anita zu finden, und nicht, unzählige Fragen über Dinge zu stellen, die Sie einen Dreck angehen. Aber jetzt verschwinden Sie, und lassen Sie sich hier nie mehr blicken!«

»Soll ich Anita suchen oder nicht?« fragte ich.

McGraw sank plötzlich in sich zusammen und stützte den Kopf in die Hände. »O Heiland, ich weiß auch nicht, was ich tun soll!«

Voller Mitgefühl sah ich ihn an. »Macht Ihnen jemand die Hölle heiß?«

Er schüttelte den Kopf, gab aber keine Antwort. Eine Zeitlang saßen wir schweigend in unseren Sesseln. Dann sah er mich mit grauem Gesicht an. »Warshawski, ich habe keine Ahnung, wo Annie ist. Und ich will es auch nicht wissen. Doch ich hätte gern, daß Sie nach ihr suchen. Und wenn Sie sie gefunden haben, dann sagen Sie mir nur, ob alles in Ordnung ist. Hier sind noch einmal fünfhundert Dollar, damit wäre die ganze nächste Woche bezahlt. Wenn das Geld verbraucht ist, kommen Sie wieder.« Es war zwar keine formelle Entschuldigung, aber ich akzeptierte sie trotzdem und ging.

Ich machte bei Barb's Bar-B-Q halt, um etwas zu essen und den telefonischen Auftragsdienst anzurufen. Ralph Devereux hatte eine Nachricht hinterlassen: Ich sollte ihn heute abend um halb acht im Cartwheel treffen. Ich rief ihn an und erkundigte mich, ob ihm zu Peter Thayers Arbeit etwas eingefallen wäre.

»Hören Sie«, meinte er, »könnten Sie mir nicht Ihren Vornamen verraten? Es fällt mir höllisch schwer, Sie ständig mit ›V. I.‹ anzureden.«

»Die Engländer machen das immer. Was haben Sie herausgefunden?«

»Nichts. Ich brauche gar nicht nachzuforschen – es gibt nichts zu entdecken. Der junge Mann hatte keinen Zugang zu irgendwelchen heiklen Unterlagen. Und wissen Sie auch, warum nicht – V. I.? Weil es bei Versicherungsgesellschaften keinerlei heikle Unterlagen gibt. Unser Verkaufsprodukt und sein Herstellungsverfahren sowie sein Preis werden von nur ungefähr siebenundsechzig Behörden oder Regierungsstellen kontrolliert.«

»Ralph, ich heiße Victoria; meine Freunde nennen mich Vic. Niemals Vicki. Es leuchtet mir ein, daß das Versicherungsgeschäft als solches keine brisante Angelegenheit ist – es bietet allerdings eine Menge lohnender Betrugsmöglichkeiten.«

Bedeutungsvolles Schweigen. »Nein«, sagte er schließlich. »Zumindest nicht hier. Das Ausstellen und Unterschreiben von Schecks gehört nicht in unseren Zuständigkeitsbereich.«

Ich dachte über diese Bemerkung nach. »Ist Ihnen bekannt, ob die Ajax irgendwelche Pensionsfonds der Scherenschleifer verwaltet?«

»Der Scherenschleifer?« wiederholte er. »Ich kann mir kaum vorstellen, was diese Ganovenbande mit Peter Thayer zu tun haben soll.«

»Das weiß ich auch noch nicht. Sind nun irgendwelche Pensionsgelder bei Ihnen angelegt – ja oder nein?«

»Ich bezweifle es. Wir sind eine Versicherungsgesellschaft und keine Versorgungsanstalt für Gangster.«

»Könnten Sie das für mich überprüfen? Und können Sie feststellen, ob sie bei Ihnen Versicherungen laufen haben?«

»Wir bieten viele Arten von Versicherungen an, Vic, aber

es sind nur wenige darunter, die eine Gewerkschaft abschließen würde.«

»Wieso?«

»Ja, das ist eine längere Geschichte«, meinte er. »Treffen Sie sich mit mir um halb acht im Cartwheel, dann werde ich Ihnen eine Vorlesung darüber halten.«

»In Ordnung.« Ich war einverstanden. »Aber bitte prüfen Sie es auf alle Fälle nach, ja?«

»Was bedeutet das I?«

»Das geht Sie gar nichts an.« Ich legte auf. Das I stand für Iphigenia. Meine italienische Mutter schwärmte für Victor Emanuel. Diese Leidenschaft und ihre Liebe zur Oper hatten sie veranlaßt, mich mit einem idiotischen Vornamen zu belasten.

Ich trank ein Fresca und bestellte einen Salat Spezial. Mich gelüstete nach Spareribs mit Pommes frites, aber Mildreds schlaffe Oberarme ließen mich davon absehen. Der Salat war etwas für den hohlen Zahn. Kategorisch verbannte ich die Pommes frites aus meinen Gedanken und befaßte mich mit den laufenden Ereignissen.

Anita McGraw hatte angerufen und – bei vorsichtiger Spekulation – ihren Vater zumindest von dem Mord unterrichtet. Für mich gab es keinen Zweifel, daß sie ihn beschuldigt hatte, dabei seine Hände im Spiel gehabt zu haben. Peter war demnach irgendwelchen üblen Machenschaften der Scherenschleifer auf die Spur gekommen und hatte sie davon in Kenntnis gesetzt. Vermutlich war er bei Ajax darauf gestoßen, möglicherweise auch über die Bank. Mir gefiel die Idee mit den Ruhestandsgeldern. Der Loyal-Alliance-Pensionsfonds erntete je nach Sachlage Lob oder Tadel im Hinblick auf die Verwaltung der Pensionsgelder der Scherenschleifer-Gewerkschaft, aber zwanzig Millionen oder so konnten leicht abgezweigt und bei einer Großbank oder Versicherungsgesellschaft deponiert werden. Zudem boten Pensionsgelder sehr viele Möglichkeiten für betrügerische Manipulationen.

Warum war McGraw zu dem Apartment gefahren? Nun, in erster Linie deshalb, weil er wußte, hinter welch schändliches Geheimnis Thayer gekommen war. Er mußte befürchten, daß er es mit Anita geteilt hatte – verliebte junge Leute können schlecht etwas für sich behalten. Und falls sie ihn angerufen hatte, weil sie ihren Freund mit einem Loch im Kopf vorgefunden hatte, kam McGraw vermutlich zu der Schlußfolgerung, daß es sie als nächste treffen würde – ob sie nun seine Tochter war oder nicht. Demzufolge raste er nach Hyde Park hinüber, getrieben von dem entsetzlichen Gedanken, er könnte auch ihre Leiche vorfinden. Statt dessen war sie verschwunden. So weit, so gut.

Wenn es mir nun gelänge, Anita aufzuspüren, würde sich das Geheimnis lüften. Sollte ich aber dem Geheimnis auf die Spur kommen, so konnte ich damit an die Öffentlichkeit gehen; dieser fürchterliche Druck würde nicht mehr auf dem Mädchen lasten, und es könnte sich unter Umständen zur Rückkehr entschließen. Das klang nicht schlecht.

Aber wie verhielt es sich mit Thayer? Weshalb hatte sich McGraw seiner Visitenkarte bedient, und weshalb hatte ihn das derart aufgeregt? Ging es ihm nur ums Prinzip? Ich müßte einmal allein mit ihm reden.

Ich zahlte und fuhr erneut zur Universität. Der Fachbereich Politische Wissenschaften war im vierten Stock eines der älteren Universitätsgebäude untergebracht. An diesem heißen Sommernachmittag waren die Gänge leergefegt. Durch die Fenster im Treppenhaus sah ich Grüppchen von Studenten lesend oder schlafend auf dem Rasen liegen. Ein paar energiegeladene Jungs spielten Frisbee. Ein irischer Setter sprang um sie herum und versuchte, die Scheibe zu erwischen.

In der Fachbereichsverwaltung hielt ein Student die Stellung. Er sah aus wie ungefähr siebzehn; langes blondes Haar hing ihm in die Stirn, aber er war bartlos. Irgendwie schien er noch nicht so weit zu sein, sich einen Bart wachsen zu lassen. Er trug ein T-Shirt mit einem Loch unter der linken Achsel und kauerte über einem Buch. Als ich grüßte, sah er widerwillig auf, ließ aber das Buch offen auf dem Schoß liegen.

Ich lächelte ihn liebenswürdig an und erklärte, daß ich nach Anita McGraw suchte. Nachdem er einen feindseligen Blick auf mich abgeschossen hatte, wandte er sich ohne ein Wort wieder seinem Buch zu.

»Was soll das? Darf man nicht mal nach ihr fragen? Sie ist Studentin dieses Fachbereichs, stimmt's?« Er weigerte sich, den Blick von seinem Buch zu lösen. Ich spürte, wie ich in Wut geriet, überlegte jedoch gleichzeitig, ob Mallory schon vor mir dagewesen war. »Hat sich die Polizei schon nach ihr erkundigt?«

»Das sollten Sie doch am besten wissen«, murmelte er, ohne aufzublicken.

»Sie glauben also, ich sei von der Polizei, nur weil ich keine schlampigen Jeans trage?« meinte ich. »Wie wär's, wenn Sie für mich ein nach Fachrichtungen gegliedertes Vorlesungsverzeichnis hervorzaubern würden?«

Er rührte sich nicht. Ich ging um den Schreibtisch herum und zog auf seiner Seite ein Schubfach auf.

»Schon gut, schon gut«, sagte er gereizt. Er legte das Buch mit dem Rücken nach oben auf seinen Schreibtisch. *Kapitalismus und Freiheit,* von Marcuse. Hätte ich mir ja denken können. Er kramte in einer Schublade herum und brachte eine neunseitige maschinengeschriebene und vervielfältigte Liste mit der Überschrift »Vorlesungsverzeichnis – Sommer 1979« zum Vorschein.

Ich überschlug die Seiten, bis ich zur Fachrichtung Politische Wissenschaften gelangte. Die Veranstaltungen dieses Semesters nahmen eine Seite ein. Unter den Vorlesungen fanden sich Themen wie »Das Konzept der Staatsbürgerschaft nach Aristoteles und Plato«, »Der Idealismus von Descartes bis Berkeley« und »Die Politik der Supermächte und die Idee des Weltverschwindens«. Faszinierend. Endlich fand ich etwas Vielversprechenderes: »Die kapitalistische Herausforderung: Gewerkschaften gegen Arbeitnehmer«. Der Dozent einer solchen Vorlesung besaß sicherlich große Anziehungskraft auf eine junge Gewerkschaftlerin wie Anita McGraw. Vielleicht kannte er sogar einige ihrer Freunde. Der Name des Dozenten war Harold Weinstein.

Ich fragte den Jungen, wo sich Weinsteins Büro befand. Er kroch noch weiter in den Marcuse hinein und gab vor, nichts gehört zu haben. Wieder begab ich mich auf die andere Seite des Schreibtisches und setzte mich auf die Tischplatte, das Gesicht ihm zugewandt; ich packte ihn mit einem Ruck am Kragen und riß seinen Kopf hoch, so daß ich ihm in die Augen sehen konnte. »Ich weiß, daß du der Meinung bist, der Revolution einen großen Dienst zu erweisen, wenn du den Schweinen Anitas Aufenthaltsort nicht bekanntgibst«, sagte ich liebenswürdig. »Wenn man ihre Leiche in einem Kofferraum entdeckt, wirst du mich vielleicht zu der Party einladen, auf der ihr die Aufrechterhaltung eures Ehrenkodex angesichts untragbarer Unterdrückung feiert.« Ich schüttelte ihn ein wenig. »Und nun sagst du mir, wo ich Harold Weinsteins Büro finden kann.«

»Du brauchst ihr überhaupt nichts zu sagen, Howard«, mischte sich eine Stimme hinter mir ein. »Und Sie brauchen sich nicht zu wundern«, meinte er an meine Adresse gerichtet, »wenn Polizei und Faschismus in den Augen der Studenten das gleiche ist; ich habe gesehen, wie Sie auf den Jungen losgegangen sind.«

Die Worte kamen von einem dürren Mann mit hitzigen braunen Augen und einem ungebändigten Haarschopf. Sein blaues Baumwollhemd steckte säuberlich im Bund khakifarbener Jeans.

»Mr. Weinstein?« fragte ich äußerst freundlich und ließ Howards Hemd los. Mit düsterem Blick, die Hände auf die Hüften gestützt, starrte er mich an. Es wirkte sehr edel. »Ich bin nicht von der Polizei; ich bin Privatdetektivin. Und wenn ich jemandem eine vernünftige Frage stelle, hätte ich auch gern eine vernünftige Antwort statt eines arroganten Achselzuckens.

Anitas Vater, Andrew McGraw, hat mich beauftragt, sie zu suchen. Wir haben beide das Gefühl, daß sie sich in ernstlichen Schwierigkeiten befinden könnte. Gehen wir irgendwohin und reden über die Sache?«

»Sie haben also ein Gefühl«, entgegnete er düster. »Ja, dann gehen Sie besser und fühlen irgendwo anders. Wir legen keinen Wert auf Polizei auf dem Universitätsgelände – egal, ob staatlich oder privat.« Er wandte sich um und schickte sich an, den Korridor wieder hinunterzustaksen.

»Ausgezeichnet gespielt«, sagte ich anerkennend. »Sie haben Al Pacino gut studiert. Wenn Ihr Gefühlsausbruch jetzt beendet ist, könnten wir doch über Anita reden, oder?«

Sein Nacken lief rot an. Die Röte stieg hinauf bis in die Ohren, aber er blieb stehen. »Was ist mit ihr?«

»Sicherlich wissen Sie, daß sie verschwunden ist, Mr. Weinstein. Möglicherweise ist Ihnen auch bekannt, daß ihr Freund Peter Thayer tot ist. Ich hoffe, sie zu finden und zu verhindern, daß ihr dasselbe Schicksal widerfährt.« Hier machte ich eine kleine Pause, um ihm Gelegenheit zu geben, meine Worte zu verarbeiten. »Meiner Ansicht nach versteckt sie sich irgendwo und glaubt, daß Peters Mörder sie dort nicht aufspüren wird. Allerdings befürchte ich, daß sie einem ganz üblen Killertyp über den Weg gelaufen ist. Einem von der Sorte, bei denen Geld keine Rolle spielt und die deswegen an beinahe jedes Versteck herankommen.«

Er wandte sich ein wenig zurück, so daß ich sein Profil sehen konnte. »Keine Sorge, Philip Marlowe – ich laß mich nicht kaufen. Auf die Weise erfährt von mir keiner ihren Aufenthaltsort.«

Ich überlegte mir hoffnungsvoll, ob man ihn wohl zum Reden bringen konnte, wenn man ihn ein wenig folterte. Laut sagte ich: »Wissen Sie, wo sie sich befindet?«

»Kein Kommentar.«

»Kennen Sie einige ihrer hiesigen Freunde?«

»Kein Kommentar.«

»Herrgott, Sie sind wirklich eine große Hilfe, Mr. Weinstein – genau das, was ich mir unter einem tollen Professor vorstelle. Schade, daß Sie nicht hier gelehrt haben, als ich zur Uni ging.« Ich zog meine Visitenkarte hervor und überreichte sie ihm. »Sollten Sie je einen Kommentar abzugeben haben, so rufen Sie mich unter dieser Nummer an.«

Draußen in der Hitze fühlte ich mich niedergedrückt. Mein dunkelblaues Seidenkostüm war zwar hinreißend, aber bei dieser Temperatur einfach zu warm; ich schwitzte unter den Armen und ruinierte vermutlich den Stoff. Zudem schien mir jeder, dem ich über den Weg lief, feindlich gesinnt. Ich wünschte, ich hätte Howard die Visage poliert.

Vor dem Unigebäude stand eine kreisförmige Sandsteinbank. Ich ging hinüber und setzte mich. Vielleicht sollte ich diesen blöden Auftrag zurückgeben. Industriespionage lag mir weit mehr als korrupte Gewerkschaften und eine Horde von Rotzgören. Vielleicht sollte ich mit McGraws tausend Dollar einen Sommerurlaub auf der Michigan-Halbinsel verbringen? Das brachte ihn unter Umständen so in Wut, daß er mir jemanden mit weißen Gamaschen nachhetzte.

Unmittelbar hinter mir lag das Divinity College. Ich seufzte, erhob mich mühsam und flüchtete in den kühlen Steinbau. In einer Cafeteria im Untergeschoß gab es zu meiner Zeit immer aufgewärmten Kaffee und lauwarme Limonade. Ich stieg die Treppen hinab und fand alles noch so vor wie früher. Diese Kontinuität und die nach wie vor jungen Gesichter hinter der provisorischen Theke hatten etwas Beruhigendes. Auf freundliche und naive Art vertraten sie zahlreiche Dogmen der Gewalt, gestanden Einbrechern aufgrund ihrer gesellschaftlichen Unterdrückung ein Anrecht auf ihre Beute zu und wären andererseits bis ins Mark erschüttert, würde man ihnen zumuten, selbst ein Maschinengewehr in die Hand zu nehmen.

Ich ließ mir ein Cola geben und zog mich damit in eine dunkle Ecke zurück. Die Stühle waren nicht sehr bequem, doch ich zog meine Knie bis unters Kinn hoch und lehnte mich gegen die Wand. Ein gutes Dutzend Studenten saß um die wackligen Tische gruppiert; einige versuchten, trotz der miserablen Beleuchtung zu lesen, die meisten unterhielten sich. Ich fing Gesprächsfetzen auf: »Wenn man es natürlich von der dialektischen Seite her betrachtet, gibt es für sie nur eine einzige Möglichkeit –«; »Ich habe zu ihr gesagt, wenn du dich nicht durchsetzt, dann wird er –«; »Klar, aber Schopenhauer sagt –«. Dann nickte ich ein.

Wenige Sekunden später wurde ich von einer lauten Stimme aufgeschreckt: »Habt ihr schon von Peter Thayer gehört?« Ich blickte auf. Die Worte kamen von einer pummeligen jungen Frau mit ungebärdigem rotem Haar und einer schlecht geschnittenen Bauernbluse. Sie hatte den Raum gerade betreten, warf ihre Büchertasche auf den Boden und ließ sich an einem Dreiertisch in der Mitte nieder. »Ruth Yonkers hat es mir eben erzählt, als ich aus der Vorlesung kam.«

Ich erhob mich, um noch ein Cola zu kaufen, und setzte mich dann an einen Tisch hinter der Rothaarigen.

Ein Hagerer mit genauso widerspenstigen, aber dunklen Haaren sagte: »Ja, richtig, die Polypen haben sich heute früh massenweise in der Verwaltung Politische Wissenschaften herumgetrieben. Er hat ja mit Anita McGraw zusammengelebt, und sie ist seit Sonntag nicht mehr gesehen worden. – Weinstein hat's ihnen ganz schön gegeben«, fügte er voller Bewunderung hinzu.

»Die glauben wohl, sie hat ihn umgebracht?« meinte der Rotschopf.

Eine etwas ältere Dunkelhaarige schnaubte verächtlich. »Anita McGraw? Ich kenne sie seit zwei Jahren. Die würde höchstens einen Bullen beleidigen, aber doch nicht ihren Freund erschießen.«

»Hast du ihn gekannt, Mary?« flüsterte die Rothaarige.

»Nein«, erwiderte Mary kurz. »Ich bin ihm nie begegnet. Anita ist Mitglied der Universitäts-Frauengruppe, daher kenne ich sie, ebenso wie Geraldine Harata, die mit in ihrer Wohnung wohnt. Geraldine ist aber den Sommer über nicht da. Wäre sie hier gewesen, dann hätten die Bullen vermutlich sie verdächtigt. Sie halten sich immer zuerst an die Frauen.«

»Mich überrascht, daß ihr sie in die Frauengruppe aufgenommen habt, da sie doch einen Freund hatte«, warf ein bärtiger junger Mann ein. Er war schwergewichtig und schlampig angezogen; sein klaffendes T-Shirt enthüllte einen häßlichen fetten Bauch.

Mary sah ihn hochmütig an und zuckte die Achseln.

»Nicht jede in der Frauengruppe ist lesbisch«, meinte der Rotschopf schnippisch.

»Schwer verständlich angesichts der Tatsache, daß es zahlreiche Männer von Bobs Sorte gibt«, bemerkte Mary in gedehntem Ton. Der schwabbelige junge Mann wurde rot und murmelte etwas vor sich hin, von dem ich nur das Wort »kastrierend« mitbekam.

»Aber ich habe Anita nicht kennengelernt«, fuhr die Rothaarige fort. »Ich gehe erst seit Mai zu den Veranstaltungen der Gruppe. Ist sie tatsächlich verschwunden, Mary?«

Mary hob wieder die Schultern. »Es würde mich überhaupt nicht wundern, wenn diese Schweine versuchen sollten, ihr den Mord an Peter Thayer in die Schuhe zu schieben.«

»Vielleicht ist sie heimgefahren«, gab Bob zu bedenken.

»Nein«, entgegnete der Hagere. »Wäre das der Fall, dann hätte die Polizei doch nicht hier nach ihr gesucht.«

»Nun«, meinte Mary schließlich, »ich für meinen Teil hoffe, daß sie sie nicht kriegen.« Sie stand auf. »Ich muß jetzt los und mir Bertrams Gedöns über die Kultur des Mittelalters anhören. Wenn er wieder so dämliche Witze über Hexen und hysterische Frauen vom Stapel läßt, dann kann es sein, daß nach der Vorlesung mal einige über ihn herfallen.«

Sie warf sich ihren Matchsack über die linke Schulter und schlenderte davon. Die übrigen rückten enger zusammen und begannen, angeregt über die Vorzüge homosexueller und heterosexueller Beziehungen zu diskutieren. Der arme Bob bevorzugte letztere, schien allerdings nicht häufig Gelegenheit zu haben, aktiv für seine Meinung einzutreten. Der Hagere dagegen machte sich zum leidenschaftlichen Fürsprecher lesbischer Liebe. Amüsiert hörte ich zu. Collegestudenten vertraten enthusiastische Anschauungen zu den verschiedensten Fragen. Um vier Uhr kündigte der Junge hinter der Theke an, daß für heute Schluß sei. Alles griff nach den Büchern. Die drei, denen ich zuhörte, setzten ihre Diskussion noch eine Zeitlang fort, bis von der Theke her die Ermahnung kam: »He, Leute, ich will hier raus!«

Widerwillig nahmen sie ihre Taschen und bewegten sich zur Treppe. Ich stand auf und folgte ihnen gemächlich. Oben an der Treppe berührte ich die Rothaarige am Arm. Sie blieb stehen und sah mich offen und freundlich an.

»Ich habe gehört, wie Sie die Universitäts-Frauengruppe erwähnten«, sagte ich. »Könnten Sie mir sagen, wo sie sich treffen?«

»Sind Sie neu an der Uni?« erkundigte sie sich.

»Ich habe mal hier studiert, und ich hab' das Gefühl, ich muß diesen Sommer wieder ein bißchen Zeit hier investieren«, antwortete ich wahrheitsgemäß.

»Also, wir haben da einen Raum in der University Street Nummer fünf-sieben-drei-fünf. Eins von den alten Häusern, die von der Uni übernommen wurden. Die UFG trifft sich jeden Dienstagabend; an den übrigen Wochentagen finden dort ebenfalls Frauenveranstaltungen statt.«

Ich fragte nach dem Frauenzentrum. Anscheinend war es nicht groß, aber trotzdem besser als gar nichts, wie zu meiner Collegezeit; damals betrachteten sogar Frauen mit radikaler Einstellung das Wort Emanzipation als Schimpfwort. Hier gab es eine Gesundheitsberatungsstelle für Frauen sowie Kurse für Selbstverteidigung. Ferner organisierten sie Diskussionskreise und die wöchentlichen UFG-Abende.

Wir hatten das Unigelände in Richtung auf die mittlere Zufahrt durchquert, wo ich meinen Wagen geparkt hatte. Ich bot ihr an, sie heimzufahren, und sie ließ sich wie ein Hundebaby auf den Vordersitz plumpsen, wobei sie sich lebhaft und freimütig über die Unterdrückung der Frau ausließ. Sie fragte nach meinem Beruf.

»Ich bin freiberuflich tätig, meistens für Unternehmen«, erklärte ich und war auf weitere Fragen gefaßt. Aber sie gab sich damit völlig zufrieden, erkundigte sich nur, ob ich Fotos machen würde. Mir wurde klar, daß sie vermutete, ich sei freie Schriftstellerin. Hätte ich ihr die Wahrheit gesagt, so mußte ich befürchten, daß sie es jedem aus der UFG weitererzählen und es mir dadurch unmöglich machen würde, irgend etwas über Anita zu erfahren. Andererseits wollte ich faustdicke Lügen vermeiden. Sollte nämlich die Wahrheit doch ans Licht kommen, dann würden sich diese radikalen jungen Frauen noch feindseliger verhalten. Also sagte ich nur: »Nein, keine Fotos«, und fragte sie, ob sie selbst gern fotografiere. Sie plapperte immer noch munter vor sich hin, als wir vor ihrer Wohnung hielten.

»Ich heiße Gail Sugarman«, verkündete sie, als sie umständlich aus dem Wagen kletterte.

»How do you do, Gail«, erwiderte ich höflich. »Ich bin V. I. Warshawski.«

»Vauieh!« rief sie aus. »Was für ein ungewöhnlicher Name! Stammt er aus Afrika?«

»Nein«, entgegnete ich ernsthaft, »er kommt aus Italien.« Beim Wegfahren konnte ich im Rückspiegel beobachten, wie sie die Stufen zu ihrer Wohnung hinaufstieg. Sie gab mir das Gefühl, unglaublich alt zu sein. Selbst mit zwanzig hatte ich niemals diese naive und überwältigende Freundlichkeit besessen; ich kam mir zynisch und sehr weit weg von alldem vor, und ich schämte mich ein wenig, sie getäuscht zu haben.

5
Goldküsten-Blues

Der Lake Shore Drive, dieses einzige riesige Schlagloch, war zu Reparaturzwecken teilweise aufgegraben. Der Verkehr staute sich meilenweit, weil man in nördlicher Richtung nur zwei Fahrspuren benutzen konnte. Ich entschloß mich, den Stevenson Expressway in westlicher Richtung zu nehmen und mich dann über den Kennedy Expressway wieder nach Norden zu wenden. Er führte am Industriegebiet der North Side vorbei zum Flughafen. Das Verkehrschaos vergrößerte sich noch durch die Menschenmassen, die an diesem erstickend heißen Freitagabend versuchten, aus der Stadt herauszukommen. Ich brauchte über eine Stunde, um mich zur Ausfahrt Belmont Avenue durchzukämpfen; von dort aus waren es noch fünfzehn Querstraßen nach Osten bis zu meiner Wohnung. Als ich endlich dort eintraf, lechzte ich nur noch nach einem großen, kühlen Drink und einer ausgiebigen und beruhigenden Dusche.

Auf der Treppe hatte ich niemanden hinter mir bemerkt, doch als ich den Schlüssel ins Schloß steckte, spürte ich eine Hand auf meiner Schulter. Schon einmal war ich hier auf dem Gang überfallen worden. In einer Reflexbewegung drehte ich mich schnell um, holte gleichzeitig mit dem Fuß aus und stieß zu, wobei ich das ungeschützte Schienbein meines Angreifers voll traf. Er knurrte und trat zurück, zielte aber zugleich mit einem wuchtigen Schwinger auf mein Gesicht. Ich wich zur Seite, aber er erwischte mich noch an der linken Schulter. Obwohl der Schwung an Wirkung eingebüßt hatte, geriet ich aus dem Gleichgewicht und zog mich zurück.

Der Mann war klein und gedrungen und trug eine schlechtsitzende karierte Jacke. Er war etwas kurzatmig, was ich mit Freude zur Kenntnis nahm: Es bedeutete, daß er nicht besonders in Form war und daß man als Frau gegen einen solchen Typen bessere Chancen hatte. Ich wartete auf seine nächste Bewegung, vielleicht auf seine Flucht. Statt dessen zog er einen Revolver. Ich blieb unbeweglich stehen.

»Ist das ein Raubüberfall? Ich habe nur dreizehn Dollar in der Tasche, dafür lohnt sich kein Mord.«

»Dein Geld interessiert mich nicht. Du sollst mitkommen.«

»Wohin?« fragte ich.

»Das wirst du schon sehen.« Er machte eine auffordernde Bewegung mit dem Revolver und deutete mit dem freien Arm auf die Treppe.

»Es bringt mich immer wieder aus der Fassung, daß sich

gutbezahlte Ganoven so schlampig kleiden«, bemerkte ich. »Deine Jacke paßt nicht richtig, dein Hemd hängt aus der Hose – du siehst ganz schön heruntergekommen aus. Bei einem Polizisten könnte ich das ja noch verstehen, die ...«

Er unterbrach mich mit einem Wutschrei. »Ich hab's nicht nötig, mir von einem gottverdammten Weibsstück sagen zu lassen, wie ich mich anziehen soll!« Härter als nötig packte er mich am Arm und begann mich die Treppe hinunterzuziehen. Zu seinem Pech hielt er mich nicht weit genug von sich weg. Durch eine kleine Drehung gelang es mir, ihn mit einem kurzen und kräftigen Schlag gegen das Gelenk der Hand zu treffen, die den Revolver umklammerte. Daraufhin gab er zwar mich frei, nicht aber den Revolver. Ich setzte die Aktion mit einer halben Kehrtwendung fort, knallte ihm den rechten Ellbogen in die Achselhöhle, machte aus meiner Faust und dem rechten Unterarm einen Keil und trieb ihm den mit der flachen linken Hand zwischen die Rippen. Ein »Pop« verriet mir zu meiner Genugtuung, daß ich exakt zwischen die fünfte und sechste Rippe gezielt und beide voneinander getrennt hatte. Er schrie auf vor Schmerzen und ließ den Revolver fallen. Als ich danach griff, war er jedoch geistesgegenwärtig genug, mir auf die Hand zu treten. Ich rammte ihm den Kopf in den Magen. Er gab meine Hand frei, aber ich war aus dem Gleichgewicht geraten und kam schmerzhaft zu Fall. Hinter mir trampelte jemand hastig die Stufen hoch, und ich hatte gerade noch Zeit, den Revolver mit dem Fuß wegzustoßen, bevor ich mich umwandte, um zu sehen, wer es war.

Ich dachte an einen der Nachbarn, der durch den Lärm aufgeschreckt worden war, aber anscheinend handelte es sich um den Partner des ersten Ganoven – er war massiger, trug jedoch ganz ähnliche Kleidung. Als er seinen Kumpel stöhnend an der Wand lehnen sah, warf er sich auf mich. Wir rollten herum, und ich schaffte es, beide Hände gegen sein Kinn zu stemmen und seinen Kopf nach hinten zu drücken. Er ließ mich los, versetzte mir allerdings einen heftigen Schlag gegen meine rechte Schläfe, den ich noch am Ende der Wirbelsäule spürte. Ich verbiß den Schmerz, rollte weiter und sprang mit dem Rücken zur Wand auf die Füße. Da ich ihm keine Gelegenheit geben wollte, einen Revolver zu ziehen, suchte ich mit den Händen an der Wandverkleidung hinter mir Halt, stemmte mich ab und stieß ihm beide Füße vor die Brust, was ihn zu Fall brachte. Ich selbst lag über ihm. Bevor ich mich aus dieser Lage befreien konnte, hatte er Gelegenheit, mir nochmals einen Schwinger gegen meine Schulter zu verpassen, der nur um Haaresbreite mein Kinn verfehlte. Er war kräftiger als ich, aber ich hatte die bessere Kondition und war wendiger. Ich kam viel früher als er wieder auf die Beine und trat ihm mit voller Wucht in die Nierengegend. Daraufhin sackte er zusammen; ich holte gerade erneut aus, um ihm einen zweiten Tritt zu versetzen, als sich sein Partner wieder so weit aufgerappelt hatte, daß er seinen Revolver aufheben und ihn mir unters linke Ohr hauen konnte. Mein Fußtritt erfolgte im selben Moment, und dann fiel ich, fiel mit dem Gedanken, mich abrollen zu müssen, und so rollte ich über den Weltenrand hinaus und versank im Nichts.

Ich blieb nicht lange bewußtlos, aber es genügte den beiden, um mich nach unten zu schleppen. Ein anständiges Stück Arbeit für zwei reichlich lädierte Männer. Mir kam der Verdacht, daß die eventuell durch den Lärm aufmerksam gewordenen Mitbewohner ihre Fernsehgeräte lauter gestellt hatten, um nichts mehr zu hören.

Als sie mich in den Wagen stießen, kam ich wieder zu Bewußtsein, und gleichzeitig fühlte ich Übelkeit aufsteigen. Ich kämpfte erfolglos dagegen, erbrach mich über einen der beiden und verlor erneut die Besinnung. Das zweite Mal wachte ich langsamer auf. Wir fuhren immer noch. Am Lenkrad saß der mit den gebrochenen Rippen, besudelt hatte ich den anderen – der Gestank war ziemlich penetrant. Sein Gesicht war unbeweglich, und ich hatte den Eindruck, er sei den Tränen nahe. Es ist nicht besonders rühmlich für zwei Kerle, gemeinsam auf eine Frau loszugehen, sie erst nach dem Verlust einer Rippe und einer Niere zu überwältigen, sich dann noch das Jackett vollkotzen zu lassen, stillzuhalten und sich nicht einmal abwischen zu können – mich hätte das auch nicht gerade begeistert. Ich kramte in meiner Jackentasche nach Kleenextüchern. Nach wie vor war mir übel, und ich verspürte keine Lust zu reden, geschweige denn ihn zu säubern. So ließ ich die Kleenex auf seinen Schoß fallen und lehnte mich zurück. Mit einem kleinen Wutschrei schleuderte er sie auf den Boden.

Als wir anhielten, befanden wir uns in der Nähe der North Michigan Avenue, und zwar in der Division Street, knapp nach der Einmündung der Astor Street, in einer von Reichen bevorzugten Gegend mit herrlichen alten viktorianischen Häusern und riesigen modernen Apartmentbauten. Mein Begleiter zur Rechten stürzte aus der Tür, zog seine Jacke aus und warf sie auf die Straße.

»Man sieht deinen Revolver«, sagte ich. Er sah erst ihn an, dann seine Jacke. Sein Gesicht wurde puterrot. »Du gottverdammte Hure«, sagte er. Er beugte sich ins Auto, um mir noch einen zu verpassen, doch der Winkel stimmte nicht, und ihm fehlte der nötige Schwung.

Der Rippentyp meldete sich zu Wort: »Laß das jetzt, Joe – wir sind spät dran, und Earl mag es nicht, wenn man ihn warten läßt.« Diese einfache Erklärung wirkte bei Joe Wunder. Er stoppte seinen Angriff und hievte mich aus dem Auto; der Rippentyp half von der anderen Seite nach.

Wir betraten eines jener hochherrschaftlichen alten Häuser, wie sie mir immer als Heim für mich vorgeschwebt hatten für den Fall, daß ich einmal einen Öltankermilliardär aus den Klauen einer internationalen Kidnapperbande befreien würde und zur Belohnung mein Leben lang versorgt wäre. Es handelte sich um ein dunkelrotes Ziegelhaus mit eleganten schmiedeeisernen Gittern an den Treppengeländern und vor den Fenstern der Straßenseite. Ursprünglich als Einfamilienhaus konzipiert, beherbergte es jetzt drei abgeschlossene Wohnungen. Eine lebhaft schwarzweiß gemusterte Tapete zierte die Eingangshalle und das Treppenhaus. Das Geländer, vermutlich Walnuß, war geschnitzt und glänzte wunderbar. Wir drei hielten auf sehr unelegante Weise Einzug, über die teppichbelegte Treppe hinauf in den zweiten Stock. Der Rippentyp hatte Schwierigkeiten, seine Arme zu bewegen, Joe schien infolge der Nierenschläge zu hinken, und ich selbst befand mich auch nicht in allerbester Verfassung.

Die Wohnungstür im zweiten Stock wurde von einem weiteren Revolvermann geöffnet. Seine Kleidung saß zwar besser, aber er wirkte trotzdem nicht so, als gehöre er in diese vornehme Gegend. Sein schwarzer Haarschopf stand ihm wirr um den Kopf. Auf der rechten Wange prangte eine tiefe rote Narbe, die ungefähr wie ein Z aussah. Sie leuchtete so dunkel, als habe sie jemand mit Lippenstift aufgemalt.

»Was hat euch zwei so lange aufgehalten? Earl wird schon wütend«, meinte er, während er uns in eine geräumige Diele führte. Weicher brauner Teppichboden, ein reizendes Louis-Quinze-Wandtischchen, ein paar Bilder an den Wänden. Wirklich sehr hübsch.

»Earl hat uns ja vorgewarnt, daß die Warshawski, diese gottverdammte Hure, eine Klugscheißerin ist, aber von einem gottverdammten Karateweib hat er nichts verlauten lassen.« Das war der Rippentyp. Er sprach meinen Namen »Wortschotsi« aus. Ich blickte bescheiden auf meine Hände hinab.

»Seid ihr das, Joe und Freddie?« quäkte ein nasaler Tenor irgendwo im Zimmer. »Wo, zum Teufel, habt ihr Kerle so lange gesteckt?« Der Sprecher erschien im Türrahmen. So klein und dick und glatzköpfig kannte ich ihn bereits aus meiner allerersten Zeit bei der Staatsanwaltschaft von Chicago.

»Earl Smeissen. Wie überaus entzückend. Aber weißt du, Earl, wenn du mich angerufen und um einen Termin gebeten hättest, wären wir auf viel einfachere Art zusammengekommen.«

»Hm, ja, Warchoski, darauf könnte ich glatt wetten«, entgegnete er mit Nachdruck. Earl hatte sich ein hübsches kleines Plätzchen an der North Side geschaffen, mit Klassebordellen, die hauptsächlich von Kongreßteilnehmern frequentiert wurden. Er war ferner durch ein paar Erpressungen und Wuchergeschäfte zu Ruhm gelangt, außerdem mischte er ein wenig im Drogengeschäft mit, und überdies ging das Gerücht, daß er als Freundschaftsdienst auch einen Mord auf Bestellung arrangieren würde, sofern die Kasse stimmte.

»Earl, das ist ja ein tolles Quartier, das du hier hast. Offenbar leiden die Geschäfte nicht allzusehr unter der Inflation.«

Er ignorierte mich. »Wo, zum Teufel, ist deine Jacke, Joe? Rennst du etwa in Chicago herum und zeigst allen Streifenbullen deine Knarre?«

Joe wurde erneut rot und begann, irgend etwas vor sich hin zu murmeln, worauf ich mich einmischte: »Ich fürchte, das ist meine Schuld, Earl. Deine Freunde hier überfielen mich in meinem Treppenhaus, ohne sich vorzustellen oder ein Wort verlauten zu lassen, daß du sie geschickt hattest. Es gab dann ein bißchen Zoff, und Freddies Rippen gingen zu Bruch, aber er hat sich wieder ganz ordentlich aufgerappelt und mich k. o. geschlagen. Als ich wieder zu mir kam, habe ich mich erbrochen und Joes Sakko bekleckert. Also nimm es dem armen Kerl nicht übel, wenn er es weggeschmissen hat.«

Wutentbrannt ging Earl auf Freddie los, der sich in die Diele zurückzog. »Du läßt dir von einem gottverdammten Weibsbild die Rippen brechen?« kreischte er mit sich überschlagender Stimme. »Für mein gutes Geld kannst du nicht mal einen simplen kleinen Job erledigen und ein gottverdammtes Weibsstück herbeischaffen?«

Wenn mich im Zusammenhang mit meiner Arbeit etwas an widert, so ist es das Faible mieser kleiner Ganoven für miese Schimpfwörter. Im übrigen hasse ich das Wort Weibsstück. »Earl, könntest du mit der Kritik an deinen Angestellten warten, bis ich weg bin? Ich habe heute abend eine Verabredung, und ich wüßte es sehr zu schätzen, wenn du jetzt zur Sache kämst und mir erklären würdest, weshalb du mich so dringend zu sprechen wünschtest, daß du zwei Gauner nach mir schicken mußtest. Sonst komme ich noch zu spät.«

Earl warf Freddie einen grimmigen Blick zu und schickte ihn zum Arzt. Als er uns mit einer Handbewegung ins Wohnzimmer bat, bemerkte er, daß Joe hinkte. »Du brauchst wohl auch einen Arzt? Hat sie dir das Bein demoliert?« fragte er sarkastisch.

»Die Nieren«, warf ich bescheiden ein. »Gewußt, wie.«

»Ja, ich kenn' dich, Warchoski. Ich weiß, was für ein Schlaumeier du bist, und ich habe gehört, wie du Joe Correl fertiggemacht hast. Freddie kriegt von mir 'ne Medaille, weil er dich k. o. geschlagen hat. Vielleicht kann ich dir irgendwie verständlich machen, daß ich es nicht dulde, wenn man sich in meine Angelegenheiten mischt.«

Ich sank in einen geräumigen Sessel. In meinem Kopf pochte es unerträglich, und es war sehr schmerzhaft, meinen Blick auf Earl zu konzentrieren. »Ich mische mich nicht in deine Angelegenheiten, Earl«, erwiderte ich ernsthaft. »Ich bin weder an Prostitution interessiert noch an Erpressungsgeldern oder ...«

Er schlug mir auf den Mund. »Halt die Klappe!« Seine

Stimme war wieder nahe daran, sich zu überschlagen, die Augen in seinem feisten Gesicht wurden zu Schlitzen. Geistesabwesend bemerkte ich, daß ein wenig Blut über mein Kinn rann; er mußte mich mit seinem Ring erwischt haben.

»Dann handelt es sich wohl um eine allgemeine Warnung? Läßt du alle Privatdetektive in Chicago anschleppen und erklärst ihnen: ›Also hört zu, Leute, mischt euch nicht in Earl Smeissens Angelegenheiten!‹?«

Er schlug wieder nach mir, doch ich blockte den Schlag mit meinem linken Arm ab. Überrascht sah er auf seine Hand, so als überlege er, was mit ihr geschehen war.

»Mach hier keine Faxen, Warchoski – ich kann jede Menge Leute hereinrufen, um dir dein Grinsen aus dem Gesicht zu wischen!«

»Ich denke, so viele wären gar nicht nötig«, meinte ich. »Allerdings verstehe ich immer noch nicht, wieso ich in dein Revier eingedrungen sein soll.«

Auf ein Zeichen von Earl kam der Türsteher herüber und drückte meine Schultern gegen die Stuhllehne. Joe hielt sich im Hintergrund, einen lüsternen Ausdruck im Gesicht. Mir wurde ein wenig flau im Magen.

»Schon gut, Earl, du hast mich völlig eingeschüchtert«, sagte ich.

Er verpaßte mir erneut einen Schlag. Morgen würde ich ziemlich lädiert aussehen, schoß es mir durch den Kopf. Hoffentlich zitterte ich jetzt nicht; mein Magen krampfte sich vor Nervosität zusammen. Durch intensive Zwerchfellatmung versuchte ich, der Spannung Herr zu werden.

Der letzte Hieb schien Earl zufriedengestellt zu haben. Er setzte sich auf eine dunkel bezogene Couch in der Nähe meines Sessels.

»Warchoski«, quäkte er, »ich hab' dich herzitiert, damit du die Finger vom Fall Thayer läßt.«

»Hast du den Jungen umgebracht, Earl?« fragte ich.

Er war wieder auf den Füßen. »Ich kann dich so herrichten, daß kein Mensch dir je wieder ins Gesicht schauen möchte!« brüllte er. »Also tu, was ich dir sage, und halte deine Pfoten da raus.«

Ich entschloß mich, Streit zu vermeiden – ich fühlte mich bei weitem nicht in der Form, um es mit ihm und dem Türsteher gleichzeitig aufzunehmen, der mich noch immer an den Schultern festhielt. Ich überlegte, ob sich seine Narbe von der Aufregung noch dunkler verfärbt haben konnte, entschied mich aber, ihn nicht danach zu fragen.

»Nehmen wir einmal an, es gelingt dir, mich zu verschrecken. Wie steht's dann aber mit der Polizei?« wandte ich ein. »Bobby Mallory hat bereits Witterung aufgenommen, und was man auch immer gegen ihn vorbringen könnte – kaufen läßt er sich nicht.«

»Über Mallory mach' ich mir keine Gedanken.« Earls Stimme bewegte sich wieder auf normaler Frequenz, woraus ich schloß, daß sein Wutanfall vorüber war. »Und im übrigen *kaufe* ich dich nicht – ich sage dir nur, wo's langgeht.«

»Wer hat dich in die Sache hineingezogen, Earl? Collegejungs sind doch normalerweise nicht dein Metier; oder ist der junge Thayer etwa in dein Drogengeschäft eingebrochen?«

»Ich dachte, ich hätte dich gerade erst aufgefordert, deine Nase nicht in meine Angelegenheiten zu stecken«, sagte er und erhob sich wieder. Earl hatte es sich offenbar in den Kopf gesetzt, mich zu verprügeln. Vielleicht war es besser, wenn ich es gleich hinter mich brachte, statt ihn noch stundenlang so weitermachen zu lassen. Als er auf mich zutrat, zog ich meine Knie an und stieß ihm den Fuß mit aller Wucht in den Unterleib. Er heulte auf vor Schmerzen und sank auf der Couch zusammen. »Greif sie dir, Tony, greif sie!« winselte er.

Gegen Tony, den Türsteher, hatte ich keine Chance. Er war

versiert in der Kunst, säumige Schuldner durch die Mangel zu drehen, ohne irgendwelche Spuren zu hinterlassen. Nachdem er mit mir fertig war, kam Earl von seiner Couch herübergehumpelt. »Das ist nur ein Vorgeschmack, Warchoski«, zischte er mir zu. »Du läßt deine Finger vom Fall Thayer. Klar?«

Ich sah ihn stumm an. Er war tatsächlich in der Lage, mich risikolos umzubringen – ich wäre nicht die erste. Er hatte sehr gute Beziehungen zur Stadtverwaltung und vermutlich auch zum Polizeipräsidium. Ich zuckte die Achseln und wich vor ihm zurück. Anscheinend verbuchte er das als Einverständnis. »Schaff sie raus, Tony.«

Tony lud mich ohne weitere Umstände vor der Eingangstür ab. Einige Minuten lang saß ich auf der Treppe; ich fröstelte trotz der Hitze und versuchte, mich zusammenzureißen. Über dem Geländer hängend erbrach ich mich, was meinen Kopfschmerzen ein wenig Linderung verschaffte. Eine Frau, die in Begleitung eines Mannes vorüberging, hörte ich sagen: »Gräßlich – und das so früh am Abend. Die Polizei müßte dafür sorgen, daß diese Gegend nicht mit solchen Leuten verseucht wird.« Dem konnte ich nur zustimmen. Ich kam ziemlich wacklig auf die Füße, konnte aber laufen. Beim Abtasten meiner Arme stellte ich überall Schwellungen fest, gebrochen war jedoch nichts. Ich taumelte hinüber auf die innere Fahrbahn, parallel zum Lake Shore Drive, nur eine Straßenecke entfernt, und winkte einem Taxi für die Heimfahrt. Der erste Fahrer suchte das Weite, nachdem er einen Blick auf mich geworfen hatte, aber der zweite nahm mich mit. Er schüttelte besorgt den Kopf und machte ein Tamtam wie eine jüdische Mutter, wollte unbedingt wissen, was mit mir passiert war, und erbot sich, mich entweder ins Krankenhaus oder zur Polizei zu bringen, möglicherweise sogar an beide Stellen. Ich dankte ihm für seine freundliche Anteilnahme, versicherte ihm jedoch, daß alles in Ordnung sei.

6
Zu nächtlich kühler Stunde

Während der Rangelei mit Freddie vor meiner Wohnungstür hatte ich meine Handtasche fallen lassen, und ich bat den Taxifahrer, zum Kassieren mit nach oben zu kommen. Nachdem ich im obersten Stock wohnte, vertraute ich so ziemlich darauf, die Tasche noch vorzufinden. Diese Annahme erwies sich als richtig; auch meine Schlüssel steckten noch im Schloß.

Der Fahrer erhob noch einmal Protest. »Danke«, wehrte ich ab, »aber ich brauche nur ein heißes Bad und einen Drink, dann bin ich wieder auf dem Damm.«

»Wie Sie wollen.« Er zuckte die Achseln. »Es ist ja schließlich Ihre Angelegenheit.« Damit nahm er sein Geld, schenkte mir einen letzten Blick und machte sich auf den Weg nach unten.

Meine Wohnung war bei weitem nicht so pompös wie die Earls. Statt Teppichboden gab es in meiner kleinen Diele nur eine bescheidene Brücke, und an Stelle eines Louis-Quinze-Tischchens einen Schirmständer. Andererseits tummelten sich hier aber auch keine Gangster.

Voller Überraschung stellte ich fest, daß es erst sieben Uhr war. Es waren nicht mehr als eineinhalb Stunden vergangen, seit ich zum erstenmal heute abend die Treppe erklommen hatte. Mir kam es so vor, als bewegte ich mich in einer anderen zeitlichen Dimension. Zum zweitenmal an diesem Tag ließ ich Badewasser einlaufen und schenkte mir zwei Fingerbreit Scotch ein. Dann lag ich – mit einem nassen Handtuch um den Kopf – im Dunkeln im brühheißen Wasser. Allmählich verflüchtigten sich meine Kopfschmerzen. Ich verspürte unendliche Müdigkeit.

Nachdem mein Körper etwa dreißig Minuten geweicht hatte, wobei ich ständig heißes Wasser nachlaufen ließ, fühlte ich mich zu ersten Bewegungsversuchen imstande. Ich hüllte mich in ein großes Badetuch und lief in der Wohnung herum. Meine Muskeln durften auf keinen Fall einrosten. Alle meine Sinne verlangten nach Schlaf, doch mir war klar, daß es mir eine Woche lang nicht gelingen würde, einen Fuß vor den anderen zu setzen, falls ich diesem Verlangen jetzt nachgab. Ich machte ein paar gymnastische Übungen, sehr behutsam, und stärkte mich zwischendurch mit Black Label. Als mein Blick auf die Uhr fiel, erinnerte ich mich plötzlich wieder an meine Verabredung mit Devereux. Ich war bereits im Verzug und fragte mich, ob er wohl noch wartete.

Unter großen Mühen fand ich den Namen des Restaurants im Telefonbuch und wählte die Nummer. Der Empfangschef zeigte sich überaus hilfsbereit; er erbot sich, in der Bar nach Mr. Devereux Ausschau zu halten. Einige Minuten vergingen, und ich nahm bereits an, daß er schon heimgegangen war, als er sich schließlich meldete.

»Hallo, Ralph.«

»Jetzt müssen Sie sich aber etwas einfallen lassen.«

»Eine Erklärung würde Stunden in Anspruch nehmen, und dann würden Sie es mir noch nicht einmal glauben«, entgegnete ich. »Gewähren Sie mir noch eine weitere halbe Stunde?«

Er zögerte. Vermutlich bemühte er sich, seinen Stolz so weit aufzubauen, um nein sagen zu können – gutaussehende Männer sind es nicht gewöhnt, sitzengelassen zu werden. »Gut«, meinte er schließlich. »Wenn Sie aber bis halb neun nicht hier sind, können Sie nicht mehr mit mir rechnen.«

»Ralph«, sagte ich mit unbeschreiblich beherrschter Stimme, »ich habe einen durch und durch miesen Tag hinter mir. Ich wünsche mir nichts weiter als einen friedvollen Abend; ich möchte ein wenig über das Versicherungsgeschäft lernen und im übrigen vergessen, was vorgefallen ist. Ob wir das schaffen?«

Er war verlegen. »Natürlich, Vicki – Vic, meine ich. Wir sehen uns in der Bar.«

Wir legten auf, und ich durchforschte meinen Kleiderschrank nach etwas Elegantem, das dem Cartwheel gerecht wurde, aber großzügig und fließend geschnitten war, und fand ein naturfarbenes mexikanisches Gewand, das ich ganz vergessen hatte. Es war ein Zweiteiler mit einem langen, weiten Rock und einem gewebten, eckig ausgeschnittenen blusigen Oberteil. In der Taille wurde es mit einem Gürtel gehalten. Die langen Ärmel verhüllten meine geschwollenen Arme, und ich brauchte darunter weder Strümpfe noch Slip anzuziehen. Korksandalen vervollständigten meinen Aufzug.

Beim Betrachten meines Gesichts unter der Badezimmerbeleuchtung kamen mir Zweifel, ob ich mich tatsächlich in die Öffentlichkeit wagen sollte. Meine Unterlippe war geschwollen, wo der Ring an Earls kleinem Finger sie aufgerissen hatte, und auf meiner linken Kieferhälfte prangte ein blutunterlaufener Fleck, von dem sich ein Adernetz feiner roter Linien wie auf einer gesprungenen Eierschale über die Backe bis zu meinem Auge hinaufzog.

Ich probierte es mit Make-up. Es war ziemlich transparent und konnte den Bluterguß nicht annähernd kaschieren, ließ jedoch die spinnwebartigen roten Linien verschwinden. Üppig aufgetragener Lidschatten verdeckte die ersten Anzeichen eines blauen Auges, und ein dunkles Lippenrot, mit dem ich verschwenderischer umging als gewöhnlich, ließ meine geschwollene Lippe aufgeworfen und sexy erscheinen – zumindest bei gedämpftem Licht.

Meine Beine waren ganz steif geworden, doch offenbar zahlten sich meine täglichen Joggingrunden aus: Ich bewältigte die Treppe zwar etwas zittrig, aber problemlos. In der

Halsted Street nahm ich ein vorbeifahrendes Taxi, das mich um 20 Uhr 25 vor dem Hanover House Hotel in der Oak Street absetzte.

Es war mein erster Besuch im Cartwheel. Für mich stellte es das typische sterile Restaurant dar, das von oberflächlichen Leuten der North Side mit mehr Geld als Lebensart als Speiselokal bevorzugt wurde. In der schummrigen Bar spielte ein Piano mit zu laut eingestellten Verstärkern Melodien, die den Augen von Yale-Absolventen Tränen entlocken konnten. Wie immer am Freitagabend war es sehr voll. Ralph saß mit einem Drink am Ende der Bar. Bei meinem Eintreten sah er mich an, lächelte, winkte vage mit der Hand, stand aber nicht auf. Ich konzentrierte mich auf einen gleichmäßigen Gang und bahnte mir einen Weg zu seinem Platz. Er blickte auf die Uhr. »Gerade noch die Kurve gekratzt.«

In mehr als einer Beziehung, dachte ich. »Oh, Sie wären doch niemals gegangen, ohne Ihr Glas auszutrinken.« Es gab keine freien Barhocker. »Wie wär's, wenn Sie sich als großzügiger Mensch erweisen und mir Ihren Platz und einen Scotch anbieten würden?«

Er grinste und griff nach mir in der Absicht, mich auf seinen Schoß zu ziehen. Ein rasender Schmerz durchzuckte meinen Brustkorb. »Oh, um Himmels willen nicht, Ralph!«

Sogleich ließ er mich los, stand stocksteif und stumm auf und bot mir den Barhocker an. Ich stand da und kam mir dämlich vor. Szenen sind mir verhaßt, und mir stand nicht der Sinn danach, meine Energie zu verschwenden, um Ralph zu beruhigen. Er machte den Eindruck, als habe er ein sonniges Gemüt. Vielleicht hatte ihn seine Scheidung im Umgang mit Frauen unsicher gemacht. Ich erkannte, daß ich ihm die Wahrheit sagen und mit seinem Mitgefühl vorlieb nehmen mußte. Andererseits wollte ich ihm nicht eröffnen, wie übel mir Smeissen am Nachmittag mitgespielt hatte. Es war kein

Trost, daß auch er ein bis zwei Tage schmerzgeplagt herumhumpeln würde.

Ich konzentrierte meine Aufmerksamkeit wieder auf Ralph. »Soll ich Sie lieber nach Hause bringen?« fragte er gerade.

»Ralph, ich hätte gern die Möglichkeit, Ihnen ein paar Dinge zu erklären. Ich weiß, daß es so aussieht, als wäre ich nur ungern hier, nachdem ich eine volle Stunde zu spät gekommen bin. Sind Sie zu verärgert, um mir zuzuhören?«

»Keineswegs«, erwiderte er höflich.

»Gut. Könnten wir dann irgendwo hingehen und uns setzen? Es ist ein bißchen verwirrend und auch zu anstrengend, so etwas im Stehen zu erledigen.«

»Ich kümmere mich um unseren Tisch.« Während er sich entfernte, sank ich dankbar auf den Barhocker und bestellte einen Johnnie Walker Black. Wie viele von der Sorte konnte ich wohl trinken, bevor sie sich mit meinen strapazierten Muskeln verbündeten und mich in Schlaf versetzten?

Ralph kam mit der Nachricht zurück, daß wir noch gute zehn Minuten auf unseren Tisch zu warten hätten. Die zehn dehnten sich zu zwanzig, während ich dort saß, die gesunde Seite meines Kinns in die Hand gestützt, und er steif hinter mir stand. Ich nippte an meinem Scotch. Durch die Klimaanlage war es in der Bar übermäßig kühl. Im Normalfall hätte der schwere Baumwollstoff meines Kleides mehr als ausgereicht, mich warmzuhalten, doch nun begann ich leicht zu frösteln.

»Kalt?« fragte Ralph.

»Ein bißchen«, gab ich zu.

»Ich könnte ja meinen Arm um Sie legen«, bot er vorsichtig an.

Lächelnd sah ich zu ihm auf. »Das wäre sehr lieb«, erwiderte ich. »Aber sanft, wenn ich bitten darf.«

Er nahm mich in die Arme und kreuzte sie über meiner Brust. Am Anfang zuckte ich ein wenig zusammen, aber die Wärme und der Druck taten mir wohl. Ich lehnte mich gegen ihn. Er blickte herunter auf mein Gesicht, und seine Augen wurden schmal.

»Vic, was ist mit Ihrem Gesicht los?«

Ich hob eine Braue. »Gar nichts ist los.«

»Nein, wirklich«, meinte er und beugte sich noch weiter herab. »Sie haben eine Rißwunde – und das da auf Ihrer Wange sieht nach einem Bluterguß und einer Schwellung aus.«

»Ist es tatsächlich so schlimm?« fragte ich. »Ich dachte, das Make-up hätte es ganz gut kaschiert.«

»Nun, auf die Titelseite von *Vogue* kommen Sie diese Woche nicht, aber es ist auch kein Beinbruch. Als alter Schadenexperte habe ich allerdings schon jede Menge Unfallopfer zu Gesicht bekommen, und genauso sehen Sie aus.«

»Ich fühle mich auch so«, bekannte ich, »aber eigentlich war es ...«

»Waren Sie schon beim Arzt?« unterbrach er mich.

»Sie reden genau wie der Taxifahrer, der mich heute nachmittag nach Hause brachte. Er wollte mich postwendend in der Klinik abliefern. Ich rechnete bereits fest damit, daß er mit in meine Wohnung kommen würde, um mir eine Hühnersuppe zu kochen.«

»Ist Ihr Wagen stark beschädigt?«

»Mein Wagen ist überhaupt nicht beschädigt.« Ich fing an, die Geduld zu verlieren – grundlos, wie mir klar war; aber durch die Fragerei fühlte ich mich in die Defensive gedrängt.

»Nicht beschädigt?« wiederholte er. »Wie sind Sie dann ...«

In diesem Augenblick wurde in der Bar unser Tisch ausgerufen. Ich erhob mich und ging hinüber zum Oberkellner. Die Bezahlung der Drinks überließ ich Ralph. Der Oberkellner führte mich zu dem Tisch, ohne auf Ralph zu warten. Als mir gerade der Stuhl zurechtgerückt wurde, traf er ein. Mein Anflug von Gereiztheit hatte ihn angesteckt. Er meinte: »Ich mag keine Kellner, die Damen entführen, ohne auf deren Begleiter zu warten.« Die Lautstärke war so dosiert, daß es für den Maitre noch vernehmbar war. »Entschuldigen Sie, Sir, ich wußte nicht, daß Sie zu der Dame gehören«, verkündete er vor seinem Abgang mit beachtlicher Würde.

»Kommen Sie, Ralph, nehmen Sie's nicht so tragisch«, beruhigte ich ihn sanft. »Wir befinden uns beide zu stark auf dem Ego-Trip. Hören wir doch damit auf. Lassen Sie uns die Sache klarstellen und noch mal von vorn anfangen.«

Ein Kellner erschien. »Wünschen Sie einen Drink vor dem Essen?«

Gereizt sah Ralph auf. »Wissen Sie überhaupt, wie viele Stunden wir in der Bar auf diesen Tisch gewartet haben? – Nein, wir möchten keinen Drink; jedenfalls *ich* nicht.« Er wandte sich zu mir. »Wie steht's mit Ihnen?«

»Nein, danke. Noch einen, und ich schlafe sofort ein. Damit beraube ich mich jeglicher Möglichkeit, Ihnen begreiflich zu machen, daß ich nicht versuche, mich vor unserer Verabredung zu drücken.«

Wollten wir jetzt unser Essen bestellen? Der Kellner war sehr hartnäckig. Ralph bat ihn rundheraus, uns einige Minuten in Ruhe zu lassen. Durch meine letzte Bemerkung hatte er seine angeborene gute Laune wiedergefunden. »Also gut, V. I. Warshawski – überzeugen Sie mich davon, daß Sie mir den Abend nicht mit Absicht so vermiesen, daß ich Sie nie mehr um ein Rendezvous bitten werde.«

»Ralph«, sagte ich und sah ihn fest an, »kennen Sie einen Earl Smeissen?«

»Wen?« fragte er verständnislos. »Ist das wohl eine Art detektivisches Ratespiel?«

»Hm, ja – so ungefähr«, erwiderte ich. »In der Zeit zwischen gestern nachmittag und heute nachmittag habe ich mit einer ganzen Reihe von Leuten gesprochen, die entweder mit Peter Thayer oder seiner Freundin bekannt waren – dem verschwundenen Mädchen. Sie und Ihr Chef zählen auch dazu.

Nachdem ich also am späten Nachmittag nach Hause kam, erwarteten mich dort zwei gedungene Ganoven. Ich hatte mit ihnen eine tätliche Auseinandersetzung. Eine Zeitlang konnte ich sie abwehren, aber dann schlug mich einer k. o., und sie brachten mich in Earl Smeissens Wohnung. Wenn Sie Earl noch nicht kennen sollten, dann versuchen Sie lieber nicht, seine Bekanntschaft zu machen. Als ich vor zehn Jahren bei der Staatsanwaltschaft als Pflichtverteidigerin beschäftigt war, war er gerade im Begriff, sich mit Gewalt an die Spitze seines Spezialgebiets vorzuarbeiten: Erpressung und Prostitution. Seitdem scheint er gut im Geschäft zu sein. Er hat jetzt eine Reihe schwerer Jungs um sich geschart, die alle bewaffnet sind. Man kann ihn nicht gerade als liebenswerten Menschen bezeichnen.«

Hier unterbrach ich meine zusammenfassende Darstellung. Aus dem Augenwinkel sah ich den Kellner wieder auftauchen, doch Ralph winkte ab. »Auf jeden Fall empfahl er mir dringend, mich aus dem Fall Thayer herauszuhalten, und um das Ganze zu verdeutlichen, setzte er einen seiner gezähmten Gorillas auf mich an.« Ich hielt inne. Meine Erinnerung an das, was als nächstes in Earls Wohnung geschehen war, bereitete mir großes Unbehagen. Zwar hatte ich nach reiflicher Überlegung gehandelt, als ich mich entschloß, lieber alles gleich hinter mich zu bringen und Earl in dem Glauben zu lassen, daß er mich eingeschüchtert habe, statt den ganzen Abend dazusitzen und auf immer brutalere Angriffe gefaßt zu sein. Trotzdem war der Gedanke an meine Hilflosigkeit, die Erinnerung daran, wie Tony mich zusammenschlug, als sei ich eine abtrünnige Hure oder ein säumiger Schuldner, nahezu unerträglich – vor allem deshalb, weil er mir meine Verwundbarkeit vor Augen führte. Ganz unbewußt hatte ich meine linke Hand zur Faust geballt, und ich ertappte mich dabei, wie ich damit auf der Tischplatte hin und her fuhr. Ralph beobachtete mich mit einem Ausdruck von Unsicherheit. Sein Beruf und das Leben in Villenvororten hatten ihn auf derartige Gefühlswallungen nur sehr unzureichend vorbereitet.

Ich schüttelte den Gedanken ab und versuchte, die Sache herunterzuspielen. »Auf alle Fälle tut mir mein Brustkorb ein bißchen weh, und das war auch der Grund, weshalb ich zurückgezuckt bin und losgeplärrt habe, als Sie mich in der Bar anfaßten. Eine Frage geht mir allerdings nicht aus dem Kopf: Wer hat Earl erzählt, daß ich mich für die Sache interessiere? Oder präziser ausgedrückt: Wen hat meine Fragerei so gestört, daß er Earl darum bat – oder dafür bezahlte –, mich einzuschüchtern?«

Ralph hatte sich von seinem Entsetzen noch immer nicht völlig erholt. »Haben Sie die Polizei unterrichtet?«

»Nein«, sagte ich leicht gereizt. »Ich kann doch wegen so einer Sache nicht zur Polizei gehen! Man weiß dort, daß ich an dem Fall interessiert bin. Auch von dieser Seite wurde ich aufgefordert, die Finger davon zu lassen, wenn auch etwas höflicher. Nehmen wir einmal an, Lieutenant Bobby Mallory, der in diesem Fall ermittelt, würde erfahren, daß mich Earl zusammengeschlagen hat. Smeissen würde sofort alles abstreiten. Und sollte mir vor Gericht der Beweis gelingen, dann hätte er eine Million Ausreden parat. Im übrigen brächte Mallory kein Fünkchen Mitgefühl für mich auf. Er will mich sowieso aus der Sache heraushaben.«

»Ja, finden Sie denn nicht, daß er recht hat? Mord ist schließlich eine Angelegenheit für die Polizei. Ganz zu schweigen davon, daß mir diese Typen für Sie viel zu gefährlich erscheinen.«

Ich spürte, wie heiße Wut in mir hochschoß, jene Wut, die ich unweigerlich empfinde, wenn ich das Gefühl habe, daß mich jemand bevormunden will. Es kostete mich einige Mühe, ein Lächeln zustande zu bringen. »Ralph, ich bin müde, und mir tut alles weh. Ich kann heute abend nicht mehr versuchen, Ihnen plausibel zu machen, daß und warum es meine Angelegenheit ist – bitte, glauben Sie mir, daß es sich so verhält und daß ich die Sache nicht einfach der Polizei überlassen und davonlaufen kann. Sicher weiß ich nicht hundertprozentig, was hier vorgeht, aber ich kenne das Temperament und die Reaktionen von Leuten wie Smeissen. Gewöhnlich habe ich es nur mit Wirtschaftskriminalität zu tun – aber wenn sich dieser Verbrecherkreis in die Ecke gedrängt sieht, ist der Unterschied zu Erpressungskünstlern vom Schlage Smeissens nicht mehr allzu groß.«

»Na schön.« Ralph verstummte gedankenverloren, dann erschien das attraktive Grinsen wieder auf seinem Gesicht. »Ich muß zugeben, daß sich mein Kontakt zu Gaunern jeglicher Art auf die paar Schwindler beschränkt, die gelegentlich die Versicherungen übers Ohr hauen wollen. Doch gegen die gehen wir gerichtlich vor und nicht mit Fäusten. Ich werde mir allerdings Mühe geben zu glauben, daß Sie wissen, auf was Sie sich einlassen.«

Ich lachte etwas verlegen. »Danke. Und ich will versuchen, mich nicht wie Jeanne d'Arc auf ein Pferd zu schwingen und nach allen Seiten loszudreschen.«

Der Kellner stand erneut am Tisch. Er wirkte ein bißchen verunsichert. Ralph bestellte gebackene Austern und Wachteln, meine Wahl fiel auf eine Suppe à la Senegal und Spinatsalat. Für ein üppigeres Mahl war ich viel zu erschöpft.

Eine Zeitlang drehte sich die Unterhaltung um allgemeine Themen. Ich fragte Ralph, ob er die Spiele der Cubs verfolgte. »Ich muß gestehen, ich bin einer ihrer leidenschaftlichsten

Fans«, erklärte ich. Ralph sagte, er sähe sich hier und da zusammen mit seinem Sohn ein Spiel an. »Aber mir ist schleierhaft, wie jemand ein leidenschaftlicher Cub-Fan sein kann. Im Moment sind sie ja noch ganz gut im Rennen, nachdem sie die Reds ausgeschaltet haben, aber sie werden bestimmt wieder zurückfallen, wie üblich. Nein, *ich* bin für die Yankees.«

»Die Yankees!« protestierte ich. »Ich kann mir nicht vorstellen, daß sich jemand für *die* begeistern kann – das kommt mir genauso vor, als würde man sich für die Cosa Nostra begeistern. Sie sind zwar finanzstark genug, um die härtesten Kämpfer einzukaufen und mit ihnen zu gewinnen, aber deshalb muß man ihnen noch lange nicht zujubeln!«

»Ich sehe gern gute Spiele.« Ralph ließ sich nicht beirren. »Mit den Fisimatenten der Chicagoer Teams kann ich mich jedenfalls nicht befreunden. Sehen Sie sich doch bloß mal an, wie Veeck's in diesem Jahr White Sox in die Pfanne gehauen hat!«

Wir diskutierten immer noch, als der Kellner den ersten Gang brachte. Die Suppe war ganz hervorragend – leicht und cremig, mit einer Spur Curry gewürzt. Allmählich ging es mir besser. Ich aß noch etwas Brot und Butter. Als Ralphs Wachteln serviert wurden, bestellte ich nochmals eine Tasse Suppe und Kaffee.

»Und nun erklären Sie mir bitte, weshalb die Gewerkschaft bei Ajax keine Versicherungen abschließen würde.«

»Oh, die Möglichkeit bestünde schon«, meinte Ralph mit vollem Mund. Er kaute und schluckte. »Aber höchstens für die Verwaltungszentrale; vielleicht die Feuerversicherung für ihr Verwaltungsgebäude, Betriebsunfallversicherungen für die Sekretärinnen und ähnliche Sachen. Es käme wohl kein umfangreicher Personenkreis in Betracht. Und Gewerkschaften wie die Scherenschleifer versichern ihre Leute am Arbeitsplatz. Arbeitsunfallversicherung ist das große Geschäft, aber das läuft über die einzelnen Firmen, nicht über die Gewerkschaft.«

»Unfallrenten und Abfindungen sind doch ebenfalls eingeschlossen, oder?« fragte ich.

»Ja. Und Entschädigungen im Todesfall, sofern es sich um einen Arbeitsunfall handelt. Außerdem Heilbehandlungskosten, auch wenn keine Arbeitsunfähigkeit vorliegt. Ich finde, es ist ein eigenartiges System. Die Beiträge hängen von der Art des Unternehmens ab; Fabriken zahlen zum Beispiel mehr als Büros. Bei Betriebsunfällen mit anschließender Arbeitsunfähigkeit ist die Versicherung oft jahrelang mit wöchentlichen Rentenzahlungen belastet. In unseren Akten gibt es ein paar Fälle – zum Glück nicht sehr viele –, die bis ins Jahr neunzehnhundertsiebenundzwanzig zurückreichen. Wissen Sie, die Beiträge werden deshalb nicht höher, jedenfalls nicht wesentlich, wenn wir eine Menge derartiger Leistungen erbringen müssen. Natürlich können wir die Verträge kündigen, aber die Zahlungen für bereits arbeitsunfähige Personen laufen weiter.

Wir schweifen im Augenblick jedoch vom Thema ab. Die Sache ist die, daß es eine ganze Anzahl von Leuten gibt, die auf berufsunfähig machen, obwohl sie es keineswegs sind. Sie führen ein schlaues Leben, und korrupte Ärzte gibt es überall. Ein großangelegter Betrug in dieser Richtung, der überdies einem Außenstehenden Nutzen bringen könnte, ist hier allerdings kaum vorstellbar.« Er aß weiter von seinen Wachteln. »Nein, das große Geld steckt im Pensionsgeschäft, wie Sie bereits vermutet haben, vielleicht auch noch in Lebensversicherungen. Andererseits sind Betrügereien im Zusammenhang mit Lebensversicherungsverträgen für den Versicherer selbst am einfachsten. Denken Sie doch nur an den Fall mit der Equity Funding.«

»Sagen Sie, könnte Ihr Chef an so einer Sache beteiligt

sein? Er hätte doch zum Beispiel die Möglichkeit, Scheinverträge für Strohmänner auf seiten der Scherenschleifer abzuschließen, nicht?« fragte ich.

»Vic, weshalb bemühen Sie sich bloß derart, zu beweisen, daß Yardley ein Gauner ist? Er ist wirklich kein schlechter Kerl. Ich habe länger als drei Jahre für ihn gearbeitet und nie etwas Negatives über ihn gehört.«

Ich lachte. »Es ist verdächtig, daß er mich so ohne weiteres empfangen hat. Ich kenne mich zwar im Versicherungswesen nicht aus, aber ich habe häufiger bei großen Firmen zu tun. Er ist Abteilungsleiter, und die sind gefragt wie die Gynäkologen – ihre Kalender enthalten meist doppelt so viele Termine, wie sie bei realistischer Einschätzung einhalten können.«

Ralph griff sich verzweifelt an den Kopf. »Sie legen es darauf an, mich zu verwirren, Vic. Wie kann man den Leiter einer Schadensabteilung mit einem Gynäkologen vergleichen?«

»Nun, auf alle Fälle wissen Sie, was ich meine. Weshalb war er bereit, mich zu empfangen? Er hatte noch nie etwas von mir gehört, er war mit Terminen förmlich zugedeckt – und dann hat er nicht einmal Telefongespräche durchstellen lassen, während wir uns unterhielten!«

»Gut. Aber Sie wußten, daß Peter tot war, und er nicht. Sie haben bei ihm Schuldbewußtsein gesucht und nach Ihrer Deutung auch gefunden«, wandte Ralph ein. »Vielleicht hat er sich um ihn Sorgen gemacht, um Peter, meine ich, weil er Jack Thayer versprochen hatte, sich um den Jungen zu kümmern. Für mich ist es nicht so abwegig, daß Yardley mit Ihnen gesprochen hat. Es handelte sich ja nicht um einen x-beliebigen jungen Mann, sondern um den Sohn eines alten Freundes der Familie. Der Junge war vier Tage lang nicht aufgetaucht, er ging nicht ans Telefon. Yardley ärgerte sich, und zugleich fühlte er sich verantwortlich.«

Ich überlegte schweigend. Was Ralph sagte, hörte sich vernünftig an. Ich fragte mich, ob ich in meinem Urteil wohl zu voreilig gewesen war und ob meine instinktive Abneigung gegen betont herzliche Geschäftsleute mich Gespenster sehen ließ.

»Na gut, Sie könnten recht haben. Aber aus welchem Grund kann Masters nicht in einen Lebensversicherungsbetrug verstrickt sein?«

Ralph war mit seinen Wachteln fertig und bestellte Nachtisch und Kaffee. Meine Wahl fiel auf einen gigantischen Eisbecher. »Das hängt mit der internen Organisation von Versicherungsgesellschaften zusammen«, erläuterte er, nachdem der Kellner wieder verschwunden war. »Wir sind sehr groß – die drittgrößten, wenn man vom Gesamtversicherungsvolumen ausgeht, was ungefähr einem Geschäft von acht Komma vier Milliarden Dollar pro Jahr entspricht. Hierbei sind alle Bereiche eingeschlossen, ebenso wie die dreizehn zur Ajax-Gruppe gehörenden Gesellschaften. Der Gesetzgeber verbietet, daß Lebensversicherungen von derselben Gesellschaft abgeschlossen werden wie Sach- und Unfallversicherungen. Daher läuft unser gesamtes Lebensversicherungs- und Altersversorgungsgeschäft über die Ajax Leben, während die Ajax Unfall und einige der kleineren Gesellschaften mit dem Sach- und Unfallgeschäft betraut sind.«

Der Kellner kehrte mit unserem Nachtisch zurück. Ralph hatte sich für irgendeine klebrige Torte entschieden. Ich beschloß, mir zu meinem Eisbecher noch Kahlua zu bestellen.

»Also«, fuhr Ralph fort, »bei Unternehmen von unserer Größenordnung haben die Fachleute, die mit Betriebsunfall-, Privathaftpflicht- und Kfz-Versicherungen befaßt sind, mit einem Wort, Leute wie Yardley und ich, keine große Ahnung vom Lebensversicherungsbereich. Klar, wir kennen die Geschäftsleitung, gehen gelegentlich zusammen essen, doch sie haben ihre eigene Verwaltungshierarchie, bearbeiten ihre eigenen Forderungen und so weiter. Hätten wir einen so weitreichenden Zugang zu diesem Zweig, um Analysen erstellen zu können oder sogar Betrügereien zu inszenieren, dann gäbe es einen unglaublichen politischen Skandal, und wir könnten innerhalb der nächsten Stunde den Laden dichtmachen. Unter Garantie.«

Widerstrebend schüttelte ich den Kopf und wandte mich meinem Eisbecher zu. Ajax erschien mir nicht sehr vielversprechend, und ich hatte doch alle meine Hoffnungen darauf gesetzt. »Haben Sie übrigens den Punkt mit den Pensionsgeldern von Ajax geklärt?« erkundigte ich mich.

Ralph lachte. »Sie sind wirklich hartnäckig, Vic. Ja, ich habe mit einem Freund darüber gesprochen. Tut mir leid, Vic. Fehlanzeige. Er sagt, er wird mal prüfen, ob wir von dritter Hand etwas zugeschoben bekommen ...« Ich sah ihn fragend an. »Beispielsweise könnte die Loyal Alliance ein Geschäft an Dreyfus weitergeben und Dreyfus wiederum einen Teil davon an uns. Alles in allem meint mein Informant jedoch, daß Ajax eher alles versuchen würde, um sich die Scherenschleifer vom Leib zu halten. Was mich keineswegs überrascht.«

Ich seufzte und leerte meinen Eisbecher. Plötzlich überfiel mich wieder die Müdigkeit. Wenn im Leben alles glattginge, könnten wir nie stolz auf unsere Erfolge sein. Das war einer der Sprüche meiner Mutter, während sie mich beim Klavierüben beaufsichtigte. Wäre sie noch am Leben, so hätte sie sicherlich etwas gegen meinen Beruf einzuwenden, doch sie würde nie hinnehmen, daß ich mißmutig und mit hängenden Schultern beim Abendessen säße, nur weil ich einen Reinfall erlitten hatte. Aber heute abend war ich einfach zu müde, um alles das, was ich im Verlauf des Tages erfahren hatte, auf die Reihe zu bekommen.

»Ihre Abenteuer sind offenbar nicht ganz spurlos an Ihnen vorübergegangen«, bemerkte Ralph.

Ich fühlte mich von einer Welle der Müdigkeit überschwemmt. »Ja, ich baue ab«, gab ich zu. »Ich glaube, ich muß ins Bett. Obwohl ich andererseits gar nicht scharf darauf bin, denn morgen früh wird mir alles weh tun. Vielleicht werde ich wieder munter genug, um zu tanzen. Wenn man in Bewegung bleibt, ist's nicht so schlimm.«

»Im Augenblick sehen Sie so aus, als würden Sie auf der Tanzfläche sofort zu Boden sinken, Vic, und mich würden sie dann wegen Mißhandlung oder dergleichen verhaften. Wieso hilft eigentlich Bewegung?«

»Wenn man den Kreislauf in Schwung hält, werden die Gelenke nicht so steif.«

»Na ja, eventuell könnten wir ja beides miteinander verbinden – Schlaf und Bewegung, meine ich.« Das Lächeln in seinen Augen war liebevoll und ein wenig verlegen.

Unvermittelt kam mir der Gedanke, daß es nach meinem abendlichen Intermezzo mit Earl und Tony sehr tröstlich wäre, jemanden im Bett zu haben. »Sicher«, meinte ich, ebenfalls lächelnd.

Ralph bat den Ober um die Rechnung und bezahlte sofort; seine Hände flatterten ein wenig. Ich überlegte, ob ich mich wegen der Rechnung mit ihm streiten sollte, besonders, weil ich sie als Spesen verbuchen konnte, entschied aber, daß ich für heute bereits genug Kämpfe ausgefochten hatte.

Wir warteten draußen, bis der Boy unseren Wagen brachte. Ralph stand dicht bei mir, angespannt, und ohne mich zu berühren. Ich zweifelte nicht daran, daß er diesen Abschluß von vorneherein eingeplant hatte; er war sich nur nicht sicher gewesen, ob es klappen würde. In der Dunkelheit lächelte ich ein wenig in mich hinein. Als der Wagen kam, setzte ich mich dicht neben ihn auf den Beifahrersitz. »Ich wohne in der Halsted Street, nördlich der Belmont Avenue«, erklärte ich, bevor ich an seiner Schulter einschlief.

Er weckte mich an der Kreuzung Belmont/Avenue/Halsted Street und erkundigte sich nach meiner Hausnummer. Ich wohne in einer Gegend, die im Norden und Westen an einen vornehmeren Stadtteil grenzt, und im allgemeinen herrscht hier kein Mangel an Parkplätzen. Er fand einen genau vor meiner Haustür, doch auf der anderen Straßenseite.

Unter äußersten Mühen hievte ich mich aus dem Wagen. Die Nachtluft war angenehm warm, und Ralph stützte mich mit leicht zitternden Händen, als wir die Straße überquerten und die Eingangshalle meines Hauses betraten. Der Treppenaufgang schien sehr weit weg zu liegen, und ich hatte plötzlich die Vision, auf den Eingangsstufen zu sitzen und die Heimkehr meines Vaters von der Arbeit abzuwarten, damit er mich hinauftragen konnte. Wenn ich Ralph darum bitten würde, wäre sicher auch er dazu bereit. Allerdings würde sich dadurch das Abhängigkeitsverhältnis in unserer Beziehung zu stark verschieben. Ich biß also die Zähne zusammen und machte mich an den Aufstieg. Oben lag niemand auf der Lauer.

Ich ging in die Küche und holte eine Flasche Martell aus dem Barfach. Dann angelte ich zwei Gläser herunter, venezianische Gläser, Rest der bescheidenen Aussteuer meiner Mutter. Sie hatten einen herrlich klaren Rotton und gedrehte Stiele. Es war schon einige Zeit her, daß ich jemanden zu Besuch in meiner Wohnung hatte, und unvermittelt fühlte ich mich schüchtern und verletzlich. Ich war im Laufe des heutigen Tages den Männern schon bis zum Extrem ausgeliefert gewesen und nicht bereit, im Bett etwas Ähnliches zu erleben.

Als ich Flasche und Gläser ins Wohnzimmer brachte, saß Ralph auf der Couch und blätterte *Fortune* durch, ohne darin zu lesen. Er erhob sich, nahm mir die Gläser aus der Hand und bewunderte ihre Schönheit. Ich erklärte ihm, daß meine Mutter Italien kurz vor dem Ausbruch des Zweiten Weltkriegs verlassen hätte. Sie hatte eine jüdische Mutter und sollte vorsorglich an einen sicheren Ort gebracht werden. Die acht roten Gläser hatte sie in ihrem einzigen Koffer sorgsam in ihre Unterwäsche gewickelt. Bei jedem Festmahl nahmen sie den Ehrenplatz ein. Ich goß den Cognac in die Gläser.

Ralph erzählte, daß seine Familie aus Irland stamme. »Deshalb schreibt man ›Devereux‹ auch ohne a – mit a wären wir Franzosen.« Wir schwiegen ein Weilchen und nippten an unserem Cognac. Auch Ralph war ein wenig nervös, eine Tatsache, die mir half, mich zu entspannen. Plötzlich erhellten sich seine Züge, er grinste und sagte: »Nach meiner Scheidung zog ich ins Zentrum, weil ich mir ausmalte, daß man dort jede Menge Bienen kennenlernen könnte – Frauen, meine ich. Aber um die Wahrheit zu sagen, Sie sind die erste, mit der ich mich in den letzten sechs Monaten verabredet habe; und Sie sind völlig verschieden von allen Frauen, die ich bisher kannte.« Er wurde ein bißchen rot. »Ich wollte Ihnen damit nur sagen, daß ich mich nicht jede Nacht in einem anderen Bett herumtreibe. Mit Ihnen würde ich allerdings sehr gern ins Bett gehen.«

Ich gab ihm keine Antwort, sondern stand auf und nahm ihn an der Hand. Hand in Hand, wie die Fünfjährigen, gingen wir hinüber ins Schlafzimmer. Ralph half mir behutsam aus dem Kleid und streichelte meine geschwollenen Arme. Ich knöpfte ihm das Hemd auf. Er zog sich aus, und schon waren wir im Bett. Eigentlich hatte ich befürchtet, erst Schützenhilfe leisten zu müssen; frisch geschiedene Männer haben manchmal Probleme – sie fühlen sich so verunsichert. Er glücklicherweise nicht. Ich war ohnedies viel zu müde, um irgend jemandem irgendwelche Hilfe zu leisten. Als letzte Wahrnehmung vor dem Einschlafen blieb mir sein heftiges Atmen in Erinnerung.

7
Freunde in der Not

Als ich erwachte, war das Zimmer erfüllt von dem sanften Licht des späten Vormittags, das gedämpft durch meine dichten Schlafzimmergardinen drang. Ich befand mich allein im Bett und lag unbeweglich, um meine Gedanken zu ordnen. Allmählich kehrte die Erinnerung an die Ereignisse des gestrigen Tages zurück. Ich bewegte vorsichtig den Kopf, um auf den Wecker zu schauen. Mein Hals war völlig steif, und ich mußte meinen ganzen Körper herumdrehen, um die Uhrzeit zu erkennen: halb zwölf. Ich setzte mich auf. Die Bauchmuskeln waren in Ordnung, aber Ober- und Unterschenkel taten weh, und das Aufstehen war äußerst schmerzhaft. Langsam schlurfte ich ins Bad, wobei ich mir vorkam wie am Tag nach einem Zehn-Kilometer-Lauf, absolviert nach einer Trainingspause von mehreren Monaten. Ich drehte den Heißwasserhahn voll auf.

Ralph rief mir aus dem Wohnzimmer etwas zu. »Guten Morgen!« rief ich zurück. »Wenn du mit mir reden möchtest, mußt du hierher kommen – ich mache keinen Schritt weiter!« Ralph betrat fertig gekleidet das Bad und postierte sich neben mich, während ich mein Gesicht trübselig im Spiegel über dem Waschbecken betrachtete. Mein vordem nur leicht getöntes blaues Auge hatte eine dunkelviolette, schwärzliche Färbung angenommen, gesprenkelt mit Gelb und Grün. Mein unverletztes linkes Auge war blutunterlaufen. Der Kiefer hatte sich grau verfärbt. Das Ganze machte einen sehr unattraktiven Eindruck.

Ralph schien meine Ansicht zu teilen. Ich beobachtete sein Gesicht im Spiegel; er sah leicht angewidert aus. Ganz ohne Frage war Dorothy niemals mit einem blauen Auge nach

Hause gekommen – wie langweilig war doch das Leben in den Vorstädten!

»Machst du so etwas öfter?« fragte Ralph.

»Du meinst, meinen Körper eingehend studieren?« fragte ich zurück.

Er machte eine vage Handbewegung. »Dich prügeln«, sagte er lakonisch.

»Nicht mehr so häufig wie als Kind. Ich bin an der South Side aufgewachsen. Neunzigste Straße und Commercial Street, falls du die Gegend kennst: jede Menge polnischer Stahlarbeiter, die die neuen Volksgruppen nicht gerade mit offenen Armen empfingen. Die Abneigung war gegenseitig. Bei mir in der High School herrschten die Gesetze des Dschungels. Wenn man Füße und Fäuste nicht entsprechend gebrauchen konnte, stand man auf verlorenem Posten.«

Ich wandte mich vom Spiegel weg. Ralph schüttelte den Kopf, aber er bemühte sich, zu verstehen und nicht gleich einen Rückzieher zu machen. »Es ist eine ganz andere Welt«, sagte er langsam. »Ich bin in Libertyville großgeworden, und ich entsinne mich nicht, jemals in eine Rauferei verwickelt gewesen zu sein. Wenn meine Schwester mit einem blauen Auge heimgekommen wäre, hätte meine Mutter einen Monat lang hysterische Anfälle gekriegt. Hat das deinen Leuten nichts ausgemacht?«

»O doch! Meine Mutter fand es abscheulich, doch sie starb, als ich fünfzehn war, und mein Vater war dankbar, daß ich allein zurechtkam.« Es stimmte. Gabriella hatte jegliche Gewalt verabscheut. Trotzdem war sie eine Kämpferin, und meine Kämpfernatur verdanke ich ihr, nicht meinem stattlichen und stets ausgeglichenen Vater.

»Haben sich in deiner Schule alle Mädchen geprügelt?« wollte Ralph wissen.

Ich stieg in die heiße Wanne, während ich darüber nachdachte. »Nein, einige ließen sich einschüchtern. Und andere legten sich Beschützer zu. Der verbleibende Rest lernte, sich seiner Haut zu wehren. Ein Mädchen aus meiner Schule rauft immer noch gern. Sie ist ein atemberaubend attraktiver Rotschopf, und sie hat ein Faible dafür, Bars zu besuchen und mit Fäusten auf die Jungs loszugehen, die sie anmachen wollen. Wirklich erstaunlich.«

Ich versank im Wasser und bedeckte Gesicht und Hals mit feuchtheißen Tüchern. Ralph schwieg einen Augenblick, bevor er sagte: »Ich erkläre mich bereit, Kaffee zu kochen, wenn du mir das Versteck verrätst – ich konnte ihn nämlich nicht entdecken. Und nachdem ich mir nicht darüber klarwerden konnte, ob du das Geschirr für Weihnachten aufhebst, habe ich es einfach abgewaschen.«

Ich machte meinen Mund frei, ließ aber die Augen bedeckt. Das verdammte Geschirr hatte ich natürlich vergessen, als ich gestern das Haus verließ. »Danke.« Was sollte ich sonst dazu sagen? »Der Kaffee ist im Kühlschrank – ganze Bohnen. Nimm einen Eßlöffel pro Tasse. Die elektrische Kaffeemühle steht neben dem Herd. Filterpapier ist im Schrank gleich darüber, und die Kanne ist noch im Spülbecken – es sei denn, du hättest sie mit abgewaschen.«

Er beugte sich herunter, um mich zu küssen, und ging. Ich ließ wieder heißes Wasser über den Waschlappen laufen und bewegte meine Beine im dampfenden Wasser. Nach und nach kamen sie in Schwung; ich war überzeugt, daß sie in einigen Tagen wieder in Ordnung sein würden. Noch ehe Ralph mit dem Kaffee fertig war, hatte das Wasser meine Gelenksteife weitgehend beseitigt. Ich kletterte aus der Wanne, wickelte mich in ein voluminöses blaues Badetuch und begab mich – in viel besserer Verfassung – hinüber ins Wohnzimmer.

Ralph kam mit dem Kaffee herein. Er bewunderte meinen Aufzug, vermied es aber, mir ins Gesicht zu sehen. »Das Wetter hat umgeschlagen«, bemerkte er. »Ich war draußen und habe eine Zeitung geholt. Es ist ein herrlicher Tag – angenehm kühl und klar. Wollen wir zu den Indiana-Dünen rausfahren?«

Ich war im Begriff, den Kopf zu schütteln, wurde aber durch den Schmerz daran gehindert. »Nein. Es klingt verlockend, aber ich habe zu arbeiten.«

»Ach komm, Vic«, protestierte Ralph. »Laß das doch die Polizei machen. Du bist in ganz mieser Verfassung – du brauchst mal einen freien Tag.«

»Da könntest du recht haben«, sagte ich, meinen Ärger mühsam unterdrückend. »Aber ich dachte, das Thema hätten wir gestern abend bereits ausführlich behandelt. Auf jeden Fall nehme ich mir nicht frei.«

»Wie wär's dann mit ein bißchen Gesellschaft? Brauchst du einen Chauffeur?«

Ich studierte Ralphs Gesicht, ohne darin etwas anderes als freundliche Anteilnahme zu entdecken. Litt er nur unter einem Anfall von männlichem Beschützerdrang, oder hatte er ein besonderes Interesse daran, daß ich meiner Arbeit fernblieb? Als Begleiter wäre er in der Lage, jeden meiner Schritte zu verfolgen. Um Earl Smeissen Bericht zu erstatten?

»Ich fahre nach Winnetka und möchte mit Peter Thayers Vater sprechen. Nachdem er und dein Chef Nachbarn sind, würde es sich meines Erachtens nicht so gut machen, wenn du mitkämst.«

»Vermutlich nicht«, gab er zu. »Weshalb möchtest du mit ihm sprechen?«

»Es ist wie mit dem Annapurna, Ralph: Man hat ihn bestiegen, weil es ihn eben gibt.« Ich hatte noch eine Reihe anderer Dinge zu erledigen, Dinge, bei denen ich ganz gern allein war.

»Treffen wir uns zum Abendessen?« schlug er vor.

»Ralph, Herrgott noch mal, du führst dich langsam auf wie ein Blindenhund! Nein. Heute abend nicht. Du bist reizend, und ich weiß das sehr zu schätzen, aber ich brauche auch ein bißchen Zeit für mich allein.«

»Ist ja recht«, murrte er. »Ich meine es doch nur gut.«

Ich stand auf und hinkte unter Schmerzen hinüber zur Couch. »Weiß ich ja.« Ich legte den Arm um ihn und gab ihm einen Kuß. »Und ich bin unausstehlich.« Er zog mich auf seinen Schoß. Der Mißmut verschwand aus seinen Zügen, als er mich küßte.

Nach einigen Minuten machte ich mich sacht los und humpelte ins Schlafzimmer, um mich anzuziehen. Das dunkelblaue Seidenkostüm lag über einem Stuhl, blut- und schmutzbefleckt und mit ein paar Rissen. Wahrscheinlich würde es meine Reinigung wieder hinkriegen, aber ich nahm nicht an, daß mir je wieder der Sinn danach stehen würde, es zu tragen. Ich warf es in den Abfall und zog meine grüne Leinenhose mit einer blaßgelben Bluse und passender Jacke an. Ein perfekter Anzug für die Provinz. Ich entschloß mich, mir mit dem Gesicht keine Mühe zu geben. Mit Make-up würde es sicher im Sonnenlicht noch mehr auffallen als ohne.

Ich bereitete mir ein Müsli zu, während Ralph seinen Marmeladentoast verzehrte. »So«, meinte ich dann, »Zeit zum Aufbruch in die Provinz.«

Ralph begleitete mich hinunter, wobei er mir die Hand als Stütze reichen wollte. »Nein, danke«, wehrte ich ab. »Ich gewöhne mich lieber an den Alleingang.« Am Fuß der Treppe bekam er von mir einen Bonuspunkt, weil er den Abschied nicht unnötig hinauszögerte. Wir küßten uns flüchtig; dann winkte er mir aufmunternd zu und begab sich zu seinem Wagen auf der gegenüberliegenden Straßenseite. Ich sah ihm nach, bis er aus meinem Blickfeld verschwunden war, dann stoppte ich ein Taxi.

Der Fahrer setzte mich in der Sheffield Avenue ab, nördlich von der Addison Street, in einer überwiegend von Puertoricanern bewohnten Gegend, in der es noch trostloser aussah als bei mir drüben. Ich läutete an Lotty Herschels Tür und war erleichtert, daß sie zu Hause war. »Wer ist da?« quäkte sie durch die Sprechanlage. »Ich bin's, Vic«, antwortete ich und stieß nach dem Summen des Türöffners die Eingangstür auf.

Lotty wohnte im zweiten Stock. Sie erwartete mich auf der Schwelle, als ich oben ankam. »Vic, meine Liebe, was ist denn mit dir passiert?« begrüßte sie mich, die dichten schwarzen Augenbrauen erstaunt hochgezogen.

Ich kannte Lotty seit Jahren. Sie war Ärztin, meiner Schätzung nach um die fünfzig, doch bei ihrem lebhaften und klugen Gesicht und ihrem durchtrainierten, energiegeladenen Körper konnte man das nicht so genau sagen. Irgendwann in ihren Wiener Jugendtagen hatte sie das Geheimnis fortwährender Bewegung entdeckt. Sie vertrat gewisse Ansichten heftig und leidenschaftlich und setzte sie beruflich in die Praxis um – oft zum Leidwesen ihrer Kollegen. Zu Zeiten, als eine Schwangerschaftsunterbrechung noch gesetzwidrig war und die meisten Ärzte nur hinter vorgehaltener Hand darüber redeten, hatte sie bereits zu den wenigen gezählt, die solche Eingriffe durchführten, und zwar in Zusammenarbeit mit einer inoffiziellen Anlaufstelle bei der Universität in Chicago, bei der ich mich ebenfalls engagiert hatte. Nun leitete sie eine Klinik hinter einer schäbigen Ladenfassade in derselben Straße. Sie hatte zunächst den Versuch unternommen, gebührenfrei zu behandeln, mußte aber feststellen, daß die Leute in dieser Gegend kein Vertrauen in ihre ärztliche Kunst hatten, wenn sie nichts bezahlen mußten. Trotzdem war es noch eine der billigsten Kliniken in der Stadt, so daß ich mich häufig fragte, wie sie davon leben konnte.

Sie zog die Tür hinter mir ins Schloß und führte mich ins Wohnzimmer. Lottys Naturell entsprechend, war es nur sparsam möbliert, jedoch mit leuchtenden Farbakzenten versehen – Gardinen in einem lebhaften Muster in Rot-Orange und einem feurig lodernden abstrakten Bild an der Wand. Lotty drückte mich auf die Bettcouch und brachte mir eine Tasse ihres starken Wiener Kaffees, von dem sie hauptsächlich lebte.

»Und nun sag mir, Victoria, was hat dir so zugesetzt, daß du wie eine alte Frau die Treppen heraufhumpelst und dein Gesicht ganz grün und blau ist? Doch sicher kein Autounfall – das wäre nicht extravagant genug für dich. Hab' ich recht?«

»Du hast recht wie immer, Lotty«, erwiderte ich und berichtete in Kurzfassung über meine Abenteuer.

Bei der Geschichte mit Smeissen schürzte sie zwar die Lippen, verschwendete aber keine Zeit darauf, mit mir darüber zu diskutieren, ob ich zur Polizei gehen oder den Auftrag zurückgeben oder lieber einen Tag im Bett bleiben sollte. Nicht immer war sie meiner Meinung, respektierte allerdings meine Entscheidungen. Sie ging hinüber in ihr Schlafzimmer und kam mit einer großen schwarzen Tasche zurück. Sie untersuchte meine Gesichtsmuskeln und sah sich meine Augen mit dem Augenspiegel an. »Die Zeit wird das alles heilen«, erklärte sie und überprüfte noch Kniereflexe und Beinmuskeln. »Ich weiß, so was tut weh, und es wird noch eine ganze Weile weh tun. Aber du bist gesund; paß nur gut auf dich auf, es vergeht in Kürze von selbst.«

»Nun, so etwas Ähnliches hatte ich vermutet«, meinte ich. »Aber ich kann nicht warten, bis meine Beinmuskeln wieder richtig funktionieren. Und im Augenblick tun sie mir so scheußlich weh, daß ich mich kaum rühren kann. Ich brauche ein Mittel, das die Schmerzen so weit dämpft, daß ich ein paar Sachen erledigen kann, aber mein Kopf muß klar bleiben – also nicht so was wie Codein, das einen gleich schachmatt setzt. Hast du da was für mich?«

»Natürlich, eine Wunderdroge!« Lotty war sichtlich erheitert. »Du solltest nicht soviel Vertrauen zu Ärzten und Medikamenten haben, Vic. Ich werde dir mal eine Phenylbutazon-Spritze geben. So etwas kriegen die Rennpferde, damit sie während des Rennens keine Muskelschmerzen haben, und mir scheint, du galoppierst sowieso herum wie ein Pferd.«

Sie verschwand für ein paar Minuten; ich hörte, wie sie den Kühlschrank öffnete. Mit einer Spritze und einer kleinen Flasche mit Gummistöpsel kam sie wieder. »So, jetzt leg dich hin. Wir spritzen das in deinen Po, dann gelangt es rasch in den Blutkreislauf. Zieh deine Hose ein bißchen runter. Ja, so. Tolles Zeug – wirklich. Es nennt sich kurz ›Buta‹ und macht dich in einer halben Stunde fit fürs Derby, meine Liebe.« Lotty arbeitete zügig, während sie sprach. Ich spürte einen kleinen Stich, dann war es schon passiert. »Setz dich jetzt hin. Ich werde dir ein paar Geschichten aus der Klinik erzählen. Nachher gebe ich dir noch etwas Nepenthes mit. Das ist sehr starkes schmerzstillendes Zeug. Laß dein Auto stehen, wenn du es eingenommen hast, und trink keinen Alkohol. Ich pack' dir auch Buta in Tablettenform ein.«

Ich lehnte mich in ein großes Kissen zurück und gab mir alle Mühe, mich nicht zu stark zu entspannen. Die Versuchung, mich auszustrecken und zu schlafen, war riesengroß. Ich mußte mich zwingen, Lottys lebhaftem und intelligentem Geplauder zu folgen und Fragen zu stellen, ohne mich mit ihr über ihre teilweise abstrusen Ansichten zu streiten. Nach einiger Zeit spürte ich die Wirkung des Medikaments. Meine Nackenmuskeln entspannten sich zusehends. Zu Faustkämpfen war ich zwar noch nicht aufgelegt, aber ich war mir einigermaßen sicher, meinen Fahrkünsten wieder trauen zu können.

Lotty machte keinen Versuch, mich aufzuhalten. »Du hast

dich beinahe eine Stunde ausgeruht, das dürfte für ein Weilchen genügen.« Sie füllte die Buta-Tabletten in ein Plastikröhrchen und gab mir eine Flasche Nepenthes.

Ich bedankte mich. »Was schulde ich dir?«

Sie schüttelte den Kopf. »Ach, das sind alles Ärztemuster. Wenn du zu deiner schon längst überfälligen Generaluntersuchung kommst, kriegst du von mir eine Rechnung wie von jedem anderen guten Arzt aus der Michigan Avenue.«

Sie brachte mich zur Tür. »Nun mal ganz im Ernst, Vic: Solltest du dir wegen Smeissen, diesem Dreckskerl, wirklich Sorgen machen, so steht dir jederzeit mein Gästezimmer zur Verfügung.« Ich bedankte mich bei ihr. Es war ein sehr freundliches Angebot – und noch dazu eines, auf das ich vielleicht zurückgreifen mußte.

Normalerweise wäre ich zu meinem Wagen zurückgelaufen; Lotty wohnte nur etwa acht Querstraßen von mir entfernt. Doch trotz der Spritze fühlte ich mich noch nicht völlig auf der Höhe, und so marschierte ich langsam hinüber zur Addison Street, wo ich mir ein Taxi nahm. Ich ließ mich zum Büro bringen, um Peter Thayers Visitenkarte mit der Adresse in Winnetka zu holen, und heuerte ein weiteres Taxi an, das mich zu meinem Wagen an der North Side fuhr. McGraw würde eine ganz hübsche Spesenrechnung von mir bekommen – jede Menge Taxifahrten, und dann noch das marineblaue Kostüm, das allein hundertsiebenundsechzig Dollar gekostet hatte.

Das herrliche Wetter hatte viele Leute ins Freie gelockt. Auch meine Stimmung hob sich in der klaren, frischen Luft. Gegen zwei Uhr befand ich mich auf dem Edens Expressway in Richtung Nordufer. Ich begann, ein paar Takte der Mozart-Arie »Ch'io mi scordi di te« zu singen, aber mein Brustkorb legte Protest ein, so daß ich mich mit einem Konzert von Bartók im Radio zufriedengeben mußte.

Aus irgendwelchen mir unerfindlichen Gründen verliert der Edens Expressway an Schönheit, je weiter er in die Wohngebiete der Reichen vordringt. In der Nähe von Chicago wird er gesäumt von Rasenflächen und reizenden Bungalows, doch weiter draußen machen sich erst Einkaufszentren und dann Industrieanlagen und Drive-in-Restaurants breit. Als ich jedoch nach rechts in die Willow Road einbog und mich dem See näherte, bot sich meinem Blick eine sehr eindrucksvolle Szenerie – weitläufige Herrschaftshäuser, umgeben von riesigen, sorgsam manikürten Rasenflächen. Ich warf noch einmal einen Blick auf Thayers Adresse und bog südlich in die Sheridan Road ein, die Augen angestrengt auf die Hausnummern an den Briefkästen gerichtet. Sein Haus befand sich auf der östlichen Straßenseite, dort, wo die Grundstücke an den Michigansee grenzen und den Kindern Privatstrände und Bootsstege zur Verfügung stehen, wenn sie aus Groton oder Andover nach Hause kommen.

Mein Chevy schämte sich ein wenig, als er zwischen zwei steinernen Säulen hindurchfuhr, und erst recht, nachdem er neben der Auffahrt einen Mercedes, einen Alfa und einen Audi Quattro bemerkt hatte. Die kreisförmige Auffahrt führte an einigen überaus attraktiven Blumenbeeten vorbei zum Haupteingang eines Kalksandsteingebäudes. Auf einem kleinen Schild neben der Eingangstür wurden Lieferanten gebeten, den Hintereingang zu benutzen. War ich ein Lieferant? Ich war mir nicht ganz sicher, ob ich etwas zu liefern hatte. Mein Gastgeber sah das vielleicht anders.

Ich nahm eine Visitenkarte aus der Brieftasche und versah sie mit einer kurzen Bemerkung: »Ich möchte mit Ihnen über Ihre Beziehungen zu den Scherenschleifern reden.« Dann läutete ich.

Der Gesichtsausdruck der adrett gekleideten Frau, die mir die Tür öffnete, rief mir mein blaues Auge wieder ins Gedächtnis; durch das Buta hatte ich es eine Zeitlang vergessen. Ich reichte ihr die Karte. »Ich hätte gern Mr. Thayer gesprochen«, erklärte ich kühl.

Sie sah mich zweifelnd und unschlüssig an, nahm jedoch die Karte entgegen und schlug mir die Tür vor der Nase zu. Von den Stränden weiter oben drangen gedämpfte Rufe herüber. Nachdem einige Minuten verstrichen waren, entfernte ich mich von der Eingangstür, um mir ein Blumenbeet jenseits der Auffahrt näher anzusehen. Beim Öffnen der Tür wandte ich mich um. Das Dienstmädchen blickte stirnrunzelnd zu mir herüber.

»Ich werde mich nicht an Ihren Blumen vergreifen«, versicherte ich. »Mangels Zeitschriften im Vorzimmer habe ich mir eben etwas anderes angeschaut.«

Sie zog scharf die Luft ein, sagte jedoch nur: »Hier entlang.« Kein »Bitte«, keine Verbindlichkeit. Nun, schließlich handelte es sich hier um ein Trauerhaus. Ich war zu Zugeständnissen bereit.

In raschem Tempo bewegten wir uns durch die geräumige, mit einer mattgrünen Statue geschmückte Eingangshalle, an einer Treppe vorbei und durch einen Korridor, der zum rückwärtigen Teil des Hauses führte. John Thayer kam uns aus der anderen Richtung entgegen. Er trug ein weißes Jerseyhemd und eine graukarierte Hose – gemäßigte Provinzkleidung. Er wirkte überaus zurückhaltend, so als spiele er bewußt die Rolle des trauernden Vaters.

»Danke, Lucy. Hier hinein, bitte.« Damit ergriff er meinen Arm und geleitete mich in ein Zimmer mit bequemen Sesseln und wohlgefüllten Bücherregalen. Die Bücher waren sehr sauber eingeordnet. Ich überlegte, ob er wohl jemals eines davon las.

Thayer hielt mir meine Karte hin. »Was soll das heißen, Warshawski?«

»Genau das, was draufsteht. Ich möchte mit Ihnen über Ihre Beziehungen zu den Scherenschleifern reden.«

Er produzierte ein unfrohes Lächeln. »Sie sind minimal. Und jetzt, nachdem Peter – nicht mehr da ist, gibt es vermutlich gar keine mehr.«

»Ich bin neugierig, ob Mr. McGraw damit einverstanden wäre.«

Er ballte die Hand zur Faust und zerdrückte die Karte. »Jetzt kommen wir zum Kernpunkt. McGraw hat Sie angeheuert, um mich zu erpressen, stimmt's?«

»Dann gibt es also eine Verbindung zwischen Ihnen und den Scherenschleifern.«

»Nein!«

»Wieso könnte Mr. McGraw Sie denn sonst erpressen?«

»Ein Mann wie er schreckt vor nichts zurück. Ich hatte Ihnen gestern schon geraten, sich vor ihm in acht zu nehmen.«

»Hören Sie, Mr. Thayer. Gestern haben Sie sich fürchterlich aufgeregt, als Sie erfuhren, daß McGraw Ihren Namen in etwas hineingezogen hatte. Heute befürchten Sie, er will Sie erpressen. Das läßt ganz eindeutige Schlußfolgerungen zu.«

Seine Gesichtszüge waren hart und verkrampft. »Worauf?«

»Daß zwischen Ihnen beiden etwas vorgefallen ist, was nicht publik werden soll. Ihr Sohn fand es heraus, und Sie beide haben ihn ermorden lassen, um ihn mundtot zu machen.«

»Das ist eine Lüge, Warshawski, eine gottverfluchte Lüge!« brüllte er.

»Beweisen Sie es.«

»Die Polizei hat heute früh Peters Mörder verhaftet.«

In meinem Kopf ging alles durcheinander. Ich ließ mich in einen ledernen Sessel fallen. »Wie bitte?« Meine Stimme klang piepsig.

»Einer der Kommissare rief mich an. Sie haben einen Drogensüchtigen aufgegriffen, der versucht hatte, die Wohnung auszuräumen. Sie sagen, Peter hat ihn dabei überrascht und wurde von ihm erschossen.«

»Nein«, sagte ich.

»Was meinen Sie mit ›Nein‹? Sie haben den Kerl gefaßt.«

»Nein. Vielleicht haben sie ihn gefaßt, aber die Szenerie stimmt nicht. Kein Mensch hat dort eingebrochen. Ihr Sohn hat auch niemanden überrascht. Ich sage Ihnen, Thayer, der Junge saß am Küchentisch, als er erschossen wurde. Das ist nicht das Werk eines Drogensüchtigen, der bei einem Verbrechen ertappt wurde. Außerdem wurde nichts gestohlen.«

»Worauf wollen Sie hinaus, Warshawski? Kann sein, daß nichts gestohlen wurde. Wahrscheinlich bekam er es mit der Angst zu tun und flüchtete. Mir kommt das auf jeden Fall glaubwürdiger vor als Ihre Story – daß ich meinen eigenen Sohn erschossen haben soll.« In seinem Gesicht kämpften starke Gefühle miteinander. Trauer? Wut? Vielleicht Entsetzen?

»Mr. Thayer, ich glaube, Sie haben bemerkt, wie mein Gesicht aussieht. Gestern abend haben mich ein paar Ganoven zusammengeschlagen, damit ich meine Ermittlungen über den Tod Ihres Sohnes einstelle. Ein Drogensüchtiger hat keine solchen Typen zur Hand. Ich kenne verschiedene Leute, die etwas Derartiges in Szene gesetzt haben könnten – Sie und Andy McGraw sind nur zwei davon.«

»Manche haben etwas gegen Übereifer, Warshawski. Wenn Sie jemand zusammengeschlagen hat, so sollten Sie sich das zu Herzen nehmen.«

Ich war zu kaputt, um mich darüber aufzuregen. »Mit anderen Worten, Sie sind in die Sache verwickelt, aber Sie meinen, Ihr Schäfchen im trockenen zu haben. Ich muß mir also eine Methode einfallen lassen, um Sie von Ihrem hohen Roß runterzuholen. Es wird mir ein Vergnügen sein.«

»Warshawski, ich rate Ihnen zu Ihrem eigenen Besten: Lassen Sie die Finger davon.« Er begab sich zu seinem Schreibtisch. »Ich sehe, Sie sind ein gewissenhaftes Mädchen; doch mit McGraw vergeuden Sie nur Ihre Zeit. Es gibt nichts zu ermitteln.« Er schrieb einen Scheck aus und reichte ihn mir. »Hier. Sie können McGraw alles zurückerstatten, was er Ihnen bisher bezahlt hat, und davon ausgehen, daß Sie Ihre Pflicht getan haben.«

Der Scheck lautete auf fünftausend Dollar. »Sie Dreckskerl! Erst beschuldigen Sie mich der Erpressung, und nun versuchen Sie, mich zu kaufen?« Der heftige Wutausbruch ließ mich meine Müdigkeit vergessen. Ich zerriß den Scheck und ließ die Fetzen auf den Boden fallen.

Thayer wurde bleich. Geld berührte seinen Lebensnerv. »Die Polizei hat jemanden festgenommen, Warshawski. Ich sehe keinen Anlaß, Sie zu kaufen. Aber wenn Sie das in den falschen Hals bekommen haben, muß ich passen. Und nun gehen Sie bitte.«

Die Tür ging auf, und ein Mädchen trat ins Zimmer. »Ach Paps, Mutter möchte, daß du ...« Sie hielt inne. »Entschuldigung, ich wußte nicht, daß du Besuch hast.« Sie war ein attraktives junges Ding. Glattes braunes Haar, sehr gepflegt und mehr als schulterlang, umrahmte das kleine Oval ihres Gesichts. Sie trug Jeans und ein gestreiftes Herrenhemd, das mehrere Nummern zu groß für sie war. Vielleicht hatte es ihrem Bruder gehört. Normalerweise zeigte sie höchstwahrscheinlich das gesunde Selbstbewußtsein, das vor einem entsprechenden finanziellen Hintergrund gedeiht. Aber im Augenblick ließ sie ein wenig den Kopf hängen.

»Miss Warshawski wollte gerade gehen, Jill. Du könntest sie eigentlich hinausbegleiten, und ich werde gleich mal sehen, was deine Mutter von mir will.«

Er stand auf und schritt zur Tür, wo er auf mich wartete,

um sich zu verabschieden. Ich bot ihm nicht die Hand. Jill führte mich denselben Weg zurück, den ich gekommen war, während ihr Vater demonstrativ in die entgegengesetzte Richtung davonging.

»Das mit deinem Bruder tut mir sehr leid«, sagte ich, als wir an der grünlichen Statue vorüberkamen.

»Mir auch«, sagte sie und biß sich auf die Lippen. Als wir den Eingang erreicht hatten, folgte sie mir nach draußen und starrte mir mit leichtem Stirnrunzeln ins Gesicht. »Haben Sie Peter gekannt?« fragte sie schließlich.

»Nein, ich bin ihm nie begegnet«, erwiderte ich. »Ich bin Privatdetektivin, und bedauerlicherweise war ich diejenige, die ihn neulich morgen gefunden hat.«

»Ich durfte ihn nicht mehr anschauen«, sagte sie.

»Sein Gesicht war unverletzt. Du brauchst keine Alpträume seinetwegen zu haben – sein Gesicht hatte keine Schramme.« Sie gab sich nicht damit zufrieden. Wie konnte sein Gesicht heil bleiben, wenn man ihn in den Kopf geschossen hatte? Ich erklärte es ihr auf schonende und sachliche Weise.

»Peter sagte immer, man brauche den Leuten nur ins Gesicht zu sehen, um zu erkennen, ob man ihnen vertrauen könne oder nicht«, meinte sie kurz darauf. »Aber Ihres ist so lädiert, daß ich mir kein Bild machen kann. Sie haben mir jedoch über Peter die Wahrheit gesagt, und Sie reden nicht mit mir, als sei ich ein Baby oder so.« Sie unterbrach sich. Ich wartete ab. Zum Schluß fragte sie: »Hat Paps Sie gebeten, hier heraus zu kommen?« Nach meiner Antwort wollte sie wissen: »Warum war er so wütend?«

»Nun, er ist der Meinung, daß die Polizei den Mörder deines Bruders verhaftet habe, während ich glaube, sie haben den Falschen erwischt. Das hat ihn in Wut versetzt.«

»Warum?« fragte sie. »Ich meine, warum glauben Sie, man habe den Falschen erwischt?«

»Die Gründe sind äußerst kompliziert. Nicht, daß ich wüßte, wer es getan hat; aber ich habe deinen Bruder gesehen. Außerdem die Wohnung und verschiedene Leute, die irgendwie mit drinstecken, und sie zeigten entsprechende Reaktionen. Ich bin schon eine ganze Weile in der Branche, ich habe ein gutes Gespür für die Wahrheit. Ein Drogensüchtiger, der so einfach von der Straße weg hereinschneit, paßt einfach nicht zu dem, was ich gehört und gesehen habe.«

Sie hatte ihr Gewicht auf einen Fuß verlagert; ihr Gesicht war verzogen, so als fürchtete sie, in Tränen auszubrechen. Ich legte den Arm um sie und drückte sie auf die Treppe nieder.

»Es geht schon«, murmelte sie. »Es ist nur – hier ist alles so unheimlich. Peters Tod und so – es ist einfach grauenhaft. Er – er – also ...« Sie unterdrückte einen Schluchzer. »Ach, vergessen Sie's. Paps ist hier der Verrückte. Er war bestimmt schon immer so, aber ich hab's nie bemerkt. Er hat stundenlang herumphantasiert, daß Anita und ihr Vater Pete wegen seines Geldes erschossen hätten, und dann schwenkt er um und sagt wieder, es sei Pete ganz recht geschehen – so als sei er froh, daß er tot ist.« Sie schluckte und wischte mit der Hand über ihre Nase. »Paps hat sich immer so schrecklich aufgeregt, weil Pete angeblich Schande über die Familie bringen würde. Aber wissen Sie, das hätte er nie getan, selbst als Gewerkschaftler nicht. Er wäre bestimmt auch da erfolgreich gewesen. Er hatte Spaß am Tüfteln, das lag auf seiner Linie: Sachen austüfteln und ausprobieren, bis er die beste Lösung gefunden hatte.« Wieder ein unterdrücktes Schluchzen. »Und ich mag Anita. Jetzt werde ich sie vermutlich nie wiedersehen. Ich sollte sie sowieso nicht kennenlernen, doch sie und Pete haben mich gelegentlich zum Essen ausgeführt, wenn Mom und Paps verreist waren.«

»Sie ist verschwunden«, erklärte ich ihr. »Du weißt nicht zufällig, wo sie sein könnte?«

Sie sah mich mit sorgenvollen Augen an. »Glauben Sie, ihr ist etwas passiert?«

»Nein«, sagte ich, mit einer Überzeugung, die nicht echt war. »Ich nehme an, sie hat's mit der Angst zu tun gekriegt und ist davongelaufen.«

»Anita ist einfach sagenhaft«, meinte sie ernst. »Aber Paps und Mutter haben sich strikt geweigert, sie auch nur kennenzulernen. Zu der Zeit fing Paps an, sich so seltsam zu benehmen als die Freundschaft zwischen Pete und Anita begann. Selbst heute wollte er der Polizei nicht glauben, daß sie diesen Mann verhaftet haben. Er wiederholte dauernd, Mr. McGraw sei es gewesen. Es war einfach entsetzlich.« Sie verzog unwillkürlich das Gesicht. »Ach, es ist unerträglich hier. Keiner verschwendet einen Gedanken an Pete. Mutter sorgt sich ausschließlich um die Nachbarn. Paps ist total ausgeflippt. Ich bin die einzige, die sich grämt, weil er tot ist.« Ihr Gesicht war nun von Tränen überströmt, und sie versuchte nicht mehr, dagegen anzukämpfen. »Manchmal habe ich die verrückte Vorstellung, daß Paps wieder völlig durchgedreht ist und Peter selbst erschossen hat.«

Das war wohl ihre schlimmste Befürchtung. Als es heraus war, schluchzte sie hemmungslos und fing an zu zittern. Ich zog meine Jacke aus und legte sie ihr um die Schultern. Einige Minuten lang drückte ich sie an mich und ich ließ sie weinen.

Hinter uns ging die Tür auf. Lucy erschien mit mißbilligendem Gesicht. »Dein Vater will wissen, wo du steckst – und im übrigen wünscht er nicht, daß du mit der Detektivin tratschst.«

Ich erhob mich. »Bringen Sie sie ins Haus und wickeln Sie sie in eine Decke; geben Sie ihr etwas Heißes zu trinken. Die Ereignisse haben sie vollkommen aus der Fassung gebracht. Sie braucht jetzt ein bißchen Zuwendung.«

Jill zitterte immer noch, doch sie hatte aufgehört zu

schluchzen. Mit einem jämmerlichen kleinen Lächeln überreichte sie mir meine Jacke. »Es geht schon wieder«, flüsterte sie.

Ich fischte eine Karte aus meiner Tasche und gab sie ihr. »Ruf mich an, wenn du mich brauchst, Jill«, sagte ich. »Tag und Nacht.« Lucy schob sie eilends ins Haus und schloß die Tür. Offenbar war ich ein echter Schandfleck in dieser Gegend – gut, daß mich durch die Bäume keiner sehen konnte.

Ich verspürte erneut Schmerzen in Beinen und Schultern. Langsam ging ich zu meinem Wagen zurück. Der Chevy hatte eine Delle am vorderen rechten Kotflügel, wo er während des schneereichen letzten Winters gestreift worden war. Der Alfa, der Audi und der Mercedes waren samt und sonders in tadellosem Zustand. Mein Wagen und ich paßten zueinander. Die Familie Thayer ähnelte eher dem schnittigen, glattpolierten Mercedes. Hier lag eine gewisse Weisheit verborgen. Möglicherweise bekam das ständige Provinzdasein weder den Autos noch den Menschen besonders gut. Ganz schön tiefgründig, Vic.

Ich wollte nach Chicago zurückfahren und Bobby anrufen, um Informationen aus erster Hand über diesen Drogensüchtigen zu erhalten, den sie festgenommen hatten, doch solange mich Lottys Schmerzmittel noch bei der Stange hielt, hatte ich noch etwas anderes zu erledigen. Ich fuhr wieder in den Edens Expressway ein und verließ ihn etwas weiter südlich an der Ausfahrt Dempster Street. Die Straße führte durch den vorwiegend jüdischen Vorort Skokie, und ich machte dort vor dem Bagel-Works-Feinkostladen mit dazugehöriger Bäckerei halt. Mit einem gigantischen Sandwich – Corned beef auf Roggenbrot – und einer Fresca zog ich mich ins Auto zurück und überlegte beim Kauen, wo ich mir einen Revolver beschaffen könnte. Wie man damit umzugehen hatte, war mir geläufig. Mein Vater hatte zu viele Unfälle mit Schußwaffen in Privathaushalten gesehen und war zu dem Schluß gekommen, daß meine Mutter und ich zur Vermeidung derartiger Unfälle lernen mußten, die Waffen zu handhaben. Meine Mutter hatte sich stets geweigert. Es weckte unglückselige Erinnerungen an die Kriegsjahre, und sie pflegte zu sagen, daß sie die Zeit lieber nutzen wolle, um für eine Welt ohne Waffen zu beten. Ich dagegen begleitete meinen Vater jeden Samstagnachmittag zum Polizeischießstand und übte Zielschießen. Zum Reinigen, Durchladen und Abfeuern eines fünfundvierziger Polizeirevolvers benötigte ich in jenen Tagen knapp zwei Minuten, doch seit dem Tod meines Vaters vor zehn Jahren hatte ich keine Praxis mehr. Seine Waffe hatte ich damals Bobby zur Erinnerung überlassen; ich hatte seitdem auch keine mehr gebraucht. Ich hatte einmal einen Mann getötet, aber das war ein Unfall gewesen. Joe Correl hatte mich vor einem Lagerhaus angegriffen, als ich mich mit gewissen Warenfehlbeständen einer Firma herumschlug. Es war mir gelungen, mich zu befreien und ihm die Zähne einzuschlagen, und als er umkippte, schlug er mit dem Kopf auf die Kante eines Gabelstaplers. Ich hatte ihm zwar den Kiefer zerschmettert, aber zu Tode gekommen war er infolge des Aufpralls auf den Gabelstapler.

Smeissen hingegen verfügte über einen ganzen Schlägertrupp, und wenn er richtig sauer war, konnte er mühelos noch ein paar Leute dazu engagieren. Eine Waffe würde mich zwar nicht vollkommen schützen, doch ich konnte das Risiko damit etwas vermindern.

Der Cornedbeefsandwich schmeckte vorzüglich. Ich hatte lange keinen gegessen und beschloß daher, mein Schlankheitsprogramm einen Nachmittag lang zu vergessen und mir noch einen zu holen. Im Feinkostgeschäft gab es eine Telefonzelle. Dort ließ ich meine Finger durch die Gelben Seiten wandern. Vier Spalten nahmen die Waffenhändler ein, darunter einer in nicht allzu großer Entfernung von meinem Standort im Vorort Lincolnwood. Als ich dort anrief und meine Wünsche bekanntgab, mußten sie passen. Nach einem Münzverbrauch von einem Dollar zwanzig gelang es mir endlich, eine mittelschwere Smith & Wesson am entferntesten Ende der South Side aufzutreiben. Inzwischen machten sich meine Verletzungen wieder empfindlich bemerkbar, und mir war ganz und gar nicht nach einer Siebzig-Kilometer-Fahrt ans andere Ende der Stadt zumute. Andererseits brauchte ich den Revolver gerade wegen dieser Verletzungen. Ich bezahlte den Cornedbeefsandwich und spülte mit einer zweiten Fresca vier von Lottys Tabletten hinunter.

Normalerweise hätte die Fahrt in Richtung Süden nicht länger als eine Stunde gedauert, doch ich fühlte mich benommen; die Koordination von Kopf und Körper ließ zu wünschen übrig. Von Chicagos Elite gestoppt zu werden, war das letzte, was ich jetzt brauchen konnte. Ich ging die Sache gemächlich an, schluckte noch ein paar von den Butas und bemühte mich angestrengt um Konzentration.

Es war kurz vor fünf, als ich die I-57 in Richtung der südlichen Vororte verließ, und als ich schließlich bei Riley ankam, wollten sie gerade schließen. Ich bestand darauf, noch eingelassen zu werden.

»Ich weiß bereits, was ich will«, erklärte ich. »Ich habe vor ein paar Stunden hier angerufen: eine achtunddreißiger Smith & Wesson.«

Der Angestellte warf einen argwöhnischen Blick auf mein Gesicht und registrierte das blaue Auge. »Kommen Sie doch am Montag wieder. Wenn Sie dann noch der Meinung sein sollten, daß Sie eine Waffe kaufen möchten, dann können wir uns über ein Modell unterhalten, das für Damen besser geeignet ist als eine achtunddreißiger Smith & Wesson.«

»Ich bin nicht Opfer eines rabiaten Ehemannes – auch

wenn Sie das vielleicht vermuten. Ich habe nicht vor, mir einen Revolver zu kaufen, um damit zu Hause meinen Mann zu erschießen. Ich bin alleinstehend und wurde gestern nacht überfallen. Ich kann mit einer Waffe umgehen, ich finde, daß ich eine brauche, und das ist genau die richtige.«

»Augenblick mal«, sagte der Angestellte. Er eilte in den hinteren Teil des Ladens und führte mit den beiden Männern, die dort standen, im Flüsterton ein Gespräch. Ich ging zum Ausstellungsschrank und schaute mir die Faustfeuerwaffen an. Das Geschäft war neu und sauber, und das Sortiment war hervorragend. Die Anzeige in den Gelben Seiten pries die Firma Riley als Smith-&-Wesson-Spezialisten, tatsächlich, man fand hier alles an Modellen, was das Herz irgendeines Waffennarren nur begehren konnte.

Der Angestellte kam mit einem der beiden anderen zurück, einem Mann mittleren Alters mit angenehmem Gesicht. »Ron Jaffrey«, stellte er sich vor. »Ich bin der Geschäftsführer. Was können wir für Sie tun?«

»Ich habe vor ein paar Stunden angerufen und mich nach einer achtunddreißiger Smith & Wesson erkundigt. Ich hätte gern eine«, wiederholte ich.

»Haben Sie schon mal damit geschossen?« fragte der Geschäftsführer.

»Nein, ich habe mehr Erfahrung mit dem fünfundvierziger Colt«, erwiderte ich. »Die S & W entspricht aber eher meinen Vorstellungen, weil sie leichter ist.«

Der Geschäftsführer trat an eine der Vitrinen heran und schloß sie auf, während der Angestellte an der Tür einen weiteren späten Kunden abwimmelte. Ich wog den Revolver, den mir der Geschäftsführer reichte, in der Hand und versuchte, die klassische Schußstellung der Polizisten einzunehmen: seitlich weggedrehter Körper, um die Angriffsfläche so gering wie möglich zu halten. Die Waffe lag gut in der Hand. »Ich würde sie gern ausprobieren, bevor ich sie kaufe«, erklärte ich dem Geschäftsführer. »Haben Sie einen Schießstand?«

Jaffrey nahm eine Schachtel Munition aus der Vitrine. »Ich muß zugeben, Sie sehen tatsächlich so aus, als könnten Sie damit umgehen. Der Schießstand ist hinter den Geschäftsräumen. Sollte Ihre Entscheidung negativ ausfallen, so würden wir Ihnen die Munition berechnen. Wenn Sie den Revolver nehmen, ist eine Schachtel Munition gratis.«

»In Ordnung«, sagte ich. Ich folgte ihm durch eine Tür, die zu einem kleinen Schießstand führte.

»Wir geben hier jeden Sonntagnachmittag Stunden. Während der Woche können die Leute hier üben. Brauchen Sie Hilfe beim Laden?«

»Eventuell«, meinte ich. »Früher konnte ich zwar in dreißig Sekunden laden und abdrücken, doch das ist eine Weile her.« Meine Hände waren vor Schmerzen und Erschöpfung etwas zittrig, und es dauerte mehrere Minuten, bis ich acht Schuß geladen hatte. Der Geschäftsführer zeigte mir den Sicherungshebel und den Abzugsmechanismus. Ich nickte, wandte mich der Zielscheibe zu, hob die Waffe und schoß. Der Vorgang lief so natürlich ab, als seien nur zehn Tage und nicht zehn Jahre vergangen, doch die Kugel lag weit neben dem Ziel. Ich schoß die Kammern leer, ohne ein einziges Mal ins Schwarze zu treffen. Auch den innersten Ring traf ich nur zweimal. Aber der Revolver taugte etwas; er lag ruhig in der Hand und ließ keinerlei Abweichungen in der Schußlinie erkennen. »Lassen Sie mich noch eine Serie probieren.«

Jaffrey gab mir noch ein paar Patronen und dazu einige gute Tips. »Anscheinend kennen Sie sich aus, aber Ihnen fehlt die Übung. Sie haben sich auch gewisse Untugenden angewöhnt. Ihre Haltung ist soweit in Ordnung, aber Sie ziehen die Schulter nach oben. Lassen Sie sie unten und heben Sie nur den Arm.«

Ich lud von neuem und schoß, wobei ich darauf achtete, die Schulter nicht zu heben. Der Rat war gut gewesen, denn außer zwei Schüssen lag alles im roten Bereich, einer traf sogar knapp ins Schwarze. »Gut«, entschied ich, »ich nehme sie. Geben Sie mir noch ein paar Schachteln Munition dazu und alles, was man zur Pflege braucht.« Ich überlegte einen Augenblick. »Außerdem ein Schulterhalfter.«

Wir gingen wieder in den Laden zurück. »Larry!« rief Jaffrey. Der Angestellte kam zu uns herüber. »Reinigen und verpacken Sie den Revolver für die Dame. Ich schreibe inzwischen den Kassenzettel.« Larry nahm den Revolver, ich ging mit Jaffrey zur Kasse. Hinter der Kasse befand sich ein Spiegel, in dem ich mich ein paar Sekunden lang betrachtete, ohne mich sogleich wiederzuerkennen. Meine linke Gesichtshälfte hatte sich inzwischen violett verfärbt, während mein rechtes Auge die finstere Qual eines Paul-Klee-Bildes auszudrücken schien. Beinahe hätte ich mich umgewandt, um zu sehen, wer diese übel zugerichtete Frau war, als ich mir bewußt wurde, daß ich mich selbst anschaute. Kein Wunder, daß Larry mich nicht in den Laden hatte lassen wollen.

Jaffrey zeigte mir den Kassenzettel. »Vierhundertzweiundzwanzig Dollar«, sagte er. »Dreihundertzehn für den Revolver, zehn für die zweite Schachtel Patronen, vierundfünfzig für das Halfter mit Trägern, achtundzwanzig für das Pflegeset. Der Rest sind Steuern.« Ich schrieb einen Scheck aus – langsam und mühevoll. »Ich brauche Ihren Führerschein und zwei anerkannte Kreditkarten oder eine Interbank-Karte«, sagte er. »Außerdem muß ich Sie bitten, hier auf dieser Liste zu unterschreiben.« Er sah sich meinen Führerschein an. »Am Montag müßten Sie zur Stadtverwaltung gehen und den Revolver registrieren lassen. Ich schicke eine Aufstellung über die wichtigsten Waffenverkäufe an unser hiesiges Polizeirevier, das Ihren Namen vermutlich an das Polizeipräsidium von Chicago weiterleitet.«

Ich nickte stumm und verstaute meine Papiere wieder in der Brieftasche. Der Revolver verschlang einen ganz schönen Batzen von McGraws tausend Dollar; als Spesen konnte ich sie ihm wohl korrekterweise kaum unterschieben. Larry brachte mir die Waffe in einem wunderschönen samtgefütterten Kästchen. Ich warf einen Blick darauf und bat dann um eine Tüte. Ron Jaffrey geleitete mich in weltmännischer Haltung zu meinem Wagen, wobei es ihm großartig gelang, mein Gesicht zu ignorieren. »Sie wohnen zwar ziemlich weit weg, aber wenn Sie gern den Schießstand benutzen möchten, so bringen Sie doch bitte Ihren Kassenzettel mit. Durch den Kauf haben Sie das Recht, sechs Monate lang kostenlos zu trainieren.« Er hielt mir den Wagenschlag auf. Ich bedankte mich, und er begab sich zurück zum Laden.

Noch wirkte das Medikament, so daß die Schmerzen mich nicht völlig überwältigten, doch ich war total erschöpft. Mein letztes bißchen Energie hatte ich beim Revolverkauf und bei den Schießübungen verbraucht. Ich war nicht in der Lage, die fünfzig Kilometer zu meiner Wohnung zu fahren. Ich startete den Wagen und hielt, gemächlich die Straße entlangfahrend, nach einem Motel Ausschau. Bald fand ich ein Best Western mit Zimmern, die zum Teil an einer Seitenstraße lagen, abseits der verkehrsreichen Straße, auf der ich mich befand. Der Angestellte betrachtete aufmerksam mein Gesicht, enthielt sich jedoch jeden Kommentars. Ich zahlte bar und nahm den Schlüssel in Empfang.

Das Zimmer war ordentlich und ruhig, das Bett schön hart. Ich zog den Stöpsel aus der Flasche Nepenthes, die mir Lotty mitgegeben hatte, und nahm einen gehörigen Schluck. Anschließend pellte ich mich aus meinen Kleidern, zog meine Uhr auf, legte sie auf den Nachttisch und kroch unter die

Decke. Ich erwog noch, den telefonischen Auftragsdienst anzurufen, fand aber, ich sei zu kaputt, um noch irgend etwas zu erledigen, auch wenn es vielleicht notwendig gewesen wäre. Die auf Hochtouren laufende Klimaanlage übertönte mögliche Straßengeräusche und kühlte das Zimmer gerade so weit, daß es angenehm war, sich in die Decken zu kuscheln. Ich lag da und wollte mich in Gedanken noch mit John Thayer beschäftigen, da schlief ich auch schon.

8
Unangemeldeter Besuch

Langsam, langsam erwachte ich aus tiefem Schlaf. Zunächst wußte ich nicht, wo ich mich befand. Ich schlummerte noch einmal ein. Als ich zum zweitenmal aufwachte, fühlte ich mich ausgeruht und geistig frisch. Durch die schweren Vorhänge drang keinerlei Licht von draußen, so daß ich die Nachttischlampe anknipste und auf die Uhr sah: halb acht. Ich hatte über zwölf Stunden geschlafen.

Ich setzte mich auf und bewegte behutsam meine Beine und meinen Kopf. Während ich schlief, waren meine Muskeln erneut steif geworden, allerdings bei weitem nicht in dem Maße wie am Vortag. Ich stemmte mich vom Bett hoch und ging zum Fenster. Mehr als ein paar leichte Stiche spürte ich nicht. Als ich die Vorhänge etwas auseinanderzog, blickte ich in einen strahlend hellen Sonnentag.

Thayers Bericht über eine polizeiliche Festnahme hatte mich irritiert. Ich fragte mich, ob die Morgenzeitungen einen Bericht darüber bringen würden. Also zog ich meine Hose und meine Bluse an und ging hinunter in die Empfangshalle, um mir die Sonntagsausgabe des *Herald-Star* zu holen. Oben ließ ich mir ein heißes Bad ein und warf währenddessen einen

Blick in die Zeitung. MORD AN BANKERBEN – DROGENSÜCHTIGER VERHAFTET hieß es auf der unteren rechten Hälfte der Titelseite.

Im Mordfall des Bankerben Peter Thayer vom letzten Montag hat die Polizei Donald Mackenzie, 4302 S. Ellis, festgenommen. Kommissar Tim Sullivan sprach den mit dem Fall betrauten Beamten ein Lob aus und erklärte, daß die Festnahme am Samstagmorgen erfolgt sei, nachdem ein Mitbewohner des Hauses, in dem auch Peter Thayer wohnte, Mackenzie wiedererkannte und als den Mann identifizierte, der sich in letzter Zeit häufig in der Umgebung des Gebäudes aufgehalten hatte. Man geht davon aus, daß der vermutlich kokainsüchtige Mackenzie am Montag, dem 16. Juli, in der Annahme, es sei niemand zu Hause, in die Wohnung Thayers eindrang. Als er dort Peter Thayer am Frühstückstisch sitzend vorfand, verlor er die Nerven und erschoß ihn. Kommissar Sullivan sagte, der Browning Automatik, aus dem der tödliche Schuß abgegeben wurde, sei bis jetzt noch nicht aufgetaucht. Die Polizei sei jedoch zuversichtlich, die Waffe zu finden.

Der Bericht wurde auf Seite dreiundsechzig fortgesetzt. Dort war dem Fall eine volle Seite gewidmet: Bilder der Familie Thayer mit Jill, ihrer Schwester und einer eleganten Mrs. Thayer. Ein Einzelfoto von Peter Thayer im Baseball-Trikot der New Trier High School. Ein gutes, lebendiges Foto von Anita McGraw. Der dazugehörige Artikel verkündete: TOCHTER DES GEWERKSCHAFTSFÜHRERS NOCH IMMER VERMISST. Er enthielt folgende Passage: »Nachdem die Polizei eine Verhaftung vorgenommen hat, besteht die Hoffnung, daß Miss McGraw nach Chicago zurückkehren oder ihre Familie anrufen wird. Ihr Bild ist inzwischen der Polizei der Staaten Wisconsin, Indiana und Michigan zugeleitet worden.«

Das war's dann wohl. Ich streckte mich im Wasser aus und schloß die Augen. Vermutlich suchte die Polizei allerorten nach dem Browning, verhörte Mackenzies Freunde und durchsuchte seine Stammkneipen. Ich glaubte allerdings nicht, daß sie fündig werden würde. Ich versuchte, mich an die Waffen von Earls Gorillas zu erinnern. Fred besaß einen Colt, aber Tony hatte meines Erachtens einen Browning getragen. Warum war Thayer so ohne weiteres gewillt, daran zu glauben, daß Mackenzie seinen Sohn umgebracht hatte? Nach Jills Behauptung hatte er doch zunächst darauf bestanden, daß es McGraw gewesen sein mußte. Irgend etwas spukte mir im Kopf herum – leider nichts Konkretes. Gab es womöglich Beweise für eine Täterschaft Mackenzies? Andererseits – konnte *ich* beweisen, daß er als Täter *nicht* in Frage kam? Meine steifen Gelenke und die Tatsache, daß aus der Wohnung nichts mitgenommen worden war … Aber was ließ sich im Endeffekt schon daraus schließen? Ich fragte mich, ob Bobby ihn verhaftet hatte, ob er zu den tüchtigen Beamten zählte, die von Kommissar Sullivan ein uneingeschränktes Lob erhalten hatten. Ich beschloß, nach Chicago zurückzufahren und mit ihm zu sprechen.

Mit diesem Vorsatz zog ich mich an und verließ das Motel. Mir wurde bewußt, daß ich seit den beiden Cornedbeefsandwiches am gestrigen Nachmittag nichts mehr gegessen hatte, und so hielt ich an einem kleinen Café und stärkte mich mit Käseomelette, Fruchtsaft und Kaffee. In letzter Zeit aß ich zuviel und kam nicht zum Training. Verstohlen steckte ich einen prüfenden Finger in meinen Hosenbund, doch er schien nicht enger geworden zu sein.

Zum Kaffee schluckte ich ein paar von Lottys Tabletten. Als ich den Kennedy Expressway an der Ausfahrt Belmont

Avenue verließ, fühlte ich mich ganz ausgezeichnet. Der sonntägliche Vormittagsverkehr war nicht sehr dicht, so daß ich die Halsted Street kurz nach zehn erreichte. Gegenüber meiner Wohnung befand sich ein Parkstreifen, und auf diesem ein dunkles Privatauto mit Polizeiantenne. War der Berg etwa zum Propheten gekommen?

Ich überquerte die Straße und warf einen Blick in den Wagen. Sergeant McGonnigal saß darin und las Zeitung. Als er mich bemerkte, legte er die Zeitung beiseite und stieg aus. Er trug ein leichtes Sportsakko und graue Hosen; sein Schulterhalfter war als kleine Erhebung in der rechten Achselhöhle sichtbar. Linkshänder, dachte ich. »Guten Morgen, Sergeant. Phantastisches Wetter, nicht?«

»Guten Morgen, Miss Warshawski. Hätten Sie etwas dagegen, wenn ich Sie hinaufbegleiten würde, um Ihnen ein paar Fragen zu stellen?«

»Ich weiß nicht recht«, erwiderte ich. »Das hängt ganz von den Fragen ab. Hat Bobby Sie geschickt?«

»Ja. Wir haben einige Leute zu verhören, und er meinte, ich solle mal nachsehen, ob bei Ihnen alles in Ordnung ist. Sie haben ja ein ganz schönes Veilchen.«

»Stimmt.« Ich hielt die Tür für ihn auf und trat nach ihm ein. »Wie lange sind Sie schon hier?«

»Ich habe gestern abend vorbeigeschaut, aber Sie waren nicht da. Dann habe ich ein paarmal angerufen. Als ich heute früh wiederkam, entschloß ich mich, bis Mittag zu warten, ob Sie auftauchen würden. Lieutenant Mallory befürchtete, daß der Captain eine allgemeine Fahndung anlaufen ließe, falls ich Sie als vermißt gemeldet hätte.«

»Hm. Dann bin ich ja froh, daß ich mich entschlossen habe, nach Hause zu kommen.«

Wir erreichten den letzten Treppenabsatz. McGonnigal blieb stehen. »Lassen Sie immer Ihre Tür offen?«

»Nein, nie.« Ich ließ ihn stehen. Die Tür war aufgebrochen und hing ein bißchen schief in den Angeln. Jemand hatte das Schloß herausgeschossen – auf bloße Gewaltanwendung reagiert es nicht. McGonnigal stieß die Tür auf und betrat vorsichtig den Korridor. Ich folgte ihm, nachdem ich mich zunächst im Treppenhaus gegen die Wand gepreßt hatte.

Meine Wohnung war verwüstet. Hier mußte ein Amokläufer am Werk gewesen sein. Sofakissen waren aufgeschlitzt worden, Bilder auf den Fußboden geworfen, Bücher offen auf den Boden geknallt, so daß sie, mit dem Rücken nach oben und zerknitterten Seiten, überall herumlagen. Wir gingen durch alle Räume. Meine Kleider waren über das ganze Schlafzimmer verstreut, die Schubladen waren herausgerissen und ausgekippt worden. In der Küche hatten sie Mehl und Zucker auf den Boden geschüttet, Pfannen und Geschirr – zum Teil beschädigt – lagen in jeder Ecke. Auf dem Eßzimmertisch präsentierten sich die roten venezianischen Gläser in wildem Durcheinander. Zwei waren heruntergefallen. Das eine lag heil auf dem Teppich, doch das zweite war auf dem Parkettboden zu Bruch gegangen. Ich nahm die sieben unversehrten und reihte sie auf dem Raumteiler auf. Beim Einsammeln der Scherben des zerbrochenen Glases zitterten meine Hände derart, daß ich mit den winzigen Splittern Schwierigkeiten bekam.

»Fassen Sie sonst nichts an, Miss Warshawski.« McGonnigals Stimme klang sehr freundlich. »Ich rufe Lieutenant Mallory an und lasse ein paar Spezialisten für Fingerabdrücke herschicken. Höchstwahrscheinlich finden sie nichts, aber wir müssen's trotzdem probieren. In der Zwischenzeit muß leider alles in diesem Zustand bleiben.«

Ich nickte. »Das Telefon steht neben der Couch – neben der ehemaligen Couch«, sagte ich, ohne aufzublicken. Herrgott, was würde noch alles über mich hereinbrechen? Wer, zum Teufel, hatte das hier angerichtet, und weshalb? Es konnte kein Einbruch aufs Geratewohl gewesen sein. Ein Profi hätte zwar in der Wohnung keinen Stein auf dem anderen gelassen, um Wertsachen aufzustöbern – aber die Couch aufschlitzen? Porzellan auf den Boden werfen? Meine Mutter hatte die Gläser im Koffer aus Italien mitgebracht, und nicht ein einziges war zu Bruch gegangen. Auch in neunzehnjähriger Ehe mit einem Chicagoer Polizisten nicht. Wäre ich – ihrem Wunsch entsprechend – Sängerin geworden, dann wäre so etwas nie passiert. Ich seufzte. Meine Hände waren jetzt ruhiger, so daß ich die kleinen Splitter aufheben und in einer Schale auf dem Tisch sammeln konnte.

»Bitte, fassen Sie nichts an«, erinnerte mich McGonnigal von der Tür aus.

»Verdammt noch mal, McGonnigal, halten Sie den Mund!« sagte ich wütend. »Selbst wenn sie hier einen Fingerabdruck finden sollten, der nicht von mir oder einem meiner Freunde stammt, dann suchen sie den bestimmt nicht auf den Glassplittern! Im übrigen wette ich um ein Essen im Savoy, daß der Täter Handschuhe getragen hat, so daß er ohnehin keine Spuren hinterlassen hat.« Ich erhob mich. »Ich wüßte zu gern, womit Sie gerade beschäftigt waren, als der Tornado hier wütete. Saßen Sie vor der Tür und haben Zeitung gelesen? Sie waren wohl der Meinung, der Lärm käme aus dem Fernseher! Wer hat das Haus betreten oder verlassen, während Sie warteten?«

Er lief rot an. Mallory würde ihm die gleiche Frage stellen. Wenn er sich nicht darum gekümmert hatte, würde er Feuer unter den Hintern kriegen.

»Ich glaube kaum, daß es passiert ist, als ich draußen wartete; aber ich werde bei den Leuten unter Ihnen nachfragen, ob sie etwas gehört haben. Ich weiß, es muß absolut scheußlich sein, heimzukommen und seine Wohnung in diesem Zustand vorzufinden, aber bitte, Miss Warshawski – wenn wir auch nur die geringste Chance haben wollen, diese Typen zu finden, so müssen wir hier die Fingerabdrücke sichern.«

»Schon gut, schon gut«, sagte ich. Er verließ die Wohnung, um mit den Bewohnern der unteren Stockwerke zu reden. Ich ging ins Schlafzimmer. Mein Segeltuchkoffer lag offen herum, war aber zum Glück nicht beschädigt. Ich nahm nicht an, daß man auf Segeltuch Fingerabdrücke hinterlassen konnte. Also stellte ich ihn auf die bloßgelegten Matratzenfedern, suchte mir aus dem Durcheinander auf dem Boden Kleidung und Wäsche zusammen und packte sie ein. Auch das eingewickelte Kästchen von Riley legte ich dazu. Danach rief ich Lotty an.

»Lotty, ich kann im Augenblick nicht reden, aber man hat mir die Wohnung demoliert. Kann ich einige Tage bei dir übernachten?«

»Natürlich, Vic. Soll ich dich abholen?«

»Nein, danke. Mir geht's gut. Es dauert noch ein Weilchen. Ich muß erst mit der Polizei sprechen.«

Als ich aufgelegt hatte, brachte ich den Koffer hinunter zum Wagen. McGonnigal war gerade in der Wohnung im zweiten Stock; die Tür stand halb offen, und er unterhielt sich mit dem Rücken zum Treppenhaus. Ich verstaute mein Gepäck im Kofferraum und war im Begriff, die Eingangstür aufzuschließen, um wieder nach oben zu gehen, als Mallory mit quietschenden Bremsen am Bordstein hielt, dicht gefolgt von etlichen Einsatzwagen. Sie parkten in Doppelreihe, mit Blaulicht. Eine Gruppe von Kindern lief an der Straßenecke zusammen und gaffte. Es gefällt der Polizei, sich in der Öffentlichkeit dramatisch in Szene zu setzen – die ganze Show dient nur diesem einzigen Zweck.

»Hallo, Bobby!« begrüßte ich ihn, so munter es ging.

»Was, zum Teufel, geht hier vor, Vicki?« herrschte mich

Bobby so verärgert an, daß er sogar seinen obersten Grundsatz vergaß, nicht in Gegenwart von Frauen und Kindern zu fluchen.

»Auf jeden Fall nichts Angenehmes: Jemand hat meine Wohnung zerlegt. Eins von Gabriellas Gläsern ist auch kaputt.«

Mallory war auf die Treppe zugestürzt und wollte mich zur Seite schieben, doch diese Bemerkung ließ ihn innehalten. Er hatte schon zu oft mit diesen Gläsern auf das neue Jahr angestoßen. »Herrje, Vicki, tut mir das leid! Aber warum, zum Teufel, mußtest du auch deine Nase in diese Sache stecken?«

»Schick doch deine Leute nach oben, Bobby, und wir setzen uns und reden miteinander. Oben kann man sich sowieso nirgends hinsetzen, und offen gesagt ertrage ich den Anblick nicht mehr.«

Er dachte ein Weilchen darüber nach. »Na klar! Wir können uns in meinen Wagen setzen, und du beantwortest mir ein paar Fragen. Finchley!« brüllte er. Ein junger dunkelhäutiger Polizist trat zu ihm. »Bringen Sie die Leute nach oben und lassen Sie Fingerabdrücke sichern. Suchen Sie auch nach Spuren, wenn möglich.« Er wandte sich zu mir. »Gibt es irgendwelche Wertsachen, die fehlen könnten?«

Ich zuckte die Achseln. »Wer kann denn sagen, was einem Zerstörungswütigen wertvoll erscheint. Vielleicht ein paar echte Schmuckstücke von meiner Mutter. Ich trage sie nie – zu altmodisch. Ein Brillantanhänger mit einem Einsteiner, in Weißgold gefaßt, eine Filigranarbeit mit dazu passenden Ohrringen. Mehrere Ringe, etwas Silberbesteck. Und sonst – der Plattenspieler. Ich habe noch nicht genau nachgesehen; nur einen Blick auf das Ganze geworfen und wieder weggeschaut.«

»Na schön«, meinte Bobby. »Also los.« Er machte eine Handbewegung, worauf sich die vier uniformierten Männer anschickten, die Treppe hinaufzusteigen. »Und schicken Sie mir McGonnigal herunter!« rief er ihnen nach.

Wir gingen zu Bobbys Wagen und setzten uns auf die Vordersitze. Sein rundes rotes Gesicht war starr – wütend, doch meines Erachtens nicht über mich. »Ich hatte dir schon am Donnerstag geraten, dich aus dem Fall Thayer herauszuhalten.«

»Ich hörte, daß die Polizei gestern einen gewissen Donald Mackenzie verhaftet hat. Gibt es dann überhaupt noch einen Fall Thayer?«

Bobby ignorierte diesen Einwurf. »Was ist mit deinem Gesicht passiert?«

»Ich bin gegen eine Tür gelaufen.«

»Laß doch die Zicken, Vicki. Weißt du, warum ich McGonnigal hergeschickt habe, um mit dir zu reden?«

»Keine Ahnung! Vielleicht hat er sich in mich verliebt, und du wolltest ihm die Möglichkeit verschaffen, mich wiederzusehen?«

»Du bist unmöglich heute!« brüllte Bobby in höchster Lautstärke. »Ein junger Mann ist tot, deine Wohnung ist ein Trümmerhaufen, dein Gesicht eine wahre Pracht, und du bist nur darauf bedacht, mich auf die Palme zu bringen. Verdammt noch mal, rede anständig mit mir und paß auf, was ich dir zu sagen habe!«

»Ist ja schon gut«, meinte ich besänftigend. »Also: Warum hast du den Sergeant zu mir geschickt?«

Einige Minuten lang saß Bobby schwer atmend da; dann nickte er, wie um sich selbst zu bestätigen, daß er seine Selbstbeherrschung wiedergefunden hatte. »Weil mir John Thayer gestern abend erzählte, daß man dich zusammengeschlagen habe und du nicht der Meinung seist, Mackenzie habe das Verbrechen begangen.«

»Thayer!« wiederholte ich ungläubig. »Ich unterhielt mich

gestern mit ihm, und er warf mich aus dem Haus, weil ich ihm nicht abnehmen wollte, daß Mackenzie der Mörder ist. Wieso hat er jetzt seine Meinung geändert und erzählt dir so etwas? Wie seid ihr überhaupt ins Gespräch gekommen?«

Bobby lächelte säuerlich. »Wir mußten nach Winnetka hinaus, um ein paar abschließende Fragen zu stellen. Wenn es sich um die Familie Thayer handelt, warten wir ab, bis es ihnen genehm ist. Und gestern abend war es genehm ... Er glaubt, daß es Mackenzie war, aber er möchte es gern genau wissen. Und jetzt erzähl mir von deinem Gesicht.«

»Da gibt's nichts zu erzählen. Es schaut übler aus, als es ist – du weißt ja, wie sich das bei blauen Augen so verhält.«

Bobby trommelte zum Zeichen seiner unendlichen Geduld auf das Lenkrad. »Vicki, nachdem ich mit Thayer gesprochen hatte, ließ ich McGonnigal sämtliche Unterlagen überprüfen, um zu sehen, ob jemand etwas über eine lädierte Frau gemeldet hätte. Dabei stellten wir fest, daß ein Taxifahrer auf dem Rathausrevier Meldung über eine Frau gemacht hatte, die er zwischen der Astor Street und dem Lake Shore Drive eingeladen und an deiner Adresse wieder abgesetzt hatte. Reiner Zufall, was? Der Mann machte sich Sorgen, weil du ziemlich mitgenommen schienst. Allerdings konnte kein Mensch etwas unternehmen, nachdem du ja keine Anzeige erstattet hattest.«

»Ganz recht.«

Mallory preßte die Lippen zusammen, aber er blieb ruhig. »Ja, Vicki«, setzte er seinen Bericht fort, »McGonnigal überlegte, was dir wohl dort in der Gegend von Astor Street und Lake Shore Drive widerfahren sein könnte; nicht gerade ein Ort, wo man sich herumprügelt. Und er erinnerte sich daran, daß Earl Smeissen in der Astor Street eine Wohnung besitzt – gleich wenn man von der State Street beziehungsweise dem Parkway hereinfährt, wie die Straße in der feudaleren Wohngegend genannt wird. Und nun hätten wir gern gewußt, welchen Grund Earl hatte, dich zusammenzuschlagen.«

»Das ist deine Version. Du behauptest, er habe mich zusammengeschlagen – also nenn mir auch den Grund.«

»Höchstwahrscheinlich hatte er die Nase gestrichen voll von deinen Albereien«, gab Bobby zurück. Sein Ton war wieder schärfer. »Es fehlt nicht viel, verdammt noch mal, und du kriegst von mir ein zweites blaues Auge verpaßt!«

»Bist du hergekommen, um mir zu drohen?«

»Vicki, ich möchte wissen, weshalb Earl dich verprügelt hat. Der einzige Grund, den ich mir vorstellen kann, ist, daß er irgendeine Verbindung zum jungen Thayer hatte – und ihn möglicherweise erschießen ließ, als ihm jemand auf den Fersen war.«

»Dann glaubst du also nicht, daß Mackenzie der Schuldige ist.« Mallory schwieg. »Hast du ihn verhaftet?«

»Nein«, erwiderte Mallory zugeknöpft. Ich merkte, daß ihn das getroffen hatte. »Es war Lieutenant Carlson.«

»Carlson? Den kenne ich nicht. Für wen arbeitet er?«

»Captain Vespucci«, sagte Mallory knapp.

Ich zog die Augenbrauen hoch. »Vespucci?« Allmählich benahm ich mich wie ein Papagei. Vespucci und mein Vater waren Kollegen gewesen, doch mein Vater hatte nicht so gern von ihm gesprochen, weil er sich für ihn schämte. Im Laufe der Jahre war Vespucci in mehrere innerpolizeiliche Skandale verwickelt gewesen, die meistens mit Bestechung durch Verbrecher zu tun hatten oder damit, daß die Polizei es in diesem Einsatzgebiet bewußt unterließ, das Bandenunwesen zu bekämpfen. Die Beweise hatten nie ausgereicht, um einen Rausschmiß zu rechtfertigen, doch liefen Gerüchte um, er verfüge eben über die richtigen Verbindungen, so daß man lieber den Mund hielt.

»Können Carlson und Vespucci gut miteinander?«

»Ja«, sagte Bobby kurz.

Ich überlegte einen Augenblick. »Hat vielleicht irgend jemand – wie Earl zum Beispiel – Druck auf Vespucci ausgeübt, damit er einen Verhafteten präsentierte? Ist Donald Mackenzie bloß wieder so ein armer Teufel, der in die Falle gelaufen ist, weil er sich zufällig gerade in der falschen Gegend befand? Hat er in der Wohnung Fingerabdrücke hinterlassen? Werdet ihr die Waffe finden? Hat er ein Geständnis abgelegt?«

»Nein. Aber er hat kein Alibi für den in Frage kommenden Zeitraum am Montag. Wir sind überzeugt, daß einige Einbrüche in Hyde Park auf sein Konto gehen.«

»Aber du hältst ihn nicht für den Mörder?«

»Was das Dezernat angeht, so ist der Fall abgeschlossen. Ich habe heute früh selbst mit Mackenzie gesprochen.«

»Und?«

»Und nichts. Mein Captain ist der Meinung, die Verhaftung sei gerechtfertigt.«

»Ist dein Captain Vespucci irgendwie verpflichtet?« wollte ich wissen.

Mallory machte eine heftige Bewegung. »Red nicht solches Zeug mit mir, Vicki! Wir bearbeiten im Moment dreiundsiebzig ungeklärte Morde. Wenn es uns gelingt, einen davon innerhalb einer Woche zu den Akten zu legen, dann hat der Captain wohl das Recht, darüber erfreut zu sein.«

»Na gut, Bobby.« Ich seufzte. »Tut mir leid. Lieutenant Carlson hat also Mackenzie verhaftet, und Vespucci erzählte es deinem Captain, der dich anwies, die Ermittlungen einzustellen, weil der Fall abgeschlossen sei ... Aber du möchtest wissen, weshalb Earl mich zusammengeschlagen hat.« Mallory lief wieder rot an. »Du kannst eben nicht beides haben. Wenn Mackenzie der Mörder ist, warum käme dann Smeissen auf die Idee, sich wegen mir und Peter Thayer Gedanken zu machen? *Falls* er mich zusammengeschlagen hat – und ich sage ausdrücklich *falls* –, so könnte es dafür eine Menge von Gründen geben. Vielleicht hat er mir einen Antrag gemacht, und ich habe ihm die kalte Schulter gezeigt. Earl hat nichts übrig für Frauen, die ihn abblitzen lassen – er hat schon etliche verdroschen. Als ich Earl zum allerersten Mal begegnet bin, war ich ein junges wirklichkeitsfremdes Anwaltsküken und tat als Pflichtverteidigerin meinen Dienst. Ich vertrat eine Frau, die von Earl verprügelt worden war. Eine nette junge Prostituierte, die nicht für ihn arbeiten wollte. Oh, Verzeihung, ich habe mich gerade der Verleumdung schuldig gemacht: Sie behauptete, daß Earl sie verprügelt habe, aber wir sind damit nicht durchgekommen.«

»Du wirst ihn folglich nicht anzeigen«, sagte Mallory. »Verständlich. Und jetzt erzähl mir von deiner Wohnung. Ich habe sie nicht gesehen, aber ich gehe davon aus, daß sie regelrecht zerlegt worden ist; McGonnigal hat mir eine kurze Beschreibung gegeben. Jemand hat etwas gesucht. Aber was?«

Ich schüttelte den Kopf. »Da muß ich passen. Keiner meiner Mandanten hat mir je die Formel für die Neutronenbombe übergeben – nicht einmal für eine neue Zahnpasta. Ich habe mit solchen Sachen nichts zu tun. Und wenn ich mal handfeste Beweisstücke habe, verschließe ich sie in meinem Bürosafe ...« Mir verschlug's plötzlich die Rede. Warum war ich nicht früher auf diese Idee gekommen? Sollte jemand die Wohnung verwüstet haben, weil er nach etwas suchte, so war er jetzt vermutlich in meinem Büro.

»Gib mir die Adresse«, sagte Bobby. Als er sie hatte, schickte er per Funk einen Streifenwagen zur Überprüfung dorthin. »So, Vicki, jetzt sei mal ehrlich: Das ist rein privat – keine Zeugen, keine Tonbandaufzeichnung. Sag mir, was du aus der Wohnung mitgenommen hast, das irgendeiner – nennen wir ihn ruhig Smeissen – unbedingt wiederhaben will.« Er sah mich auf freundliche, väterlich besorgte Art an. Was hatte ich zu verlieren, wenn ich ihm von dem Bild und der Zahlungsanweisung erzählte?

»Bobby«, erklärte ich ernst, »es stimmt, ich habe mich in der Wohnung umgesehen, aber mir ist nichts aufgefallen, das nur im entferntesten auf Earl oder irgendeine bestimmte andere Person hinwies. Aber nicht nur das: Die Wohnung machte auch nicht den Eindruck, als sei sie von jemand anders durchsucht worden.«

Sergeant McGonnigal kam herüber zum Wagen. »Hallo, Lieutenant. Finchley sagt, Sie brauchen mich.«

»Jawoll«, sagte Bobby. »Wer hat das Gebäude betreten oder verlassen, während Sie es unter Beobachtung hielten?«

»Nur eine Hausbewohnerin, Sir.«

»Sind Sie ganz sicher?«

»Ja, Sir. Ihr gehört die Wohnung im zweiten Stock. Ich habe gerade mit ihr gesprochen – eine Mrs. Alvarez. Sie sagt, sie habe etwa um drei Uhr morgens einen ziemlichen Radau gehört, dem aber keine Bedeutung beigemessen. Sie meint, Miss Warshawski habe öfter seltsame Gäste und hätte ihr – Mrs. Alvarez – eine Einmischung bestimmt verübelt.«

Herzlichen Dank, liebe Mrs. Alvarez, dachte ich. Was wir in unserer Stadt brauchen, sind Nachbarn wie sie. Bin ja froh, daß ich zu der Zeit nicht im Hause war. Aber wonach hatte derjenige, der meine Wohnung in einen Trümmerhaufen verwandelte, so verzweifelt gesucht? fragte ich mich. Die Zahlungsanweisung stellte eine Verbindung zwischen Peter Thayer und Ajax her; das war aber kein Geheimnis. Und Anitas Foto? Selbst wenn die Polizei sie nicht mit Andrew McGraw in Verbindung gebracht hätte – das Bild gab hierüber ebenfalls keine Aufschlüsse. Ich hatte beides in den Innensafe in meinem Büro gelegt, einen kleinen, bomben- und feuersicheren Kasten, der von der Rückwand des Hauptsafes aus in die Wand eingelassen war. Seit der Aufsichtsratsvorsitzende der

Transicon vor zwei Jahren jemanden angeheuert hatte, um Beweisstücke aus meinem Safe zu entwenden, hatte ich die laufenden Akten stets dort aufbewahrt. Ich konnte jedoch nicht glauben, daß es darum ging.

Bobby und ich diskutierten den Einbruch noch eine weitere halbe Stunde, wobei das Gespräch gelegentlich auch auf meine Kampfverletzungen kam. Schließlich sagte ich: »Und jetzt verrate mir eins, Bobby: Wieso glaubst du nicht, daß es Mackenzie gewesen ist?«

Mallory starrte durch die Windschutzscheibe. »Ich bezweifle es durchaus nicht. Ich glaube ja daran. Natürlich wäre ich glücklicher, wenn wir die Waffe oder seine Fingerabdrücke hätten, doch ich denke, er war's.« Ich schwieg. Bobby blickte weiter starr geradeaus. »Aber mir wär's lieber, ich hätte ihn selbst aufgestöbert«, sagte er schließlich. »Mein Captain erhielt am Freitagnachmittag einen Anruf von Commissioner Sullivan. Sullivan meinte, ich sei überarbeitet, und er würde Vespucci bitten, mir Carlson zur Unterstützung zuzuteilen. Ich erhielt Anweisung, nach Hause zu gehen und mich auszuschlafen. Man hat mir nicht den Fall entzogen – ich sollte mich lediglich ausschlafen. Und am nächsten Morgen erfolgte die Festnahme.« Er wandte sich mir zu und sah mich an. »Du hast von mir nichts erfahren, klar?« sagte er.

Ich nickte zustimmend, und Bobby stellte mir noch eine Reihe von Fragen wegen der verschwundenen Beweisstücke, aber er war nicht mit dem Herzen bei der Sache. Schließlich gab er auf. »Wenn du nicht reden willst, dann laß es eben bleiben. Aber denk daran, Vicki: Earl Smeissen ist ein harter Brocken. Du weißt selbst, daß die Gerichte ihn nicht festnageln können. Versuch bloß nicht, ihn zu reizen. Der gehört in eine ganz andere Gewichtsklasse als du.«

Ich nickte feierlich. »Vielen Dank, Bobby. Ich werde es beherzigen.« Ich öffnete die Wagentür.

»Übrigens«, meinte Bobby beiläufig, »wir sind gestern abend von Rileys Waffengeschäft drüben in Hazelcrest angerufen worden. Der Mann sagte, eine gewisse V. I. Warshawski habe einen handlichen kleinen Revolver gekauft, er mache sich so seine Gedanken; sie habe ziemlich wüst ausgesehen. Es handelt sich doch sicher um niemanden, den du kennst, oder?«

Ich stieg aus dem Wagen, schloß die Tür und sah durch das offene Seitenfenster. »In unserer Familie bin ich die einzige dieses Namens, Bobby – aber es gibt noch einige Warshawskis in der Stadt.«

Ausnahmsweise ging Bobby einmal nicht in die Luft. Er schenkte mir nur einen sehr ernsthaften Blick. »Wenn du dir etwas in den Kopf gesetzt hattest, konnte dich bislang sowieso nichts aufhalten, Vicki. Solltest du aber vorhaben, die Waffe auch zu benutzen, dann sieh zu, daß du gleich morgen in aller Frühe bei der Stadtverwaltung antanzt und sie registrieren läßt. Hinterlaß noch bei Sergeant McGonnigal, wo du zu finden bist, bis deine Wohnung wieder in Ordnung ist.«

Während ich McGonnigal meine Adresse gab, quäkte Mallorys Funkgerät mit der Information über mein Büro los: Dort hatten sie ebenfalls gewütet. Ich fragte mich, ob meine Geschäftsunterbrechungs-Versicherung hier zuständig war. »Vergiß nicht, Vicki, du läßt dich mit einem Profi auf dieses Spielchen ein«, warnte Bobby. »Steigen Sie ein, McGonnigal.« Sie fuhren davon.

9
Zahlungsansprüche

Als ich bei Lotty eintraf, war es Nachmittag. Unterwegs hatte ich meinen Auftragsdienst angerufen; die Herren McGraw und Devereux hatten sich telefonisch gemeldet und ihre Nummern hinterlassen. Ich übertrug sie in mein Taschenregister, entschloß mich jedoch, erst von Lottys Wohnung aus zurückzurufen. Sie begrüßte mich mit besorgtem Kopfschütteln. »Es hat ihnen nicht gereicht, dich zusammenzuschlagen. Sie mußten sich auch noch deine Wohnung vornehmen. Du gibst dich mit reichlich wüsten Leuten ab, Vic.« Keine Mißbilligung, keine Spur von Abscheu – das war's, was mir an Lotty so gefiel.

Sie untersuchte mein Gesicht und dann mein Auge mit dem Augenspiegel. »Sieht ganz prima aus. Die Schwellung ist bereits stark zurückgegangen. Kopfschmerzen? Ein bißchen? Das war zu erwarten. Hast du was gegessen? Ein leerer Magen macht alles noch schlimmer. Wie wär's mit einem Happen gekochtem Huhn – appetitliche osteuropäische Sonntagsmahlzeit.« Sie hatte schon gegessen und trank ihren Kaffee, während ich das restliche Huhn aufaß. Ich war sehr erstaunt darüber, daß ich solchen Hunger hatte.

»Wie lange kann ich bleiben?« fragte ich.

»Ich erwarte in diesem Monat niemand. Wenn du willst, kannst du bis zum zehnten August bleiben.«

»Ich glaube, eine Woche genügt – eher weniger. Ich würde gern den Auftragsdienst bitten, meine Privatgespräche auf deinen Anschluß umzulegen.«

Lotty zuckte die Achseln. »Dann werde ich den Apparat am Gästebett nicht abstellen – allerdings, meiner klingelt zu jeder Tages- und Nachtzeit. Wenn Frauen Kinder kriegen und Jungs angeschossen werden, halten sie sich nicht an die Sprechstunde. Es kann dir also passieren, daß du meine Anrufe beantworten mußt, und wenn für dich ein Gespräch hereinkommt, sage ich dir Bescheid.« Sie erhob sich. »Ich muß dich jetzt allein lassen. Mein ärztlicher Rat lautet: Bleib zu Hause, mach dir einen Drink und entspanne dich – du bist nicht in allzu guter Verfassung; du hast einen schweren Schock erlitten. Solltest du jedoch vorziehen, meinen fachlichen Rat in den Wind zu schlagen, nun, dann kannst du mir leider kein Verfahren wegen falscher Behandlung anhängen.« Sie lachte leise. »Ja, und die Schlüssel sind im Körbchen neben dem Spülbecken. Das Schlafzimmertelefon ist an einen Anrufbeantworter angeschlossen. Schalte ihn bitte ein, falls du das Haus verläßt.« Sie plazierte einen Kuß in die Luft neben meinem Gesicht und ging.

Ein paar Minuten lang durchwanderte ich ruhelos die Wohnung. Ich wußte, daß ich in mein Büro fahren mußte, um den Schaden festzustellen. Ich mußte einen Bekannten, den Inhaber einer Reinigungsfirma, anrufen, damit er meine Wohnung wieder in Ordnung bringen konnte. Ich mußte den Auftragsdienst anweisen, meine Telefongespräche zu Lotty durchzustellen. Und ich mußte noch einmal zu Peter Thayers Wohnung zurück, um herauszufinden, ob es dort etwas gab, das meine Wohnungsdemolierer bereits in meinem Besitz vermuteten.

Lotty hatte recht: Ich war nicht in hervorragender Verfassung. Die Verwüstung meiner Wohnung hatte mir einen Schock versetzt. Der Zorn übermannte mich – ein Zorn, wie er einen überfällt, wenn man zum Opfer wird und nicht in der Lage ist zurückzuschlagen. Ich öffnete meinen Koffer und holte das Kästchen mit dem Revolver heraus. Ich wickelte es aus und nahm die Smith & Wesson in die Hand. Beim Laden hatte ich die Phantasievorstellung, daß Smeissen und Konsorten – wer auch immer in Frage kam – einer falschen Fährte folgend noch einmal in meine Wohnung gelockt werden könnten, während ich im Korridor wartete und sie mit Kugeln durchsiebte. Die Vorstellung war überaus lebhaft, und ich spielte die Szene mehrere Male durch – mit ausgezeichnetem Erfolg. Meine Wut verpuffte zum größten Teil, so daß ich schließlich fähig war, meinen Auftragsdienst anzurufen. Sie notierten Lottys Nummer und versprachen, meine Anrufe umzudirigieren.

Zum Schluß setzte ich mich nieder, um mit McGraw zu telefonieren. »Guten Tag, Mr. McGraw«, sagte ich, als er sich meldete. »Ich hörte, Sie haben versucht, mich zu erreichen.«

»Ja. Es geht um meine Tochter.« Seine Stimme klang ein wenig verlegen.

»Ich habe sie nicht vergessen, Mr. McGraw. Ich habe sogar eine Spur, die zwar nicht direkt zu ihr führt, aber zumindest zu einigen Leuten, die wissen könnten, wo sie sich aufhält.«

»Wie weit sind Sie mit diesen Leuten?« erkundigte er sich in scharfem Ton.

»So weit, wie es mir innerhalb der verfügbaren Zeit möglich war. Ich ziehe meine Fälle nicht hinaus, nur damit die Spesenrechnung höher wird.«

»Das hat Ihnen auch niemand vorgeworfen. Ich möchte nur nicht, daß Sie den Fall weiter verfolgen.«

»Wie bitte?« sagte ich ungläubig. »Sie haben diese ganze Kette von Ereignissen ausgelöst, und jetzt wollen Sie nicht, daß ich nach Anita suche? Ist sie etwa wiederaufgetaucht?«

»Nein, sie ist nicht wiederaufgetaucht. Ich glaube nur, daß ich etwas übertrieben reagiert habe, als sie aus der Wohnung verschwunden ist. Ich dachte, sie hätte vielleicht mit der Ermordung des jungen Thayer zu tun. Da die Polizei jetzt diesen Drogensüchtigen verhaftet hat, ist mir klar, daß zwischen den beiden Ereignissen kein Zusammenhang besteht.«

Ich begann mich wieder zu ärgern. »Tatsächlich? Sie hatten wohl eine göttliche Eingebung, wie? Es gab doch keinerlei Anzeichen für einen Raubüberfall in der Wohnung, und nichts deutet darauf hin, daß Mackenzie überhaupt drin war. Ich bin nicht der Ansicht, daß er es getan hat.«

»Hören Sie, Warshawski, wofür halten Sie sich eigentlich, daß Sie die Arbeit der Polizei in Zweifel ziehen? Dieser gottverdammte Herumtreiber ist seit zwei Tagen in Haft. Sie hätten ihn längst freigelassen, wenn er es nicht gewesen wäre. Wie, zum Teufel, kommen Sie dann dazu, einfach zu sagen: ›Ich bin nicht der Ansicht, daß er es getan hat‹?« äffte er mich wütend nach.

»Nachdem wir beide miteinander gesprochen hatten, McGraw, hat Earl Smeissen mich verprügelt und mir Büro und Wohnung demoliert, damit ich die Finger von dem Fall lasse. Falls Mackenzie der Mörder ist, warum liegt Smeissen dann gar so viel daran?«

»Was Smeissen tut oder läßt, ist nicht meine Sache«, erwiderte McGraw. »Ich sage Ihnen, geben Sie die Suche nach meiner Tochter auf. Ich habe Ihnen den Auftrag erteilt, also kann ich Ihnen auch sagen, daß Sie jetzt die Finger davon lassen sollen. Schicken Sie mir eine Rechnung über Ihre bisherigen Spesen – setzen Sie meinetwegen auch Ihre Wohnung mit drauf. Nur beenden Sie Ihre Ermittlungen.«

»Das sind ja ganz neue Töne! Am Freitag waren Sie noch völlig krank vor Sorge um Ihre Tochter. Was ist seitdem passiert?«

»Sie sollen Ihre Finger von dem Fall lassen, Warshawski, weiter nichts!« brüllte McGraw. »Ich habe gesagt, daß Sie Ihr Geld kriegen – lassen Sie doch Ihr Wenn und Aber.«

»In Ordnung«, sagte ich in ohnmächtiger Wut. »Ich bin entlassen und werde Ihnen die Rechnung schicken. Aber in einem täuschen Sie sich, McGraw – und das können Sie auch

Earl von mir ausrichten: Sie können mich zwar feuern, aber damit werden Sie mich nicht los.«

Ich legte auf. Wunderbar, Vic. Herrliche Rhetorik. Wäre doch möglich gewesen, daß sich Earl einbildete, er habe mich verscheucht. Als ob es nicht auch ohne diese typisch weibliche Marotte gegangen wäre, Kampfansagen durchs Telefon zu schicken! Ich müßte eigentlich zur Strafe hundertmal an die Tafel schreiben: »Erst denken, dann handeln.«

Zumindest hatte McGraw zugegeben, Earl zu kennen – oder sagen wir mal, zu wissen, wer er war. Ein Schuß ins Schwarze, wenn auch nicht völlig; denn der Scherenschleifer-Gewerkschaft waren die meisten Gauner von Chicago ein Begriff. Die Tatsache, daß er Earl kannte, bedeutete nicht, daß er ihn zu mir in die Wohnung geschickt hatte, oder zu Peter Thayer, um ihn umzubringen, doch es war auf jeden Fall der konkreteste Hinweis, den ich bisher in der Hand hielt.

Ich wählte Ralphs Nummer. Er war nicht zu Hause. Wieder lief ich unruhig hin und her und kam dabei zu der Erkenntnis, daß die Zeit zum Handeln gekommen war. Es brachte mich nicht weiter, wenn ich immer nur über den Fall nachdachte oder mich mit dem Gedanken verrückt machte, eventuell von einer Kugel aus Tonys Knarre erwischt zu werden. Ich vertauschte meine grüne Hose mit Jeans und zog Joggingschuhe an. Dann steckte ich meinen Bund Nachschlüssel in die eine Tasche, Autoschlüssel, Führerschein, Detektivausweis und fünfzig Dollar in die andere. Ich schnallte mir das Schulterhalfter über die leger geschnittene Hemdbluse und übte das Ziehen der Waffe, bis es rasch und automatisch klappte.

Bevor ich Lottys Wohnung verließ, betrachtete ich mein Gesicht im Badezimmerspiegel. Sie hatte recht – es sah tatsächlich viel besser aus. Die linke Hälfte zeigte noch eine unnatürliche Färbung – die Gelb- und Grüntöne traten sogar noch stärker hervor –, aber die Schwellung war beträchtlich zurückgegangen. Mein linkes Auge hatte wieder seine normale Größe und war nicht entzündet, obwohl der dunkelviolette Bluterguß sich weiter ausgebreitet hatte. Das gab mir wieder etwas Auftrieb. Ich schaltete Lottys Anrufbeantworter ein, zog mir eine Jeansjacke über, schloß die Wohnungstür sorgfältig ab und machte mich auf den Weg.

Die Cubs spielten in einer Doppelveranstaltung gegen St. Louis, und die Addison Street war voller Leute, die vom ersten Spiel kamen, und solchen, die das zweite sehen wollten. Ich schaltete den CBS-Sender genau in dem Augenblick ein, als Dejesus den Ball mit einem wuchtigen Grundlinienschlag zwischen das zweite und dritte Mal drosch. Er wurde problemlos pariert – aber wenigstens hatte es kein Doppelaus gegeben.

Als ich den Stoßverkehr um das Wrigley Field einmal hinter mich gebracht hatte, erreichte ich nach einer Fahrt von zwanzig Minuten in flottem Tempo das Zentrum. Weil Sonntag war, fand ich sogar einen Parkplatz vor meinem Büro. Die Polizei war inzwischen verschwunden, doch als ich das Gebäude betreten wollte, kam ein Streifenbeamter auf mich zu.

»Wohin möchten Sie, Miss?« fragte er kurz, aber nicht unfreundlich.

»Ich bin V. I. Warshawski«, erklärte ich. »Ich habe hier ein Büro, in das heute vormittag eingebrochen wurde, und ich möchte mir den Schaden ansehen.«

»Zeigen Sie mir bitte Ihren Ausweis.«

Ich zog meinen Führerschein und meinen Detektivausweis mit Foto hervor. Er sah sich beides an, nickte und gab mir die Dokumente zurück. »In Ordnung. Sie können nach oben gehen. Lieutenant Mallory gab Anweisung, das Gebäude im Auge zu behalten und nur den Mietern Zugang zu gewähren. Er sagte, Sie würden vermutlich vorbeischauen.«

Ich bedankte mich und ging ins Haus. Ausnahmsweise funktionierte der Aufzug – ich zog ihn heute auch den Treppen vor. Fit halten konnte ich mich immer noch, wenn ich mich einmal nicht so angeschlagen fühlte. Die Bürotür war verschlossen, die Glasfüllung der oberen Hälfte jedoch herausgebrochen. Die Schäden im Inneren waren weniger schlimm als in meiner Wohnung. Sicher, sämtliche Akten lagen auf dem Boden verstreut, dafür waren jedoch die Möbel unbeschädigt. Offenbar ist kein Safe der Welt vollkommen einbruchsicher: Jemand hatte den kleinen in der Rückwand des großen geknackt. Er mußte dazu mindestens fünf Stunden gebraucht haben. Kein Wunder, daß sie so erbost waren, als sie schließlich in meine Wohnung eindrangen – die ganze Mühe umsonst! Zum Glück waren im Moment weder Geld noch heikle Akten dort deponiert.

Ich entschloß mich, die Papiere nicht anzurühren. Morgen würde ich ein Kelly-Mädchen kommen lassen, das die Ablage wieder in Ordnung bringen konnte. Wegen der Tür empfahl es sich, den Schreiner-Notdienst anzurufen, damit nicht auch noch Plünderer ans Werk gingen. Eins von Gabriellas Gläsern hatte ich bereits verloren, das reichte. Die Olivetti wollte ich lieber behalten. Ich vereinbarte mit einer rund um die Uhr arbeitenden Firma, daß sie jemanden vorbeischickten, und begab mich nach unten. Der Streifenbeamte war nicht besonders entzückt, als ich ihm von meinen Aktivitäten erzählte, doch schließlich erklärte er, sich darüber mit dem Lieutenant unterhalten zu wollen. Ich überließ ihn am Telefon seinem Schicksal und setzte meinen Weg Richtung South Side fort.

Das klare, kühle Wetter hielt an und machte die Fahrt angenehm. Weit draußen war der See von Segelbooten übersät. In Ufernähe sah man ein paar Schwimmer. Das Spiel befand sich in der Ausgangsphase der dritten Runde, Kingman war am Schlagen. Zwei zu null für St. Louis. Auch die Cubs hatten erfolglose Tage – sogar mehr als ich, höchstwahrscheinlich.

Ich parkte im Bereich des Einkaufszentrums hinter der Thayerschen Wohnung und betrat zum zweitenmal das Gebäude. Die Hühnerknochen waren verschwunden, der Uringestank geblieben. Niemand war im Treppenhaus, der meine Aufenthaltsberechtigung in Frage gestellt hätte, und es bereitete mir keinerlei Schwierigkeiten, den passenden Schlüssel für die Tür im dritten Stock zu finden.

Eigentlich hätte ich auf das wüste Durcheinander vorbereitet sein müssen, doch ich wurde völlig unvermutet damit konfrontiert. Als ich zum erstenmal hier war, hatte in der Wohnung lediglich die für eine Studentenbehausung typische gemäßigte Unordnung geherrscht. Nun waren hier dieselben Hände am Werk gewesen wie in meiner Wohnung. Ich schüttelte den Kopf, um klarer denken zu können. Natürlich. Sie vermißten etwas, und hier hatten sie zuerst danach gesucht. Erst nachdem sie es nicht gefunden hatten, waren sie zu mir gekommen. Ich pfiff leise durch die Zähne – die Einleitungstakte zum dritten Akt von *Simon Boccanegra* – und versuchte, mir zu überlegen, wie ich nun vorgehen wollte. Was mochte wohl fehlen? Es handelte sich höchstwahrscheinlich um irgendein Schriftstück. Vielleicht der Beweis für einen Betrug, vielleicht auch ein Bild, aber meiner Meinung nach ganz sicher kein größerer Gegenstand.

Die Vermutung lag nahe, daß sich das Dokument nicht mehr in der Wohnung befand. Der junge Thayer konnte es Anita ausgehändigt haben. War es in ihrem Besitz, dann schwebte sie in noch größerer Gefahr, als ich bisher angenommen hatte. Ich kratzte mich am Kopf. Es sah ganz danach aus, als hätten Smeissens Jungs alle Möglichkeiten berücksichtigt – Sofakissen waren aufgeschlitzt, auf dem Boden lagen Bücher und Papiere verstreut. Ich entschloß mich anzunehmen, daß sie alles gründlich durchgegangen waren – Seite für Seite; und so etwas tat man ja nur, wenn die Suche erfolglos geblieben war. In einer Studentenwohnung mit Hunderten von Büchern nahm eine so detaillierte Suchaktion eine gehörige Menge Zeit in Anspruch. Lediglich die Fußböden und die installierten Geräte waren noch intakt. Ich durchforschte die Räume systematisch nach losen Dielenbrettern oder Kacheln. Es gelang mir, einige ausfindig zu machen, und ich hob sie mit Hilfe eines Hammers ab, den ich unter dem Spülbecken in der Küche gefunden hatte. Doch außer etlichen schon länger vorhandenen Termitenschäden förderte ich nichts Interessantes zutage. Danach nahm ich mir im Badezimmer eine Installation nach der anderen vor, untersuchte die Dusche, die Toilette und die Abflußrohre des Waschbeckens. Es war ein ordentliches Stück Arbeit. Ich mußte zwischendurch aus meinem Auto Werkzeug holen und in die Kellerräume einbrechen, um das Wasser abzustellen. Mehr als eine Stunde benötigte ich, um die rostigen Rohrmuffen zu lösen und abzuschrauben. Es überraschte mich nicht besonders, nur Wasser darin zu finden. Hätte hier schon jemand nachgesehen, so wären die Gewinde gängiger gewesen.

Die Sonne ging gerade unter, als ich um 18 Uhr 30 zurück in die Küche kam. Der Stuhl, auf dem Peter Thayer gesessen hatte, hatte mit der Lehne zum Herd gestanden. Natürlich war die Möglichkeit nicht auszuschließen, daß das fragliche Beweisstück gar nicht absichtlich versteckt worden, sondern nur heruntergefallen war. Ein Stück Papier konnte leicht unbemerkt unter den Herd rutschen. Ich legte mich auf den Bauch und leuchtete mit der Taschenlampe darunter. Leider konnte ich nichts sehen; der Spalt war ziemlich schmal. Wie gründlich wollte ich die Sache machen? Mir taten die Muskeln weh, und mein Phenylbutazon hatte ich bei Lotty zurückgelassen. Trotzdem ging ich ins Wohnzimmer, um ein paar Ziegelsteine unter dem provisorischen Bücherregal zu entfernen und herüberzuholen. Mit dem Wagenheber aus meinem Kofferraum und den Ziegelsteinen als Hebel und Keil hievte ich den Herd langsam vom Boden. Es war eine beinahe unlösbare Aufgabe. Sobald es mir gelungen war, den Herd mit dem Wagenheber etwas in die Höhe zu bringen, und ich im Begriff war, mit dem Fuß den Stein unterzuschieben, rutschte mir das Ding wieder weg. Schließlich nahm ich den umgestürzten Tisch zur Verstärkung des Hebelarms zu Hilfe und konnte auf diese Art einen Stein unter die rechte Seite schieben. Mit der linken ging es danach leichter. Ich überprüfte, ob die Gasleitung dem verstärkten Druck standhalten würde, und schob noch einen weiteren Ziegelstein unter. Und da war es: ein Stück Papier, das fettig am Herdboden klebte. Ganz vorsichtig zog ich es ab, um es nicht zu beschädigen, und sah es mir vor dem Fenster an.

Es handelte sich um einen Durchschlag, etwa zwanzig Zentimeter im Quadrat. In der linken oberen Ecke stand die Adresse der Ajax. In der Mitte hieß es: »Zahlungsanweisung – Nur zur Verrechnung«, und ausgestellt war das Papier auf den Namen Joseph Gielczowski, 13227 South Ingleside, Matteson/Illinois. Dieses Dokument konnte er bei seiner Bank einreichen, worauf Ajax den Betrag von zweihundertfünfzig Dollar als Betriebsunfallrente an die Bank überweisen würde. Der Name sagte mir nichts, auch die Transaktion kam mir völlig normal vor. Was war daran so wichtig? Ralph würde es mir sagen können, doch von hier aus wollte ich ihn nicht anrufen. Lieber den Herd wieder in die alte Lage bringen und mich davonmachen, solange es noch möglich war.

Wieder hob ich den Herd unter Zuhilfenahme des Tisches an und entfernte die Ziegelsteine. Es gab jedesmal einen dumpfen Schlag, wenn der Herd eine Stufe tiefer landete – hoffentlich waren die Leute unter mir nicht zu Hause oder wenigstens so sehr mit sich selbst beschäftigt, daß sie nicht die Polizei riefen. Ich packte mein Werkzeug zusammen, faltete die Zahlungsanweisung und steckte sie in die Brusttasche meiner Bluse. Dann ging ich. Im zweiten Stock öffnete sich die Wohnungstür einen Spalt breit, als ich sie passierte. »Installateur!« rief ich. »Im dritten Stock gibt's heute abend kein Wasser.« Die Tür wurde wieder geschlossen, und ich sah zu, daß ich aus dem Haus kam.

Als ich zu meinem Auto zurückkehrte, war das Spiel längst vorbei; ich mußte die Acht-Uhr-Nachrichten abwarten, um das Ergebnis zu erfahren. Den Cubs war in der achten Runde der Durchbruch gelungen. Dem guten alten Jerry Martin war ein Doppler geglückt, Ontiveros hatte den Ball bis zum ersten Mal geschlagen, und der unübertreffliche Dave Kingman hatte gleich dreimal gepunktet und damit seinen zweiunddreißigsten Erfolg in dieser Saison verbucht. Und das Ganze trotz der beiden Ausbälle. Ich konnte mir sehr gut vorstellen, wie sich die Cubs heute abend fühlen mußten, und zur Illustration sang ich auf dem Heimweg einige Passagen aus dem *Figaro.*

10
Reizende Leute

Lotty hob ihre markanten Augenbrauen, als ich ins Wohnzimmer trat. »Ah«, meinte sie, »dein Schritt kündet von Erfolg. Das Büro war also unversehrt?«

»Nein, aber ich habe das gefunden, wonach sie suchten.« Ich zog die Zahlungsanweisung hervor und zeigte sie ihr. »Sagt dir das etwas?«

Sie setzte ihre Brille auf und besah sich das Papier genau, mit geschürzten Lippen. »Ich kriege so etwas gelegentlich zu

Gesicht, weißt du, wenn ich mein Honorar für die Behandlung von Unfallopfern in der Industrie erhalte. Das Ding sieht völlig normal aus, soweit ich das beurteilen kann – doch natürlich überprüfe ich bei mir nie den Wortlaut, sondern ich werfe im allgemeinen nur einen kurzen Blick darauf und reiche es bei der Bank ein. Auch der Name Gielczowski sagt mir nichts, abgesehen davon, daß er polnisch ist. Müßte ich ihn wiedererkennen?«

Ich zuckte die Achseln. »Ich weiß nicht. Mir kommt er ebenfalls nicht bekannt vor. Ich werde aber für alle Fälle eine Kopie machen lassen und die Anweisung gut aufheben. Hast du schon gegessen?«

»Ich habe auf dich gewartet, meine Liebe«, gab sie zur Antwort.

»Dann laß dich von mir zum Essen einladen. Ich brauche das jetzt. Es war sehr anstrengend, dieses Stück Papier aufzutreiben – körperlich anstrengend, meine ich, obwohl der Geist dabei half. Was die Logik betrifft, so geht doch nichts über eine akademische Ausbildung!«

Lotty war voll und ganz meiner Meinung. Ich duschte und zog eine ordentliche Hose an, dazu eine auffallende Bluse und eine lose Jacke. Das Schulterhalfter schmiegte sich problemlos in meine linke Achselhöhle. Die Zahlungsanweisung steckte ich in die Jackentasche.

Lotty betrachtete mich mit prüfendem Blick, als ich ins Wohnzimmer zurückkam. »Perfekt versteckt, Vic.« Ich sah sie verständnislos an, und sie lachte. »Meine Liebe, du hast das leere Kästchen in den Abfalleimer in der Küche geworfen, und ich wußte genau, daß ich keine Smith & Wesson mit ins Haus gebracht habe. Gehen wir?«

Ich lachte, gab aber keinen Kommentar ab. Lotty fuhr uns in die Nähe der Kreuzung Belmont Avenue/Sheridan Road. Im Weinkeller des Chesterton-Hotels speisten wir einfach und angenehm. Die einstige österreichische Weinhandlung war um ein winziges Restaurant erweitert worden. Lotty lobte den Kaffee und verzehrte dazu zwei Stück Wiener Cremetorte.

Bei unserer Rückkehr in die Wohnung bestand ich darauf, Vorder- und Hintereingang zu überprüfen, aber es hatte sich niemand daran zu schaffen gemacht. Danach rief ich Larry Anderson an, den Inhaber des Reinigungsunternehmens, und beauftragte ihn, meine Wohnung wiederherzurichten. Nicht am nächsten Tag – da hatte er bereits eine größere Sache laufen –, aber er wollte sich am Dienstag mit seinen besten Leuten höchstpersönlich darum kümmern. Nicht der Rede wert, es sei ihm ein Vergnügen. Ich erwischte Ralph und verabredete mich mit ihm für den folgenden Abend zum Essen bei Ahab. »Was macht dein Gesicht?« wollte er wissen.

»Danke, schon viel besser. Morgen abend dürftest du mich bereits einigermaßen präsentabel finden.«

Um elf wünschte ich Lotty schläfrig gute Nacht und fiel ins Bett. Im Nu war ich entschlummert – versunken in der nachtschwarzen Leere des absoluten Nichts. Später begann ich zu träumen. Ich sah die roten venezianischen Gläser aufgereiht auf dem Wohnzimmertisch meiner Mutter. »So, Vicki, nun mußt du das hohe C singen und es auch halten«, forderte sie. Mit unglaublicher Anstrengung schaffte ich es, den Ton zu erreichen. Unter meinen entsetzten Blicken verflüssigten sich die roten Gläser und liefen in einer roten Lache zusammen. Es war das Blut meiner Mutter. Mit unmenschlicher Willenskraft gelang es mir, mich an dieser Stelle aus dem Schlaf zu reißen. Das Telefon klingelte.

Lotty hatte bereits abgehoben, bis ich mich in der fremden Umgebung endlich orientiert hatte. Als ich den Hörer in die Hand nahm, konnte ich sie mit ihrer frischen, beruhigenden Stimme sagen hören: »Ja, hier spricht Dr. Herschel.« Ich legte auf und schielte nach dem Wecker: 5 Uhr 13. Arme Lotty, dachte ich. Was für ein Leben! Dann rollte ich mich wieder zusammen, um weiterzuschlafen.

Das Läuten des Telefons brachte mich mehrere Stunden später erneut in die Wirklichkeit zurück. Ich entsann mich noch dunkel des ersten Anrufs und fragte mich, während ich nach dem Hörer angelte, ob Lotty wohl schon zurück war. »Hallo?« meldete ich mich, hörte aber Lotty bereits am anderen Apparat. Ich wollte schon auflegen, als ich ein schwankendes Stimmchen vernahm: »Ist Miss Warshawski zu sprechen?«

»Ja, am Apparat. Was gibt's denn?« Ich hörte das Klicken, als Lotty den Hörer auflegte.

»Hier ist Jill Thayer«, verkündete das unsichere Stimmchen, um Festigkeit bemüht. »Können Sie bitte zu uns herauskommen?«

»Du meinst, jetzt sofort?«

»Ja«, hauchte sie.

»Aber sicher, natürlich. Ich komme gleich. Sagst du mir, was los ist?« Ich hatte den Hörer zwischen Ohr und Schulter geklemmt und zog mir etwas an. Es war halb acht; Lottys Vorhänge aus grobem Leinen ließen so viel Licht herein, daß ich in meine Kleider fand.

»Es ist – ich kann jetzt nicht reden. Meine Mutter ruft nach mir. Bitte kommen Sie – *bitte*!«

»In Ordnung, Jill. Halte die Stellung. Ich bin in vierzig Minuten da.« Ich legte auf und zog mich hastig vollständig an. Ich war in die Sachen vom Vorabend geschlüpft und hatte auch den Revolver unter meiner linken Schulter nicht vergessen. In der Küche blieb ich kurz bei Lotty stehen, die gerade ihren Toast aß und dazu den unvermeidlichen starken Wiener Kaffee trank.

»Nun«, meinte sie, »schon der zweite Notfall heute? Bei

meinem handelte es sich um ein unvernünftiges Kind mit starken Blutungen wegen einer stümperhaften Abtreibung – bloß, weil sie sich zunächst nicht zu mir traute.« Sie verzog das Gesicht. »Und natürlich sollte die Mutter nichts davon erfahren. Was gibt's bei dir?«

»Auf nach Winnetka. Ein zweites Kind, aber lieb, nicht unvernünftig.« Lotty hatte die *Sun-Times* aufgeschlagen vor sich. »Gibt's bei den Thayers was Neues? Sie hörte sich ziemlich verängstigt an.«

Sie goß mir eine Tasse Kaffee ein, die ich brühheiß hinunterstürzte, während ich die Zeitung durchblätterte, ohne jedoch etwas zu entdecken. Ich zuckte die Achseln, nahm von Lotty eine Scheibe gebutterten Toast entgegen, küßte sie auf die Wange – und schon war ich weg.

Angeborene Vorsicht veranlaßte mich, die Treppenaufgänge und den Gehsteig einer sorgfältigen Prüfung zu unterziehen, bevor ich mich auf die Straße begab. Ich stieg sogar erst dann ins Auto, nachdem ich einen Blick auf den Rücksitz und unter die Motorhaube geworfen hatte, um sicherzugehen, daß sich niemand daran zu schaffen gemacht hatte. Smeissen ging mir immer noch nach.

Auf dem Kennedy Expressway herrschte der übliche Montagmorgen-Verkehr, bereichert durch jene Nachzügler, die erst in allerletzter Minute von ihrem Wochenende auf dem Lande heimwärts pilgerten. Als ich den stadtauswärts führenden Edens Expressway erreichte, hatte ich die Straße jedoch beinahe ganz für mich allein. Ich hatte Jill Thayer meine Karte hauptsächlich zugesteckt, um ihr das Gefühl zu vermitteln, daß sich jemand um sie sorgt, und nicht etwa deshalb, weil ich einen SOS-Anruf erwartete. Der Teil meines Kopfes, der nicht wachsam auf Radarfallen achtete, beschäftigte sich mit der Frage, was wohl den Hilferuf ausgelöst haben konnte. Ein Teenager aus der Provinz, noch nie mit dem

Tod konfrontiert, war leicht durch alles aus der Fassung zu bringen, was damit irgendwie zusammenhing. Allerdings war sie mir durchaus vernünftig vorgekommen. Ich fragte mich, ob ihr Vater wohl endgültig durchgedreht haben mochte.

Ich war von Lottys Wohnung um 7 Uhr 42 abgefahren, und um 8 Uhr 03 bog ich in die Willow Road ein. Guter Schnitt für fünfundzwanzig Kilometer, besonders wenn man berücksichtigte, daß fünf Kilometer davon durch den dichten Verkehr der Addison Street geführt hatten. Um 8 Uhr 09 traf ich an der Toreinfahrt des Thayerschen Hauses ein. Weiter kam ich nicht. Was immer auch geschehen sein mochte – es hatte phänomenale Aufregung verursacht. Die Einfahrt wurde blockiert von einem Polizeifahrzeug mit Blaulicht aus Winnetka, und auf dem Grundstück – so weit ich es einsehen konnte – befanden sich weitere Fahrzeuge und eine Menge Polizisten. Ich setzte den Chevy ein wenig zurück und parkte am Rande des Kieswegs. Erst als ich den Motor abgestellt hatte und ausstieg, bemerkte ich den glänzenden schwarzen Mercedes, der am Samstag noch die Auffahrt flankiert hatte. Aber er stand nun nicht mehr dort, sondern lag quer im Straßengraben. Elegant und glänzend war er auch nicht mehr. Die Vorderreifen waren platt, die Windschutzscheibe bestand nur noch aus unzähligen Glassplittern, die einen Strahlenkranz um kreisrunde Löcher bildeten. Ich vermutete, daß das eine ziemliche Anzahl von Geschossen angerichtet hatte.

In meiner Gegend hätte es bei einem solchen Anlaß einen Auflauf gaffender und lauthals diskutierender Menschen gegeben. Hier, am Nordufer, hatte sich ebenfalls ein Grüppchen versammelt, das aber bezüglich Größe und Lautstärke keinen Vergleich mit Straßen wie der Halsted Street und der Belmont Avenue zuließ. Die Leute wurden von einem schlanken jungen Polizisten mit Bärtchen auf Distanz gehalten.

»Mann, die haben Mr. Thayers Wagen ganz schön erwischt«, sagte ich beim Heranschlendern zu dem jungen Mann.

Wenn das Unheil seinen Lauf nimmt, ist die Polizei stets darauf bedacht, alle Informationen schön für sich zu behalten. Sie sagen nie, was passiert ist, und sie geben niemals Antwort auf gezielte Fragen. Winnetkas Elite machte hier keine Ausnahme. »Was wollen Sie hier?« fragte der junge Mann mißtrauisch.

Ich war gerade im Begriff, ihm freimütig die Wahrheit zu sagen, als mir klar wurde, daß ich damit niemals an der Herde in der Auffahrt vorbeigelangen würde. »Mein Name ist V. I. Warshawski«, erklärte ich mit einem – wie ich hoffte – unschuldigen Lächeln. »Ich war früher Jill Thayers Gouvernante. Als das Theater heute früh anfing, bat sie mich telefonisch, herzukommen und ihr beizustehen.«

Der junge Polizist runzelte die Stirn. »Haben Sie Papiere bei sich?«

»Natürlich«, meinte ich wahrheitsgemäß. Ich fragte mich zwar, inwieweit ein Führerschein geeignet war, meine Geschichte zu belegen, zog ihn jedoch entgegenkommenderweise hervor und reichte ihn dem jungen Mann.

»In Ordnung«, befand er, nachdem er ihn so lange angeschaut hatte, daß er inzwischen die Nummer auswendig gelernt haben mußte, »Sie können mit dem Sergeant reden.«

Er verließ seinen Posten, um mich zum Einfahrtstor zu begleiten. »Sarge!« dröhnte er. Einer der Männer in Türnähe blickte auf. »Hier ist die Gouvernante der kleinen Thayer!« rief er, wobei er seine Hände wie einen Trichter vor den Mund hielt.

»Danke, Officer«, sagte ich im Stil von Miss Jean Brodie. Ich schritt die Auffahrt hinunter bis zur Haustür und wiederholte vor dem Sergeant meine Geschichte.

Auch er runzelte die Stirn. »Wir wissen nichts davon, daß

eine Gouvernante erwartet wird. Ich fürchte, im Augenblick kann niemand ins Haus. Sie sind nicht zufällig von der Zeitung?«

»Keineswegs.« Ich tat entrüstet. »Hören Sie, Sergeant«, fügte ich mit einem dezenten Lächeln an, das ihm meine Bereitschaft zu Zugeständnissen signalisieren sollte, »weshalb holen Sie nicht einfach Miss Thayer zum Eingang. Sie kann Ihnen dann sagen, ob sie mich hier haben möchte oder nicht. Falls nicht, kann ich ja wieder gehen. Aber nachdem sie nach mir verlangt hat, ist sie bestimmt ärgerlich, wenn Sie mich nicht ins Haus lassen.«

Daß ein Mitglied der Familie Thayer, selbst wenn es so jung war wie Jill, verärgert sein könnte, schien den Sergeant zu beeindrucken. Ich hegte die Befürchtung, daß er nach Lucy läuten würde, doch statt dessen bat er einen seiner Leute, Miss Thayer zu holen.

Minuten vergingen, aber sie kam nicht. Ich begann mich bereits zu fragen, ob Lucy mich gesehen und die Polizei über meinen Gouvernantentrick aufgeklärt haben könnte. Unvermutet tauchte Jill dann doch noch auf. Ihr ovales Gesicht wirkte verkrampft und angespannt, ihr braunes Haar war ungekämmt. Als sie mich entdeckte, hellte sich ihre Miene ein wenig auf. »Oh, Sie sind's!« sagte sie. »Sie haben mir erzählt, daß meine Gouvernante hier sei, und ich hatte an die alte Mrs. Wilkens gedacht.«

»Ist das denn nicht Ihre Gouvernante?« forschte der Beamte.

Jill warf mir einen gequälten Blick zu. Ich trat ins Haus. »Sag dem Mann einfach, daß du nach mir verlangt hast«, schlug ich vor.

»O ja – ja, natürlich. Ich habe Miss Warshawski vor einer Stunde angerufen und sie gebeten hierherzukommen.«

Der Polizist sah mich voller Mißtrauen an – doch nun befand ich mich im Haus, und ein Mitglied der allmächtigen Familie Thayer wünschte, daß ich auch dort blieb. Er schloß einen Kompromiß, indem er mich meinen Namen buchstabieren ließ und ihn in sein Notizbuch eintrug – einen mühseligen Buchstaben nach dem anderen. Jill zog mich am Arm, während ich noch damit beschäftigt war, und bevor er nach Beendigung dieser Prozedur weitere Fragen stellen konnte, gab ich ihr einen kleinen Klaps und schubste sie in Richtung Diele. Sie führte mich zu einem winzigen Zimmer in der Nähe der grünen Statue und schloß die Tür.

»Sie haben wohl gesagt, daß Sie mal meine Gouvernante waren?« Ganz verstanden hatte sie immer noch nicht.

»Ich hatte Angst, sie würden mich nicht hereinlassen, wenn ich mit der Wahrheit herausrückte«, erklärte ich ihr. »Die Polizei hat es nicht so gern, wenn ihr Privatdetektive ins Handwerk pfuschen. Wie wär's, wenn du mir jetzt sagen würdest, um was es eigentlich geht?«

Auf ihrem Gesicht erschien wieder der traurige Ausdruck. Sie verzog den Mund. »Haben Sie draußen das Auto gesehen?« Ich nickte. »Mein Vater – er war dort drin. Sie haben ihn erschossen.«

»Hast du sie beobachtet?«

Sie schüttelte den Kopf und wischte sich mit der Hand über Nase und Stirn. Plötzlich war ihr Gesicht tränenüberströmt. »Ich habe sie gehört!« heulte sie.

Das kleine Zimmer war mit einem zweisitzigen Sofa und einem Tischchen ausgestattet, auf dem etliche Zeitschriften lagen. Zu beiden Seiten eines Südfensters standen schwere Sessel. Ich zog sie an den Tisch heran und drückte Jill in den einen. Ich selbst setzte mich in den anderen, ihr gegenüber. »Ich bedauere, dir das zumuten zu müssen, aber du mußt mir jetzt genau erzählen, wie es passiert ist. Laß dir ruhig Zeit damit, und weine, wenn dir danach zumute ist.«

Unterbrochen von Schluchzern brachte sie die Geschichte heraus. »Paps fährt immer zwischen sieben und halb acht zur Arbeit«, sagte sie. »Manchmal noch früher. Wenn irgendwas – irgendwas Besonderes – in der Bank los ist. Wenn er das Haus verläßt, schlafe ich gewöhnlich noch. Lucy macht – machte ihm immer das Frühstück, und dann stehe ich auf, und sie macht meins. Mutter bekommt Toast und Kaffee aufs Zimmer. Sie – sie macht – ständig Diät.«

Ich nickte demonstrativ, um ihr zu verstehen zu geben, daß ich diese Einzelheiten begriffen hatte und auch den Grund, warum sie mir das alles so genau erklärte. »Aber heute früh hast du nicht mehr geschlafen.«

»Nein«, bestätigte sie. »Diese Sache mit Pete – wissen Sie, gestern war sein Begräbnis, und ich war so durcheinander – ich konnte nicht richtig schlafen.« Sie weinte nun nicht mehr und war bemüht, sich zu beherrschen. »Ich hörte, wie Paps aufstand, aber ich bin nicht runtergegangen, um mit ihm zu frühstücken. Er hatte sich ja so seltsam benommen, und ich wollte diese entsetzlichen Dinge über Pete nicht mehr hören.« Unvermittelt fing sie wieder an zu schluchzen. »Ich wollte nicht mit ihm essen, und jetzt ist er tot, und ich habe nie wieder die Möglichkeit dazu!« Die Worte brachen unter schrecklichem Schluchzen aus ihr heraus; sie wiederholte sie immer und immer wieder.

Ich nahm ihre Hände in die meinen. »Ja, ich weiß, es ist schwer für dich, Jill. Aber du bist nicht schuld an seinem Tod, nur weil du nicht mit ihm frühstücken wolltest.« Eine Zeitlang tätschelte ich ihr schweigend die Hände. Als ihr Schluchzen schließlich etwas nachließ, sagte ich: »Und nun erzählst du mir, was passiert ist, mein Schatz, damit wir versuchen können, eine Erklärung dafür zu finden.«

Es kostete sie ungeheure Anstrengung, sich zusammenzunehmen. »Viel gibt es nicht mehr zu erzählen. Mein Zimmer liegt über diesem hier, es ist an der Giebelseite des Hauses. Ich wollte – ich bin zum Fenster gegangen und habe ihm nachgeschaut – habe beobachtet, wie er seinen Wagen Richtung Straße fuhr.« Sie unterbrach sich, um zu schlucken, hatte sich aber in der Gewalt. »Man kann die Auffahrt nicht einsehen, wegen der vielen Büsche davor, und von meinem Fenster aus könnte man sie sowieso nicht bis zur Straße verfolgen. Aber ich hörte am Motorgeräusch, daß er am Ende der Auffahrt in die Sheridan Road eingebogen war.« Ich nickte ihr aufmunternd zu; ihre Hände hatte ich noch nicht losgelassen. »Also, ich wollte schon wieder zurück zum Bett, ich hatte vor, mich anzuziehen, und dann hörte ich die vielen Schüsse. Nur – nur wußte ich zu dem Zeitpunkt noch nicht, was sie bedeuteten.« Sorgfältig wischte sie zwei neue Tränen weg. »Die Geräusche waren entsetzlich. Ich hörte Glas splittern, und dann dieses Quietschen, so wie es klingt, wenn ein Wagen zu schnell um die Kurve biegt, verstehen Sie? Und ich dachte mir, vielleicht hat Paps einen Unfall gebaut. Wissen Sie, er hat sich aufgeführt wie ein Verrückter, es hätte mich nicht gewundert, wenn er auf der Sheridan Road in einen anderen Wagen hineingerast wäre.

Ich bin dann gleich – noch im Morgenmantel – runtergerannt; Lucy kam vom hinteren Teil des Hauses angestürzt, sie schrie mir etwas zu. Ich sollte wieder nach oben gehen und mir etwas überziehen, aber ich bin einfach so rausgelaufen und die Auffahrt hinuntergerannt und habe den Wagen gefunden.« Sie verzog das Gesicht und schloß die Augen und kämpfte erneut mit den Tränen. »Es war schrecklich. Paps – Paps blutete, er war über dem Lenkrad zusammengesunken.« Sie schüttelte den Kopf. »Ich glaubte immer noch, Paps hätte einen Unfall gehabt, konnte aber das andere Fahrzeug nicht entdecken. Ich dachte mir, der andere hat vielleicht Fahrerflucht begangen, der mit den quietschenden Reifen, aber

Lucy hat anscheinend gleich an Schüsse gedacht. Auf jeden Fall hat sie mich davon abgehalten, an den Wagen heranzugehen – ich hatte auch keine Schuhe an, und inzwischen standen eine Menge Autos da, und die Fahrer gafften, und Lucy hat einen von ihnen gebeten, über Funk die Polizei zu verständigen. Sie sagte, ich sollte wieder ins Haus gehen, aber ich bin dageblieben, bis die Polizei gekommen ist.« Sie schnupfte. »Wissen Sie, ich wollte ihn doch nicht ganz allein dort liegen lassen.«

»Klar, Liebes. Du hast dich ganz prima benommen. Ist deine Mutter auch rausgekommen?«

»Nein. Wir sind ins Haus zurückgegangen, als die Polizei kam, und ich lief hinauf und zog mich an, und dabei dachte ich an Sie und rief Sie an. Wissen Sie noch, als ich auflegte?« Ich nickte. »Also, Lucy ging, um Mutter zu wecken und ihr alles zu erzählen, und sie – sie fing an zu heulen und schickte Lucy nach mir, und als sie hereinkam, mußte ich auflegen.«

»Du hast keinen von den Typen gesehen, die deinen Vater umgebracht haben?« Sie schüttelte den Kopf. »Ist die Polizei der Meinung, daß er von dem Auto aus erschossen wurde, das du davonfahren hörtest?«

»Ja. Es hat irgendwie mit den Patronenhülsen zu tun. Ich glaube, sie haben keine gefunden oder so, und deshalb nehmen sie an, daß sie sich in dem Wagen befinden.«

Ich nickte. »Das erscheint logisch. Und jetzt die große Frage, Jill: Sollte ich hierherkommen, um dich zu trösten und dir beizustehen – was ich sehr gern für dich tue –, oder wolltest du, daß ich etwas unternehme?«

Sie starrte mich aus ihren grauen Augen an, die in letzter Zeit zu viel für ihr Alter gesehen hatten. »Was können Sie denn unternehmen?« fragte sie.

»Du kannst mich beauftragen, den Mörder deines Vaters und deines Bruders zu finden«, erklärte ich ohne Umschweife.

»Ich habe aber kein Geld, außer meinem Taschengeld. Wenn ich einundzwanzig bin, wird mir eine festangelegte Summe ausbezahlt, aber ich bin doch erst vierzehn.«

Ich lachte. »Keine Sorge. Falls du mich anheuern willst, dann gib mir einen Dollar. Du kriegst von mir dafür eine Quittung, und damit hast du mir den Auftrag erteilt. Du mußt allerdings noch mit deiner Mutter darüber reden.«

»Mein Geld habe ich oben«, sagte sie im Aufstehen. »Glauben Sie, daß Paps und Pete von derselben Person umgebracht worden sind?«

»Die Wahrscheinlichkeit besteht durchaus, obwohl ich mich bis jetzt noch nicht auf Tatsachen stützen kann.«

»Glauben Sie, daß jemand vielleicht – nun, versucht vielleicht jemand, unsere Familie auszulöschen?«

Ich überlegte. Ganz ausgeschlossen war es zwar nicht, aber die Art und Weise war mir etwas zu dramatisch und zeitraubend. »Das bezweifle ich«, sagte ich schließlich. »Völlig unmöglich ist es nicht – doch wenn jemand so etwas vorhat, dann hätte er euch gestern leicht alle zusammen erwischen können, als ihr gemeinsam im Auto wart.«

»Ich hole das Geld«, sagte Jill und ging zur Tür. Als sie sie öffnete, kam Lucy quer durch die Halle gelaufen. »Hier steckst du also«, fuhr sie Jill an. »Wie kannst du nur einfach verschwinden, wenn deine Mutter dich braucht?« Sie blickte ins Zimmer. »Sag bloß, diese Detektivin hat sich wieder hier eingeschlichen!« Sie wandte sich an mich. »Los, kommen Sie, raus mit Ihnen! Wir haben genug Schwierigkeiten, da müssen Sie nicht auch noch drin herumstochern!«

»Ich muß doch bitten, Lucy.« Jill benahm sich plötzlich sehr erwachsen. »Miss Warshawski ist auf meine Einladung hin gekommen, und sie wird gehen, wenn *ich* sie darum bitte.«

»Na ja, deine Mutter hat da schließlich auch noch ein Wörtchen mitzureden«, keifte Lucy.

»Ich werde selbst mit ihr reden«, gab Jill zurück. »Würden Sie bitte hier warten, bis ich mit dem Geld zurück bin«, bat sie mich. »Und würde es Ihnen etwas ausmachen, bei dem Gespräch mit meiner Mutter dabeizusein? Ich glaube nicht, daß ich ihr das alles allein auseinandersetzen kann.«

»Keineswegs«, erwiderte ich höflich und lächelte aufmunternd.

Als Jill weg war, erklärte Lucy: »Ich kann nur sagen, daß Mr. Thayer Ihre Anwesenheit nicht wünschte und was er tun würde, wenn er sie jetzt sehen könnte ...«

»Nun, wir wissen ja beide, daß das nicht gut möglich ist«, unterbrach ich sie. »Hätte er sich jedoch dazu durchringen können, mir oder jemand anders zu sagen, was er gegen meine Gegenwart hatte, dann wäre er vermutlich noch am Leben. Wissen Sie, ich mag Jill und möchte ihr gern helfen. Sie hat mich heute früh angerufen, aber nicht, weil sie auch nur im entferntesten daran dachte, was ich als Privatdetektivin für sie tun kann, sondern weil sie das Gefühl hat, daß ich eine Stütze sein könnte. Glauben Sie nicht auch, daß sie hier etwas zu kurz kommt?«

Lucy warf mir einen säuerlichen Blick zu. »Kann schon sein, Fräulein Detektiv, kann schon sein. Aber wenn Jill nur das geringste für ihre Mutter übrig hätte, käme ihr ihre Mutter vermutlich auch etwas mehr entgegen.«

»Ich verstehe«, meinte ich trocken. Jill kam die Treppe hinunter.

»Deine Mutter wartet auf dich«, erinnerte Lucy sie in scharfem Ton.

»Ich weiß!« schrie Jill. »Ich komme ja schon!« Sie übergab mir einen Dollar, und ich quittierte ihr den Betrag bedächtig auf einem Stück Papier aus meiner Handtasche. Lucy beobachtete den Vorgang mit verärgert zusammengepreßten Lippen. Anschließend gingen wir gemeinsam durch die große

Diele. Am vergangenen Samstag war ich auch hier entlanggegangen. Wir schritten an der Tür zur Bibliothek vorüber und begaben uns in die hinten gelegenen Räumlichkeiten des Hauses.

Lucy öffnete die Tür zu einem Zimmer auf der linken Seite und sagte: »Hier ist sie, Mrs. Thayer. Sie hat so eine aufdringliche Detektivin bei sich, die es auf ihr Geld abgesehen hat. Mr. Thayer hat sie am Samstag rausgeschmissen, aber sie ist wieder da.«

Der Polizist neben der Tür warf mir einen erstaunten Blick zu.

»Lucy!« Jill war außer sich. »Das ist gelogen.« Sie schob die nörgelnde Person beiseite und stürmte ins Zimmer. Ich stand hinter Lucy und sah über ihre Schulter in einen überaus reizvollen Raum mit Fenstern an drei Seiten. Im Osten ging der Blick hinaus auf den See, im Norden auf eine herrliche Rasenfläche und einen Rasen-Tennisplatz. Der Raum war mit weißen Rattanmöbeln ausgestattet, Kissen, Stehlampen und Bodenbelag setzten muntere Farbakzente in Rot und Gelb. Unzählige Blattpflanzen erweckten den Eindruck, man befände sich in einem Wintergarten.

Mittelpunkt der hinreißend attraktiven Szenerie war Mrs. Thayer. Selbst ohne Make-up und mit ein paar Tränenspuren auf den Wangen war sie sehr hübsch und ohne Schwierigkeit als das Original des gestrigen Fotos im *Herald-Star* wiederzuerkennen.

Eine entzückende junge Frau, die ältere Ausgabe von Jill, saß fürsorglich an ihrer Seite und ihr gegenüber ein gutaussehender, etwas verlegen wirkender junger Mann mit Polohemd und karierter Hose.

»Bitte, Jill. Ich verstehe kein Wort von dem, was ihr beide, du und Lucy, von euch gebt, aber schrei nicht, Darling, das halten meine Nerven nicht aus.«

Ich trat an Lucy vorbei ins Zimmer und begab mich hinüber zu Mrs. Thayers Couch.

»Mrs. Thayer, was mit Ihrem Mann und Ihrem Sohn passiert ist, tut mir aufrichtig leid«, sagte ich. »Mein Name ist V. I. Warshawski. Ich bin Privatdetektivin. Ihre Tochter bat mich heute früh, hierherzukommen, um ihr auf irgendeine Weise zu helfen.«

Der junge Mann antwortete mir, das Kinn angriffslustig vorgereckt. »Ich bin Mrs. Thayers Schwiegersohn, und ich glaube ohne weiteres sagen zu können, daß Sie hier vermutlich nicht erwünscht sind, wenn mein Schwiegervater Sie am Samstag rausgeschmissen hat.«

»Jill, hast du sie angerufen?« fragte die junge Frau schockiert.

»Ja«, erwiderte Jill trotzig. »Und du kannst sie nicht hinauswerfen, Jack. Es ist nämlich nicht dein Haus. Ich habe sie gebeten herzukommen, und ich habe sie beauftragt, herauszufinden, wer Paps und Pete ermordet hat. Sie meint, daß es jedesmal derselbe Täter war.«

»Also wirklich, Jill«, wandte die junge Frau ein, »ich finde, wir können das der Polizei überlassen und müssen Mutter nicht noch zusätzlich aufregen, indem wir bezahlte Detektive ins Haus bringen.«

»Genau das versuche ich ihr die ganze Zeit begreiflich zu machen, Mrs. Thorndale, aber natürlich hört sie nicht auf mich.« Das kam von der triumphierenden Lucy.

Jills Gesicht verzog sich wieder, so als würde sie gleich in Tränen ausbrechen. »Reg dich nicht auf, Jill«, sagte ich. »Wir wollen das Ganze doch nicht noch schlimmer machen. Wie wär's, wenn du mir die Anwesenden erst mal vorstellen würdest?«

»Entschuldigung.« Sie schluckte. »Das sind meine Mutter, meine Schwester Susan Thorndale und Jack, ihr Mann. Und

Jack ist der Meinung, weil er Susan rumkommandieren kann, klappt das auch bei mir, aber …«

»Ruhig Blut, Jill!« sagte ich und legte ihr meine Hand auf die Schulter.

Susans Gesicht war puterrot. »Jill, wenn du die ganzen Jahre nicht so entsetzlich verwöhnt worden wärst, würdest du sicher jemandem wie Jack, der viel erfahrener ist als du, etwas mehr Respekt entgegenbringen. Ist dir überhaupt klar, wie sich die Leute über Paps das Maul zerreißen werden – über die Art und Weise, wie er ums Leben kam? Die ganzen Umstände lassen auf einen Fall von Verbrecherjustiz schließen, und es muß für die Leute so aussehen, als habe Paps zu den Gangstern gehört.« Beim letzten Satz kippte ihr fast die Stimme um.

»Bandenverbrechen«, warf ich ein. Susan sah mich verständnislos an. »Die Umstände lassen eher auf einen Fall von organisiertem Bandenverbrechen schließen. Es mag zwar einige Gangs geben, die sich auf diese Art der Exekution spezialisiert haben, im allgemeinen aber fehlen ihnen dazu die Verbindungen und die finanziellen Mittel.«

»Nun hören Sie mir mal zu«, sagte Jack wütend. »Wir haben Sie bereits aufgefordert zu verschwinden. Warum gehen Sie also nicht, anstatt uns hier weise Reden zu halten! Wie Susan ganz richtig gesagt hat, es wird schwierig genug werden, für die Umstände von Mr. Thayers Tod eine Erklärung parat zu haben. Sollen wir vielleicht jetzt auch noch erklären, weshalb wir eine Privatdetektivin eingeschaltet haben?«

»Sind das deine einzigen Sorgen?« rief Jill. »Was die Leute reden? Daß Pete und Vater tot sind, kümmert dich wohl überhaupt nicht?«

»Niemand bedauert es mehr als ich, daß Peter erschossen wurde«, entgegnete Jack. »Aber wenn er auf deinen Vater gehört und in einer anständigen Wohnung gelebt hätte statt in dieser üblen Bruchbude und mit diesem Flittchen, dann wäre das niemals passiert!«

»Du!« schrie Jill. »Wie kannst du so über Peter reden! Er hat es mit Herzenswärme und Ehrlichkeit probiert, statt – du bist so ein Heuchler! Das einzige, was dich und Susan interessiert, ist, wieviel Geld ihr machen könnt und was wohl die Leute sagen! Ich verachte dich!« Sie brach wieder in Tränen aus und warf sich in meine Arme. Ich drückte sie an mich und legte den rechten Arm um sie, während ich mit der linken Hand in meiner Tasche nach Papiertaschentüchern kramte.

»Jill«, meldete sich ihre Mutter mit sanfter, klagender Stimme, »Jill, Liebling, bitte schrei hier nicht so herum. Meine Nerven halten das einfach nicht aus. Mir tut es genauso weh wie dir, daß Pete tot ist, aber Jack hat schon recht, Liebling: Hätte er auf deinen Vater gehört, dann wäre das alles nicht passiert, dann wäre dein Vater nicht – nicht ...« Ihre Stimme brach, und sie begann leise zu weinen.

Susan legte den Arm um ihre Mutter und tätschelte ihr die Schulter. »So, da seht mal, was ihr angerichtet habt!« fauchte sie giftig. Ich war mir nicht sicher, ob sie mich oder Jill damit meinte.

»Sie haben jetzt genug Unruhe gestiftet, Sie Polackenweib, wie immer Sie auch heißen«, legte Lucy los.

»Unterstehen Sie sich, so mit ihr zu reden!« schrie Jill. Ihre Stimme wurde durch meine Schulter etwas gedämpft. »Ihr Name ist Miss Warshawski, und Sie nennen sie gefälligst Miss Warshawski!«

»Nun, Mutter Thayer«, sagte Jack mit reumütigem Lachen, »es tut mir leid, daß ich dich da mit hineinziehen muß. Nachdem Jill auf ihre Schwester und mich aber nicht hört, würdest du ihr bitte sagen, daß sie diese Frau aus dem Hause schafft?«

»Oh, bitte, Jack!« sagte seine Schwiegermutter und lehnte sich an Susan. Sie streckte eine Hand nach ihm aus, ohne ihn anzusehen, und ich stellte interessiert fest, daß ihre Augen sich durchs Weinen nicht gerötet hatten. »Ich habe wirklich nicht die Kraft, mich mit Jill auseinanderzusetzen, wenn sie mal wieder ihren Spleen hat.« Trotzdem setzte sie sich mühsam auf und sah Jill ernst an, wobei sie immer noch Jacks Hand umklammert hielt. »Jill, es ist mir im Moment unmöglich, deine Wutausbrüche zu ertragen. Du und Peter, ihr beide habt nie auf jemanden gehört. Hätte Pete es getan, dann wäre er jetzt noch am Leben. Der Tod von Pete und John reicht mir voll und ganz, mehr kann ich nicht verkraften. Also unterhalte dich bitte nicht mehr mit dieser Privatdetektivin. Sie will dich nur ausnutzen, um in die Zeitung zu kommen. Aber noch einen Skandal in unserer Familie – das stehe ich nicht durch.«

Bevor ich ein Wort sagen konnte, hatte sich Jill mit hochrotem Gesicht von mir losgerissen. »Wie redest du denn mit mir!« schrie sie. »Ich gräme mich über Pete und Paps, aber du doch nicht! *Du* bist es doch, die in diesem Haus den Skandal verursacht! Jeder weiß, daß du Vater nicht geliebt hast! Jeder weiß, was zwischen dir und Dr. Mulgrave läuft! Paps war vermutlich ...«

Susan sprang von der Couch und schlug ihrer Schwester heftig ins Gesicht. »Verdammtes Gör, wirst du wohl den Mund halten!« Mrs. Thayer begann nun tatsächlich zu weinen. Auch Jill, von ihren Gefühlen überwältigt und nicht mehr fähig, sich zu beherrschen, fing wieder an zu schluchzen.

In diesem Augenblick betrat ein besorgt blickender Mann im Straßenanzug das Zimmer, eskortiert von einem der Polizisten. Er trat zu Mrs. Thayer und umfing ihre beiden Hände. »Margaret! Ich bin gleich hergekommen, nachdem ich es erfahren hatte. Wie fühlst du dich?«

Susan lief rot an. Jill hörte auf zu schluchzen. Jack stand da wie zur Salzsäule erstarrt. Mrs. Thayer bedachte den Neuankömmling mit einem tragischen Blick aus ihren großen Augen. »Ted. Wie lieb von dir«, flüsterte sie, bemüht, Tapferkeit zu demonstrieren.

»Dr. Mulgrave, wenn ich mich nicht irre«, sagte ich.

Er ließ Mrs. Thayers Hände los und richtete sich auf. »Ja, ich bin Dr. Mulgrave.« Er sah zu Jack hinüber. »Ist das eine Polizistin?«

»Nein«, sagte ich. »Ich bin Privatdetektivin. Miss Thayer hat mich beauftragt, den Mörder ihres Vaters und ihres Bruders zu finden.«

»Margaret?« fragte er ungläubig.

»Nein. *Miss Thayer.* Jill«, erwiderte ich.

Jack mischte sich ein. »Mrs. Thayer hat Sie soeben aufgefordert, zu verschwinden und ihre Tochter in Frieden zu lassen. Man sollte meinen, das sei deutlich genug – selbst für einen Aasgeier wie Sie.«

»Ach, blasen Sie sich doch nicht so auf, Thorndale«, gab ich gelangweilt zurück. »Was ist Ihnen denn über die Leber gelaufen? Jill hat mich angerufen, weil sie wahnsinnige Angst hat – was auch normal ist in dieser Situation. Aber alle übrigen gehen ja derartig in Abwehrstellung, daß ich mich langsam frage, was sie wohl zu verbergen haben.«

»Was wollen Sie damit sagen?« Er sah mich grimmig an.

»Nun, warum soll ich über den Tod Ihres Schwiegervaters keine Ermittlungen anstellen? Was befürchten Sie denn? Haben Sie Angst, ich könnte herausbekommen, daß er und Peter Sie beim Griff in die Ladenkasse ertappten und daß Sie die beiden umlegen ließen, um sie zum Schweigen zu bringen?«

Ich ignorierte sein Wutschnauben. »Nun zu Ihnen, Dr. Mulgrave: Wußte Mr. Thayer Bescheid über Ihr Techtelmechtel mit seiner Frau, und hat er mit Scheidung gedroht? Hatten Sie sich ausgerechnet, daß Sie mit einer reichen Witwe einen besseren Schnitt machen würden als mit einer Frau, die denkbar schlechte Aussichten hatte, von ihrem geschiedenen Ehemann Unterhalt zu bekommen?«

»Jetzt hören Sie mir mal zu, Miss Soundso. Ich habe keine Lust, mir diesen Unsinn noch länger anzuhören«, fing Mulgrave an.

»Dann gehen Sie doch«, fiel ich ihm ins Wort. »Vielleicht benutzt Lucy dieses Haus auch als Standquartier für Einbruchsdiebstähle in Luxusvillen am Nordufer. Als Hausangestellte kriegt sie vermutlich häufig mit, wo Schmuck, Papiere und ähnliches aufbewahrt werden. Als ihr Mr. Thayer und sein Sohn auf die Spur kamen, hat sie einen Mörder beauftragt.« Ich schenkte Susan, die stotternd zu reden anfangen wollte, ein hingerissenes Lächeln – ich war ganz entzückt von meinen eigenen Phantasievorstellungen. »Höchstwahrscheinlich würde mir auch für Sie ein Motiv einfallen, Mrs. Thorndale. Was ich Ihnen klarmachen will, ist folgendes: Sie alle verhalten sich mir gegenüber so feindselig, daß ich langsam stutzig werde. Aber gerade weil Sie mich unbedingt davon abhalten wollen, diese Morde zu untersuchen, scheint es mir sehr einleuchtend, daß ich mit meinen Vorstellungen nicht ganz daneben liege.«

Als ich geendet hatte, schwiegen sie alle eine Zeitlang. Mulgrave setzte sich zu Mrs. Thayer und umfaßte wieder ihre Hände. Susan sah aus wie eine Katze, die im Begriff ist, sich auf einen Hund zu stürzen. Meine Mandantin saß beobachtend auf einem der Rattanstühle, die Hände im Schoß verkrampft. Dann sagte Mulgrave: »Versuchen Sie, uns zu drohen – der Familie Thayer zu drohen?«

»Wenn Sie damit meinen, ob ich versuche, die Wahrheit herauszufinden, so lautet die Antwort: ›Ja.‹ Sollte dabei ein Haufen Schmutz aufgewühlt werden – Pech für Sie.«

»Moment mal, Ted«, sagte Jack und brachte den Älteren mit einer Handbewegung zum Schweigen. »Ich weiß, wie man mit ihr umgehen muß.« Er wandte sich an mich: »Also los, nennen Sie schon Ihren Preis.« Er zückte sein Scheckbuch.

Es juckte mir in den Fingern, meine Smith & Wesson hervorzuholen und ihm mit dem Knauf eins überzuziehen. »Seien Sie doch nicht kindisch, Thorndale«, sagte ich hochmütig. »Es gibt gewisse Dinge im Leben, die kann man nicht kaufen. Was Sie, Ihre Schwiegermutter oder meinetwegen auch der Bürgermeister von Winnetka sagen, ist mir völlig egal: Ich werde diesen Mordfall untersuchen – oder vielmehr, diese Mordfälle.« Ich lachte auf. »Vor zwei Tagen versuchte John Thayer, mich gegen Zahlung von fünftausend Dollar davon abzubringen, den Fall weiter zu untersuchen. Ihr Leute hier oben am Nordufer lebt in einer Art Traumwelt. Ihr seid der Meinung, ihr könntet alles, was in eurem Leben schiefläuft, mit Geld in Ordnung bringen – so wie ihr die Müllabfuhr bezahlt, damit sie euch den Dreck wegräumt, oder unsere Lucy hier, damit sie ihn für euch zusammenkehrt und hinausträgt. Aber das funktioniert nicht immer. John Thayer ist tot. Mit seinem ganzen Geld ist es ihm nicht gelungen, sich und seinem Sohn den Dreck, in dem er steckte, vom Leibe zu halten. Warum sie sterben mußten, das ist jetzt keine Privatangelegenheit mehr. Jeder, der Lust und Laune hat, kann sich damit befassen. Und ich bin dazu entschlossen.«

Mrs. Thayer stöhnte leise auf. Jack war offensichtlich nicht wohl in seiner Haut. Um Würde bemüht, sagte er: »Klar, wenn Sie der Meinung sind, in Angelegenheiten herumstochern zu müssen, die Sie nichts angehen, dann können wir Sie nicht aufhalten. Wir glauben lediglich, daß diese Dinge bei der Polizei in besseren Händen sind.«

»Schön. Aber die bekleckern sich im Augenblick auch

nicht gerade mit Ruhm«, entgegnete ich. »Sie haben gemeint, der Schuldige säße schon hinter Gittern, aber während der heute morgen im Gefängnis sein Frühstück einnahm, wurde John Thayer getötet.«

Susan wandte sich an Jill. »Du bist schuld an der ganzen Sache! Du hast diese Person hierhergeholt. Sie hat uns beleidigt und in eine peinliche Lage gebracht. Ich habe mich noch nie im Leben so geschämt. Paps ist ermordet worden – und alles, was dir einfällt, ist, eine Unbeteiligte mit hineinzuziehen, die uns beschimpft.«

Mulgrave wandte sich wieder Mrs. Thorndale zu, und Jack und Susan redeten gleichzeitig auf ihn ein. Ich ging zu Jill, kniete mich vor sie hin und blickte ihr ins Gesicht. Sie sah aus, als sei sie kurz vor einem Nervenzusammenbruch. »Hör mal, ich finde, du solltest hier raus. Gibt es irgendwelche Freunde oder Verwandte, bei denen du dich aufhalten könntest, bis die größte Aufregung vorüber ist?«

Sie dachte ein Weilchen nach und schüttelte dann den Kopf. »Eigentlich nicht. Wissen Sie, ich habe viele Freundinnen, aber ich glaube kaum, daß ihre Mütter im Augenblick sehr begeistert wären, mich bei sich aufzunehmen.« Sie lächelte zaghaft. »Denken Sie doch nur an den Skandal – wie Jack sagte. Ach, wenn doch Anita hier wäre!«

Ich zögerte ein bißchen. »Möchtest du mit mir nach Chicago kommen? Man hat mir zwar die Wohnung ramponiert, und ich lebe momentan bei einer Freundin, doch sie nimmt dich sehr gern für ein paar Tage bei sich auf.« Lotty hatte hundertprozentig nichts gegen ein weiteres heimatloses Wesen einzuwenden. Ich mußte Jill an einem Ort haben, wo ich ihr Fragen stellen konnte, und ich wollte sie dem Einfluß ihrer Familie entziehen. Sie war zäh und konnte sich wehren, aber es war nicht nötig, daß sie das gerade jetzt, nach dem Tod ihres Vaters, bewies.

Ihr Gesicht hellte sich auf. »Ist das Ihr Ernst?«

Ich nickte. »Renn doch gleich nach oben und pack ein paar Sachen in eine Reisetasche, während die Diskussion hier noch läuft.«

Als sie das Zimmer verlassen hatte, erklärte ich Mrs. Thayer, was ich vorhatte. Wie vorauszusehen, verursachte das innerhalb der Familie neuen Aufruhr. Schließlich sagte Mulgrave jedoch: »Es ist wichtig, daß Margaret – Mrs. Thayer – absolute Ruhe hat. Wenn sie wirklich mit Jill nicht klarkommt, ist es vielleicht besser, daß Jill das Haus für einige Tage verläßt. Ich kann über diese Frau Auskünfte einholen, und sollten sie nicht zufriedenstellend ausfallen, kann man ja Jill wieder nach Hause zurückbringen.«

Mrs. Thayer produzierte ein Märtyrerlächeln. »Ich danke dir, Ted. Wenn du keine Bedenken hast, ist es gewiß in Ordnung so. Vorausgesetzt, Sie leben in einer sicheren Gegend, Miss …«

»Warshawski«, sagte ich trocken. »Nun, in dieser Woche ist dort bis jetzt noch niemand erschossen worden.«

Mulgrave und Jack beschlossen, von mir einige Referenzen zu verlangen. Ich betrachtete diesen Wunsch als Versuch, ihr Gesicht zu wahren, und nannte ihnen den Namen eines meiner ehemaligen Professoren der Rechtswissenschaft. Er würde sich zweifellos wundern, eine Anfrage hinsichtlich meines Charakters zu erhalten, würde mir aber helfen.

Als Jill wiederkam, hatte sie sich das Haar gebürstet und das Gesicht gewaschen. Sie lief hinüber zu ihrer Mutter, die immer noch auf der Couch saß. »Tut mir leid, Mutter«, murmelte sie. »Ich wollte dich nicht kränken.«

Mrs. Thayer lächelte schwach. »Ist schon gut, Liebes. Du kannst ja nicht verstehen, wie mir zumute ist.« Sie sah mich an. »Passen Sie gut auf sie auf.«

»Natürlich«, antwortete ich.

»Ich möchte kein Theater haben«, warnte Jack.

»Ich werde mich bemühen, Mr. Thorndale.« Ich ergriff Jills Koffer, und sie folgte mir aus dem Zimmer.

Unter der Tür blieb sie stehen und sah sich nach ihrer Familie um. »Also dann, auf Wiedersehen«, sagte sie. Alle starrten sie an, aber keiner sagte ein Wort.

An der Eingangstür erklärte ich dem Sergeant, daß Miss Thayer für einige Tage mit zu mir käme, um etwas abzuschalten und sich zu erholen. Hatte die Polizei alle Aussagen, die sie von ihr brauchte? Nach einer Rückfrage bei seinem Lieutenant über Sprechfunk war er damit einverstanden, daß sie wegging, vorausgesetzt, ich hinterließ meine Adresse. Ich nannte sie ihm, und wir machten uns auf den Weg.

Auf der Fahrt zum Edens Expressway sprach Jill kein Wort. Sie blickte geradeaus, ohne auf die Umgebung zu achten. Als wir uns in den zähflüssigen Verkehr des in südlicher Richtung führenden Kennedy Expressway einfädelten, wandte sie jedoch den Kopf und schaute mich an. »Glauben Sie, es war ein Fehler, meine Mutter einfach so zurückzulassen?«

Ich bremste, um einem Fünfzigtonner Gelegenheit zu geben, sich vor mir einzuordnen. »Sieh mal, Jill, ich hatte den Eindruck, als ob sie alle versuchten, dir Schuldgefühle einzureden. Nun fühlst du dich tatsächlich schuldig – also haben sie vielleicht ihr Ziel erreicht.«

Sie hatte einige Minuten an meiner Erklärung zu kauen. »Ist das ein Skandal, wie mein Vater ermordet wurde?«

»Höchstwahrscheinlich reden die Leute darüber, und das wird Jack und Susan sehr peinlich sein. Die Frage, auf die es ankommt, ist jedoch das Warum – und selbst die Antwort darauf braucht für dich kein Skandal zu sein.« Ich überholte einen Lieferwagen des *Herald-Star.* »Wichtig ist, daß man in seinem Inneren ein Gefühl für Recht und Unrecht entwickelt. Wenn dein Vater solchen Leuten, die andere mit Maschinenpistolen umbringen, mißliebig geworden ist, dann möglicherweise deshalb, weil sie seinen Sinn für das Richtige zu beeinflussen versuchten. Das ist noch lange kein Skandal. Und selbst wenn er in irgendwelche zweifelhaften Geschichten verwickelt gewesen sein sollte, muß das auf dich keine negative Wirkung haben – es sei denn, du möchtest es.« Ich wechselte auf die andere Spur. »Ich glaube nicht daran, daß man von den Sünden der Väter heimgesucht wird, und ich halte nichts von Leuten, die zwanzig Jahre lang über Rachegedanken brüten.«

Jill wandte mir ihr ratloses Gesicht zu. Ich fuhr fort: »So etwas kann vorkommen. Man muß nur intensiv genug wollen, daß etwas geschieht. Denk mal an deine Mutter – eine unglückliche Frau, stimmt's?« Jill nickte. »Wahrscheinlich ist sie unglücklich wegen Dingen, die vor dreißig Jahren passiert sind. Sie konnte wählen. Und du kannst auch wählen. Nehmen wir doch einmal an, dein Vater hat ein Verbrechen begangen, und wir finden das heraus. Das wäre sehr schlimm für dich, aber zum Skandal wird es erst, wenn du zuläßt, daß es einer wird. Nur dann verdirbst du dir dein Leben. Viele Dinge geschehen völlig ohne dein Zutun oder dein Verschulden – wenn Vater und Bruder ermordet werden, beispielsweise. Doch wie du mit diesen Ereignissen fertig wirst, ist allein deine Sache. Du kannst verbittert werden – obwohl ich nicht glaube, daß du der Typ dafür bist –, oder du kannst dadurch stark werden«.

Ich merkte plötzlich, daß ich an der Ausfahrt Addison Street vorbeigefahren war; ich ordnete mich in die Abbiegespur zur Belmont Avenue ein. »Entschuldige – meine Antwort ist in einen Sermon ausgeartet. Ich habe mich so ereifert, daß ich die richtige Ausfahrt verpaßt habe. Kannst du was mit meinen Erklärungen anfangen?«

Jill nickte und schwieg weiter, während ich die Pulaski

Road in nördlicher Richtung fuhr und dann östlich in die Addison Street einbog. »Es ist jetzt sehr einsam, nachdem Peter weg ist«, meinte sie schließlich. »Er war der einzige in der Familie, der – der sich etwas aus mir gemacht hat.«

»Ja, es wird hart werden, mein Schatz«, sagte ich in sanftem Ton und drückte ihre Hand.

»Danke, daß Sie gekommen sind, Miss Warshawski«, flüsterte sie.

Ich mußte mich zu ihr hinüberbeugen, um sie zu verstehen. »Meine Freunde nennen mich Vic«, erwiderte ich.

11
Die freundliche Tour

Bevor ich zur Wohnung fuhr, machte ich an der Klinik halt, um Lotty mitzuteilen, daß ich über ihre Gastfreundschaft verfügt hätte, und gleichzeitig zu fragen, ob sie glaube, daß Jill ein Medikament gegen den Schock bekommen solle. Ein kleines Grüppchen von Frauen, meist mit Kleinkindern, wartete in dem winzigen Vorzimmer. Jill sah sich aufmerksam um. Ich steckte den Kopf durch die Tür zum Sprechzimmer, wo mich Lottys Sprechstundenhilfe, eine junge Puertoricanerin, erblickte. »Hallo, Vic«, sagte sie. »Lotty hat gerade eine Patientin. Brauchen Sie etwas?«

»Hallo, Carol. Sagen Sie ihr bitte, daß ich meine kleine Freundin gern in ihrer Wohnung unterbringen möchte – die, die ich heute früh besucht habe. Sie weiß schon, wen ich meine. Und fragen Sie, ob es ihr möglich ist, sie rasch mal anzusehen. Das Mädchen ist gesund, hat aber in letzter Zeit viel durchgemacht.«

Carol begab sich in das winzige Sprechzimmer und kam nach wenigen Minuten zurück. »Gehen Sie mit ihr ins Büro.

Lotty sieht sie sich kurz an, wenn Mrs. Segi gegangen ist. Und natürlich kann sie bei ihr wohnen.«

Unter den mißbilligenden Blicken derer, die schon länger warteten, brachte ich Jill in Lottys Büro. Während der Wartezeit erzählte ich ihr ein wenig über Lotty: im Krieg aus Österreich geflüchtet, hervorragende Medizinstudentin an der Londoner Universität, eigenwillige Ärztin, warmherzige Freundin. Dann kam Lotty in höchsteigener Person hereingewirbelt.

»So, das ist also Miss Thayer«, sagte sie munter. »Vic findet, du solltest dich etwas erholen? Das ist fein.« Sie hob Jills Kinn an, sah ihr in die Pupillen und machte mit ihr ein paar Tests; nebenbei gab sie ihre Kommentare ab.

»Was war denn los?« fragte sie.

»Ihr Vater wurde erschossen«, erklärte ich.

Lotty schnalzte mit der Zunge und schüttelte den Kopf, bevor sie sich wieder jill zuwandte. »So, Mund auf. Ja, ich weiß, daß du keine Halsschmerzen hast, aber es kostet nichts – ich bin Ärztin, und ich muß mir ein Bild machen. Gut. Dir fehlt nichts, du brauchst nur Ruhe und etwas zu essen. Vic, wenn ihr zu Hause seid, gib ihr einen Schluck Cognac. Redet nicht zuviel, sie soll sich erholen. Gehst du noch weg?«

»Ja, ich habe eine Menge zu erledigen.«

Sie schürzte die Lippen und dachte kurze Zeit nach. »Ich schicke Carol rüber, in etwa einer Stunde. Sie kann bei Jill bleiben, bis eine von uns beiden nach Hause kommt.«

In diesem Augenblick wurde mir klar, wie viel mir Lotty bedeutete. Mir war es nicht ganz geheuer gewesen, Jill allein zu lassen, weil ich nicht wußte, wie dicht Earl mir auf den Fersen war. Gleichgültig, ob Lotty das erkannt hatte oder einfach nur ihrem Instinkt folgte, der ihr sagte, daß ein verschrecktes junges Mädchen nicht allein gelassen werden sollte – jedenfalls war ich diese Sorge los, ohne daß ich auch nur ein Wort darüber hatte verlieren müssen.

»Prima. Ich warte, bis sie da ist.«

Begleitet von weiteren mißgünstigen Blicken verließen wir die Klinik, während Carol bereits die nächste Patientin hereinbat. »Sie ist sehr nett, nicht?« meinte Jill, als wir ins Auto stiegen.

»Lotty oder Carol?«

»Beide. Aber ich meinte Lotty. Es macht ihr doch wirklich nichts aus, wenn ich einfach so hereinschneie, oder?«

»Nein«, bestätigte ich. »Lotty hat nur ein einziges Ziel: den Menschen zu helfen. Bloß neigt sie nicht zu Gefühlsduselei.«

Vor der Wohnung bat ich Jill, im Wagen zu bleiben, bis ich Straße und Hauseingang überprüft hatte. Ich wollte zwar nicht, daß sie noch mehr Angst bekam, andererseits durfte ich aber nicht riskieren, daß jemand auf sie schoß. Die Luft war rein. Vielleicht war Earl tatsächlich der Meinung, mich eingeschüchtert zu haben. Oder er war eine Sorge los, nachdem die Polizei den armen Donald Mackenzie hinter Gitter gebracht hatte.

Oben in der Wohnung verordnete ich Jill ein heißes Bad. Ich wollte inzwischen das Frühstück vorbereiten; außerdem mußte ich ihr noch ein paar Fragen stellen. Doch dann sollte sie schlafen. »Ich sehe es deinen Augen an, daß du einen Nachholbedarf hast.«

Sie gab es zögernd zu. In dem Zimmer, in dem ich geschlafen hatte, half ich ihr beim Auspacken ihres kleinen Koffers; ich konnte auf der Couch im Wohnzimmer übernachten. Mit einem von Lottys riesigen weißen Badetüchern schickte ich sie ins Bad.

Ich stellte fest, daß ich ziemlichen Hunger hatte; es war nach zehn, und ich hatte den Toast verschmäht, den Lotty mir hingehalten hatte. Ich durchstöberte den Kühlschrank: keine Säfte. Lotty trank niemals etwas aus der Dose. In einem Fach fand ich eine Menge Orangen. Ich preßte so viele aus, daß ein kleiner Krug voll wurde, und nahm ein paar dicke Scheiben von Lottys leichtem Wiener Brot, die ich – leise vor mich hin pfeifend – röstete. Ich mußte feststellen, daß ich mich ausgezeichnet fühlte, trotz Thayers Tod und trotz aller Ungereimtheiten im vorliegenden Fall. Irgendein Instinkt verriet mir, daß die Dinge jetzt allmählich in Fluß kamen.

Als Jill rosig und schläfrig aus dem Bad auftauchte, sorgte ich dafür, daß sie aß. Vorläufig hielt ich mich noch mit Fragen zurück und beantwortete ihr statt dessen ihre eigenen. Sie wollte wissen, ob es mir stets gelang, den Mörder zu erwischen.

»Es ist eigentlich das erste Mal, daß ich direkt mit einem Mord zu tun habe«, erwiderte ich. »Aber im allgemeinen löse ich schon die Probleme, mit denen ich mich zu befassen habe.«

»Haben Sie Angst?« wollte Jill wissen. »Schließlich wurden Sie zusammengeschlagen, und man hat Ihre Wohnung demoliert, und – und sie haben Paps und Pete erschossen.«

»Ja, natürlich habe ich Angst«, erklärte ich ruhig. »Nur ein Idiot hätte keine, wenn er mit einem solchen Schlamassel konfrontiert wird. Aber ich gerate nicht in Panik, sondern ich werde vorsichtig – als Folge der Angst –, und mein Urteilsvermögen wird nicht beeinträchtigt.

Und nun hätte ich gern, daß du dich an jedes Gespräch erinnerst, das dein Vater in den letzten Tagen geführt hat. Wir setzen uns auf dein Bett. Du trinkst heiße Milch mit Cognac, wie von Lotty verordnet, und wenn wir fertig sind, kannst du gleich schlafen.«

Sie folgte mir in ihr Zimmer, schlüpfte ins Bett und nahm folgsam einen Schluck Milch. Ich hatte braunen Zucker und Muskat hineingerührt und einen kräftigen Schuß Cognac dazugegeben. Sie verzog das Gesicht, schlürfte aber während unserer Unterhaltung immer wieder davon.

»Als ich am Samstag zu euch herauskam, hast du gesagt, dein Vater habe zunächst nicht glauben wollen, daß der verhaftete Mackenzie der Täter war, daß er sich jedoch von den Nachbarn überzeugen ließ. Von welchen Nachbarn?«

»Ach, es kamen eine Menge Leute vorbei, die sagten mehr oder weniger alle das gleiche. Möchten Sie ihre Namen wissen?«

»Wenn du sie noch im Gedächtnis hast und dich erinnern kannst, was die einzelnen gesagt haben.«

Wir gingen eine Liste von etwa einem Dutzend Leuten durch, darunter auch Yardley Masters und seine Frau, der einzige Name, den ich kannte. Ich lernte komplizierte Verwandtschaftsverhältnisse kennen, und Jill verzog das Gesicht vor Anstrengung, sich jedes Wort aller Beteiligten genau ins Gedächtnis zurückzurufen.

»Du hast geschildert, daß sie ›mehr oder weniger alle das gleiche‹ sagten«, zitierte ich nach einer Weile. »Hat irgendeiner besonders eindringlich mit deinem Vater gesprochen?«

Sie nickte. »Mr. Masters. Paps krakeelte herum, er sei sicher, daß Anitas Vater der Täter war, und darauf erwiderte Masters ungefähr folgendes: ›Hör mal, John, du kannst nicht solche Behauptungen in die Welt setzen. Das könnte eine Menge Dinge ans Tageslicht bringen, von denen du nichts wissen willst.‹ Paps verlor darauf die Beherrschung und fing an zu brüllen: ›Was soll das heißen? Willst du mir drohen?‹ Und Mr. Masters sagte: ›Keineswegs, John. Wir sind doch Freunde. Ich möchte dir nur einen guten Rat geben‹ oder so ähnlich.«

»Aha«, sagte ich. Sehr aufschlußreich. »War das alles?«

»Ja. Aber nachdem Mr. und Mrs. Masters gegangen waren, meinte Paps, er liege wahrscheinlich mit seiner Vermutung doch falsch. Ich freute mich darüber, denn selbstverständlich kam Anita nicht für den Mord an Peter in Frage. Doch dann fing er an, diese schrecklichen Sachen über Peter zu sagen.«

»Darüber wollen wir aber jetzt nicht reden. Ich möchte, daß du dich beruhigst, damit du einschlafen kannst. Ist gestern irgend etwas vorgefallen?«

»Hm, er hat sich am Telefon mit jemandem gestritten. Ich weiß allerdings weder mit wem noch den Grund. Es muß sich um irgendein Bankgeschäft gehandelt haben. Er sagte nämlich: ›Ich mache da nicht mit‹ – mehr habe ich nicht verstanden. Er war so – so eigenartig.« Sie nahm noch einen Schluck von ihrer Milch. »Wissen Sie, bei der Beerdigung bin ich ihm schon aus dem Weg gegangen. Und als ich ihn am Telefon brüllen hörte, habe ich das Weite gesucht. Susan lag mir sowieso in den Ohren, ich solle ein Kleid anziehen und mich im Wohnzimmer mit all den gräßlichen Leuten unterhalten, die nach der Beerdigung mit zu uns gekommen waren, so daß ich mich einfach davonmachte und zum Strand hinunterging.«

Ich lachte. »Prima Entschluß. Bei dieser Meinungsverschiedenheit am Telefon – wurde dein Vater da angerufen oder hat er gewählt?«

»Ich bin mir ziemlich sicher, daß er selbst angerufen hat. Auf jeden Fall kann ich mich nicht entsinnen, daß das Telefon geklingelt hätte.«

»Alles klar, das hilft mir schon weiter. Jetzt versuche, nicht mehr daran zu denken. Trink deine Milch aus, während ich dir die Haare bürste, und dann schläfst du.«

Sie war wirklich hundemüde; mitten unterm Haarebürsten legte sie sich nieder. »Bleiben Sie hier bei mir«, bat sie schlaftrunken. Ich ließ die Rolläden hinter den grobgewebten Vorhängen herunter und setzte mich auf den Bettrand, um ihr die Hand zu halten. Sie hatte etwas an sich, das mir ans Herz griff und in mir wieder den Wunsch nach einem Kind wachrief, der mir nie erfüllt worden war. Ich blieb bei ihr sitzen, bis sie fest eingeschlafen war.

Während ich auf Carol wartete, erledigte ich ein paar Telefonate – zunächst rief ich Ralph an. Ich mußte mich etliche Minuten gedulden, bis ihn die Sekretärin auf der Etage aufgespürt hatte, doch als ich ihn schließlich am Apparat hatte, war er so aufgeräumt wie eh und je. »Wie steh'n die Aktien, Sherlock?« fragte er in forschem Ton.

»Recht gut«, erwiderte ich.

»Du rufst aber nicht an, um unser Abendessen abzusagen, oder?«

»Nein, nein«, beruhigte ich ihn. »Ich wollte dich nur bitten, etwas zu klären, das für dich einfacher ist als für mich.«

»Und das wäre?«

»Du brauchst nur festzustellen, ob dein Chef von einem gewissen Andrew McGraw angerufen wurde. Aber bitte so, daß er nichts davon bemerkt.«

»Setzt du immer noch auf dieses falsche Pferd?« fragte er leicht gereizt.

»Ich habe bis jetzt noch niemanden ausgeklammert, Ralph; nicht einmal dich.«

»Aber die Polizei hat doch jemanden verhaftet.«

»Na, in diesem Fall wäre dein Chef ja unschuldig. Betrachte es einfach als Gefallen, den du einer Dame tust, die gerade eine schwere Woche hinter sich hat.«

»Also gut«, sagte er einlenkend, aber nicht allzu begeistert. »Ich würde es aber begrüßen, wenn du zu der Überzeugung kämst, daß die Polizei bei der Aufklärung von Morden genauso tüchtig ist wie du.«

»Da bist du nicht der einzige … Weißt du übrigens, daß Peters Vater heute früh umgebracht wurde?«

»Was?« rief er aus. »Wie ist denn das passiert?«

»Er wurde erschossen. Zu schade, daß Donald Mackenzie schon im Gefängnis ist, aber es gibt sicher auch am Nordufer ein paar Rauschgifthändler, denen man das in die Schuhe schieben kann.«

»Du meinst also, daß Peters Tod damit in Zusammenhang steht?«

»Nun, zumindest belebt es die Phantasie, wenn zwei Mitglieder derselben Familie innerhalb einer Woche ermordet werden und die beiden Ereignisse nur rein zufällig miteinander in Verbindung stehen.«

»Schon gut, schon gut«, sagte Ralph. »Ich habe begriffen. Ich werde Yardleys Sekretärin fragen.«

»Vielen Dank, Ralph. Bis heute abend.«

Die Zahlungsanweisung und Masters' Bemerkungen Thayer gegenüber, die man als versteckte Drohung ansehen konnte oder auch nicht ... Ich konnte mir keinen Reim darauf machen, aber es lohnte sich, hier nachzuhaken. Weitere Steinchen in dem Mosaik waren McGraw sowie die Tatsache, daß McGraw Smeissen kannte. Wenn es mir jetzt noch gelang, McGraw mit Masters in Verbindung zu bringen oder Masters mit Smeissen ... Ich hätte Ralph bitten sollen, seine Nachforschungen auch auf Earl auszudehnen. Nun, das konnte ich ja heute abend tun. Unterstellte man beispielsweise, daß McGraw und Masters in irgendwelche undurchsichtigen Machenschaften verstrickt waren, so meldeten sie sich – wenn sie schlau waren – bei Telefongesprächen sicher nicht mit Namen. Selbst McGraws bezaubernde Sekretärin wäre in der Lage, ihn bei entsprechend drückenden Beweisen vor der Polizei zu belasten. Sie hatten aber die Möglichkeit, persönlich zusammentreffen, vielleicht bei einem Drink. Ich könnte die Bars in der Innenstadt abklappern, um herauszufinden, ob man die beiden je gemeinsam gesehen hat. Oder auch Thayer mit McGraw. Ich brauchte ein paar Fotos, und ich konnte mir denken, wo sie aufzutreiben waren.

Carol traf ein, während ich im Telefonbuch nach einer Nummer suchte. »Jill schläft«, berichtete ich. »Ich hoffe, sie wird den Nachmittag durchschlafen.«

»Gut«, sagte sie. »Ich habe unsere ganzen alten Krankenberichte mitgebracht. In der Klinik haben wir nie Zeit, sie auf den neuesten Stand zu bringen, und das hier ist eine gute Gelegenheit.«

Wir unterhielten uns eine Weile über ihre Mutter, die an einem Emphysem litt, sowie über die Aussichten, die Brandstifter zu fassen, die in der Gegend ihr Unwesen trieben, bevor ich mich wieder ans Telefon begab.

Murray Ryerson war Gerichtsreporter beim *Herald-Star*; er hatte mich nach Eröffnung des Transicon-Verfahrens interviewt. Seine Artikel erschienen mit Verfasserzeile unter der Überschrift, und vieles von dem, was er schrieb, war gut. Es ging auf die Mittagszeit zu, so daß ich bei meinem Anruf in der Lokalredaktion nicht damit rechnete, ihn anzutreffen; doch meine Sterne schienen wieder günstiger zu stehen.

»Ryerson«, donnerte er ins Telefon.

»V. I. Warshawski.«

»Oh, hallo«, sagte er, wobei er im Geiste recherchierte und sich mit Leichtigkeit an mich erinnerte. »Hast du 'n paar gute Geschichten für mich auf Lager?«

»Heute nicht. Eventuell am Ende der Woche. Ich brauche allerdings deine Hilfe. Ein paar Bilder.«

»Von wem?«

»Hör mal, versprichst du mir, dir in deiner Zeitung keinen Reim darauf zu machen, bis ich Beweise habe, falls ich's dir sage?«

»Möglich. Kommt drauf an, inwieweit Vorgänge betroffen sind, von denen wir sowieso schon Kenntnis haben.«

»Steht Andrew McGraw irgendwo auf eurer aktuellen Liste?«

»Oh, der ist bei uns Dauerbrenner, aber im Augenblick gibt es über ihn nichts Neues. Wer ist der andere?«

»Ein gewisser Yardley Masters. Einer der Vizepräsidenten

drüben bei Ajax. In deinen Unterlagen findest du ihn vermutlich unter solchen Rubriken wie Barmherzigkeitsfeldzug oder ähnliches.«

»Hat McGraw mit Ajax zu tun?«

»Sabbere nicht ins Telefon, Murray; Ajax macht keine Geschäfte mit den Scherenschleifern.«

»Also hat McGraw deiner Meinung nach mit Masters zu tun?« Er war hartnäckig.

»Was soll das? Zwanzig Fragen, oder was?« entgegnete ich gereizt. »Ich brauche zwei Bilder. Wenn es eine Story gibt, kannst du sie haben. Bei der Transicon-Affäre habe ich dich doch nicht schlecht bedient, oder?«

»Hör mal – hast du schon was gegessen? Gut. Wir sehen uns in einer Stunde bei Fiorella. Die Bilder bringe ich mit, falls vorhanden, und dann werde ich dich bei einem Bier in die Mangel nehmen.«

»Sagenhaft, Murray, danke!« Ich legte auf und sah auf die Uhr. Eine Stunde reichte, um auch noch die Smith & Wesson registrieren zu lassen. Ich begann wieder »Ch'io mi scordi di te« vor mich hin zu singen. »Sagen Sie Lotty, ich bin gegen sechs zurück, esse aber außer Haus!« rief ich Carol im Weggehen zu.

12
Kneipenbummel

Die übereifrigen Bürokraten in der Stadtverwaltung hielten mich länger als erwartet auf mit ihren Formularen, Gebühren, unverständlichen Vorschriften und ihrem Ärger, wenn sie gebeten wurden, diese zu wiederholen. Obwohl mir die Zeit schon wieder knapp wurde, fuhr ich noch bei meinem Anwalt vorbei, um dort eine Fotokopie der Zahlungsanweisung zu hinterlegen, die ich in Peter Thayers Wohnung gefunden hatte. Ohne mit der Wimper zu zucken, nahm der nüchterne, durch nichts aus der Ruhe zu bringende Mann meine Anweisung entgegen, das Papier Murray Ryerson auszuhändigen, falls mir in den nächsten paar Tagen etwas zustoßen sollte.

Als ich bei Fiorella eintraf, einem hübschen Restaurant, von dessen Terrassentischen man einen Blick auf den Chicago River hatte, war Murray bereits mit seinem zweiten Bier fertig. Er war ein stattlicher rothaariger Mann; als er mich kommen sah, winkte er mir träge zu.

Ein Segelboot mit besonders hohem Mast schwebte vorüber. »Wenn man bedenkt, daß sie für dieses einzelne Boot sämtliche Zugbrücken hinaufziehen. Ein aberwitziges System«, bemerkte er, während ich zu ihm trat.

»Oh, es ist eine durchaus reizvolle Vorstellung, daß ein kleines Boot in der Lage ist, den gesamten Verkehr auf der Michigan Avenue zum Erliegen zu bringen. Es sei denn, die Brücke hebt sich gerade in dem Augenblick, in dem man unbedingt über den Fluß muß.« Das passierte nur allzu häufig; als Autofahrer hatte man keine andere Wahl, als dazusitzen und in stummer Verzweiflung zu warten. »Hat es noch nie Mord und Totschlag gegeben, während eine der Brücken oben war? Vielleicht hat jemanden mal so die Wut gepackt, daß er den Brückenwärter erschossen hat?«

»Bis jetzt noch nicht«, sagte Murray. »Falls es mal passiert, bin ich gleich zur Stelle, um dich zu interviewen … Was trinkst du?«

Mit Bier kann man mich nicht reizen; ich bestellte einen Weißwein.

»Hab' die Bilder für dich.« Murray schob mir eine Mappe herüber. »Bei McGraw hatten wir die große Auswahl, doch von Masters konnten wir nur ein einziges ausgraben – bei der

Verleihung einer Bürgermedaille draußen in Winnetka. Der Schnappschuß ist nie veröffentlicht worden, aber es ist eine ziemlich gute Halbprofil-Aufnahme. Ich habe ein paar Kopien anfertigen lassen.«

»Danke.« Ich öffnete die Mappe. Die Aufnahme von Masters war gut. Er schüttelte gerade dem Präsidenten Amerikanischer Pfadfinder in Illinois die Hand. Zu seiner Rechten stand ein ernst wirkender Junge in Uniform, offensichtlich sein Sohn. Das Bild war zwei Jahre alt.

Murray hatte ein paar Fotos von McGraw mitgebracht, eines davon vor einem Bundesgerichtssaal aufgenommen, das ihn in streitbarer Pose vor drei Beamten des Schatzamtes zeigte. Ein weiteres, unter glücklicheren Umständen vor neun Jahren entstanden, dokumentierte die Galaveranstaltung anläßlich seiner ersten Wahl zum Präsidenten der Scherenschleifer-Gewerkschaft. Am besten geeignet für meine Zwecke war jedoch eine Porträtaufnahme, die offenbar ohne sein Wissen gemacht worden war. Er wirkte entspannt, aber konzentriert.

Ich hielt sie Murray hin. »Die hier ist hervorragend. Wo ist sie gemacht worden?«

Murray lächelte. »Hearings im Senat zum Thema Gangstertum und Gewerkschaften.«

Kein Wunder, daß er so nachdenklich wirkte.

Ein Kellner trat an unseren Tisch, um die Bestellung aufzunehmen. Meine Wahl fiel auf Mostaccioli, Murray hatte sich für Spaghetti mit Fleischklößchen entschieden. Ich mußte unbedingt mein Lauftraining wiederaufnehmen – Muskelkater hin oder her –, bei all den Kohlehydraten, von denen ich mich in letzter Zeit ernährte.

»Und nun, V. I. Warshawski, schönste aller Detektivinnen in Chicago, was hat es mit diesen Bildern auf sich?« begann Murray, die Hände auf dem Tisch verschränkt, und lehnte sich zu mir herüber. »Ich entsinne mich, daß der ermordete Peter Thayer für Ajax gearbeitet hat, genauer gesagt für Mr. Masters, einen alten Freund der Familie. Den Tausenden von Zeilen, die seit seinem Tod in unermüdlicher Folge erschienen sind, habe ich außerdem entnommen, daß es sich bei seiner Freundin, der liebreizenden und hingebungsvollen Anita McGraw, um die Tochter des allseits bekannten Gewerkschaftsführers Andrew McGraw handelt. Du willst jetzt von beiden ein Bild. Unterstellst du möglicherweise, daß sie beide beim Tod des jungen Thayer ihre Hände im Spiel hatten, und eventuell auch beim Tod seines Vaters?«

Ich sah ihn ernst an. »Es hat sich folgendermaßen abgespielt, Murray: McGraw empfindet abgrundtiefen, krankhaften Haß auf die kapitalistischen Bonzen. Als er gewahr wurde, daß seine tugendhafte Tochter, die er allezeit vor jeglichen Kontakten zum Management behütet hatte, ernsthaft in Betracht zog, nicht nur einen Bonzen zu heiraten, sondern sogar den Sohn eines der reichsten Geschäftsleute in ganz Chicago, erkannte er den einzigen Ausweg darin, den jungen Mann zwei Meter tief unter die Erde zu bringen. Seine Psychose trieb ihn auch zu dem Entschluß, John Thayer gleichfalls zu eliminieren, für den Fall ...«

»Erspar mir den Rest«, bat Murray. »Ich kann ihn mir selbst zusammenreimen. Wer von beiden ist nun dein Auftraggeber, McGraw oder Masters?«

»Eigentlich müßtest du das Essen übernehmen, Murray. Für dich wären es einwandfrei Spesen.«

Der Kellner brachte das Essen; er knallte es uns auf jene hastige und lieblose Weise hin, die typisch ist für Lokale, in denen mittags geschäftliche Besprechungen stattfinden. Es gelang mir, die Aufnahmen gerade noch vor der Spaghettisoße in Sicherheit zu bringen. Dann bestreute ich meine Pasta mit Käse – ich liebe Käsegeschmack.

»Hast du einen Auftraggeber?« fragte er, während er ein Fleischklößchen aufspießte.

»Ja.«

»Aber du willst mir seinen Namen nicht verraten?« – Ich lächelte bestätigend.

»Nimmst du denen Mackenzie als Mörder von Thayer junior ab?« fragte Murray.

»Ich habe noch nicht mit dem Mann gesprochen. Man muß sich aber schon fragen, wer Thayer senior umgebracht hat, falls Mackenzie den Sohn auf dem Gewissen hat. Ich kann mich nicht mit der Vorstellung anfreunden, daß zwei Familienmitglieder in derselben Woche aus völlig verschiedenen Motiven heraus von verschiedenen Leuten umgebracht werden; die Gesetze des Zufalls sprechen dagegen«, erwiderte ich. »Was hältst du davon?«

Er lächelte. »Weißt du, ich habe mit Lieutenant Mallory gesprochen, nachdem der Fall bekannt wurde, und er hat nichts von einem Raubüberfall erwähnt. Du hast doch die Leiche gefunden. Hat die Wohnung nach Plünderung ausgesehen?«

»Ich konnte nicht feststellen, ob irgend etwas fehlte – ich wußte ja nicht, was vorher vorhanden war.«

»Was hattest du übrigens dort zu tun?« fragte er beiläufig.

»Heimweh, Murray. Ich habe dort studiert, und ich wollte die alten Gemäuer einmal wiedersehen.«

Murray lachte. »Na gut, Vic, eins zu null für dich. Du nimmst mir's bestimmt nicht übel, daß ich mein Glück versucht habe, oder?«

Ich lachte ebenfalls. Es machte mir nichts aus. Ich aß den Rest meiner Pasta; mir hatte man noch nie nachsagen können, daß ein Kind in Italien verhungerte, während ich wieder einmal meinen Teller nicht leer aß.

»Sollte ich etwas herausfinden, was dich interessieren könnte, dann hörst du von mir«, sagte ich.

Murray fragte, wann sich meiner Meinung nach die Cubs dieses Jahr fangen würden. Es sah im Augenblick reichlich mies für sie aus – mit zweieinhalb Punkten im Rückstand.

»Weißt du, Murray, ich bin ein Mensch, der sich über das Leben fast keine Illusionen mehr macht. Eine der wenigen, die ich mir noch gestatte, sind die Cubs.« Ich rührte in meinem Kaffee. »Mein Tip ist, in der zweiten Augustwoche. Was meinst du?«

»Na ja, wir haben jetzt die dritte Juliwoche. Ich gebe ihnen noch zehn Spiele. Martin und Buckner allein können die Mannschaft auch nicht herausreißen.«

Ich mußte ihm leider recht geben. Bis zum Ende unserer Mahlzeit fachsimpelten wir über Baseball. Die Rechnung teilten wir uns.

»Noch eins, Murray.«

Er sah mich aufmerksam an. Ich mußte beinahe lachen, so hatte sich seine Haltung verändert; er wirkte jetzt wie ein Bluthund, der Witterung aufgenommen hat.

»Meines Erachtens habe ich einen Anhaltspunkt. Mir ist seine Bedeutung noch nicht klar, und ich kann auch nicht sagen, weshalb ich davon überzeugt bin, daß es einer ist. Auf jeden Fall habe ich eine Kopie davon bei meinem Anwalt hinterlegt. Er hat Anweisung, dir das Dokument zu übergeben, falls man mich umlegt oder ich für gewisse Zeit außer Gefecht gesetzt werde.«

»Worum handelt es sich?« wollte Murray wissen.

»Du wärst als Detektiv geeignet, Murray – du stellst nämlich genauso viele Fragen, und du bist auch genauso scharf, wenn du Lunte riechst. Ich werde dir etwas verraten: Earl Smeissen steckt in der Sache drin. Er hat mir das wundervolle blaue Auge verpaßt, das du taktvollerweise nicht erwähnt hast. Es ist nicht völlig ausgeschlossen, daß ich als Leiche den Chicago River hinuntergeschwommen komme – du könntest vielleicht stündlich einmal aus dem Fenster sehen, um dir Gewißheit zu verschaffen.«

Murray wirkte nicht überrascht. »Das wußtest du schon?« fragte ich.

Er grinste. »Weißt du, wer Donald Mackenzie verhaftet hat?«

»Ja, Frank Carlson.«

»Und wem untersteht Frank Carlson?« fragte er.

»Henry Vespucci.«

»Und ist dir auch bekannt, wer Vespucci all die Jahre Rückendeckung geleistet hat?«

Ich überlegte. »Tim Sullivan?« riet ich.

»Der Kandidat kriegt hundert Punkte«, meinte Murray. »Nachdem du das auch schon weißt, werde ich dir verraten, mit wem Sullivan letztes Jahr in Florida die Weihnachtsfeiertage verbracht hat.«

»O Gott! Doch nicht mit Earl!«

Murray lachte. »Genau. Earl Smeissen höchstpersönlich. Wenn du dich mit dieser Sippschaft eingelassen hast, solltest du aber ganz schön vorsichtig sein.«

Ich erhob mich und steckte die Fotos in meine Schultertasche. »Danke, Murray. Du bist nicht der erste, der mir diesen Rat gibt. Und vielen Dank für die Bilder. Du hörst von mir, wenn's was Neues gibt.«

Als ich über die Absperrung stieg, die das Lokal vom Gehsteig trennte, hörte ich, wie mir Murray eine Frage nachrief. Er kam hinter mir hergetrabt und erreichte mich, als ich gerade am Ende der Treppe angelangt war, die vom Ufer zur Michigan Avenue hinaufführt. »Ich möchte wissen, was du deinem Anwalt übergeben hast«, keuchte er.

Ich grinste ihn an. »Tschüs, Murray«, sagte ich und schwang mich auf einen Linienbus.

Den Plan, den ich mir zurechtgelegt hatte, konnte man eigentlich nur als Schuß ins Blaue bezeichnen. Er fußte auf der Annahme, daß McGraw und Masters gemeinsame Sache machten, und ich hegte die Hoffnung, daß sie sich irgendwo trafen. Natürlich konnten sie auch alles über Post und Telefon abwickeln – doch McGraw war möglicherweise auf der Hut vor der bundesstaatlichen Telefon- und Postüberwachung. Er zog es vielleicht vor, seine Geschäfte persönlich zu tätigen. Nahmen wir also einmal an, daß sie sich von Zeit zu Zeit trafen. Warum nicht in einer Bar? Und wenn ja, warum dann nicht in der Nähe ihrer Büros? Selbstverständlich war es auch denkbar, daß ihre Zusammenkünfte in größtmöglicher Entfernung von irgendwelchen Örtlichkeiten stattfanden, die mit ihnen in Verbindung gebracht werden konnten. Mein gesamtes Konzept beruhte auf einer Anzahl von Schüssen ins Blaue. Mir fehlten einfach die Möglichkeiten, die ganze Stadt abzuklappern; daher blieb mir nichts anderes übrig, als eine weitere Vermutung auf die Liste der bereits vorhandenen zu setzen und zu hoffen, daß ein Zusammentreffen der beiden – falls überhaupt – in einer Bar erfolgte, und zwar in der Nähe ihrer Arbeitsplätze. Mein Plan würde möglicherweise im Sande verlaufen, aber man konnte ja nie wissen … Weit mehr versprach ich mir von zusätzlichen Informationen über Anita, die ich hoffentlich morgen abend bei der Zusammenkunft der radikalen Frauengruppe bekam; bis dahin mußte ich mich mit etwas beschäftigen.

Das Ajax-Hochhaus aus Glas und Stahl befand sich in der Michigan Avenue, Ecke Adams Street. Die Michigan Avenue ist die östlichste Straße der Innenstadt. Gegenüber liegt das Art Institute, dann kommt der Grant Park, der sich mit seinen Springbrunnen und Gartenanlagen bis hinunter zum See erstreckt. Ich beschloß, die Fort Dearborn Trust in der La Salle Street als westliche Grenze zu nehmen und mich von der Van Buren Street, zwei Querstraßen südlich von Ajax, zur drei Straßen weiter nördlich gelegenen Washington Street vorzuarbeiten. Es war eine ganz willkürlich getroffene Entscheidung; die Bars in diesem Bereich würden mich ein Weilchen in Trab halten, und falls nötig, konnte ich in letzter Verzweiflung auch noch ein paar Straßen dazunehmen.

Ich fuhr mit dem Bus Richtung Süden, am Art Institute vorbei, und stieg an der Van Buren Street aus. Zwischen den Wolkenkratzern kam ich mir sehr winzig vor, besonders, wenn ich an das riesige Gebiet dachte, das ich mir vorgenommen hatte. Ich war gespannt, wieviel ich trinken mußte, um aus den unzähligen Barkeepern etwas herauszulocken. Mir ging durch den Kopf, daß es sicher einen besseren Weg gab, um zu dem gewünschten Ergebnis zu gelangen, aber mir war nichts eingefallen. Und da ich zu Hause keinen Peter Wimsey sitzen hatte, der die perfekten Lösungen für mich parat hielt, mußte ich mich mit meinen eigenen Ideen zufriedengeben.

Also straffte ich die Schultern und lief die Van Buren Street entlang, bis ich etwa auf halbem Weg zur nächsten Querstraße auf die erste Bar traf – das Spot. Ich hatte zuvor bereits das Für und Wider eines ausgefeilten Ammenmärchens erwogen, das mir als Vorwand dienen konnte, und war schließlich zu dem Schluß gekommen, daß es für meine Zwecke das beste war, wenn ich annähernd die Wahrheit sagte.

Das Spot war eine dunkle, enge Bar und sah aus wie ein Eisenbahnwaggon. Die Barnischen waren entlang der westlichen Wand aneinandergereiht, die Ostseite wurde von der langgestreckten Bar eingenommen. Dazwischen war gerade Platz genug für die füllige wasserstoffsuperoxydblonde Kellnerin, die in den Nischen bediente.

Ich nahm an der Bar Platz. Der Barkeeper war mit dem Reinigen der Gläser beschäftigt. Die meisten Mittagskunden waren bereits gegangen bis auf wenige Unentwegte in einiger

Entfernung von mir. In einer der Nischen beendeten gerade ein paar Frauen ihr Mittagessen – Hamburger und Daiquiris. Der Barkeeper fuhr unbeirrt in seiner Arbeit fort, bis auch das letzte Glas gespült war, dann erst trat er zu mir und nahm meine Bestellung entgegen. Ich starrte Löcher in die Luft und gab mir den Anschein, als hätte ich es nicht besonders eilig.

Bier ist im allgemeinen nicht das Getränk meiner Wahl, doch im Hinblick auf einen ganztägigen Kneipenbummel war es vermutlich das beste. Ich würde davon kaum betrunken werden. Oder zumindest nicht so rasch wie von Wein oder Schnaps.

»Ich hätte gern ein Bier vom Faß.«

Er ging hinüber zum Zapfhahn und füllte ein Glas mit dem blaßgelben schäumenden Getränk. Als er es vor mich hinstellte, zog ich meine Mappe hervor. »Haben Sie diese beiden Männer schon mal hier gesehen?«

Er warf mir einen schiefen Blick zu. »Sind Sie von der Polizei oder was?«

»Ja«, erwiderte ich. »Sind die beiden schon mal zusammen hier gewesen?«

»Da hole ich Ihnen lieber den Chef«, meinte er. Er hob die Stimme und rief »Hermann!«, worauf sich ein schwergewichtiger Mann im Polyesteranzug in einer der hinteren Nischen erhob. Ich hatte ihn bei meinem Eintreten nicht bemerkt, doch nun sah ich, daß noch eine zweite Kellnerin dort am Tisch saß. Nach der Hektik der Mittagspause verzehrten die beiden ihr verspätetes Mittagsmahl.

Der Schwergewichtige gesellte sich zu dem Barkeeper hinter der Theke.

»Was gibt's, Luke?«

Luke deutete mit einer Kopfbewegung in meine Richtung. »Die Dame hat eine Frage.« Er kehrte zu seinen Gläsern zurück und stellte sie sorgfältig pyramidenförmig zu beiden Seiten der Registrierkasse aufeinander. Hermann kam zu mir. Sein feistes Gesicht wirkte hart, aber nicht gemein. »Was kann ich für Sie tun, Ma'am?«

Wieder zog ich meine Fotos hervor. »Ich versuche herauszufinden, ob diese beiden Männer jemals zusammen hier waren«, erklärte ich sachlich.

»Gibt es einen rechtlichen Hintergrund für Ihre Frage?« Ich holte meine Zulassung aus der Handtasche. »Ich bin Privatdetektivin. Im Rahmen einer gerichtlichen Untersuchung besteht der Verdacht einer Zeugenabsprache mit einem Geschworenen.« Ich zeigte ihm meinen Ausweis.

Er sah sich den Personalausweis kurz an, brummte etwas und schob ihn mir wieder zu. »Ja, ich glaube Ihnen, daß Sie Privatdetektivin sind, aber das mit der Geschworenengeschichte – ich weiß nicht so recht. Ich kenne den da.« Er tippte auf Masters' Bild. »Er arbeitet oben bei der Ajax. Kommt nicht allzuoft, vielleicht dreimal im Jahr, allerdings schon, solange mir die Bar gehört.«

Ich schwieg und nahm einen Schluck Bier. Es schmeckt einem alles, wenn man vor lauter Aufregung eine trockene Kehle bekommt.

»Eins kann ich Ihnen aber noch gratis versichern: Der andere war noch nie hier. Jedenfalls nicht, wenn ich anwesend war.« Er stieß einen Lacher aus und langte über die Theke, um mir die Wange zu tätscheln. »Keine Bange, Süße, ich werde Ihnen nicht die Tour vermasseln.«

»Danke«, erwiderte ich trocken. »Was kostet das Bier?«

»Geht auf meine Rechnung.« Er ließ wieder seinen Lacher vernehmen und wälzte sich den Gang hinunter, zurück zu seiner unterbrochenen Mahlzeit. Ich trank noch einen Schluck von dem dünnen Bier. Dann legte ich für Luke einen Dollar Trinkgeld auf die Theke und verließ gemächlich die Bar.

Weiter ging's, die Van Buren Street hinunter, vorbei an der

Chicagoer Hauptniederlassung von Sears. Auf der gegenüberliegenden Straßenseite hatten sich einige Schnellrestaurants angesiedelt, doch bis zur nächsten Bar mußte ich eine ganze Häuserzeile weit laufen. Der Barkeeper sah sich die Fotos an, ohne eine Miene zu verziehen, und rief dann die Kellnerin. Sie betrachtete beide kritisch, bevor sie das von McGraw in die Hand nahm. »Er kommt mir irgendwie bekannt vor«, meinte sie. »Tritt er im Fernsehen auf oder so?« Ich sagte nein, aber ob sie ihn je in der Bar gesehen habe. Sie glaubte nicht, wollte es aber nicht beschwören. Und Masters? Ihn ebenfalls nicht, glaubte sie; doch es kamen eine Menge Geschäftsleute hierher, und nach einer gewissen Zeit sahen für sie alle korrekt gekleideten Männer mit grauem Haar gleich aus. Ich legte zwei Ein-Dollar-Noten auf die Theke, eine für sie und eine für den Barkeeper, und machte mich wieder auf den Weg.

Ihre Bemerkung über das Fernsehen animierte mich zu einer glaubwürdigeren Geschichte. In der nächsten Bar gab ich vor, für ein Marktforschungsinstitut eine Untersuchung über Zuschauergewohnheiten durchzuführen. Konnte sich jemand erinnern, diese beiden Personen zusammen gesehen zu haben? Dieser Einstieg erweckte zwar größeres Interesse, brachte aber wiederum keinen Erfolg.

In der Bar lief eine Baseball-Übertragung. Der Stand zu Beginn der vierten Runde war vier zu null für Cincinnati. Bevor ich ging, sah ich mir noch an, wie Bittner an der ersten Markierung einen Punkt machte und an der zweiten nach einem haarsträubenden Fehlschuß versagte. Alles in allem schaffte ich an diesem Nachmittag zweiunddreißig Lokale; nebenbei bekam ich nahezu das ganze Spiel mit. Die Cubs verloren sechs zu zwei. Ich hatte mein Gebiet ziemlich gründlich abgegrast. McGraw wurde ein paarmal wiedererkannt, was ich jedoch darauf zurückführte, daß sein Bild in den vergangenen

Jahren häufiger in der Presse erschienen war. In einem Lokal erinnerte man sich an Masters als Ajax-Mitarbeiter, und bei Billy kannte man ihn mit Namen und wußte, in welcher Position er tätig war. Nirgends war er mit McGraw gemeinsam aufgetreten. Einige reagierten sehr ablehnend und mußten sozusagen mit Zuckerbrot und Peitsche zur Kooperation veranlaßt werden. Andere reagierten mit Gleichgültigkeit, und in ein paar Fällen mußte der Geschäftsführer bemüht werden, um eine Entscheidung zu treffen. Aber nirgendwo waren die beiden gemeinsam aufgetaucht.

Es war bereits nach sechs, als ich an der Kreuzung Washington Street/State Street anlangte, zwei Querstraßen westlich von der Michigan Avenue. Nach der fünften Kneipe hatte ich mein bestelltes Bier stehenlassen; ich fühlte mich leicht aufgedunsen, dazu noch verschwitzt und deprimiert. Für acht Uhr hatte ich mich mit Ralph bei Ahab verabredet. Ich beschloß, für heute Schluß zu machen, nach Hause zu gehen und erst einmal zu duschen.

Die gesamte nördliche Straßenseite zwischen State Street und Wabash Avenue wird von Marshall Field & Co. eingenommen. Meines Wissens gab es noch eine einzelne Bar in der Washington Street – kurz vor der Michigan Avenue, falls mich mein Ortssinn nicht im Stich ließ. Dafür war aber noch ein anderes Mal Zeit. Ich lief die Treppen zur U-Bahn-Station State Street hinunter und nahm die B-Linie zur Addison Street.

Es herrschte immer noch Hochbetrieb, so daß ich keinen Sitzplatz fand und die ganze Strecke bis Fullerton stehen mußte.

In Lottys Wohnung führte mich mein Weg direkt ins Bad und unter die kalte Dusche. Danach warf ich einen Blick ins Gästezimmer. Jill war aufgestanden. Ich warf meine Sachen in eine Schublade und zog einen Kaftan an. Jill saß im Wohnzimmer auf dem Boden und spielte mit zwei rotbackigen dunkelhaarigen Kindern von drei oder vier Jahren.

»Hallo, mein Schatz. Hast du dich gut erholt?«

Sie sah lächelnd zu mir auf. Ihr Gesicht hatte wieder Farbe bekommen, und sie machte einen viel entspannteren Eindruck. »Hallo!« sagte sie. »Ich bin erst vor einer Stunde aufgewacht. Das hier sind Carols Nichten. Sie sollte heute abend auf sie aufpassen, aber Lotty hat sie überredet, rüberzukommen und uns Enchiladas zu machen – mmm!«

»Mmm!« kam es unisono als Echo von den beiden kleinen Mädchen.

»Das klingt ja sagenhaft. Ich muß heute abend leider noch weg und muß darauf verzichten.«

Jill nickte. »Hat mir Lotty schon erzählt. Wollen Sie wieder etwas Neues herausfinden?«

»Ich hoffe doch.«

Aus der Küche rief Lotty nach mir, und ich ging hinüber, um sie zu begrüßen. Carol werkelte eifrig am Herd und blickte sich nur kurz mit einem strahlenden Lächeln nach mir um. Lotty saß mit der Zeitung und ihrer unvermeidlichen Tasse Kaffee am Tisch. Sie sah mich mit kritisch zusammengekniffenen Augen an. »Die Detektivarbeit ließ heute nachmittag wohl zu wünschen übrig, was?«

Ich lachte. »Stimmt. Ich habe nichts Neues in Erfahrung gebracht und dabei eine Menge Bier trinken müssen. Euer Essen riecht phantastisch; ich wünschte mir, ich könnte meine Verabredung streichen.«

»Dann tu's doch einfach.«

Ich schüttelte den Kopf. »Ich habe das Gefühl, als hätte ich nicht mehr viel Zeit – vielleicht ist's dieser zweite Mord. Ich habe keine Ruhe, obwohl ich mich etwas wackelig auf den Beinen fühle – der anstrengende Tag, die große Hitze. Hoffentlich wird mir beim Essen nicht schlecht, sonst hat mein

Partner endgültig von mir die Nase voll. Andererseits – wenn ich in Ohnmacht fallen würde, könnte er vielleicht eher den Starken spielen, den Beschützer.« Ich zuckte die Achseln. »Jill sieht schon viel besser aus, findest du nicht auch?«

»O ja. Der Schlaf hat ihr gutgetan. Es war eine prima Idee, sie für eine Weile dort wegzuholen. Als ich heimkam, habe ich mich ein bißchen mit ihr unterhalten; sie ist sehr tapfer, jammert nicht und klagt nicht, aber man sieht sofort, daß ihre Mutter nichts für sie übrig hat. Und was die Schwester angeht …« Lotty machte eine bezeichnende Geste.

»Da hast du recht. Aber wir können sie auch nicht ewig hierbehalten. Übrigens, was soll sie denn den ganzen Tag über anfangen? Ich muß morgen wieder weg, und ich kann sie auf gar keinen Fall mitnehmen.«

»Darüber habe ich mir auch schon Gedanken gemacht. Carol und ich haben uns etwas überlegt, als wir sie mit ihren beiden Nichten, Rosa und Tracy, beobachteten. Jill versteht sich mit den Kindern, sie hat sich um sie gekümmert, ohne daß wir sie darum gebeten hatten. Kleine Kinder sind ein gutes Mittel gegen Depressionen – etwas Weiches und Unkompliziertes zum Knuddeln. Wie fändest du es, wenn sie mal für einen Tag in die Klinik käme und dort die Kinder beaufsichtigte? Du hast heute früh selbst gesehen, daß sie überall herumkugeln – ihre kranken Mütter können sie ja nicht allein lassen. Und wenn ein Kind krank ist, wer soll dann auf das andere aufpassen, während die Mama mit ihm zum Arzt geht?«

Ich dachte einen Augenblick über den Vorschlag nach, fand jedoch nichts dagegen einzuwenden. »Frag sie doch«, sagte ich. »Sicher wäre es im Moment das beste für sie, eine Aufgabe zu haben.«

Lotty erhob sich und ging hinüber ins Wohnzimmer. Ich folgte ihr. Wir blieben ein Weilchen stehen und beobachteten die drei Mädchen auf dem Fußboden. Sie waren intensiv beschäftigt, man konnte nur nicht erkennen, womit. Wie selbstverständlich hockte sich Lotty zu ihnen. Ich blieb im Hintergrund. Lotty sprach fließend Spanisch und unterhielt sich eine Zeitlang in dieser Sprache mit den Kleinen. Jill schaute sie voller Respekt an.

Immer noch lässig in der Hocke, wandte sich Lotty an Jill. »Du verstehst dich ja ganz prima mit den Kleinen. Hast du schon mal mit Kindern zu tun gehabt?«

»Im Juni war ich Betreuerin in einer kleinen Tagesstätte in der Nachbarschaft«, erklärte Jill, leicht errötend. »Das ist aber auch schon alles. Als Babysitterin oder so habe ich mich noch nie betätigt.«

»Ich hab' da nämlich einen kleinen Plan. Mal sehen, was du davon hältst. Vic ist die ganze Zeit außer Haus, sie muß herausfinden, weshalb man deinen Vater und deinen Bruder ermordet hat. Solange du hier wohnst, könntest du mir in der Klinik eine große Hilfe sein.« Sie erklärte kurz ihre Idee.

Jill strahlte. »Aber bedenken Sie«, wandte sie ganz ernsthaft ein, »ich habe keinerlei Erfahrung. Unter Umständen weiß ich nicht, was ich tun soll, wenn sie zum Beispiel alle gleichzeitig zu brüllen anfangen.«

»Na, wenn so etwas passieren sollte, kannst du das gleich als Eignungstest und Geduldsprobe betrachten«, meinte Lotty. »Ich werde dir eine kleine Hilfe in Form einer Schublade voller Lutscher an die Hand geben. Die mögen zwar schlecht für die Zähne sein, aber desto wirksamer gegen Tränen.«

Ich ging ins Gästezimmer, um mich zum Abendessen umzuziehen. Jill hatte das Bett nicht gemacht, die Bettücher waren zerwühlt. Als ich sie glattzog, kam mir in den Sinn, daß ich mich ein paar Minuten hinlegen könnte, um mein seelisches Gleichgewicht wiederzufinden.

Das nächste, was in mein Bewußtsein drang, war Lotty, die

mich mit den Worten wachrüttelte: »Es ist halb acht, Vic. Mußt du nicht gehen?«

»Verdammt!« fluchte ich schlaftrunken. »Danke, Lotty.« Ich schwang mich aus dem Bett und zog mir eilig ein Sonnenkleid in leuchtendem Orange über. Die Smith & Wesson steckte ich in die Handtasche; dann griff ich nach einem Pulli und hastete zur Tür, von wo ich Jill noch einen Abschiedsgruß zurief. Armer Ralph, ging es mir durch den Kopf. Ich behandelte ihn wirklich schändlich – ließ ihn in Lokalen warten, nur um ihn über Ajax aushorchen zu können.

Um 19 Uhr 50 bog ich südlich in den Lake Shore Drive ein und Punkt zwanzig Uhr in die Rush Street, wo sich das Restaurant befand. Im allgemeinen geht es mir gegen den Strich, für das Abstellen meines Fahrzeugs auch noch Gebühren zu berappen, doch heute abend vergeudete ich keine Zeit damit, einen Parkplatz zu suchen, sondern überließ den Wagen einem Parkwächter gegenüber von Ahab. Ich sah auf die Uhr, als ich durch die Tür trat: 20 Uhr 08. Verdammt guter Schnitt, dachte ich. Das Stündchen Schlaf erschien mir als wahrer Segen, obwohl ich immer noch einen Wattekopf hatte.

Ralph wartete am Eingang. Zur Begrüßung gab er mir einen flüchtigen Kuß und trat dann zurück, um mein Gesicht zu begutachten. »Hat sich deutlich gebessert«, konstatierte er. »Und wie ich sehe, kannst du auch wieder laufen.«

Der Oberkellner kam herüber. Montags war nicht viel Betrieb, so daß er uns direkt zu unserem Tisch geleitete. »Tim wird sich um Sie kümmern«, sagte er. »Möchten Sie etwas trinken?«

Ralph bestellte Gin-Tonic, ich entschied mich für ein Glas Selters – Scotch auf Bier erschien mir nicht übermäßig verlockend.

»Das Positive an meiner Scheidung und dem Umzug in die Stadt sind die phantastischen Restaurants«, bemerkte Ralph.

»Ich war schon einige Male hier, aber es gibt eine ganze Reihe davon in meiner Gegend.«

»Wo wohnst du denn?« erkundigte ich mich.

»Drüben in der Elm Street, gar nicht weit von hier. Ich habe dort eine möblierte Wohnung mit Haushaltsservice gemietet.«

»Sehr praktisch.« Dürfte auch nicht ganz billig sein, dachte ich. Ich fragte mich, wieviel er wohl verdiente. »Zusammen mit deinen Unterhaltszahlungen kostet dich das bestimmt eine Stange Geld.«

»Wem sagst du das.« Er grinste. »Als ich herkam, kannte ich mich ja in der Stadt kaum aus. Die Gegend um Ajax war tabu, und ich wollte mich auf keinen langfristigen Mietvertrag für eine Wohnung einlassen, die mir vielleicht nach einiger Zeit nicht mehr gefiel. Vermutlich werde ich mir irgendwann eine Eigentumswohnung kaufen.«

»Hast du dich übrigens erkundigt, ob McGraw jemals mit Masters telefoniert hat?«

»Ja, ich habe dir diesen kleinen Gefallen getan, Vic. Und es verhält sich genau so, wie ich dir schon sagte: Er hat nie einen Anruf von dem Mann erhalten.«

»Du hast ihn aber nicht gefragt, oder?«

»Nein.« Ralphs heitere Züge umwölkten sich und drückten Unwillen aus. »Ich habe deine Wünsche berücksichtigt und nur mit der Sekretärin gesprochen. Natürlich kann ich nicht garantieren, daß sie die Angelegenheit ihm gegenüber nicht erwähnt. Meinst du, du könntest jetzt das Thema wechseln?«

Ich spürte, wie auch in mir ein wenig Ärger hochkam, aber ich hielt mich zurück – ich wollte, daß sich Ralph noch die Zahlungsanweisung ansah.

Tim kam, um unsere Bestellung entgegenzunehmen: gedünsteten Lachs für mich und Scampi für Ralph. Wir begaben uns beide zum Salatbüfett, während ich in Gedanken nach einem neutralen Thema suchte, das uns bis nach dem Essen beschäftigen würde. Vor dem Essen wollte ich mit der Zahlungsanweisung noch nicht herausrücken.

»Ich habe so viel von meiner Scheidung erzählt, daß ich dich gar nicht gefragt habe, ob du je verheiratet warst«, bemerkte Ralph.

»Ja, war ich.«

»Was ist daraus geworden?«

»Das Ganze ist schon eine Weile her. Ich glaube, daß wir damals beide noch nicht reif dafür waren. Er lebt jetzt als erfolgreicher Anwalt in Hinsdale und hat eine Frau und drei kleine Kinder.«

»Seht ihr euch gelegentlich?« wollte Ralph wissen.

»Nein, und ich denke eigentlich auch nicht mehr an ihn. Aber sein Name erscheint oft in den Zeitungen. Er hat mir zu Weihnachten eine Karte geschickt, daher weiß ich das mit den Kindern und Hinsdale. So ein kitschiges Zeug – sentimentales Kinderlächeln vor dem Kamin. Mir ist nur nicht ganz klar, ob er damit seine Manneskraft unter Beweis stellen oder mir vor Augen führen wollte, was mir entgeht.«

»Entgeht es dir denn?«

Ich wurde wütend. »Versuchst du, mich durch die Blume zu fragen, ob ich mir einen Mann und Familie wünsche? Auf jeden Fall habe ich keine Sehnsucht nach Dick, und ich bedauere es auch nicht, daß mir nicht ständig drei kleine Kinder zwischen die Beine geraten.«

Ralph sah mich erstaunt an. »Reg dich doch nicht auf, Vic. Wäre es nicht möglich, einer Familie nachzutrauern, ohne das gleich mit Dick in Verbindung zu bringen? Ich trauere Dorothy auch nicht nach – aber das will doch nicht heißen, daß ich die Ehe als solche abgeschrieben habe. Und ich wäre ein komischer Kauz, wenn ich meine Kinder nicht vermissen würde.«

Tim brachte unser Essen. Zum Lachs wurde eine ausgezeichnete Pimentsoße serviert, doch ich war noch so von meinen Gefühlen beherrscht, daß ich das Ganze nicht richtig genießen konnte. Ich zwang mich zu einem Lächeln. »Tut mir leid. Anscheinend reagiere ich etwas überreizt, wenn Leute die Meinung vertreten, eine Frau ohne Kinder sei wie ein Baum ohne Äste.«

»Deshalb brauchst du aber nicht auf mich loszugehen. Wenn ich etwas fürsorglich bin und versuche, dich an der Verfolgung von Gangstern zu hindern, bedeutet das noch lange nicht, daß ich finde, du solltest zu Hause sitzen, dir Fernsehschnulzen ansehen und Wäsche waschen.«

Ich aß von dem Lachs und dachte an Dick und unsere kurze, unglückliche Ehe. Ralph betrachtete mich, und sein offenes Gesicht verriet Anteilnahme und ein wenig Besorgnis.

»Der Grund für das Scheitern meiner ersten Ehe war meine Selbständigkeit. Außerdem bin ich kein Hausfrauentyp, wie du neulich selbst feststellen konntest. Das eigentliche Problem ist jedoch meine Unabhängigkeit. Vermutlich könnte man es als ausgeprägten Sinn für den eigenen Freiraum bezeichnen. Es fällt mir schwer ...« Ich lächelte. »Es fällt mir schwer, darüber zu reden.« Ich schluckte und konzentrierte mich eine Zeitlang auf meinen Teller. Auf meiner Unterlippe kauend, fuhr ich fort: »Ich habe ein paar gute Freundinnen, aber bei ihnen habe ich nicht das Gefühl, daß sie in meine ureigenste Sphäre eindringen möchten. Bei Männern kommt es mir jedoch immer so vor – oder zumindest sehr häufig –, als müßte ich meine Identität verteidigen.«

Ralph nickte. Ich war mir nicht sicher, ob er mich verstand, doch er wirkte interessiert. Ich nahm noch von meinem Fisch und trank einen Schluck Wein.

»Mit Dick war es noch schlimmer. Ich kann nicht genau sagen, warum ich ihn geheiratet habe – manchmal glaube ich, weil er das angelsächsische Establishment repräsentierte und weil ich mir im Grunde meines Herzens wünschte, dazuzugehören. Für jemanden wie mich war Dick als Partner jedoch eine echte Katastrophe. Er war damals Anwalt in der Sozietät Crawford & Meade, einer bedeutenden und renommierten Kanzlei, falls du sie nicht kennen solltest; ich arbeitete als diensteifrige junge Pflichtverteidigerin bei der Staatsanwaltschaft. Wir sind uns auf einer Konferenz der Anwaltskammer begegnet. Dick war der Meinung, sich in mich verliebt zu haben, weil ich so selbständig war – doch im nachhinein kam ich zu dem Schluß, daß er meine Selbständigkeit anscheinend als Herausforderung betrachtet hatte, und es ärgerte ihn, daß er sie mir nicht abgewöhnen konnte.

Bei meiner Arbeit als Pflichtverteidigerin verlor ich bald sämtliche Illusionen. Die ganze Institution ist ziemlich korrupt. Man kämpft niemals für die Gerechtigkeit, sondern debattiert nur um Gesetzesparagraphen. Ich wollte damit nichts mehr zu schaffen haben, obwohl mir immer noch eine Aufgabe vorschwebte, die mir die Genugtuung gab, daß ich meinem Gerechtigkeitsprinzip folgte und nicht nur im Paragraphendickicht Punkte sammelte. Ich trat als Pflichtverteidigerin zurück und überlegte, was ich nun machen sollte. Da bat mich ein junges Mädchen, ihren Bruder zu verteidigen, der wegen Diebstahls angeklagt war. An seiner Schuld schien es keinen Zweifel zu geben – die Anklage warf ihm den Diebstahl von Videogeräten aus den Räumen eines großen Fernsehstudios vor; er hatte nicht nur Gelegenheit zum Stehlen, sondern auch Zugang zu den Räumlichkeiten etcetera; trotzdem übernahm ich den Fall. Ich konnte seine Unschuld beweisen, indem ich den Schuldigen überführte.«

Ich trank noch einen Schluck Wein und stocherte in meinem Lachs herum. Ralphs Teller war bereits leer, doch er winkte dem Kellner ab: »Warten Sie, bis die Dame fertig ist.«

»Ja, und die ganze Zeit wartete Dick darauf, daß ich mich endlich mit meiner Rolle als Hausfrau zufriedengeben würde. Er war mir eine echte Hilfe gewesen, als ich mich zu der Entscheidung durchrang, meinen Posten bei der Staatsanwaltschaft aufzugeben; allerdings stellte sich heraus, daß er gehofft hatte, ich würde dann zu Hause schön bescheiden bereitstehen, um ihm Beifall zu klatschen, wenn er die juristische Erfolgsleiter Sprosse für Sprosse erklomm. Als ich den Fall übernahm – der zum damaligen Zeitpunkt für mich eigentlich gar kein ›Fall‹ war, denn ich wollte lediglich der Frau, die das junge Mädchen an mich verwiesen hatte, einen Gefallen tun …« (Es war Lotty gewesen.) Ich hatte schon seit ewigen Zeiten nicht mehr an die Sache gedacht und mußte lachen. Ralph sah mich fragend an. »Nun, ich nehme meine Verpflichtungen sehr ernst, und ich fand mich schließlich eines Nachts auf einem Ladekai wieder, wo ich bis zum Morgen blieb. Das war der eigentliche Wendepunkt in dieser Sache. Am selben Abend gab nämlich die Sozietät Crawford & Meade eine riesige Cocktailparty, zu der auch die Frauen eingeladen waren. Ich trug bereits mein Cocktailkleid, weil ich dachte, ich könnte mich nur mal rasch unten an den Kais umsehen und dann auf der Party erscheinen, aber die Nacht verging, und Dick konnte es nicht verwinden, daß ich ihn versetzt hatte. Wir trennten uns. Es war katastrophal – aber wenn ich daran zurückdenke, erscheint mir der Abend so komisch, daß ich lachen muß.«

Ich schob den Teller zur Seite. Den Fisch hatte ich nur zur Hälfte gegessen; mein Appetit war nicht besonders groß gewesen. »Mein Problem ist, daß ich im Moment wohl ein bißchen kleinmütig bin. Es gibt Tage, an denen ich mir wünsche, ich hätte ein paar Kinder und könnte ein gutbürgerliches Familienleben führen. Aber weißt du, das ist ja auch so ein Märchen: Ganz wenige nur leben wie im Bilderbuch, in immerwährender Eintracht, im Wohlstand und so weiter. Und ich weiß, daß ich das Märchen möchte, nicht die Realität. Es ist nur – mir kommen manchmal Zweifel, ob ich die richtige Wahl getroffen habe oder – ich weiß nicht so recht, wie ich es ausdrücken soll. Vielleicht wäre ich zu Hause bei den Fernsehschnulzen besser aufgehoben, vielleicht habe ich mir mein Leben nicht optimal eingerichtet. Und wenn mir dann auch noch andere Leute so etwas einzureden versuchen, reiße ich ihnen förmlich den Kopf ab.«

Ralph faßte über den Tisch weg nach meiner Hand und drückte sie. »Ich finde dich wirklich bemerkenswert, Vic. Ich mag deine Art. Dick ist ein Idiot; aber wegen ihm kannst du doch nicht an der gesamten Männerwelt verzweifeln!«

Ich lächelte ihn an und erwiderte seinen Händedruck. »Ich weiß. Aber – ich bin eine gute Detektivin und habe mir inzwischen einen Namen gemacht. Und im übrigen ist es kein Beruf, der sich leicht mit einer Ehe unter einen Hut bringen läßt. Mein voller Einsatz wird zwar nicht immer verlangt, doch wenn ich einer Sache auf der Spur bin, möchte ich mich nicht von dem Gedanken ablenken lassen, daß jemand wutschäumend zu Hause sitzt und nicht weiß, was er zu Abend essen soll. Oder sich verrückt macht, weil mich ein Earl Smeissen zusammengeschlagen hat.«

Ralph sah auf seinen leeren Teller nieder und nickte gedankenverloren. »Ja, ich verstehe.« Er grinste. »Natürlich könnte dir auch ein Kerl über den Weg laufen, der die Vorort- und Kindernummer schon hinter sich gebracht hat und der dann deine Erfolge aus dem Hintergrund beklatscht.«

Tim kam, um unsere Bestellungen für den Nachtisch entgegenzunehmen. Ich nahm Ahabs einzigartige Eiscremekomposition. Schließlich hatte ich meinen Fisch nicht aufgegessen, und im übrigen hing mir die ganze Kaloriensparerei sowieso zum Halse heraus. Ralph bestellte das gleiche.

Nachdem Tim den Tisch verlassen hatte, nahm er den Gesprächsfaden wieder auf. »Meines Erachtens braucht man aber eine ganze Weile, um sich an solche Sachen wie die mit Earl Smeissen zu gewöhnen.«

»Ist denn die Bearbeitung von Versicherungsansprüchen völlig ungefährlich?« fragte ich ihn. »Ich könnte mir vorstellen, daß du es bisweilen mit Leuten zu tun hast, die in betrügerischer Absicht Ansprüche stellen und nicht allzu begeistert sind, wenn ihre Machenschaften entdeckt werden.«

»Das stimmt«, gab er zu. »Allerdings ist es schwieriger, als du glaubst, einen versuchten Betrug aufzudecken. Besonders bei Unfällen. Es gibt jede Menge korrupter Ärzte, die gern Verletzungen attestieren, die sich nicht beweisen lassen – zum Beispiel eine Stauchung der Wirbelsäule, die sich durch eine Röntgenaufnahme nicht feststellen läßt –, und die dafür einen Teil der Entschädigung einstreichen.

Ich bin noch niemals in Gefahr gewesen. Gewöhnlich läuft das so ab: Wenn du weißt, daß es sich um einen unrechtmäßigen Anspruch handelt, und die Gegenseite sich im klaren ist, daß du es weißt, ohne es jedoch beweisen zu können, bietest du eine Abfindung an, die beträchtlich unter der Summe liegt, die bei einer eventuellen gerichtlichen Auseinandersetzung zur Debatte stünde. Damit hält man sie sich vom Leib, denn Streitfälle erweisen sich in der Regel für die Versicherungsgesellschaften als äußerst kostspielig, weil die Richter fast immer zugunsten der Anspruchsteller entscheiden. Das Ganze ist also nicht so haarsträubend, wie es klingt.«

»Wie oft kommt so etwas vor?« fragte ich.

»Na, jeder ist der Meinung, Versicherungen seien Selbstbedienungsläden. Die Leute verstehen nicht, daß sich das im Endeffekt in höheren Beiträgen niederschlägt. Aber wie oft wir nun tatsächlich reingelegt werden, könnte ich gar nicht sagen. Als ich noch im Außendienst gearbeitet habe, schätzte ich, daß ungefähr jeder zwanzigste bis dreißigste Anspruch nicht gerechtfertigt war. Allerdings hat man mit so vielen Fällen zu tun, daß es ungeheuer kompliziert ist, jeden einzelnen genau zu beurteilen – man konzentriert sich vorwiegend auf die größeren.«

Tim hatte inzwischen den Eisbecher gebracht, der sündhaft gut schmeckte. Ich kratzte auch noch das letzte Restchen aus meiner Schale. »Neulich habe ich eine Zahlungsanweisung auf dem Fußboden gefunden – von der Ajax. Es war ein Durchschlag. Ich habe mich gefragt, ob sie wohl echt sei.«

»Tatsächlich?« Ralph war erstaunt. »Wo hast du sie gefunden? In deiner Wohnung?«

»Nein. Beim jungen Thayer.«

»Hast du sie hier? Ich möchte sie gern mal sehen.«

Ich hob meine Tasche vom Fußboden auf, holte das Dokument aus dem Reißverschluß-Seitenfach und reichte es ihm hinüber. Er studierte es aufmerksam. Schließlich meinte er: »Das scheint wirklich von uns zu sein. Es ist mir schleierhaft, was der Junge zu Hause damit wollte. Entschädigungsakten dürfen nämlich nicht mit nach Hause genommen werden.«

Er legte das Papier zusammen und steckte es in seine Brieftasche. »Das gehört ins Büro.«

Ich war keineswegs überrascht, sondern nur erfreut, daß ich so umsichtig gewesen war, Fotokopien davon anzufertigen. »Kennst du den Anspruchsteller?« fragte ich.

Er zog das Formular noch einmal hervor und sah sich den Namen an. »Nein, ich kann den Namen nicht mal aussprechen. Aber es handelt sich um die höchstmögliche Entschädigungssumme in diesem Staat – es kann demnach nur ein Fall von hundertprozentiger Berufsunfähigkeit zugrunde liegen, entweder auf Dauer oder vorübergehend. Das bedeutet, es muß eine ziemlich umfangreiche Akte über ihn vorhanden sein. Wieso ist der Durchschlag so fettig?«

»Oh, er lag auf dem Boden«, sagte ich obenhin.

Als Tim die Rechnung brachte, bestand ich darauf, sie mit Ralph zu teilen. »Noch ein paar solcher Abende, und du mußt entweder deine Unterhaltszahlungen einstellen oder deine Wohnung aufgeben.«

Am Ende durfte ich dann meinen Anteil übernehmen. »Übrigens, bevor sie mich rauswerfen, weil ich mit der Miete im Rückstand bin, würdest du dir doch sicher gern noch meine Behausung ansehen, hm?«

Ich lachte. »Klar, Ralph. Sehr gern sogar.«

13
Zavs Visitenkarte

Ralphs Wecker klingelte um 6 Uhr 30. Ich öffnete die Augen einen Spalt breit, schielte nach dem Wecker und vergrub meinen Kopf unter den Kissen. Ralph versuchte, sich zu mir durchzuwühlen, doch ich zog mir das Bettzeug fest um die Ohren und konnte ihn erfolgreich abwehren. Durch das Geplänkel wurde ich vollends wach. Ich setzte mich auf. »Warum so früh? Mußt du schon um halb acht im Büro sein?«

»Für mich ist das nicht früh, mein Schatz. Als ich noch in Downers Grove wohnte, mußte ich jeden Morgen um dreiviertel sechs aufstehen – dagegen ist das jetzt geradezu Luxus. Außerdem finde ich es morgens schön; für mich ist es die beste Zeit des Tages.«

Ich stöhnte auf und ließ mich wieder in die Kissen fallen. »Stimmt. Ich sage auch oft, daß selbst Gott der Morgen gefallen haben muß – sonst hätte er ihn nicht immer wieder neu erschaffen. Wie wär's mit Kaffee?«

Er stand auf und streckte die Glieder. »Selbstredend, Miss Warshawski-Ma'am. Stets gern zu Ihren Diensten.«

Ich mußte lachen. »Wenn du so früh am Morgen schon so unternehmungslustig bist, ziehe ich mich zum Frühstück lieber wieder etwas weiter in den Norden zurück.« Ich schwang die Beine aus dem Bett. Es war das vierte Erwachen nach meinem Intermezzo mit Earl und seinen Jungs, und ich spürte kaum mehr als ein kleines Stechen. Das Fitneßtraining zahlte sich eindeutig aus. Ich sollte es wiederaufnehmen – man kommt allzuleicht aus der Übung, wenn man sich vormacht, ein Wehwehchen zu haben.

»Ich kann dich verköstigen«, erklärte Ralph. »Zwar nicht gerade königlich, aber Toast habe ich da.«

»Um ehrlich zu sein, ich möchte heute früh joggen, bevor ich etwas esse. Fünf Tage war ich jetzt nicht draußen, und man gerät leicht in einen gewissen Schlendrian, wenn man nicht aufpaßt. Außerdem habe ich ein junges Mädchen als Gast bei Lotty untergebracht, und ich müßte mal nach ihm sehen.«

»Solange du keine jungen Männer zu irgendwelchen wüsten Orgien anschleppst, soll es mir recht sein. Kommst du heute abend wieder hierher?«

»Hm, wahrscheinlich nicht. Ich muß am Abend zu einer Versammlung und möchte auch ein bißchen mit Lotty und meiner kleinen Freundin zusammensein.« Ralphs Hartnäckigkeit irritierte mich immer noch. Ging es ihm darum, mich zu kontrollieren, oder war er nur eine einsame Seele, die sich der erstbesten Frau an die Fersen heftete, die Eindruck auf ihn machte? Sollte Masters in die Mordfälle John und Peter Thayer verwickelt sein, so war nicht ausgeschlossen, daß sein Assistent, der drei Jahre lang für ihn gearbeitet hatte, ebenfalls mit im Spiel war.

»Gehst du jeden Morgen so zeitig zur Arbeit?« erkundigte ich mich.

»Außer wenn ich krank bin.«

»Wie war's am letzten Montag?«

Er sah mich verständnislos an. »Wie immer, vermutlich. Weshalb fragst du – oh. Als Peter erschossen wurde. Nein, das hatte ich ganz vergessen: An dem Morgen war ich nicht so früh im Büro. Ich fuhr erst noch in Thayers Wohnung und hielt ihn fest, während Yardley auf ihn schoß.«

»Ist Yardley an jenem Morgen rechtzeitig dagewesen?« fragte ich unbeirrt.

»Verdammt noch mal, bin ich etwa seine Sekretärin?« erwiderte Ralph bissig. »Er taucht nicht immer zur gleichen Zeit auf – gelegentlich ist er geschäftlich zum Frühstück verabredet und ähnliches; ich sitze nicht mit der Stoppuhr in der Hand herum und warte auf seine Ankunft.«

»Schon gut, schon gut. Reg dich nicht auf. Ich weiß ja, daß du der Meinung bist, Masters sei die Unschuld in Person. Wenn er jedoch etwas Illegales im Schilde führte, dann würde er doch sicher dich, seinen vertrauten Gefolgsmann, um Hilfe bitten, oder? Es wäre dir bestimmt nicht recht, wenn er sich auf jemand anders verließe, einen weniger Befähigten als dich.«

Seine Züge entspannten sich; er lachte laut auf. »Du bist durch und durch unverschämt. Als Mann würde man dir solches Zeug nicht durchgehen lassen.«

»Als Mann würde ich auch nicht hier liegen«, stellte ich fest. Ich streckte den Arm nach ihm aus und zog ihn wieder aufs Bett, wobei ich immer noch überlegte, was er wohl am Montag morgen getan haben mochte.

Ralph begab sich – leise vor sich hin pfeifend – unter die Dusche. Ich zog die Vorhänge zurück und sah hinaus. Die Luft flimmerte gelblich. Selbst zu dieser frühen Morgenstunde wirkte die Stadt wie ein aufgeheizter Backofen. Der Wetterumschwung war vorüber; eine neue, drückende Hitzeperiode lag vor uns.

Nach dem Duschen und Anziehen leistete ich Ralph bei einer Tasse Kaffee Gesellschaft. Zu seiner Wohnung gehörte ein großer Raum, in dem eine halbhohe Mauer eine behagliche Eßecke abgrenzte. Die Küche mußte früher als Abstellraum gedient haben. Herd, Spülbecken und Kühlschrank waren ordentlich aneinandergereiht und ließen ausreichend Platz zum Stehen und zum Arbeiten, aber einen Stuhl hätte man nicht mehr darin unterbringen können. Es war keine üble Wohnung. Der Eingangstür gegenüber stand eine große Couch, im rechten Winkel dazu – und in einiger Entfernung vom Fenster – ein schwerer Sessel. Irgendwo hatte ich gelesen, daß die Leute in Wohnungen, deren Fenster vom Boden bis zur Decke reichen, ihre Möbel von den Fenstern wegrücken, weil sie sonst das Gefühl haben, durch die Scheiben zu fallen. Zwischen dem Sesselrücken und den Fenstern mit den hellen Vorhängen lag beinahe ein Meter. Die Bezüge der Polstermöbel und die Vorhänge hatten das gleiche freundliche florale Muster. Wirklich hübsch für eine möblierte Wohnung.

Um halb acht stand Ralph vom Tisch auf. »Die Schadenersatzforderungen rufen nach mir«, erklärte er. »Ich melde mich morgen, Vic.«

»Schön«, sagte ich. Wir schwiegen einträchtig, als uns der Aufzug nach unten trug. Ralph begleitete mich zu meinem Wagen, den ich in der Nähe des Lake Shore Drive geparkt hatte. »Soll ich dich in die Stadt mitnehmen?« fragte ich ihn. Er lehnte ab mit der Begründung, daß er sich durch den täglichen Fußmarsch von zweieinhalb Kilometern zum Ajax-Gebäude fit halte.

Während ich davonfuhr, konnte ich ihn im Rückspiegel die Straße entlangmarschieren sehen – eine elegante Erscheinung, trotz des feuchtheißen Wetters.

Als ich bei Lotty eintraf, war es erst acht Uhr. Sie saß in der

Küche bei Toast und Kaffee. Jill unterhielt sich angeregt mit ihr; ihr ovales Gesicht war lebendig und ausdrucksvoll. Vor ihr stand ein halb ausgetrunkenes Glas Milch. Verglichen mit ihrer naiven Lebhaftigkeit kam ich mir alt und verbraucht vor. Ich schnitt mir selbst eine Grimasse.

»Guten Morgen, meine Damen. Draußen ist's fürchterlich schwül.«

»Guten Morgen, Vic«, grüßte Lotty. Sie amüsierte sich sichtlich. »Ein Jammer, daß du die Nacht durcharbeiten mußtest.«

Ich boxte sie scherzhaft gegen die Schulter. Jill fragte in ernstem, besorgtem Ton: »Haben Sie tatsächlich die ganze Nacht gearbeitet?«

»Nein. Und Lotty weiß das ganz genau. Ich habe die Nacht in der Wohnung eines Freundes verbracht, und vorher habe ich ein bißchen gearbeitet. War's schön gestern abend? Wie waren die Enchiladas?«

»Oh, die waren phantastisch!« erklärte Jill voller Enthusiasmus. »Wußten Sie, daß Carol schon mit sieben zu kochen angefangen hat?« Sie kicherte. »Ich bringe überhaupt nichts Nützliches zustande, wie Bügeln zum Beispiel. Ich kann nicht mal Rühreier machen. Carol meint, ich müßte einen reichen Mann heiraten.«

»Ach, es genügt, wenn du jemanden heiratest, der kochen und bügeln kann«, erwiderte ich.

»Na, vielleicht kannst du's heute abend mal mit Rühreiern probieren«, schlug Lotty vor. »Bist du abends hier?« wollte sie von mir wissen.

»Könnten wir zeitig essen? Ich bin um halb acht in der Uni verabredet – mit jemandem, der mir eventuell bei der Suche nach Anita von Nutzen sein kann.«

»Na, wie wär's, Jill?« fragte Lotty.

Jill verzog das Gesicht. »Ich glaube, ich heirate doch lieber einen reichen Mann.« Lotty und ich lachten. »Was halten Sie von Schnitten mit Erdnußbutter? Das kann ich!«

»Ich mache Frittata, Lotty«, versprach ich, »wenn du und Jill auf eurem Heimweg Spinat und Zwiebeln besorgt.«

Lotty schnitt ein Gesicht. »Vic ist eine gute Köchin, aber sie macht eine Menge Dreck«, sagte sie zu Jill. »In einer halben Stunde zaubert sie ein einfaches Essen für vier Personen, aber wir beide brauchen dann die ganze Nacht, um die Küche aufzuräumen.«

»Lotty!« protestierte ich. »Bei einer Frittata? Ich verspreche euch –« Ich überlegte einen Augenblick und lachte. »Nein, keine Versprechungen. Ich möchte nicht zu spät zu meiner Verabredung kommen. Jill, du kannst dann ja aufräumen.«

Jill sah mich mit einem unsicheren Blick an. Ob ich wohl wütend war, weil sie das Abendessen nicht machen wollte? »Hör zu«, erklärte ich ihr. »Keiner erwartet, daß du vollkommen bist. Lotty und ich mögen dich, auch wenn du Tobsuchtsanfälle kriegst, dein Bett nicht machst und dich weigerst, das Abendessen zu kochen. Alles klar?«

»Ja, unbedingt«, bestätigte Lotty amüsiert. »Ich bin schon seit fünfzehn Jahren mit Vic befreundet, und ich habe noch nicht erlebt, daß sie ihr Bett macht.«

Jill lächelte über diese Bemerkung. »Gehen Sie heute wieder auf Spurensuche?«

»Ja, in der Nordstadt. Ich suche nach der berühmten Nadel im Heuhaufen. Ich würde gern mit dir zu Mittag essen, aber ich weiß noch nicht, wie ich mit meiner Zeit hinkomme. Auf alle Fälle rufe ich gegen Mittag in der Klinik an.«

Ich ging hinüber ins Gästezimmer und zog mir Shorts, ein T-Shirt und Joggingschuhe an. Jill kam herein, als ich meine Streckübungen zum Aufwärmen schon zur Hälfte hinter mich gebracht hatte. Weil ich meine Muskeln übermäßig beansprucht hatte, waren sie verhärtet, so daß ich die Sache langsamer und vorsichtiger angehen mußte als gewöhnlich. Als Jill ins Zimmer trat, fing ich gerade an, ein wenig zu schwitzen – nicht vor Anstrengung, sondern vor Schmerzen. Sie sah mir ein Weilchen zu. »Stört es Sie, wenn ich mich in Ihrer Gegenwart anziehe?« fragte sie schließlich.

»Nein«, keuchte ich ein wenig atemlos. »Es sei denn – du wärst – lieber – allein.« Ich zog mich hoch. »Hast du mal daran gedacht, deine Mutter anzurufen?«

Sie verzog das Gesicht. »Lotty hatte den gleichen Gedanken. Ich habe beschlossen, mich als Ausreißerin hier einzunisten.« Sie zog ihre Jeans und eines ihrer viel zu weiten Männerhemden an. »Mir gefällt's hier.«

»Weil alles neu für dich ist. Nach einiger Zeit wirst du dich nach deinem Privatstrand sehnen.« Ich drückte sie kurz an mich. »Aber du bist eingeladen, so lange du willst, hier bei Lotty zu wohnen.«

Darüber mußte sie lachen. »Na gut, ich werde meine Mom anrufen.«

»Braves Kind. Tschüs, Lotty!« rief ich noch, dann war ich draußen. Die Sheffield Avenue ist ungefähr zwei Kilometer vom See entfernt. Wenn ich zum See joggte, acht Querstraßen daran entlang bis zum Diversey Parkway und wieder zurück, waren das nach meiner Schätzung knapp sieben Kilometer. Ich lief langsam, teils, um meine Muskeln zu lockern, und teils wegen der erstickenden Hitze. Sonst schaffte ich den Kilometer in vier Minuten, doch heute versuchte ich, mich auf fünf Minuten einzupendeln. Als ich den Diversey Parkway erreichte, schwitzte ich bereits stark; ich fühlte mich sehr wacklig auf den Beinen. In nördlicher Richtung setzte ich mein Tempo noch weiter herab, doch ich war zu erschöpft, um noch groß auf den Verkehr um mich herum zu achten. Als ich den Uferweg verließ, scherte ein Polizeifahrzeug vor mir aus. Sergeant McGonnigal saß auf dem Beifahrersitz.

»Guten Morgen, Miss Warshawski.«

»Morgen, Sergeant«, grüßte ich, um ruhigen Atem bemüht.

»Lieutenant Mallory hat mich beauftragt, nach Ihnen zu suchen«, sagte er beim Aussteigen. »Gestern rief die Polizei aus Winnetka bei ihm an. Anscheinend haben Sie sich durch eine List ins Haus der Thayers geschmuggelt.«

»Tatsächlich?« sagte ich. »Schön, diese Zusammenarbeit zwischen Stadt und Provinz zu beobachten.« Ich machte einige Rumpfbeugen, um zu verhindern, daß meine Beinmuskeln wieder kalt wurden.

»Sie machen sich Sorgen wegen der kleinen Thayer. Ihrer Ansicht nach gehört sie nach Hause zu ihrer Mutter.«

»Das ist wirklich sehr aufmerksam von ihnen. Sie können sie gern bei Dr. Herschel anrufen und ihr diesen Vorschlag machen. War das wohl der Grund, weshalb Sie mich aufspüren sollten?«

»Nicht ganz. Die Polizei in Winnetka hat schließlich doch noch einen Zeugen ausfindig gemacht, der zwar die Schießerei nicht gesehen hat, dafür aber den Wagen.« Er sprach nicht weiter.

»Ach, wirklich? Reicht die Beschreibung aus, um jemanden zu verhaften?«

»Leider Gottes ist der Zeuge erst fünf Jahre alt. Er hat eine Heidenangst, und seine Eltern haben ihn mit Rechtsanwälten und Leibwächtern abgeschirmt. Offenbar hat er im Straßengraben an der Sheridan Road gespielt, verbotenes Gelände für ihn, doch seine Leute schliefen noch, und so hat er sich eben hinausgeschlichen. Vermutlich ist er auch nur deshalb dort hingegangen, weil es nicht erlaubt war. Er spielte irgend so ein Phantasiespiel – Sie wissen ja, wie die Kinder sind. Bildete sich ein, Darth Vader zu verfolgen oder so was, als er den Wagen sah. Einen großen schwarzen Wagen, sagt er, der vor der Einfahrt der Thayers hielt. Er beschloß, sich heranzupirschen, und bekam plötzlich den Kerl auf dem Beifahrersitz zu Gesicht; und der jagte ihm einen fürchterlichen Schrecken ein.«

McGonnigal unterbrach sich erneut, um sich zu vergewissern, daß ich ihm noch folgen konnte. Die nächsten Worte sprach er mit besonderem Nachdruck. »Nach Stunden guten Zuredens und Zusicherungen an die Adresse der Eltern, daß wir ihn nicht vorladen und die Aussage auch nicht der Presse zuleiten würden, bekannte er schließlich, was ihn dermaßen erschreckt hatte: die Tatsache nämlich, daß Zorro den Mann in seiner Gewalt hatte. Wie er auf Zorro kam? Nun, allem Anschein nach war das Gesicht des Kerls gezeichnet. Mehr konnte er nicht aussagen: Er sah das Zeichen, geriet in Panik und rannte um sein Leben. Er weiß nicht mal, ob ihn der Kerl gesehen hat oder nicht.«

»Das hört sich wie ein guter Hinweis an«, meinte ich höflich. »Sie brauchen jetzt also bloß noch einen schwarzen Wagen und einen Mann mit einem Mal auf dem Gesicht zu finden und ihn zu fragen, ob er Zorro kennt.«

McGonnigal warf mir einen scharfen Blick zu. »Wir von der Polizei sind keine Vollidioten, Miss Warshawski. Wir können die Information nicht mal vor Gericht verwenden wegen der Zusicherungen, die wir den Eltern und ihren Anwälten gegeben haben. Ein schlagender Beweis wäre es sowieso nicht. Aber Zorro – wissen Sie, das Zeichen Zorros ist ein großes Z; der Lieutenant und ich überlegten, ob Sie vielleicht jemanden mit einem großen Z auf der Backe kennen.«

Ich spürte, wie es in meinem Gesicht zuckte. Earls Handlanger, Tony, hatte eine solche Narbe. Ich schüttelte den Kopf. »Sollte ich das?«

»Es laufen nicht allzu viele Burschen mit einem derartigen Mal herum. Wir dachten, es könnte sich vielleicht um Tony Bronsky handeln. Vor sieben oder acht Jahren hat ihm ein gewisser Zav das Gesicht zersäbelt, weil er etwas dagegen hatte, daß sich Tony an seine Freundin heranmachte. Er hängt zur Zeit bei Earl Smeissen herum.«

»Oh?« meinte ich. »Earl und ich sind nicht gerade gute Freunde, Sergeant. Ich kenne nicht seine gesamte Gefolgschaft.«

»Nun, auf alle Fälle dachte der Lieutenant, daß Sie die Sache interessieren würde. Er sagte, Sie würden es sich bestimmt nicht verzeihen können, wenn der kleinen Thayer etwas passierte, während sie in Ihrer Obhut ist.« Er stieg wieder in den Wagen.

»Der Lieutenant hat einen großen Hang zum Dramatisieren«, rief ich ihm noch nach. »Er hat sich bestimmt zu viele mitternächtliche *Kojak*-Wiederholungen angesehen. Richten Sie ihm das von mir aus!«

McGonnigal fuhr davon, und ich marschierte den Rest meines Weges nach Hause. Mein Training interessierte mich überhaupt nicht mehr. Lotty und Jill waren schon gegangen. Ich duschte sehr heiß und ausgiebig, entspannte meine Beinmuskeln und dachte über McGonnigals Bericht nach. Daß Earl bei John Thayers Tod seine Hände im Spiel hatte, war keine Überraschung für mich. Ich überlegte mir, ob für Jill tatsächlich Gefahr bestand. Und falls ja, war sie dann bei Lotty und mir möglicherweise noch stärker gefährdet? Ich trocknete mich ab und stieg auf die Waage. Zwei Pfund hatte ich verloren; erstaunlich, wenn man bedachte, welche Mengen von Kohlehydraten ich in letzter Zeit in mich hineingestopft hatte.

Ich ging in die Küche, um mir ein paar Orangen auszupressen. Ja, in einer Hinsicht war das Risiko für Jill hier bei mir größer, das wurde mir allmählich klar. Wenn Earl zu dem Schluß kommen sollte, daß ich vollkommen ausgeschaltet werden müsse, dann wäre sie für ihn die perfekte Geisel. Ganz plötzlich überlief es mich eiskalt.

Keine meiner Aktivitäten hatte zu etwas geführt – wenn man davon ausging, daß Thayers Hinrichtung nicht mit »Schicksal« abgetan werden konnte. Es gelang mir nicht, eine Verbindung zwischen McGraw und Masters oder Thayer herzustellen. Von Anita fehlte nach wie vor jede Spur. Der einzige, der mir mit Informationen dienen konnte, war McGraw, aber der weigerte sich. Was, zum Teufel, hatte ihn ursprünglich bewegt, mich aufzusuchen?

Einem Impuls folgend, suchte ich im Telefonbuch nach der Nummer der Scherenschleifer-Gewerkschaft und wählte. Die Telefonistin stellte zu Mildred durch. Ich gab mich nicht zu erkennen, sondern fragte gleich nach McGraw. Er war in einer Besprechung und durfte nicht gestört werden.

»Es ist wichtig«, erklärte ich. »Richten Sie ihm aus, es betrifft Earl Smeissen und John Thayer.«

Mildred bat mich zu warten. Ich studierte meine Fingernägel. Sie mußten mal wieder gefeilt werden. Endlich klickte es im Apparat, und McGraws heisere Stimme war zu hören.

»Ja? Worum geht's?« fragte er.

»V I. Warshawski. Haben Sie Thayer an Earl verpfiffen?«

»Worüber reden Sie eigentlich, verdammt noch mal? Ich hatte Sie doch aufgefordert, Ihre Nase nicht in meine Angelegenheiten zu stecken!«

»Sie haben mich zunächst einmal da hineingezogen, McGraw. Und dadurch wurde es auch meine Angelegenheit. Jetzt möchte ich gern wissen, ob Sie Thayer an Earl verpfiffen haben.«

Es blieb still.

»Einer von Earls Leuten hat Thayer erschossen. Thayers

Name wurde von Ihnen ins Spiel gebracht, über den Grund wollten Sie sich nicht äußern. Wollten Sie von Anfang an sicherstellen, daß er mit hineingezogen wurde? Hatten Sie Angst, die Polizei würde sich Anita vornehmen, und haben Sie deshalb Wert darauf gelegt, seinen Namen preiszugeben? Und was dann – hat er gedroht zu singen, und haben Sie Earl den Auftrag gegeben, ihn sicherheitshalber beiseite zu schaffen?«

»Warshawski, ich habe ein Tonband laufen. Noch eine solche Beschuldigung, und wir sehen uns vor Gericht!«

»Das würde ich an Ihrer Stelle nicht versuchen, McGraw. Man könnte den Rest Ihrer Tonbänder ebenfalls als Beweismittel verlangen.«

Er knallte den Hörer auf die Gabel. Meine Stimmung hatte sich nicht gebessert.

Rasch zog ich mich an, vergaß aber nicht, die Smith & Wesson sorgfältig zu überprüfen, bevor ich sie in mein Schulterhalfter steckte. Ich hoffte immer noch, daß Earl glaubte, mich ausgeschaltet zu haben, und daß er so lange dieser Meinung war, bis ich so viel von der Wahrheit herausgebracht hatte, daß es für ihn zu spät war, noch irgendeine Bombe zu zünden. Doch ich ging kein Risiko ein: Ich verließ das Haus durch den Hinterausgang und lief um den ganzen Block, um zu meinem Wagen zu gelangen. Die Luft war immer noch rein.

Ich beschloß, meine Nachforschungen in den Bars der Innenstadt einzustellen und mich auf die Nachbarschaft der Scherenschleifer-Gewerkschaft zu konzentrieren. Falls erforderlich, konnte ich mich morgen noch einmal mit dem Stadtzentrum befassen. Auf meinem Weg Richtung Norden machte ich an der Klinik halt. Trotz der frühen Morgenstunde war das Wartezimmer bereits voll. Wieder wurde ich von denen, die bereits seit einer Stunde hier warteten, mit mißgünstigen Blicken bedacht.

»Ich muß Lotty sprechen«, erklärte ich Carol kurz angebunden. Sie warf einen Blick auf mein Gesicht und holte Lotty aus dem Sprechzimmer. Mit knappen Worten erzählte ich ihr, was geschehen war. »Ich möchte Jill nicht aufregen«, meinte ich, »aber andererseits auch nicht das Gefühl haben, auf einer Tellermine zu sitzen.«

Lotty nickte. »Ja, sicher. Nur – was könnte sie davon abhalten, sie aus dem Haus der Thayers zu entführen?« fragte sie. »Wenn sie der Ansicht sind, daß Jill hervorragend als Geisel geeignet sei, dann hat sie wohl nirgends eine Chance. Jills Seelenfrieden sollte uns jedoch wichtiger sein als deiner, und ich glaube, daß sie für die nächsten Tage hier bei uns besser aufgehoben ist. Zumindest bis zur Beerdigung ihres Vaters. Sie hat ihre Mutter angerufen; die Beerdigung ist erst am Freitag.«

»Gut, Lotty. Aber ich arbeite hier gegen die Zeit. Ich muß weitermachen. Ich kann mich nicht hinsetzen und auf Jill aufpassen.«

»Nein.« Sie runzelte die Stirn, und dann hellte sich ihre Miene auf. »Carols Bruder. Ein großer, kräftiger und gutmütiger Bursche. Studiert Architektur an der Circle University. Vielleicht kann er herkommen und sie vor den Gangstern beschützen.« Sie rief nach Carol, die sich unser Problem aufmerksam anhörte und die Hände rang bei dem Gedanken, daß Jill in Gefahr sein könnte, jedoch bestätigte, daß Paul gern behilflich sein würde. »Er sieht bösartig und dumm aus«, meinte sie. »Die perfekte Tarnung. In Wirklichkeit ist er nämlich liebenswürdig und hochintelligent.«

Ich mußte mich damit zufriedengeben, aber allzu glücklich war ich nicht. Ich hätte Jill gern nach Wisconsin geschickt, bis alles vorüber war.

Ich setzte meinen Weg nach Norden fort und fuhr den Bereich um das Gewerkschaftsgebäude der Scherenschleifer ab, um meine heutige Route festzulegen. Es gab hier nicht annähernd so viele Bars wie im Zentrum. Ich steckte mir ein Gebiet von etwa zwanzig Straßen im Quadrat ab und beschloß, den Wagen zu benutzen. Ganz gleich, wie sauer man in den Bars darauf reagieren würde: Heute früh wollte ich nichts trinken. Bier vor dem Mittagessen kann ich nicht ausstehen. Nicht einmal Scotch.

Ich begann im Westen meines Gebiets, entlang der Gleise der Howard-Hochbahn. Clara's, die erste Kneipe, sah so heruntergekommen aus, daß ich mir überlegte, ob ich überhaupt hineingehen sollte. Jemand, der so anspruchsvoll aussah wie Masters, begab sich bestimmt nicht in ein Loch wie dieses. Andererseits – vielleicht zog es ihn gerade an so einen Ort, mit dem ihn kein Mensch je in Verbindung bringen würde. Ich mußte mich überwinden, um aus der stickigen Luft in den düsteren Raum zu treten.

Bis zur Mittagszeit hatte ich neun Fehlschläge zu verzeichnen, und ich begann mir einzureden, daß das Ganze eine wahrhaft lausige Idee gewesen war, durch die ich auch noch eine Menge wertvoller Zeit vergeudete. Mein heutiges Pensum wollte ich noch erledigen, doch im Zentrum würde ich keinen neuen Versuch mehr wagen. Ich rief in der Klinik an. Carols Bruder war bereits eingetroffen; er fand Jill bezaubernd und half ihr gerade, eine Gruppe von sieben Kleinkindern zu unterhalten. Ich erklärte Lotty, daß ich an Ort und Stelle bleiben wollte, und bat sie, mich bei Jill zu entschuldigen.

Die feuchte, staubige, schwüle Luft konnte man inzwischen kaum mehr atmen. Ich hatte das Gefühl, daß sie mich zu Boden drückte, sobald ich auf die Straße trat. Der saure Geruch abgestandenen Biers in den Kneipen verursachte mir langsam Übelkeit. In allen Lokalen, die ich aufsuchte, fand ich ein paar mit ihren Hockern verwachsene, trübselige Gestalten, die sich trotz der frühen Stunde einen Drink nach dem anderen genehmigten. Auch hier erlebte ich Feindseligkeit, Gleichgültigkeit und Hilfsbereitschaft, genau wie in der Innenstadt – und den gleichen Mißerfolg hinsichtlich meiner Fotos.

Nachdem ich Lotty angerufen hatte, beschloß ich, mir ein Mittagessen zu gönnen. Es war nicht weit bis zur Sheridan Road; ich ging hinüber und entdeckte vor der nächsten Querstraße ein Steakhaus, das einen guten Eindruck machte. Ich entschied mich gegen eine Mahlzeit in einer Bar und ging hinein – froh darüber, der Hitze entronnen zu sein. The High Corral, wie das Lokal sich nannte, war klein und sauber und erfüllt von herrlichen Essensdüften; das war etwas anderes als der Geruch von saurem Bier. Etwa zwei Drittel der Tische waren besetzt. Eine rundliche Frau mittleren Alters kam mit der Speisekarte auf mich zu und führte mich zu einem Ecktisch. Allmählich fühlte ich mich wohler.

Ich bestellte ein kleines Hüftsteak, nichtangemachten Salat und einen großen Gin-Fizz. Beim Essen ließ ich mir Zeit. Kein Mensch würde je im *Chicago*-Magazin ein Wort darüber verlieren, aber es war eine einfache, liebevoll zubereitete Mahlzeit, die meine Stimmung beträchtlich hob. Ich bestellte noch Kaffee und ließ mir auch damit Zeit. Um 13 Uhr 45 kam mir zu Bewußtsein, daß ich herumtrödelte. »›Wenn deine Pflicht dich ruft: Auf, auf, du mußt!, ist es die Jugend, die dem Alter sagt: Ich kann‹«, murmelte ich vor mich hin, um mir Mut zu machen. Ich legte zwei Dollar auf den Tisch und ging mit meiner Rechnung zur Kasse. Die rundliche Geschäftsführerin kam geschäftig aus dem Hintergrund des Lokals herbei, um zu kassieren.

»Ein wirklich gutes Essen«, sagte ich.

»Freut mich, daß es Ihnen geschmeckt hat. Sind Sie neu in dieser Gegend?«

Ich schüttelte den Kopf. »Ich bin draußen vorbeigegangen und sah Ihr einladendes Schild.« Einem Impuls folgend, zog ich meine Mappe hervor, die nun schon etwas schmuddelig und abgegriffen aussah. »Ich hätte gern gewußt, ob diese beiden Männer jemals zusammen hier waren.«

Sie nahm die Bilder in die Hand und betrachtete sie. »O ja.«

Ich konnte es nicht fassen. »Sind Sie sicher?«

»Ein Irrtum ist ausgeschlossen. Außer, ich müßte deswegen vor Gericht erscheinen.« Ihr freundliches Gesicht verschloß sich ein wenig. »Sollte es sich um eine Rechtssache handeln ...« Sie schob mir die Bilder wieder zu.

»Keineswegs«, sagte ich hastig. »Zumindest nichts, in das Sie hineingezogen würden.« Mir fiel aus dem Stegreif keine plausible Geschichte ein.

»Sollte ich eine Vorladung erhalten, dann habe ich keinen von beiden je zu Gesicht bekommen«, wiederholte sie.

»Aber ganz inoffiziell, nur für meine Ohren bestimmt: Seit wann verkehren sie hier?« fragte ich, wie ich hoffte, in aufrichtigem und gewinnendem Ton.

»Worum geht's denn?« Sie war noch immer mißtrauisch.

»Vaterschaftsklage«, entgegnete ich prompt – das erstbeste, was mir in den Sinn kam. Es hörte sich etwas lächerlich an, selbst für mich, aber sie schien beruhigt.

»Na, das scheint ja nicht allzu schlimm zu sein. Ich schätze, seit ungefähr fünf Jahren. Das Restaurant gehört meinem Mann. Wir führen es seit achtzehn Jahren gemeinsam. Ich kann mich an die meisten meiner Stammgäste erinnern.«

»Kommen die beiden oft hierher?«

»Na, vielleicht dreimal im Jahr. Aber nach einer gewissen Zeit kennt man einfach seine Stammgäste. Dieser Mann hier«, sie tippte auf McGraws Bild, »kommt übrigens häufig. Ich glaube, er ist bei der großen Gewerkschaft am anderen Ende der Straße beschäftigt.«

»Tatsächlich?« erwiderte ich höflich. Ich zog Thayers Foto hervor. »Und was ist mit dem hier?«

Sie studierte es. »Kommt mir bekannt vor«, sagte sie dann, »aber er war nie hier im Restaurant.«

»Also, ich werde Ihren Namen bestimmt nicht verwenden. Und vielen Dank für das hervorragende Essen.«

Mir war schwindlig, als ich in die sengende Hitze hinaustrat. Ich konnte mein Glück noch nicht fassen. Hier und da hast du eben als Detektiv solchen Dusel, und dann beginnst du zu glauben, daß du schließlich und endlich *doch* auf der Seite der Gerechtigkeit stehst und die gütige Vorsehung deine Schritte lenkt. Verflixt und zugenäht! dachte ich. Die Verbindung zwischen Masters und McGraw ist erwiesen. Und McGraw kennt Smeissen. Und der Zweig sitzt am Ast und der Ast am Baum, und der Baum steht auf dem Berg. Vic, du bist ein Genie, lobte ich mich. Die Frage ist nur, welcher Art ist die Verbindung zwischen den beiden? Sie mußte mit der wunderschönen Zahlungsanweisung zusammenhängen, die ich in Peter Thayers Wohnung entdeckt hatte – aber wie hing sie damit zusammen?

Ich sah eine Telefonzelle und rief Ralph an, um zu erfahren, ob er die Akte Gielczowski aufgespürt hatte. Er war in einer Konferenz. Nein, ich wollte keine Nachricht hinterlassen, ich würde mich später wieder melden.

Es gab noch eine weitere Frage zu beantworten: Worin bestand die Verbindung zwischen Thayer, McGraw und Masters? Das dürfte allerdings nicht so schwer herauszufinden sein. Wahrscheinlich drehte sich alles um eine Geldquelle, unversteuertes Geld vermutlich. In diesem Fall bot sich Thayer ganz natürlich an als Masters' Nachbar, guter Freund und stellvertretender Generaldirektor einer Bank. Ihm standen bestimmt Dutzende von Möglichkeiten der Geldwäsche zur Verfügung, Möglichkeiten, die ich mir nicht annähernd vorstellen konnte. Angenommen, er übernahm die Geldwäsche und Peter kam ihm auf die Schliche. McGraw ließ Peter von Smeissen umbringen. Dann packte Thayer die Reue. »Ich mache da nicht mit!« hatte er gesagt – zu Masters? Oder zu McGraw? Earl wurde beauftragt, auch Thayer beiseite zu räumen.

Schön langsam, Vic, bremste ich mich, als ich in den Wagen stieg. Bis jetzt hast du nur eine einzige Tatsache ermittelt: McGraw und Masters kennen sich. Aber war das nicht eine wundervolle und äußerst vielsagende Tatsache?

Auf dem Wrigley Field hatte gerade die fünfte Runde begonnen; die Cubs waren dabei, Philadelphia zu überrollen. Aus irgendwelchen unerfindlichen Gründen wurden sie durch Smog und drückende Hitze geradezu stimuliert. Alle schleppten sich mühselig über die Runden, doch die Cubs führten acht zu eins. Kingman machte seinen vierunddreißigsten Punkt. Mir kam der Gedanke, daß ich mir wohl das Vergnügen verdient hätte, den Rest des Spiels auf dem Platz anzusehen, aber standhaft, wie ich war, schlug ich mir die Idee aus dem Kopf.

Ich kam um 14 Uhr 30 in die Klinik zurück. Das Wartezimmer war noch voller als am Vormittag. Ein kleines Klimagerät am Fenster kämpfte vergeblich gegen die Hitze und die Ansammlung menschlicher Leiber. Als ich eintrat, ging die Tür zum Sprechzimmer auf, und ein Gesicht erschien. »Bösartig und dumm« war eine treffende Charakterisierung gewesen. »Sie sind bestimmt Paul«, sagte ich und gab ihm die Hand. »Ich bin Vic.«

Er lächelte. Die Veränderung war einfach unglaublich. Plötzlich sah man seinen Augen an, wie intelligent er war, und sein Gesicht wirkte nicht mehr primitiv, sondern anziehend. Mir kam der flüchtige Gedanke, ob Jill wohl alt genug war, um sich zu verlieben.

»Hier ist alles ruhig«, meinte er. »Ausgenommen die Kinder. Möchten Sie mal mit hinauskommen und sehen, wie es Jill geht?«

Ich folgte ihm nach hinten. Lotty hatte den Stahltisch aus ihrem zweiten Sprechzimmer entfernt. In diesem winzigen freien Raum saß Jill und spielte mit fünf Kindern im Alter zwischen zwei und sieben Jahren. Man sah ihr an, daß sie sich wichtig vorkam, eben wie ein Mensch, der mit einer sehr schwierigen Situation fertig wird. Ich lächelte in mich hinein. Ein Baby schlief in einem Korb in der Ecke. Als ich hereinkam, blickte sie auf und sagt: »Hallo!« Ihr Lächeln war jedoch für Paul bestimmt. War das eine unnötige Komplikation der Dinge oder eine Hilfe? Ich war mir nicht sicher.

»Wie steht's denn so?« fragte ich.

»Phantastisch. Wenn's zu hektisch wird, macht Paul mit ihnen immer eine kleine Reise zum Clown. Ich habe nur Angst, daß es ihnen dort zu gut gefallen könnte, dann plärren sie nämlich die ganze Zeit mit Absicht!«

»Meinst du, du könntest sie für ein paar Minuten allein lassen? Ich hätte dir gern einige Fragen gestellt.«

Zweifelnd besah sie sich die Gruppe. »Na geh schon«, sagte Paul aufmunternd. »Ich werde dich vertreten – du hattest sowieso schon zu lange Dienst.«

Sie erhob sich. Eines der Kinder, ein kleiner Junge, protestierte. »Du darfst nicht weg!« erklärte er laut und kategorisch.

»Klar darf sie«, meinte Paul, der lässig an ihrer Stelle in die Hocke ging. »Was habt ihr denn gerade gemacht?«

Ich führte Jill in Lottys Büro. »Sieht aus, als wärst du ein Naturtalent«, sagte ich. »Lotty wird dich vermutlich überreden wollen, den ganzen Sommer hierzubleiben.«

Sie wurde rot. »Das wäre schön. Ich frage mich nur, ob das wirklich ginge.«

»Warum nicht, wenn wir mal die andere Sache hinter uns gebracht haben? Bist du jemals mit Anitas Vater zusammengetroffen?«

Sie schüttelte den Kopf. Ich zog meinen Stoß Fotos hervor und sortierte die von McGraw aus. »Das ist er. Hast du ihn je gesehen, entweder bei deinem Vater oder vielleicht in der Nachbarschaft?«

Sie studierte die Bilder eine Weile. »Ich glaube nicht, daß ich ihn schon mal gesehen habe. Er sieht Anita überhaupt nicht ähnlich.«

Ich hielt einen Augenblick inne, weil ich noch nicht genau wußte, wie ich ihr das nächste beibringen sollte, ohne sie allzusehr zu verletzen. »Ich glaube, Mr. McGraw und Mr. Masters sind Partner bei irgendeiner krummen Sache – ich kann nicht sagen, welcher. Meines Erachtens war dein Vater irgendwie in die Angelegenheit verwickelt, vielleicht sogar, ohne sich über deren Natur im klaren zu sein.« Ja, natürlich, dachte ich mir unvermittelt, wenn Thayer ganz offensichtlich mit im Bunde gewesen wäre, denn hätte sich Peter doch wohl zunächst an ihn gewandt. »Erinnerst du dich, ob Peter und dein Vater in den letzten ein oder zwei Wochen vor Peters Tod miteinander gestritten haben?«

»Nein. Peter war ja sieben Wochen lang nicht zu Hause gewesen. Er hätte sich mit Paps nur telefonisch streiten können. Vielleicht auch im Büro, aber nicht zu Hause.«

»Gut. Nun zurück zu der anderen Geschichte. Ich muß wissen, wieviel deinem Vater von der Sache bekannt war. Fällt dir irgend etwas ein, was mir weiterhelfen könnte? Hat er sich etwa mit Mr. Masters zu langen Gesprächen in die Bibliothek zurückgezogen?«

»Ja. Aber das hat er mit vielen gemacht. Paps hatte eine Menge Geschäftspartner, und sie kamen häufig zu geschäftlichen Besprechungen zu uns.«

»Und in finanzieller Hinsicht?« fragte ich. »Hat Mr. Masters deinem Vater jemals eine Menge Geld ausgehändigt? Oder auch umgekehrt?«

Sie lachte verlegen und zuckte die Achseln. »Über solche Sachen weiß ich überhaupt nicht Bescheid. Ich weiß zwar, daß Paps für eine Bank gearbeitet hat, daß er im Vorstand war und so, aber über seine eigentliche Tätigkeit weiß ich gar nichts, auch nicht über irgendwelche Gelder. Leider. Mir ist nur bekannt, daß unsere Familie gut betucht ist; wir haben die ganzen Papiere von meinen Großeltern, aber über das Geld von Paps bin ich nicht informiert.«

Das überraschte mich nicht allzusehr. »Angenommen, ich würde dich bitten, nach Winnetka zu fahren und in seinem Arbeitszimmer nachzusehen, ob es irgendwelche Unterlagen gibt, auf denen die Namen McGraw oder Masters verzeichnet sind – würdest du dir dann unaufrichtig oder hinterhältig vorkommen?«

Sie schüttelte den Kopf. »Wenn es etwas bringt, würde ich es gern tun. Aber ich möchte hier nicht weg.«

»Das ist das Problem«, bestätigte ich. Ich sah auf die Uhr und überschlug die Zeit, die wir benötigen würden. »Vor dem Abendessen hätten wir heute dafür sowieso keine Zeit mehr. Wie wär's mit morgen, ganz zeitig? Dann wären wir noch pünktlich zur Baby-Stoßzeit wieder hier in der Klinik.«

»Klar.« Sie war einverstanden. »Sie begleiten mich doch – oder? Ich meine, weil ich doch kein Auto habe und so gern wiederkommen möchte – und sie mich unter Umständen überreden könnten dortzubleiben, wenn ich schon mal da bin.«

»Ich werde mir das keinesfalls entgehen lassen.« Morgen früh war das Haus sicher auch nicht mehr voller Polizisten.

Jill stand auf und ging zurück in ihren »Kindergarten«. Ich hörte, wie sie in mütterlichem Ton fragte: »Nun, wer ist jetzt an der Reihe?« Ich grinste; dann steckte ich noch den Kopf durch Lottys Tür und erklärte ihr, daß ich nach Hause ginge, um zu schlafen.

14
In der Hitze der Nacht

Um sieben Uhr machte ich mich auf zur Versammlung der Universitäts-Frauengruppe. Ich hatte drei Stunden geschlafen und fühlte mich großartig. Die Frittata war mir gut gelungen, nach einem alten Rezept meiner Mutter, dazu gab es Unmengen von Toast und einen von Paul zubereiteten Salat – und Paul verstand das alles zu würdigen. Er hatte gefunden, daß er auch nachts Wache halten müsse, und sich einen Schlafsack mitgebracht. Lotty machte ihn darauf aufmerksam, daß nur im Eßzimmer Platz für ihn sei. »Und ich möchte, daß du dort auch bleibst!« fügte sie hinzu. Jill war begeistert. Ich konnte mir lebhaft vorstellen, wie ihre Schwester reagieren würde, wenn sie Paul als Freund heimbrachte.

Die Fahrt Richtung Süden war angenehm an diesem Abend. Viele Leute waren unterwegs und suchten Kühlung. Während des Sommers ist mir das die liebste Tageszeit. Die Gerüche und die Stimmung beschwören den Zauber der Kindheit herauf.

Ich hatte keine Schwierigkeiten, auf dem Universitätsgelände einen Parkplatz zu finden, und ich betrat den Versammlungsraum unmittelbar vor Beginn des Programms. Es waren etwa ein Dutzend Frauen anwesend. Sie trugen Arbeitshosen und überweite T-Shirts oder aus ehemaligen Bluejeans gefertigte Röcke; dazu hatten sie einfach die Beine im Schritt aufgetrennt und mit den Nähten nach außen wieder neu zusammengestichelt. Mit meinen Jeans und der weiten, lose fallenden Bluse, die meinen Revolver kaschierte, war ich immer noch besser angezogen als alle übrigen.

Gail Sugarman war auch gekommen. Sie erkannte mich gleich, als ich den Raum betrat, und sagte: »Hallo, ich freue mich, daß du die Versammlung nicht vergessen hast.« Die anderen wurden aufmerksam und sahen mich an. »Das ist ...«, Gail verstummte verlegen. »Ich kann mich nicht mehr an deinen Namen erinnern – er ist italienisch, soviel weiß ich noch. Auf jeden Fall habe ich sie letzte Woche in der Cafeteria getroffen und ihr über unsere Zusammenkünfte erzählt, und hier ist sie nun.«

»Du bist doch keine Reporterin, oder?« fragte eine der Frauen.

»Nein«, erwiderte ich sachlich. »Ich habe ein Diplom von hier, ein ziemlich altes, nebenbei bemerkt. Ich hatte neulich bei Harold Weinstein zu tun, und dabei bin ich Gail begegnet.«

»Weinstein.« Eine rümpfte die Nase. »Glaubt, Radikaler zu sein, nur weil er Arbeitshosen trägt und auf den Kapitalismus schimpft!«

»Stimmt«, bestätigte eine andere. »Ich war in seiner Vorlesung über ›Großkapital und Gewerkschaften‹. Seiner Ansicht nach wurde die größte Schlacht gegen die Unterdrücker gewonnen, als Ford in den vierziger Jahren den Arbeitskampf mit der Automobilgewerkschaft verlor. Wenn man versucht, mit ihm darüber zu diskutieren, daß die Frauen sowohl vom Großkapital als auch von den Gewerkschaften beiseite geschoben werden, erklärt er, das sei keine Unterdrückung, sondern lediglich ein Spiegelbild der geltenden Sozialmoral.«

»Mit diesem Argument kann man jegliche Form der Unterdrückung rechtfertigen«, warf ein pummeliger, kurzgeschorener Lockenkopf ein. »Toll! Stalins Arbeitslager repräsentierten die geltende Sozialmoral der Sowjets in den dreißiger

Jahren. Besonders Scheranskys Exil in Verbindung mit verschärftem Arbeitsdienst.«

Die dürre dunkelhaarige Mary, die auch am Freitag mit Gail in der Cafeteria gewesen war, versuchte, Ordnung in die Gruppe zu bringen. »Heute abend haben wir kein spezielles Programm«, verkündete sie. »Im Sommer ist unsere Teilnehmerzahl so gering, daß es sich nicht lohnt, einen Redner zu verpflichten. Aber wir könnten uns zu einer Gruppendiskussion im Kreis auf den Boden setzen.« Sie rauchte und inhalierte dabei so tief, daß sich ihre Wangen einzogen. Ich wurde das Gefühl nicht los, sie sähe mich mißtrauisch an, doch konnte das auch an meiner eigenen Nervosität liegen.

Gehorsam nahm ich – mit angezogenen Knien – einen Platz auf dem Boden ein. Meine Wadenmuskeln waren noch empfindlich. Die anderen trotteten ebenfalls herüber, nachdem sie sich mit einer übel aussehenden Kaffeebrühe versorgt hatten. Ich hatte beim Hereinkommen einen Blick auf das aufgekochte Gebräu geworfen und war zu der Entscheidung gekommen, daß ich es nicht unbedingt trinken mußte, um meine Zugehörigkeit zur Gruppe zu beweisen.

Als alle saßen bis auf zwei, schlug Mary vor, daß wir uns nacheinander vorstellen sollten. »Es sind einige neue Gesichter hier heute abend«, meinte sie. »Ich bin Mary, Annas Tochter.« Sie wandte sich der Frau zu ihrer Rechten zu, derjenigen, die den Ausschluß der Frauen aus den großen Gewerkschaften kritisiert hatte. Als die Reihe an mich kam, sagte ich: »Ich bin V. I. Warshawski. Die meisten nennen mich Vic.«

Als die Vorstellung beendet war, fragte eine verwundert: »Ist Vic dein richtiger Name, oder sind es deine Initialen?«

»Es ist ein Kosename«, erklärte ich. »Gewöhnlich verwende ich meine Initialen. Ich habe mein Arbeitsleben als Rechtsanwältin begonnen und festgestellt, daß es für meine männlichen Kollegen und Gegner schwieriger war, mich herablassend zu behandeln, wenn sie meinen Vornamen nicht kannten.«

»Gutes Argument«, sagte Mary und übernahm wieder die Gesprächsleitung. »Wir sollten uns heute abend überlegen, welchen Beitrag wir zur Unterstützung der ERA auf der staatlichen Messe von Illinois leisten könnten. Die NOW-Landesgruppe hat dort immer einen Stand, an dem Literatur verteilt wird. Diesmal möchten sie etwas Aufwendigeres bringen, nämlich einen Diavortrag, und dazu brauchen sie mehr Leute. Wer von euch kann in der Woche vom vierten bis zehnten August für einen oder mehrere Tage nach Springfield fahren und dort am Stand oder beim Diavortrag helfen?«

»Schicken sie uns einen Wagen?« fragte der pummelige Lockenschopf.

»Ich vermute, die Transportfrage hängt davon ab, wie viele Freiwillige sich melden. Ich mache vielleicht auch mit. Wenn sich noch einige von euch entschließen würden, könnten wir gemeinsam mit dem Bus fahren – so weit ist es ja nicht.«

»Wo würden wir übernachten?« wollte jemand wissen.

»Ich selbst habe vor zu zelten«, erwiderte Mary. »Aber es gibt sicher etliche NOW-Mitglieder, die sich mit euch ein Hotelzimmer teilen würden. Ich kann das mit der Zentrale besprechen.«

»Ich habe eine starke Abneigung dagegen, mit der NOW gemeinsame Sache zu machen«, warf eine Frau mit rosigen Backen und hüftlangem Haar ein. Sie trug ein T-Shirt und eine Latzhose. Ihr Gesicht glich dem einer friedfertigen viktorianischen Matrone.

»Weshalb, Annette?« erkundigte sich Gail.

»Sie ignorieren die echten Probleme – die soziale Stellung der Frau, Benachteiligung in der Ehe, bei der Scheidung, beim Sorgerecht für die Kinder –, und sie ziehen durch die

Gegend und werben für Politiker aus dem Establishment. Sie unterstützen beispielsweise einen Kandidaten, der sich für eine mickrige Verbesserung des Sorgerechts einsetzt, und übersehen dabei die Tatsache, daß sich in seinem Stab keine einzige Frau befindet und seine eigene Ehefrau wie eine Schaufensterpuppe daheim sitzt und seine Karriere fördert.«

»Ja, man wird wohl nie das Ziel der sozialen Gerechtigkeit erreichen, bis man ein paar grundlegende politische und wirtschaftliche Diskrepanzen aus dem Weg geräumt hat«, verkündete eine Stämmige, die, glaube ich, Ruth hieß. »Und politische Probleme kann man in den Griff bekommen. Man darf nicht einfach versuchen, das Grundübel der Unterdrückung zwischen Männern und Frauen auszumerzen, ohne ein entsprechendes Werkzeug für diesen Zweck zu haben; dieses Werkzeug sind die Gesetze.«

Das Argument war nicht neu. Es datierte aus den Anfängen des radikalen Feminismus in den späten sechziger Jahren: Sollte man sich auf gleichen Lohn und gleiche Bürgerrechte konzentrieren, oder sollte man den Versuch unternehmen, die gesamte Gesellschaft umzukrempeln und ihr neue sexuelle Werte zu präsentieren? Mary ließ die Wogen zehn Minuten lang hochgehen. Dann klopfte sie mit den Knöcheln auf den Boden.

»Ihr braucht nicht eure Ansichten über die NOW oder die ERA auf einen Nenner zu bringen«, sagte sie. »Ich möchte nur wissen, wer von euch mit nach Springfield fährt.«

Gail meldete sich wie vorauszusehen als erste, gefolgt von Ruth. Auch die beiden, die Weinsteins politische Ansichten zerpflückt hatten, wollten sich beteiligen.

»Wie steht's mit dir, Vic?« fragte Mary.

»Nein, danke«, entgegnete ich.

»Warum erzählst du uns nicht, weshalb du wirklich hergekommen bist?« forderte Mary in eisigem Ton. »Mag sein, daß du eine ehemalige UC-Studentin bist – aber kein Mensch gesellt sich an einem Dienstagabend zu einer sozialkritischen Frauengruppe, nur um die politische Lage in der alten Uni zu erkunden.«

»Die hat sich nicht wesentlich verändert. Aber du hast recht: Ich bin hergekommen, weil ich versuche, Anita McGraw zu finden. Ich kenne hier niemanden besonders gut, doch ich weiß, daß sie in dieser Gruppe verkehrte, und ich hoffe, daß mir jemand von euch sagen kann, wo sie sich aufhält.«

»Wenn das so ist, kannst du gleich verschwinden«, sagte Mary ärgerlich. Die Gruppe bildete gegen mich eine schweigende Front; ich spürte ihre Feindseligkeit geradezu körperlich. »Wir hatten alle die Polizei auf dem Hals – und nun glauben sie anscheinend, sie könnten ein Bullenweib in unsere Versammlung einschleusen und uns Anitas Adresse aus der Nase ziehen; vorausgesetzt, wir hätten sie. Ich selbst habe sie nicht, und ich weiß auch nicht, ob jemand von uns sie kennt aber ihr Schweine gebt einfach nicht auf, wie?«

Ich blieb stur sitzen. »Ich bin weder von der Polizei, noch bin ich Reporterin. Glaubt ihr etwa, die Polizei sucht nach Anita, um ihr den Mord an Peter Thayer in die Schuhe zu schieben?«

»Na klar doch«, erwiderte Mary verächtlich. »Sie haben überall herumgeschnüffelt, um herauszufinden, ob Peter mit anderen Mädchen geschlafen hat und Anita deswegen eifersüchtig war oder ob er ein Testament zu ihren Gunsten hinterlassen hat. Nein, tut mir leid. Du kannst gehen und ihnen berichten, daß sie damit nicht durchkommen.«

»Ich würde euch die Sache gern aus einem anderen Blickwinkel präsentieren«, sagte ich.

»Geh zum Teufel!« erklärte Mary. »Wir sind nicht interessiert. Und jetzt hau ab.«

»Erst, wenn ihr mich angehört habt.«

»Soll ich sie rausschmeißen, Mary?« fragte Annette.

»Das kannst du ja probieren«, sagte ich. »Aber es wird euch bloß noch mehr auf die Palme bringen, wenn ich einer von euch ein bißchen weh getan habe. Und dann würde ich trotzdem erst gehen, nachdem ihr mich angehört habt.«

»Also gut«, sagte Mary wütend. Sie blickte auf die Uhr. »Du hast fünf Minuten. Dann wirft dich Annette raus.«

»Danke. Meine Geschichte ist kurz; ich kann sie später ausführlicher erzählen, wenn ihr noch Fragen haben solltet.

Gestern früh wurde John Thayer, Peters Vater, vor seinem Haus erschossen. Ohne einen Beweis dafür zu haben, geht die Polizei davon aus, daß es das Werk eines einschlägig bekannten bezahlten Killers war. Nach meiner Überzeugung, die von der Polizei nicht geteilt wird, wurde Peter letzten Montag vom selben Täter umgebracht.

Nun, weshalb hat man Peter erschossen? Die Antwort ist: Er wußte etwas, das einem sehr einflußreichen und überaus korrupten Gewerkschaftsführer möglicherweise schaden konnte. Mir ist nicht bekannt, was er von ihm wußte, doch ich nehme an, es hat irgend etwas mit illegalen finanziellen Transaktionen zu tun. Ferner besteht die Möglichkeit, daß auch sein Vater in diese Transaktionen verwickelt war, ebenso wie der Mann, für den Peter gearbeitet hat.«

Ich streckte die Beine und lehnte mich, auf meine Hände gestützt, zurück. Niemand sagte ein Wort. »Das alles sind Annahmen. Im Augenblick habe ich noch keine gerichtlich verwertbaren Beweise, aber ich ziehe meine Schlüsse aus der Beobachtung menschlicher Beziehungen und Verhaltensweisen. Sollten sich meine Annahmen als richtig erweisen, dann ist Anita McGraws Leben meiner Ansicht nach in höchster Gefahr. Mit an Sicherheit grenzender Wahrscheinlichkeit hat Peter Thayer das Geheimnis mit ihr geteilt, das ihn zum Opfer eines Mordes werden ließ, und als sie letzten Montag nach Hause kam und seine Leiche fand, geriet sie in Panik und ergriff die Flucht. Aber solange sie am Leben ist und als einzige im Besitz dieses Geheimnisses – was immer es auch sein mag –, werden die Leute, die deswegen bereits zweimal gemordet haben, nicht ruhen. Es wird ihnen nichts ausmachen, sie ebenfalls umzubringen.«

»Du weißt aber eine ganze Menge über die Sache«, meinte Ruth. »Was hast du damit zu tun, wenn du weder Reporterin noch von der Polizei bist?«

»Ich bin Privatdetektivin«, erklärte ich nüchtern. »Im Augenblick stelle ich Ermittlungen an für eine Vierzehnjährige, die Zeugin war, als ihr Vater ermordet wurde, und die jetzt eine Heidenangst hat.«

Marys Ärger war noch nicht verflogen. »Dann gehörst du trotzdem zu den Bullen. Es spielt keine Rolle, von wem man sein Geld bekommt.«

»Da irrst du dich«, widersprach ich. »Es spielt eine enorme Rolle. Ich bin nur mir allein Rechenschaft schuldig und keiner Hierarchie von Beamten, Stadträten und Kommissaren.«

»Was hast du für Beweise?« wollte Ruth wissen.

»Letzten Freitag wurde ich von dem Mann zusammengeschlagen, dessen Leute vermutlich die beiden Thayers ermordet haben. Er hat mich gewarnt und mir geraten, die Finger von dem Fall zu lassen. Ich ahne zwar, wer sein Auftraggeber sein könnte, kann es aber nicht beweisen: ein Mann, dessen Komplize Umgang mit zahlreichen prominenten Kriminellen pflegt. Für diesen Mann hat Peter Thayer im Sommer gearbeitet. Und ich weiß, daß der andere Typ, der mit den Gangsterkontakten, in Begleitung von Peters Chef – Peters ehemaligem Chef – gesehen worden ist. Ob es um Geld geht, weiß ich nicht sicher; es ist nur eine Vermutung. Niemand in diesen Kreisen würde sich durch einen Sexskandal erschüttern lassen, und Spionage scheint mir ziemlich weit hergeholt.«

»Und Rauschgift?« warf Gail ein.

»Das glaube ich nicht«, sagte ich. »Auf alle Fälle wäre das natürlich eine illegale Einkommensquelle, für die man bei Entdeckungsgefahr einen Mord in Kauf nehmen würde.«

»Offen gestanden, V. I. oder Vic, oder wie du sonst heißen magst, du hast mich nicht überzeugt. Ich kann nicht glauben, daß Anitas Leben gefährdet ist. Sollte jedoch eine von euch anderer Meinung sein und Anitas Aufenthaltsort kennen, dann nur zu, verratet sie.«

»Ich habe noch eine Frage«, schloß Ruth. »Angenommen, wir wüßten, wo sie ist, und würden es dir sagen, was hätte sie davon – wenn alles stimmt, was du behauptest?«

»Sobald ich mir im klaren bin, um welche Transaktionen es sich handelt, kann ich wahrscheinlich eindeutig beweisen, wer der Mörder ist. Je rascher mir dies gelingt, desto geringer ist die Chance, daß der Mörder an sie herankommt.«

Alle schwiegen. Ich ließ einige Minuten verstreichen. Irgendwie hoffte ich, daß Annette den Versuch unternehmen würde, mich rauszuwerfen: Mir war danach, jemandem den Arm zu brechen. Radikale sind so verdammt paranoid. Und bei radikalen Studenten kommt noch die Isolation und ihre intellektuelle Arroganz dazu. Vielleicht sollte ich ihnen allen einen Arm brechen – nur so zum Spaß. Aber Annette rührte sich nicht. Und keine rückte mit Anitas Adresse heraus.

»Zufrieden?« fragte Mary triumphierend, die mageren Backen höhnisch grinsend verzogen.

»Danke für eure Aufmerksamkeit, Schwestern«, sagte ich. »Für den Fall, daß eine von euch ihre Meinung ändern sollte, hinterlasse ich ein paar Visitenkarten mit meiner Telefonnummer neben der Kaffeemaschine.« Nachdem ich das getan hatte, zog ich ab.

Auf der Heimfahrt fühlte ich mich sehr niedergeschlagen. Peter Wimsey wäre zu dieser Rotte ungehobelter Radikaler einfach hingegangen und hätte sie so mit seinem Charme bezirzt, daß sie ihm sogleich zu Füßen gelegen hätten. Nie im Leben hätte er bekannt, daß er Privatdetektiv war; er hätte sie in ein geistreiches Gespräch verwickelt, in dessen Verlauf er alles erfahren hätte, was ihn interessierte, und zum Abschluß hätte er dem Fonds »Freie lesbische Liebe« noch zweihundert Pfund gestiftet.

Ich bog nach links in den Lake Shore Drive ein. Ich fuhr viel zu schnell, doch es bereitete mir ein abenteuerliches Vergnügen, das Tempo so hochzujagen, daß ich den Wagen beinahe nicht mehr sicher in der Hand hatte. In meiner gegenwärtigen Verfassung war es mir auch gleichgültig, ob mich eine Streife stoppte. Für die sechs Kilometer zwischen der Siebenundfünfzigsten Straße und dem McCormick Place brauchte ich drei Minuten. Und da bemerkte ich, daß ich verfolgt wurde.

Die Geschwindigkeitsbeschränkung liegt hier bei fünfundsiebzig Stundenkilometern, ich fuhr hundertfünfunddreißig, und trotzdem sah ich im Rückspiegel noch immer das gleiche Scheinwerferpaar, das ich schon hinter mir bemerkt hatte, als ich auf den Drive einbog. Rasch bremste ich ab und wechselte auf die äußere Fahrbahn. Der andere Wagen blieb zwar auf seiner Spur, wurde aber gleichfalls langsamer.

Wie lange wurde ich wohl schon verfolgt – und weshalb? Wenn ich auf Earls Abschußliste stand, so boten sich unzählige Gelegenheiten, mich zu beseitigen; er hatte es nicht nötig, Geld und Leute in eine Verfolgung zu investieren. Vielleicht wußte er nicht, wo ich mich aufhielt, seit ich meine Wohnung verlassen hatte. Doch das kam mir sehr unwahrscheinlich vor. Der Auftragsdienst hatte Lottys Telefonnummer, und es ist ein leichtes, über die Telefongesellschaft eine Adresse zu erfahren, wenn man die Nummer kennt.

Eventuell hatten sie's auch auf Jill abgesehen und waren sich nicht im klaren darüber, daß ich sie bei Lotty untergebracht hatte. Ich fuhr langsam und unauffällig, versuchte weder die Spur zu wechseln noch überraschend den Drive zu verlassen. Mein Begleiter blieb in meiner Nähe, ließ jedoch immer einige Fahrzeuge zwischen uns auf der mittleren Fahrbahn. Als wir das Zentrum erreichten, wurden die Lichter heller, so daß ich das Fahrzeug besser erkennen konnte – es sah aus wie ein mittelgroßer grauer Sedan.

Falls sie Jill in die Hände bekamen, hätten sie eine wirksame Waffe, um mich zur Aufgabe zu zwingen. Mir wollte allerdings nicht in den Kopf, daß Earl mich für gefährlich halten konnte. Er hatte mir Angst eingejagt, hatte meine Wohnung demolieren lassen und die Polizei zu einer Festnahme veranlaßt. Soweit mir bekannt war, befand sich Donald Mackenzie trotz des Mordes an John Thayer weiterhin in Haft. Möglicherweise rechneten sie auch damit, daß ich sie zu dem Dokument führen würde, das sie in Peter Thayers Wohnung übersehen und auch bei mir nicht aufgestöbert hatten.

Bei dem Gedanken »führen« fiel bei mir der Groschen. Natürlich! Sie hatten keinerlei Interesse an mir oder an Jill, ja nicht einmal an der Zahlungsanweisung. Sie suchten Anita McGraw, genau wie ich, und hofften, ich würde sie zu ihr führen. Ob sie gewußt hatten, daß ich heute zum Unigelände rausfahren würde? Nein, hatten sie nicht. Sie waren mir dorthin gefolgt. Ich hatte doch McGraw davon in Kenntnis gesetzt, daß ich einen Hinweis auf eine Spur zu Anita hätte, und er mußte es weitererzählt haben. Wem wohl? Smeissen? Masters? Die Vorstellung behagte mir nicht, daß McGraw seine eigene Tochter verpfiffen haben könnte. Er mußte mit jemandem gesprochen haben, dem er vertraute. Masters war das sicher nicht.

Falls meine Schlußfolgerungen zutrafen, kam es darauf an,

sie weiterhin im unklaren zu lassen. Solange sie der Meinung waren, ich wüßte etwas, war ich vermutlich meines Lebens sicher. Ich nahm die Ausfahrt Stadtmitte, vorbei am Buckingham-Brunnen, der seine bunten Wasserfontänen hoch in die Nacht hinaufjagte. Eine beachtliche Menschenmenge hatte sich versammelt, um das nächtliche Schauspiel zu genießen. Ich spielte mit dem Gedanken, meine Verfolger in der Menge abzuschütteln, räumte mir jedoch keine allzu großen Chancen ein. Ich fuhr hinüber zur Michigan Avenue und parkte gegenüber dem Conrad-Hilton-Hotel. Nachdem ich den Wagen verschlossen hatte, schlenderte ich über die Straße. Hinter den Glastüren blieb ich kurz stehen, um einen Blick nach draußen zu werfen; mit Genugtuung sah ich, daß der graue Sedan hinter meinem Wagen hielt. Ohne abzuwarten, was die Insassen als nächstes tun würden, durchschritt ich rasch den langen Hotelkorridor, der zum Seiteneingang auf der Achten Straße führte.

In diesem Teil des Hotels befanden sich die Schalter verschiedener Fluggesellschaften, und während ich sie passierte, verkündete ein Portier: »Letzter Aufruf für den Flughafenbus. Ohne Zwischenhalt bis O'Hare Field.« Automatisch und ohne einen Blick hinter mich zu werfen, schob ich mich an einem Grüppchen lachenden Bordpersonals vorbei und bestieg den Bus. Die anderen kamen langsamer nach. Der Schaffner kontrollierte die Fahrgäste und blieb dann zurück. Der Bus setzte sich in Bewegung. Als wir an der Michigan Avenue um die Ecke bogen, sah ich einen Mann suchend die Straße auf und ab blicken. Ich glaubte, Freddie zu erkennen.

Der Bus bewegte sich schwerfällig durch den Innenstadtbereich, hinüber zur zwölf Querstraßen weiter nördlich gelegenen Ontario Street. Ich sah ständig durch das Rückfenster, doch hatte Freddies träger Geist wohl die Möglichkeit außer acht gelassen, daß ich mich im Bus befinden könnte.

Als wir O'Hare erreichten, war es halb zehn. Ich stieg aus dem Bus und verbarg mich im Schatten einer der großen Säulen, auf denen das Flughafengebäude ruht, doch kein grauer Sedan ließ sich blicken. Schon wollte ich meine Deckung wieder verlassen, als mir einfiel, daß sie vielleicht einen zweiten Wagen hatten. Ich hielt also Ausschau, ob irgendein Fahrzeug mehr als eine Runde drehte, und betrachtete die Insassen forschend auf der Suche nach Smeissens Gefolgschaft. Gegen zehn kam ich zu dem Schluß, daß mir keiner gefolgt war. Mit einem Taxi fuhr ich zurück zu Lottys Wohnung.

Ich bat den Fahrer, mich am Anfang der Straße abzusetzen. Dann ging ich die Gasse hinter Lottys Haus entlang, die eine Hand ständig am Revolver. Außer drei Jugendlichen, die ihr Bier tranken und sich gemütlich unterhielten, war kein Mensch zu sehen.

Ich mußte mehrere Minuten lang an die Hintertür pochen, bevor Lotty aufmerksam wurde und mich hereinließ. Ihre dichten schwarzen Brauen hoben sich erstaunt. »Ärger?« fragte sie.

»Ein bißchen, in der Stadt. Ich bin mir nicht sicher, ob der vordere Eingang beobachtet wird.«

»Jill?« fragte sie.

»Ich glaube kaum. Ich vermute, daß sie sich der Hoffnung hingeben, ich würde sie zu Anita McGraw führen. Bis das geschehen ist oder bis sie sie vielleicht von selbst gefunden haben, sind wir meiner Meinung nach alle ziemlich sicher.« Unzufrieden schüttelte ich den Kopf. »Das Ganze gefällt mir nicht. Sie könnten sich Jill greifen und sie als Geisel benutzen, falls sie der Überzeugung sind, daß ich weiß, wo sich Anita versteckt hält. Das konnte ich heute abend nicht in Erfahrung bringen. Ich denke, eines dieser gottverdammten radikalen Weiber weiß Bescheid, aber sie finden ihr Verhalten sehr edel und denken, sie hätten eine große Schlacht gegen die Bullen gewonnen, wenn sie mir nichts verraten. Es ist einfach zum Kotzen.«

»In der Tat«, bestätigte Lotty ernst. »Vielleicht ist die Kleine hier nicht allzu gut aufgehoben. Sie und Paul schauen sich einen Film im Fernsehen an«, fügte sie mit einer Kopfbewegung in Richtung Wohnzimmer hinzu.

»Ich habe das Auto in der Stadt gelassen«, berichtete ich. »Von der Uni aus ist mir jemand gefolgt, den habe ich im Zentrum abgeschüttelt; ich habe den Bus zum Flughafen raus genommen – sehr umständlich und kostspielig, um einen Verfolger loszuwerden; hat aber funktioniert. Morgen fährt Jill mit mir nach Winnetka, um die Papiere ihres Vaters durchzusehen. Vielleicht sollte sie gleich dort bleiben.«

»Wir werden's überschlafen«, meinte Lotty. »Paul ist ganz begeistert von seinem Leibwächterdienst. Gegen Typen mit Maschinenpistolen könnte er allerdings recht wenig ausrichten. Und außerdem ist er mitten im Studium und sollte nicht allzu viele Vorlesungen versäumen.«

Wir gingen zurück ins Wohnzimmer. Jill hatte sich auf der Schlafcouch zusammengerollt und sah sich von dort den Film an. Paul lag bäuchlings auf dem Fußboden und blickte alle paar Minuten zu ihr hinauf. Offenbar war sich Jill des Eindrucks, den sie auf ihn machte, nicht bewußt – es war wohl ihre erste Eroberung –, doch sie strahlte vor Zufriedenheit.

Ich zog mich ins Gästezimmer zurück, um einige Telefongespräche zu führen. Larry Anderson sagte, sie seien mit meiner Wohnung fertig. »Ich habe nicht angenommen, daß du noch Wert auf deine Couch legst; einer der Männer hat sie mitgenommen. Und was die Tür betrifft – ich habe da einen Freund, der macht Schreinerarbeiten. Er hat eine herrliche Eichentür an der Hand, stammt aus irgendeinem Herrschaftshaus. Er könnte sie für dich herrichten und ein paar Sicherheitsriegel anbringen, wenn du das möchtest.«

»Larry, du weißt gar nicht, wie dankbar ich dir bin«, sagte ich gerührt. »Das ist eine prima Idee. Wie hast du die Wohnung heute gesichert?«

»Ach, wir haben sie zugenagelt«, erklärte er in munterem Ton. Larry und ich hatten vor Jahren gemeinsam die Schule besucht, aber er war früher und konsequenter ausgestiegen als ich. Wir plauderten noch ein Weilchen, bevor ich das Gespräch beendete und Ralph anrief.

»Ich bin's, Sherlock Holmes«, meldete ich mich. »Wie ist's mit deinen Schadensforderungen gelaufen?«

»Oh, ganz ordentlich. Der Sommer ist eine unfallträchtige Zeit, bei diesen Menschenmassen, die ständig unterwegs sind. Sie sollten lieber zu Hause bleiben, aber dann würden sie sich mit ihren Rasenmähern die Beine absäbeln oder ähnliche Scherze, und wir müßten trotzdem zahlen.«

»Konntest du die Zahlungsanweisung ohne Schwierigkeiten wieder unterbringen?«

»Nein, bis jetzt noch nicht. Ich habe die Akte nicht gefunden. Allerdings habe ich mir das Konto des Mannes angesehen: Er muß ja einen ganz üblen Unfall gehabt haben, schon seit vier Jahren kriegt er nämlich jede Woche einen Scheck von uns.« Er lachte leise. »Ich wollte mir heute Yardleys Gesicht betrachten, um festzustellen, ob er aussah wie ein Doppelmörder, aber er hat für den Rest der Woche Urlaub genommen – offenbar hat ihn Thayers Tod so schwer getroffen.«

»Tatsächlich!« Ich wollte mir nicht die Mühe machen, ihm mitzuteilen, daß ich auf eine Verbindung zwischen Masters und McGraw gestoßen war, denn ich hatte es satt, ständig mit ihm darüber zu streiten, ob das nun ein »Fall« war oder nicht.

»Essen wir morgen abend zusammen?« fragte er.

»Sagen wir Donnerstag«, schlug ich vor. »Ich weiß nicht, wie lange ich morgen zu tun habe.«

Sobald ich den Hörer aufgelegt hatte, klingelte das Telefon

erneut. »Bei Dr. Herschel«, meldete ich mich. Mein Lieblingsreporter, Murray Ryerson, war am Apparat.

»Mir ist gerade zu Ohren gekommen, daß Tony Bronsky John Thayers Mörder sein könnte«, begann er.

»Wahrhaftig? Wirst du das in die Zeitung bringen?«

»Ich glaube, wir werden uns in düsteren Andeutungen darüber ergehen, daß professionelle Gangster ihre Hand im Spiel haben. Es ist nur Flüsterpropaganda, nicht beweisbar, er ist nicht am Tatort gefaßt worden. Und unsere Rechtsexperten haben verlauten lassen, daß wir strafrechtlich belangt werden können, wenn wir seinen Namen erwähnen.«

»Vielen Dank für die Information«, sagte ich höflich.

»Ich habe dich nicht aus Barmherzigkeit angerufen«, entgegnete Murray. »Aber in meiner schwerfälligen schwedischen Art fiel mir plötzlich ein, daß Bronsky für Smeissen arbeitet. Gestern hatten wir beide festgestellt, daß sein Name hier und da in der Affäre auftaucht. Was hat er mit der Sache zu tun, Vic? Welchen Grund hätte er, einen angesehenen Bankier samt Sohn umzubringen?«

»Ich habe nicht die leiseste Ahnung, Murray«, erwiderte ich und legte auf.

Im Wohnzimmer sah ich mir gemeinsam mit Lotty, Jill und Paul den Rest des Films *Die Kanonen von Navarone* an. Ich war nervös und gereizt. Lotty hatte keinen Scotch im Hause. Sie hatte überhaupt nichts außer Cognac. Ich ging in die Küche und goß mir einen ordentlichen Schluck ein. Lotty sah mich fragend an, machte aber keine Bemerkung.

Gegen Mitternacht, als der Film dem Ende zuging, läutete das Telefon. Lotty hob in ihrem Schlafzimmer ab und kam mit besorgtem Gesicht zurück. Sie gab mir heimlich ein Zeichen, ich solle ihr in die Küche folgen. »Ein Mann«, sagte sie in verhaltenem Ton. »Er fragte, ob du hier seist; als ich bejahte, legte er auf.«

»Oh, verflixt«, murmelte ich. »Nun, daran ist im Augenblick nichts zu ändern ... Meine Wohnung ist bis morgen abend fertig, dann gehe ich wieder heim und du bist das Pulverfaß in deinem trauten Heim los.«

Lotty schüttelte den Kopf und lächelte ihr schiefes Lächeln. »Keine Bange, Vic – ich rechne fest damit, daß du eines Tages in meinem Namen dem Amerikanischen Ärztebund eins auswischst!«

Lotty schickte Jill ohne viel Federlesens ins Bett. Paul holte seinen Schlafsack. Ich half ihm, den schweren Eßtisch aus Walnußholz an die Wand zu schieben, und Lotty brachte ihm eines ihrer Kopfkissen, bevor sie ebenfalls schlafen ging.

Die Nacht war schwül. Das dickwandige Ziegelgebäude, in dem sich Lottys Wohnung befand, hielt zwar die schlimmste Hitze ab, und Frischluftventilatoren in der Küche und im Eßzimmer sorgten für ausreichende Luftbewegung, so daß man schlafen konnte. Aber mir kam die Luft trotz allem stickig vor. Ich lag schwitzend, nur mit einem T-Shirt bekleidet, auf der Bettcouch, döste ein bißchen ein, wurde wieder wach, warf mich unruhig hin und her und döste erneut kurz ein. Schließlich setzte ich mich verärgert im Bett auf. Ich fieberte danach, etwas zu tun – nur, es gab nichts zu tun. Ich knipste das Licht an. Halb vier.

Ich zog meine Jeans an und ging auf Zehenspitzen hinaus in die Küche, um Kaffee zu kochen. Während das Wasser durch den weißen Porzellanfilter tröpfelte, suchte ich im Bücherbord im Wohnzimmer nach Lesestoff. Mitten in der Nacht erscheinen einem alle Bücher langweilig. Zum Schluß fiel meine Wahl auf *Das Wien des siebzehnten Jahrhunderts* von Dorfman. Bei einer Tasse Kaffee blätterte ich die Seiten durch, las von der verheerenden Pest nach dem Dreißigjährigen Krieg und von der Straße, die jetzt »Graben« heißt – was damit zu tun haben mochte, daß so viele Tote dort begraben lagen. Diese schreckliche Geschichte paßte genau zu meiner miesen Stimmung.

Ich hörte es trotz des Summens der Ventilatoren. In Lottys Zimmer klingelte das Telefon. Den Anschluß neben Jills Bett im Gästezimmer hatten wir abgestellt. Ich sagte mir zwar, daß es sicher für Lotty war – eine Frau in den Wehen oder irgendein verletzter Teenager –, doch ich lauschte trotzdem sehr angespannt und war keineswegs überrascht, als Lotty aus ihrem Zimmer kam, eingehüllt in einen dünnen gestreiften Baumwoll-Morgenmantel.

»Für dich. Eine Ruth Yonkers.«

Ich zuckte die Achseln; der Name sagte mir nichts. »Tut mir leid, daß du aufstehen mußtest«, sagte ich und ging durch den kleinen Korridor in Lottys Zimmer. Auf einmal hatte ich das Gefühl, als hätte ich die ganze Nacht nur mit Spannung auf diesen unerwarteten Anruf einer Unbekannten gewartet. Der Apparat stand auf einem kleinen indonesischen Tischchen neben Lottys Bett. Ich setzte mich aufs Bett und meldete mich.

»Hier spricht Ruth Yonkers«, antwortete eine heisere Stimme. »Ich habe gestern abend in der UFG-Versammlung mit dir gesprochen.«

»Ach ja«, sagte ich ruhig. »Ich kann mich an dich erinnern.« Es war die stämmige, pummelige junge Frau, die mir am Schluß eine Menge Fragen gestellt hatte.

»Nach der Versammlung habe ich mit Anita gesprochen. Ich war mir nicht ganz klar, wie ernst ich dich nehmen sollte, aber ich dachte, ich müßte es ihr erzählen.« Ich hielt den Atem an und schwieg. »Sie hat mich letzte Woche angerufen, hat mir berichtet, wie sie Peters – wie sie Peter gefunden hat. Sie nahm mir das Versprechen ab, niemandem ihren Aufenthaltsort zu verraten, ohne vorher mit ihr darüber zu reden. Nicht einmal ihrem Vater oder der Polizei. Das alles war reichlich – seltsam.«

»Ich verstehe«, sagte ich.

»Tatsächlich?« fragte sie zweifelnd.

»Du hast geglaubt, sie habe Peter umgebracht, nicht?« sagte ich so unbefangen wie möglich. »Und als sie dich ins Vertrauen zog, fühltest du dich in einer Zwickmühle. Du wolltest sie nicht verraten, aber du wolltest auch in keinen Mordfall verwickelt werden. Du warst also erleichtert, daß du dich auf dein Versprechen berufen konntest.«

Ruth gab einen Laut von sich – halb Seufzen, halb Lachen. »Ja, genauso ist es gewesen. Du bist gewiefter, als ich dachte. Mir war gar nicht klar, daß Anita selbst in Gefahr sein könnte – deshalb also hörte sie sich so verängstigt an. Jedenfalls, ich habe sie angerufen, und wir haben uns stundenlang unterhalten. Sie hat noch nie etwas von dir gehört, und wir haben hin und her überlegt, ob wir dir trauen können.« Sie machte eine Pause; ich schwieg. »Ich glaube, wir haben keine Wahl. Anders geht's wohl nicht. Wenn es zutrifft, daß irgendwelche Gangster hinter ihr her sind – es klingt alles so aberwitzig, doch sie meint, du hast recht.«

»Wo ist sie?« fragte ich leise.

»Oben in Wisconsin. Ich bringe dich hin.«

»Nein. Sag mir, wo sie ist; ich werde sie schon finden. Ich habe Verfolger auf dem Hals, und wenn ich mich mit dir treffe, wird das Risiko doppelt so groß.«

»Dann erfährst du nicht, wo sie ist«, erklärte Ruth. »Ich habe mit ihr ausgemacht, daß ich dich hinbringe.«

»Du warst eine echte Freundin, Ruth, und du hattest eine schwere Last auf den Schultern. Wenn jetzt aber die Typen, die hinter Anita her sind, erfahren, daß du ihren Aufenthaltsort kennst, und vielleicht vermuten, daß sie dich ins Vertrauen gezogen hat, dann ist dein Leben auch in Gefahr. Laß das Risiko mich übernehmen – das gehört schließlich zu meinem Beruf.«

Wir stritten uns ein paar Minuten, dann ließ sich Ruth überzeugen. In den fünf Tagen seit Anitas erstem Anruf war sie einer unglaublichen Belastung ausgesetzt gewesen, und sie war heilfroh, die Verantwortung abgeben zu können. Anita war in Hartford, einer Kleinstadt nordwestlich von Milwaukee. Sie arbeitete in einem Café als Bedienung. Ihr rotes Haar hatte sie abgeschnitten und schwarz gefärbt, und sie nannte sich Jody Hill. Wenn ich mich sofort auf den Weg machte, erwischte ich sie gerade, wenn das Café für den Frühstücksbetrieb geöffnet würde.

Als ich auflegte, war es nach vier. Ich fühlte mich erfrischt und hellwach, so als hätte ich acht Stunden tief und fest geschlafen und mich nicht drei Stunden lang schlechtgelaunt auf dem Bett gewälzt.

Lotty saß mit einer Tasse Kaffee in der Küche und las. »Lotty, es tut mir wirklich leid. Du kriegst ohnedies nie ausreichend Schlaf. Aber ich glaube, das war jetzt der Anfang vom letzten Akt.«

»Oh, fein.« Sie legte ein Lesezeichen zwischen die Seiten und klappte ihr Buch zu. »Geht's um das verschwundene Mädchen?«

»Ja. Das war eine Freundin, die mir die Adresse verriet. Ich brauche nun bloß noch von hier wegzukommen, ohne gesehen zu werden.«

»Wo ist sie?« Ich zögerte. »Meine Liebe, mich haben schon weit hartnäckigere Typen als Smeissens Rowdies in der Mangel gehabt. Und es sollte doch vielleicht noch jemand informiert sein.«

Ich grinste. »Du hast recht.« Ich sagte es ihr. Dann fügte ich noch hinzu: »Die Frage ist nur, was wir mit Jill machen. Wir wollten doch morgen nach Winnetka – heute, meine ich –, um zu sehen, ob ihr Vater im Besitz irgendwelcher Unterlagen war, aus denen seine Beziehung zu Masters und

McGraw hervorgeht. Eventuell ist Anita in der Lage, diese Frage zu klären. Trotzdem wäre es mir lieber, wenn wir Jill wieder nach Hause bringen könnten. Die ganzen Umstände – Paul unter dem Eßtisch, Jill bei den Kindern – das alles macht mich nervös. Falls sie für den Rest der Sommerferien wieder herkommen möchte, gut; sobald der Zirkus vorbei ist, kann sie bei mir wohnen. Aber in der jetzigen Situation wäre sie zu Hause besser aufgehoben.«

Lotty schürzte die Lippen und starrte minutenlang in ihre Kaffeetasse. Schließlich sagte sie: »Ja. Ich glaube, du hast recht. Es geht ihr schon viel besser – zwei Nächte durchgeschlafen, die Gesellschaft ausgeglichener Menschen, die sie mögen; vermutlich kann sie wieder zu ihrer Familie zurück; da stimme ich dir zu. Die Sache mit Paul ist auch keine Dauerlösung. Ganz reizend zwar, aber eben nur ein Provisorium in einer so vollgestopften Wohnung.«

»Mein Wagen steht in der Stadt, gegenüber vom Hilton. Ich kann ihn nicht nehmen – er wird beobachtet. Vielleicht könnte ihn Paul morgen früh holen und Jill nach Hause fahren. Ich komme morgen abend noch einmal her, um mich zu verabschieden und dir anschließend ein bißchen Privatleben zu gönnen.«

»Möchtest du nicht mein Auto nehmen?« fragte Lotty.

Ich überlegte. »Wo hast du geparkt?«

»Vor der Haustür, auf der anderen Straßenseite.«

»Danke, aber ich muß hier wegkommen, ohne gesehen zu werden. Ich weiß nicht, ob sie auch dein Haus überwachen. Diese Kerle wollen Anita um jeden Preis, sie haben ja schon durch ihren Anruf festgestellt, daß ich mich hier aufhalte.«

Lotty erhob sich und schaltete die Küchenbeleuchtung aus. Hinter den dünnen Mullgardinen und einer Hängegeranie verborgen, warf sie einen Blick aus dem Fenster. »Ich sehe niemanden ... Wir könnten doch Paul wecken. Er nimmt meinen Wagen, fährt mit ihm einige Male um den Block, und wenn ihm keiner folgt, läßt er dich hinten in der Gasse zusteigen. Am Ende der Straße setzt du ihn wieder ab.«

»Das gefällt mir nicht. Ihr seid dann ohne Fahrzeug, und wenn jemand merkt, daß er zu Fuß zurückkehrt, werden sie Verdacht schöpfen.«

»Meine liebe Vic, so viele Wenn und Aber sehen dir gar nicht ähnlich. Wir sind auch nicht ohne Fahrzeug – wir haben ja deins! Was deinen zweiten Einwand betrifft ...« Sie dachte ein Weilchen nach. »Ah! Ich hab's! Setz Paul an der Klinik ab. Er kann dort weiterschlafen. Wir haben ein Bett drüben, für den Fall, daß Carol oder ich mal dort übernachten müssen.«

Ich lachte. »Mehr Wenn und Aber fallen mir jetzt wirklich nicht ein, Lotty! Also wecken wir Paul und probieren wir's.«

Paul war sofort wach und guter Stimmung. Als er unseren Plan vernommen hatte, war er voll Begeisterung bei der Sache. »Falls sich einer von diesen Typen da draußen herumtreibt, soll ich ihm dann einen Denkzettel verpassen?«

»Nicht nötig, mein Lieber«, meinte Lotty amüsiert. »Wir wollen doch versuchen, nicht allzuviel Aufmerksamkeit zu erregen. An der Ecke Addison Street/Sheffield Avenue gibt es ein Restaurant, das die ganze Nacht geöffnet ist – von dort aus kannst du uns anrufen.«

Wir verließen das Zimmer, damit Paul sich anziehen konnte. Nach wenigen Minuten kam er in die Küche. Mit der linken Hand strich er sich das schwarze Haar aus dem kantigen Gesicht, während die rechte das blaue Arbeitshemd zuknöpfte. Lotty gab ihm ihre Autoschlüssel. Von Lottys unbeleuchtetem Schlafzimmer aus beobachteten wir die Straße. Paul wurde von niemandem angegriffen, als er in den Wagen stieg und losfuhr; es folgte ihm auch keiner.

Ich begab mich ins Wohnzimmer, um mir etwas Ordentliches anzuziehen. Lotty sah mir schweigend zu, als ich die

Smith & Wesson durchlud und im Schulterhalfter verstaute. Ich trug gutgeschnittene Jeans und eine Blousonjacke über einem Strickhemd mit Rippenmuster.

Nach ungefähr zehn Minuten klingelte Lottys Telefon. »Alles in Ordnung«, meldete Paul. »Allerdings ist jemand vor dem Haus. Ich glaube, ich fahre besser nicht durch die Gasse, sonst wird er vielleicht nach hinten gelockt. Ich warte am nördlichen Ende.«

Ich setzte Lotty ins Bild. Sie nickte. »Warum gehst du nicht durchs Untergeschoß? Du hast vom Treppenhaus aus Zutritt, und die Außentür ist durch die Treppe und die Mülltonnen versteckt.« Sie führte mich nach unten. Ich fühlte mich hellwach und sehr aufgekratzt. Von einem Treppenfenster aus konnten wir sehen, wie die Nacht langsam wich und frühes Dämmerlicht den Himmel färbte. Es war 4 Uhr 40, und im Hause herrschte tiefe Stille. In der Ferne hörte man eine Sirene, doch Lottys Straße lag wie ausgestorben.

Lotty hatte eine Taschenlampe bei sich, um kein Licht einschalten zu müssen. Sie beleuchtete kurz die Treppenstufen, damit ich mir meinen Weg einprägen konnte, und schaltete die Lampe dann wieder aus. Ich tappte hinter ihr her. Am Fuß der Treppe packte sie mich am Handgelenk, lotste mich um Fahrräder und eine Waschmaschine herum und zog ganz sacht und leise die Sicherheitsriegel der Außentür zurück. Als sie anschlugen, gab es ein kleines »Klick«. Sie wartete mehrere Minuten, bevor sie die Tür öffnete. Auf gutgeölten Angeln schwang sie lautlos nach innen. Ich schlüpfte hinaus und stieg auf meinen Kreppsohlen die Treppe hoch.

Im Schutz der Mülltonnen spähte ich die Gasse hinunter. Freddie saß gegen die Wand des übernächsten Hauses am südlichen Gassenende gelehnt. Soweit ich das beurteilen konnte, schlief er.

Geräuschlos bewegte ich mich wieder die Treppe hinunter.

»Warte bitte zehn Minuten«, flüsterte ich Lotty ins Ohr. »Unter Umständen brauche ich einen raschen Fluchtweg.« Lotty nickte schweigend.

Als ich oben ankam, sah ich mir Freddie nochmals genau an. Ob er so raffiniert war, sich schlafend zu stellen? Aus der Deckung der Mülltonnen schlich ich mich in den Schatten des nächsten Hauses, die Rechte am Revolvergriff. Freddie rührte sich nicht. Eng an die Hauswände gedrückt, lief ich rasch die Gasse hinunter. Nachdem ich etwa den halben Weg hinter mich gebracht hatte, verlangsamte ich das Tempo.

15
Die Gewerkschaftsmaid

Paul wartete an der verabredeten Stelle. Er hatte es sehr geschickt gemacht – der Wagen war von der Gasse aus nicht zu sehen. Ich glitt auf den Beifahrersitz und schloß sanft die Tür. »Gab's Probleme?« fragte er, als er den Motor startete und anfuhr.

»Nein. Aber hinten in der Gasse schläft ein Kerl, den ich kenne. Sie müssen Lotty von der Klinik aus anrufen. Sagen Sie ihr, sie darf Jill keinesfalls allein in der Wohnung lassen. Vielleicht kann sie für die Fahrt zur Klinik um Polizeischutz ersuchen. Sie soll ihn telefonisch bei Lieutenant Mallory anfordern.«

»In Ordnung.« Er war wirklich sehr nett. Schweigend legten wir das kurze Stück bis zur Klinik zurück. Ich gab ihm meine Autoschlüssel und erklärte ihm noch einmal, wo sich der Wagen befand. »Es ist ein dunkelblauer Chevy Monza.«

»Viel Glück«, sagte er mit seiner angenehm vollen Stimme. »Machen Sie sich um Jill und Lotty keine Sorgen – ich werde auf sie aufpassen.«

»Um Lotty mache ich mir niemals Sorgen«, erwiderte ich und rutschte auf den Fahrersitz. »Sie hat eine ganz besondere Eigendynamik.« Ich rückte mir den Außenspiegel und den Rückspiegel zurecht und legte den Gang ein. Lotty fuhr einen kleinen Datsun – praktisch und bescheiden wie sie.

Ich behielt ständig die Straße hinter mir im Auge, als ich durch die Addison Street zum Kennedy Expressway hinüberfuhr, doch ich schien allein zu sein. Die Luft war feuchtkalt, der typische Dunst einer stickigen Nacht, der sich nach Sonnenaufgang wieder in Smog verwandeln würde. Der östliche Himmel war bereits hell, und ich fuhr in flottem Tempo durch die leeren Straßen. Auf dem Expressway herrschte nur wenig Verkehr; nach fünfundvierzig Minuten hatte ich bereits die nördlichen Vororte hinter mir gelassen und befand mich auf der gebührenpflichtigen Autobahn nach Milwaukee.

Lottys Datsun fuhr sich leicht, obwohl ich nicht mehr ans Schalten gewöhnt war und die Gänge beim Herunterschalten gelegentlich etwas krachten. Sie hatte auch ein Autoradio, mit dem ich den regionalen Sender bis weit hinter der Grenze von Illinois empfangen konnte. Danach wurde der Empfang schlecht, und ich schaltete ab.

Als ich um sechs Uhr morgens die Umgehungsstraße von Milwaukee erreichte, war es heller Tag. Ich war vorher noch nie in Hartford gewesen, jedoch sehr häufig in Port Washington, fünfzig Kilometer weiter östlich am Michigansee gelegen. Soweit mir bekannt war, mußte ich dieselbe Straße nehmen und dann – fünfunddreißig Kilometer nördlich von Milwaukee – nach Westen in die Sechziger einbiegen statt nach Osten.

Um 6 Uhr 50 brachte ich den Datsun vor der First National Bank von Hartford auf der Hauptstraße zum Stehen, direkt gegenüber von Ronna's Café – Hausmannskost. Mir klopfte das Herz. Ich löste den Sicherheitsgurt und stieg aus, um mir die Beine zu vertreten. Die Entfernung von knapp zweihundertvierzig Kilometern hatte ich in zwei Stunden und zehn Minuten bewältigt. Nicht übel.

Hartford liegt in einer herrlichen Moränenlandschaft und ist das Zentrum der Milchwirtschaft von Wisconsin. Es gibt dort eine kleine Chrysler-Niederlassung, in der Außenbordmotoren gefertigt werden, aber das meiste Geld wurde in der Landwirtschaft verdient; die Leute waren hier früh auf den Beinen. Ronna's Café öffnete seine Türen um halb sechs, wie einem Anschlag zu entnehmen war, und gegen sieben waren die meisten Tische besetzt. Ich nahm mir den *Milwaukee Sentinel* aus einem stummen Verkäufer neben der Tür und setzte mich an einen freien Tisch im Hintergrund.

Eine Bedienung kümmerte sich um die Menge vor der Theke, eine zweite bediente an den Tischen. Sie hastete durch die Schwingtüren am Ende des Cafés, die Arme mit Tellern beladen. Ihr kurzes, gelocktes Haar war schwarz gefärbt. Es war Anita McGraw.

Sie lud Pfannkuchen, Spiegeleier, Toast und Bratkartoffeln auf einem Tisch ab, an dem drei stattliche Männer in Latzhosen ihren Kaffee tranken, und stellte dann ein Spiegelei vor einen gutaussehenden jungen Mann in dunkelblauem Overall am Nachbartisch. Sie sah mich mit dem gequälten Gesichtsausdruck an, der allen überarbeiteten Kaffeehausbedienungen eigen ist. »Ich komme sofort. Kaffee?«

Ich nickte. »Lassen Sie sich Zeit.« Ich blätterte in meiner Zeitung. Die Männer mit den Latzhosen zogen den gutaussehenden jungen Mann auf – anscheinend war es der Tierarzt, dessen Dienste die drei Farmer gelegentlich in Anspruch nahmen. »Lassen Sie sich deshalb einen Bart stehen, damit die Leute glauben, Sie seien jetzt erwachsen, Doc?« fragte einer.

»Nee. Um mich vor dem FBI zu verstecken«, gab der Tierarzt zurück. Anita brachte mir eine Tasse Kaffee; ihre Hand zitterte so stark, daß sie den Tierarzt bekleckerte. Sie wurde rot und fing an, sich zu entschuldigen. Ich stand auf und nahm ihr die Tasse aus der Hand, bevor sie noch mehr verschüttete, und der junge Mann sagte gutgelaunt: »Oh, man wird viel schneller munter, wenn man sich damit übergießt – besonders, wenn er noch heiß ist. Glaub mir, Jody«, fügte er hinzu, als sie den nassen Fleck auf seinem Ärmel erfolglos mit ihrer Serviette bearbeitete, »das ist noch das Beste, womit meine Sachen heute bekleckert werden!«

Die Farmer brachen bei dieser Bemerkung in Gelächter aus. Anita kam, um meine Bestellung entgegenzunehmen. Ich bestellte ein Denver-Omelett ohne Kartoffeln, Vollkorntoast und Orangensaft. Wenn du auf dem Lande bist, dann iß wie ein Landwirt. Der Tierarzt war mit Spiegelei und Kaffee fertig. »Tja, die Kühe rufen nach mir«, meinte er. Dann legte er einen Schein auf den Tisch und ging. Auch andere Gäste brachen auf. Es war inzwischen 7 Uhr 15 – Zeit für die täglichen Pflichten. Für die Farmer bedeutete der Kaffeehausbesuch eine kurze Pause zwischen dem morgendlichen Melken und den Besorgungen in der Stadt. Sie trödelten mit ihrer zweiten Tasse. Als Anita endlich mein Omelett servierte, wurde nur noch an drei Tischen gegessen; auch an der Theke war es so gut wie leer geworden.

Langsam verspeiste ich das halbe Omelett und las dabei jedes einzelne Wort in der Zeitung. Die Leute kamen und gingen. Inzwischen war ich bei der vierten Tasse Kaffee angelangt. Als mir Anita die Rechnung brachte, legte ich einen Fünfer hin und obenauf meine Visitenkarte, auf die ich geschrieben hatte: »Ruth hat mich geschickt. Ich warte in dem grünen Datsun gegenüber.«

Ich verließ das Lokal und warf Geld in die Parkuhr, bevor ich mich wieder ins Auto setzte. Nach einer halben Stunde, in der ich das Kreuzworträtsel gelöst hatte, erschien Anita. Sie öffnete die Beifahrertür und setzte sich schweigend neben mich. Ich faltete meine Zeitung zusammen, legte sie auf den Rücksitz und sah sie ernst an. Das Foto aus ihrer Wohnung hatte eine fröhliche junge Frau gezeigt, nicht geradezu eine Schönheit, aber erfüllt von jener Vitalität, die bei einem jungen Mädchen mehr wert ist als ein schönes Gesicht. Jetzt waren ihre Züge angespannt und abgezehrt. Nach dem Foto hätte die Polizei sie nie und nimmer erkannt – man schätzte sie eher auf dreißig als auf zwanzig. Schlaflose Nächte, Furcht und Anspannung hatten ihr junges Gesicht gezeichnet. Das schwarze Haar paßte nicht zu ihrem Teint, dem zarten, blassen Teint einer echten Rothaarigen.

»Wie sind Sie gerade auf Hartford gekommen?« fragte ich.

Sie sah mich erstaunt an; vermutlich war diese Frage das letzte, was sie erwartet hatte. »Peter und ich waren vorigen Sommer beim Washington County Festival hier oben – einfach so zum Spaß. Hier im Café haben wir uns einen Sandwich gekauft, und deshalb blieb es mir im Gedächtnis.« Ihre Stimme klang heiser vor Müdigkeit. Sie wandte mir den Blick zu und sagte rasch: »Ich hoffe, ich kann Ihnen vertrauen; irgendeinem *muß* ich einfach vertrauen. Ruth weiß ja nicht – sie kennt solche Leute nicht, die – die andere einfach abknallen. Ich eigentlich auch nicht, aber ich habe eine genauere Vorstellung davon als sie.« Sie lächelte mich freudlos an. »Ich werde wahnsinnig, wenn ich hier noch länger allein bleibe. Aber nach Chicago kann ich nicht zurück. Ich brauche Hilfe. Wenn Sie mir nicht helfen können, wenn Sie die Sache vermasseln und ich erschossen werde – vielleicht sind Sie auch ein raffinierter Killer, dem Ruth auf den Leim gegangen ist –, was weiß denn ich. Ich muß es darauf ankommen lassen.« Sie hatte ihre Hände so fest ineinander verkrampft, daß die Knöchel weiß hervortraten.

»Ich bin Privatdetektivin«, erklärte ich. »Ihr Vater hat mich letzte Woche beauftragt, Sie zu finden; statt dessen fand ich Peter Thayers Leiche. Am Wochenende bat er mich, die Suche aufzugeben. Ich habe gewisse Vermutungen, was die Gründe angeht. So bin ich in die Sache hineingeschlittert. Ich finde auch, daß Sie in einer ziemlich üblen Lage sind. Und wenn ich etwas versiebe, sieht es für uns beide nicht rosig aus. Sie können sich aber nicht bis in alle Ewigkeit hier verstecken. Ich glaube, ich bin zäh genug, schnell genug und clever genug, um die Dinge zu klären, damit Sie aus Ihrem Versteck kriechen können. Den Schmerz müssen Sie allein aushalten, und es wird noch mehr auf Sie zukommen. Aber ich kann Sie nach Chicago zurückbringen, oder wohin Sie wollen, und Sie können wieder frei und menschenwürdig leben.«

Sie dachte über meine Worte nach und nickte. Auf dem Gehsteig herrschte ein reges Kommen und Gehen. Ich kam mir vor wie in einem Aquarium. »Gibt es nicht einen Ort, wo wir miteinander reden können – und wo etwas mehr Platz ist?«

»Es gibt hier einen Park.«

»Ja, das ist das Richtige.« Er lag an der Sechziger in Richtung Milwaukee. Ich stellte den Datsun so ab, daß man ihn von der Straße aus nicht sehen konnte, und wir gingen hinunter zum Ufer eines kleinen Flusses, der durch den Park floß und die Grenze zur Rückfront der Chrysler-Niederlassung bildete. Es war ein heißer Tag, aber hier auf dem Lande war die Luft klar und mild.

»Sie erwähnten etwas von einem menschenwürdigen Leben«, sagte sie mit verkrampftem Lächeln, den Blick auf das Wasser gerichtet. »Ich glaube kaum, daß es das für mich noch gibt. Sehen Sie, ich weiß, was mit Peter passiert ist. Man könnte mir vielleicht sogar vorwerfen, daß ich ihn auf dem Gewissen habe.«

»Weshalb glauben Sie so etwas?« fragte ich sanft.

»Sie sagen, Sie hätten seine Leiche entdeckt. Nun, das habe ich auch. Ich bin um vier nach Hause gekommen und habe ihn gefunden. Ich wußte sofort, was passiert war. Ich verlor den Kopf und stürzte davon. Ich wußte nicht, wohin; nach Hartford bin ich erst am Tag darauf gefahren. Ich habe die erste Nacht bei Mary geschlafen, und dann bin ich hierher geflüchtet. Ich konnte mir nicht vorstellen, warum sie nicht auf mich gewartet hatten, aber daß sie mich bei meiner Rückkehr in die Wohnung schnappen würden, war mir klar.« Sie fing an zu schluchzen – ein heftiges, tränenloses Schluchzen, das Brust und Schultern erschütterte. »Menschenwürdig!« sagte sie mit rauher Stimme. »Herrgott! Ich wäre schon dankbar, wenn ich eine Nacht schlafen könnte!« Ich sah sie schweigend an. Nach einigen Minuten beruhigte sie sich ein wenig. »Wieviel wissen Sie eigentlich?«

»Ich kenne nicht viele Fakten – beweisbare Fakten, meine ich. Aber ich habe mir auf manches einen Reim gemacht. Was ich mit Bestimmtheit sagen kann, ist, daß Ihr Vater und Yardley Masters an einer krummen Sache beteiligt sind. Um was es geht, weiß ich noch nicht genau, aber ich habe in Ihrer Wohnung eine Zahlungsanweisung von der Ajax gefunden. Allem Anschein nach hat Peter sie mit nach Hause gebracht – weshalb ich annehme, daß es bei dem Schwindel, den ich vermute, um Zahlungsanweisungen geht. Ich weiß, daß Ihr Vater mit Earl Smeissen bekannt ist, und ich weiß auch, daß gewisse Leute unheimlich scharf auf etwas sind, was sie zunächst in Ihrer Wohnung zu finden hofften und später in meiner. Sie waren so scharf darauf, daß sie in beiden Wohnungen das Unterste zuoberst gekehrt haben. Meiner Meinung nach haben sie nach der Zahlungsanweisung gesucht. Und ich glaube, daß Smeissen oder seine Leute die Zerstörungsorgie veranlaßt haben.«

»Ist Smeissen ein Killer?« fragte sie mühsam mit ihrer rauhen Stimme.

»Nun, er ist im Augenblick ganz gut im Geschäft. Er braucht so etwas nicht mehr selbst zu machen, dafür hat er seine Leute.«

»Mein Vater gab also den Auftrag, Peter zu ermorden, stimmt's?« Sie starrte mich herausfordernd an; ihre Augen waren hart und trocken, ihr Mund zu einer Grimasse verzogen. Mit diesem Alptraum war sie jeden Abend zu Bett gegangen. Kein Wunder, daß sie nicht schlafen konnte.

»Ich weiß es nicht. Es ist nur eine Vermutung. Ihr Vater liebt Sie, müssen Sie wissen, und er läuft Amok im Moment. Er hätte Ihr Leben niemals absichtlich in Gefahr gebracht. Und er hätte Peter niemals wissentlich erschießen lassen. Wahrscheinlich hat es sich so abgespielt, daß Peter Masters die Sache auf den Kopf zugesagt hat. Und Masters verlor die Nerven und rief Ihren Vater an.« Ich hielt inne. »Was jetzt kommt, ist nicht angenehm; es fällt mir schwer, es Ihnen zu sagen: Ihr Vater kennt Leute, die jemanden für Geld aus dem Wege räumen. Er hat sich in einer rücksichtslosen Industrie an die Spitze einer ebenso rücksichtslosen Gewerkschaft vorgekämpft, und dazu war er auf solche Leute angewiesen.«

Sie nickte müde, ohne mich anzusehen. »Ich weiß. In der Vergangenheit wollte ich es immer verdrängen, aber jetzt ist es mir klar. Mein – mein Vater hat ihm also den Namen dieses Smeissen genannt – wollen Sie darauf hinaus?«

»Ja. Ich bin sicher, daß Masters ihm nicht verraten hat, wer ihm im Wege stand, sondern nur erwähnte, daß es jemanden gab, der die Machenschaften aufgedeckt hatte und der eliminiert werden mußte. Das wäre die einzige Erklärung für das Verhalten Ihres Vaters.«

»Was meinen Sie damit?« fragte sie teilnahmslos.

»Ihr Vater kam letzten Mittwoch unter falschem Namen

und mit einer erfundenen Geschichte zu mir und bat mich, nach Ihnen zu suchen. Er wußte zu diesem Zeitpunkt bereits, daß Peter tot war, und er war in Sorge, weil Sie weggelaufen waren. Sie haben ihn bei einem Anruf beschuldigt, Peter ermordet zu haben, nicht?«

Wieder nickte sie. »Alles war so unbeschreiblich idiotisch. Ich war außer mir vor Wut und Angst und – und Kummer. Nicht nur wegen Peter, verstehen Sie, sondern auch wegen meines Vaters, wegen der Gewerkschaft und wegen all der Dinge, die mir zeitlebens erstrebenswert erschienen waren und für die es sich lohnt zu kämpfen.«

»Ja, das war schlimm für Sie.« Sie schwieg, deshalb fuhr ich fort: »Zunächst war Ihrem Vater nicht klar, was geschehen war. Erst nach einigen Tagen brachte er Peter mit Masters in Verbindung. Dann wußte er, daß Masters schuld war an Peters Tod. Zu dem Zeitpunkt wußte er auch, daß Sie nicht in Schwierigkeiten steckten, also konnte er mir den Stuhl vor die Tür setzen. Um nicht jemand anderen auf Ihre Fährte zu locken, wollte er verhindern, daß ich Sie finde.«

Sie sah mich wieder an. »Ich verstehe, was Sie sagen«, meinte sie mit ihrer müden, gequälten Stimme. »Aber das macht es nicht besser. Mein Vater ist ein Mensch, der Leute umbringen läßt, und er hat auch Peter umbringen lassen.«

Wir saßen eine Weile stumm nebeneinander und blickten aufs Wasser. Dann sagte sie: »Ich bin mit der Gewerkschaft aufgewachsen. Meine Mutter starb, als ich drei Jahre alt war. Ich hatte keine Geschwister, und mein Vater und ich – wir standen uns sehr nahe. Er war ein Held; ich weiß, daß er eine Menge Kämpfe ausfechten mußte, aber für mich war er ein Held. Ich wuchs auf in dem Bewußtsein, daß er wegen der großen Bosse kämpfen mußte, und wenn es ihm gelang, ihnen eins auszuwischen, würde es allen arbeitenden Menschen in ganz Amerika zugute kommen.« Wieder ihr freudloses Lächeln. »Hört sich an wie aus einem Märchenbuch für Kinder, stimmt's? Es war ja auch ein Kindermärchen. Durch den Aufstieg meines Vaters in der Gewerkschaft hatten wir mehr Geld. Die Universität von Chicago – das war immer mein Traum gewesen. Siebentausend Dollar pro Jahr? Kein Problem! Er investierte das für mich. Ein eigenes Auto? Ich brauchte es nur zu sagen. Tief in meinem Innern wußte ich, daß ein Held der Arbeiterklasse eigentlich nicht so viel Geld haben dürfte, doch ich verdrängte es. ›Es steht ihm doch zu‹, sagte ich mir. Und als ich Peter begegnete, dachte ich: warum nicht? Die Thayers haben mehr Geld, als mein Vater sich je erträumte, und sie mußten es sich nie erarbeiten.« Sie machte wieder eine Pause. »Das waren also meine Überlegungen. Und dann solche Typen wie Smeissen. Sie verkehrten bei uns – nicht häufig, aber gelegentlich. Ich wollte es einfach nicht wahrhaben. Du liest über irgendeinen Gangster in der Zeitung, und er soll bei dir zu Hause mit deinem Vater angestoßen haben? Wie absurd!« Sie schüttelte den Kopf.

»Peter kam also aus dem Büro nach Hause. Er hatte die Arbeit bei Masters angenommen, um seinem Vater einen Gefallen zu tun. Der ganze Geldkram hing ihm zum Halse heraus – sogar schon zu einer Zeit, als wir noch nicht ineinander verliebt waren; doch ich weiß, daß sein Vater mir die Schuld gab. Er wollte mit seinem Leben etwas Sinnvolles anfangen – er wußte nur noch nicht, was. Aber weil er seinen guten Willen zeigen wollte, erklärte er sich bereit, bei der Ajax zu arbeiten. Ich glaube nicht, daß mein Vater davon wußte. Ich habe es ihm jedenfalls nicht erzählt. Ich habe mit ihm überhaupt nicht viel über Peter gesprochen; meine Beziehung zum Sohn eines so bedeutenden Bankiers behagte ihm nicht. Außerdem ist er recht puritanisch eingestellt. Er fand es ungeheuerlich, daß ich mit Peter zusammenlebte. Also, wie ich schon sagte, Peter war bei uns kein Gesprächsthema.

Peter kannte die Namen einiger führender Gewerkschaftler. Wissen Sie, wenn man verliebt ist, hört man solche Sachen voneinander. Auch ich wußte, wer der Geschäftsführer der Fort Dearborn Trust ist, das hätte ich sonst vielleicht nie erfahren.«

Sie kam jetzt allmählich in Fahrt. Ich unterbrach sie nicht, sondern ich war einfach Teil der Landschaft, an die Anita ihre Worte zu richten schien.

»Peter hat für Masters ziemlich langweilige Aufträge erledigt. Man hat eben in der Budgetverwaltung einen Arbeitsbereich für ihn geschaffen. Er war dem Direktor dieser Abteilung unterstellt, den er gut leiden konnte, und eine seiner Aufgaben bestand darin, Zahlungsanweisungen mit den entsprechenden Aktenunterlagen zu vergleichen, um festzustellen, ob sie übereinstimmten. Etwa so: Wurden an Joe Blow vielleicht fünfzehntausend Dollar ausbezahlt, wenn ihm laut Schadensakte nur zwölftausend zustanden? Normalerweise übernahm diese Kontrollfunktion ein Computer, aber sie hatten den Verdacht, daß mit dem Computer etwas nicht stimmte, deshalb sollte sich Peter manuell mit dieser Aufgabe befassen.« Sie lachte auf. Es klang wie ein Schluchzen. »Wenn ich mir vorstelle, daß Peter noch am Leben sein könnte, wenn Ajax ein funktionierendes Computersystem gehabt hätte. Manchmal geht mir das durch den Kopf, und dann möchte ich am liebsten alle ihre Programmierer erschießen. Also weiter. Er fing mit den größten Summen an – es gab Tausende und Abertausende von Akten; sie haben dreihunderttausend Schadensfälle pro Jahr, doch er sollte nur Stichproben machen. Er nahm sich also zunächst die bedeutendsten vor – hundertprozentige Arbeitsunfähigkeit, die bereits einige Zeit bestand. Am Anfang war es interessant für ihn zu erfahren, was den Leuten so alles passierte. Dann fand er eines Tages den Schadenersatzanspruch eines gewissen Carl O'Malley. Hundertprozentige Berufsunfähigkeit. Er hatte bei einem idiotischen Unfall am Fließband seinen rechten Arm verloren. So was kommt vor, wissen Sie. Man kann an so einem Fließband hängenbleiben und wird dann in die Maschine hineingezogen. Es ist gräßlich.«

Ich nickte bestätigend.

Sie sah mich an und richtete ihre Worte nun direkt an mich statt ins Blaue hinein. »Allerdings war der Unfall nicht wirklich geschehen. Carl ist einer der ranghöchsten Vizepräsidenten, die rechte Hand meines Vaters, und er ist bei uns ein und aus gegangen, solange ich denken kann. Ich nenne ihn Onkel Carl. Peter wußte das, deshalb brachte er die Adresse mit nach Hause; es war die von Onkel Carl. Ihm geht es so gut wie Ihnen und mir – er hat niemals einen Unfall gehabt, und er arbeitet schon dreiundzwanzig Jahre lang nicht mehr am Fließband.«

»Ich verstehe. Sie wußten nicht, was Sie davon halten sollten. Haben Sie nicht Ihren Vater gefragt?«

»Nein. Mir war nicht klar, wie ich es anstellen sollte. Ich habe da nicht durchgeblickt. Ich glaube, ich habe gedacht, Onkel Carl hätte eine unberechtigte Schadenersatzforderung gestellt. Peter und ich betrachteten es irgendwie als Witz. Aber die Sache ließ ihn nicht los. So war er nun mal, wissen Sie. Er dachte die Dinge immer zu Ende. Und dann überprüfte er methodisch alle übrigen Vorstandsmitglieder. Sie hatten samt und sonders Schadenersatzansprüche laufen. Nicht alle wegen hundertprozentiger Berufsunfähigkeit und nicht alle wegen Dauerschäden, doch bei jedem einzelnen handelte es sich um beträchtliche Beträge. Und jetzt kommt das Fürchterlichste an der Sache: Auch mein Vater hatte einen Entschädigungsanspruch angemeldet. Ich war darüber so erschrocken, daß ich nicht mehr mit ihm reden konnte.«

»Gehört Joseph Gielczowski auch zum Vorstand?« fragte ich.

»Ja. Er ist einer der Vizepräsidenten und Vorsitzender der Sektion dreißig-einundfünfzig, eines äußerst einflußreichen Bezirks in Calumet City. Kennen Sie ihn?«

»Der Name stand auf der Zahlungsanweisung, die ich gefunden habe.« Nun verstand ich, weshalb ihnen so viel daran lag, daß ich diese unverfängliche kleine Stange Dynamit nicht in die Hände bekam. Kein Wunder, daß sie meine Wohnung in einen Trümmerhaufen verwandelt hatten, um sie aufzustöbern. »Peter beschloß dann wohl, mit Masters zu reden? Sie beide kamen nicht drauf, daß Masters in die Geschichte verwickelt sein könnte?«

»Nein. Peter dachte, er müsse ihn als ersten ins Bild setzen. Wir wußten noch nicht genau, was wir als nächstes tun würden – wir mußten ja auch mit meinem Vater reden.« In ihren blauen Augen stand die nackte Angst. »Es geschah also folgendes: Peter erzählte Masters von der Sache, und Masters meinte, das sei eine sehr ernste Geschichte, und er würde gern mit Peter unter vier Augen darüber sprechen, weil es unter Umständen der Staatlichen Aufsichtsbehörde für das Versicherungswesen gemeldet werden müsse. Peter war einverstanden, und Masters wollte am Montag früh vor Arbeitsbeginn vorbeikommen.« Sie sah mich an. »Das war eigenartig, nicht? Wir hätten wissen sollen, daß das nicht normal war, daß ein Vizepräsident so etwas nicht macht, daß er solche Gespräche in seinem Büro führt. Ich glaube, wir nahmen an, er komme deshalb selbst her, weil Peter quasi ein Freund der Familie war.« Sie blickte wieder hinaus auf den Fluß. »Ich wäre gern dabeigewesen, aber ich hatte ja einen Ferienjob. Ich half einem Dozenten des Fachbereichs Politische Wissenschaften bei einer Untersuchung.«

»Harold Weinstein?« riet ich.

»Stimmt. Sie haben wirklich gründlich über mich recherchiert. Wie dem auch sei, ich mußte jedenfalls um halb neun dort anfangen, und Masters wollte so gegen neun kommen. Daher überließ ich Peter sich selbst. Im wahrsten Sinne des Wortes. Mein Gott, weshalb nahm ich meinen Job so verdammt wichtig! Weshalb bin ich nicht bei ihm geblieben!« Nun endlich weinte sie, echte Tränen kamen, nicht diese trockenen Schluchzer. Sie barg das Gesicht in den Händen und ließ ihren Tränen freien Lauf. Dazwischen sprach sie immer wieder davon, daß Peter nur ermordet worden war, weil sie ihn allein gelassen hatte, und eigentlich hätte es sie treffen sollen, weil doch *ihr* Vater derjenige war, der mit Kriminellen Umgang pflegte, und nicht seiner. Ein paar Minuten lang ließ ich sie in Ruhe.

»Hören Sie gut zu, Anita«, sagte ich dann mit klarer, fester Stimme. »Sie können sich jetzt für den Rest Ihres Lebens Vorwürfe machen. Aber Sie haben Peter nicht umgebracht. Sie haben ihn nicht im Stich gelassen; Sie haben ihn nicht hintergangen. Wären Sie dabeigewesen, so wären Sie jetzt ebenfalls tot, und die Wahrheit wäre nie ans Licht gekommen.«

»Ich pfeife auf die Wahrheit«, schluchzte sie. »Ich kenne die Wahrheit, und es ist mir gleichgültig, ob der Rest der Welt sie erfährt oder nicht!«

»Wenn der Rest der Welt sie nicht erfährt, sind Sie so gut wie tot«, sagte ich brutal. »Das gilt auch für den nächsten netten Jungen oder das nächste nette Mädchen, die sich mit den Akten befassen und das entdecken, was Sie und Peter entdeckt haben. Ich weiß, das alles ist unerträglich. Ich kann mir vorstellen, daß es für Sie die Hölle gewesen sein muß, und es wird noch viel schlimmer kommen. Aber je rascher wir handeln und die Sache hinter uns bringen, desto besser für Sie. Und es wird um so unerträglicher, je länger Sie es hinauszögern.«

Sie saß da, die Hände vors Gesicht geschlagen. Allmählich ließ ihr Schluchzen nach. Nach einer Weile richtete sie sich auf und blickte mich an. Ihr Gesicht war tränenverschmiert und ihre Augen gerötet, aber sie sah etwas gelöster aus – sie wirkte jünger, glich weniger ihrer eigenen Totenmaske. »Sie haben recht. Ich wurde schon als Kind dazu erzogen, mich nicht vor Auseinandersetzungen mit anderen zu scheuen. Nur vor der mit meinem Vater habe ich Angst.«

»Das kann ich mir denken«, sagte ich leise. »Mein Vater ist vor zehn Jahren gestorben. Ich war sein einziges Kind, und wir standen uns sehr nahe. Ich weiß, wie Ihnen zumute sein muß.«

Sie trug ihre lächerliche Kellnerinnenuniform: schwarze Kunstseide mit einem weißen Schürzchen. Sie schneuzte sich in das Schürzchen.

»Wer hat die Schecks eingelöst?« fragte ich. »Die Leute, auf deren Namen sie lauteten?«

Sie schüttelte den Kopf. »Das weiß man nicht. Derartige Zahlungsanweisungen werden ja nicht bar eingelöst. Man legt sie seiner Bank vor, und die Bank prüft, ob man ein Konto hat, bevor sie bei der Versicherungsgesellschaft die Geldüberweisung veranlaßt. Man hätte wissen müssen, bei welcher Bank die Belege präsentiert wurden, aber das ging aus den Akten nicht hervor – es waren nur die Durchschläge vorhanden. Ich habe keine Ahnung, ob sie die Originale zurückbehielten oder ob sie an die Buchhaltung weitergeleitet wurden oder was sonst. Und Peter – Peter wollte sich nicht zu weit vorwagen ohne Masters' Wissen.«

»Was hatte Peters Vater mit der Sache zu tun?«

Bei dieser Frage machte sie große Augen. »Peters Vater? Überhaupt nichts!«

»Unmöglich. Er wurde kürzlich ermordet – am Montag.«

Ihr Kopf schwankte hin und her, und sie sah ganz krank aus. »Tut mir leid«, sagte ich bedauernd, »es war gedankenlos von mir, Ihnen das so knallhart ins Gesicht zu sagen.« Ich legte ihr den Arm um die Schultern. Meine Zunge hielt ich im Zaum. Aber ich hätte wetten können, daß Thayer sowohl Masters als auch McGraw beim Einlösen der Schecks behilflich gewesen war. Möglicherweise waren noch weitere Gewerkschaftsfunktionäre in die Sache verwickelt, doch mit dem gesamten Vorstand würden sie sich eine solche Pfründe kaum geteilt haben. Außerdem wäre es bald ein offenes Geheimnis gewesen, wenn zu viele Leute davon wußten. Masters und McGraw, vielleicht noch ein Arzt, der die Gutachten für die Akten erstellte. Thayer eröffnet für sie ein Konto. Er weiß nicht, worum es geht, und er stellt keine Fragen. Vielleicht lassen sie ihm alljährlich ein Geschenk zukommen. Und als er damit droht, Ermittlungen über den Tod seines Sohnes anzustellen, schlagen sie zu: Er war an der Sache beteiligt und kann dafür strafrechtlich belangt werden. Erschien mir plausibel. Ich war neugierig, ob Paul und Jill in Thayers Arbeitszimmer etwas finden würden. Falls Lucy sie ins Haus ließ. Im Augenblick mußte ich mich erst einmal um Anita kümmern.

Wir blieben eine Weile ruhig sitzen. Anita hing ihren eigenen Gedanken nach. Vermutlich beschäftigte sie sich mit unserem Gespräch. Unvermittelt sagte sie: »Es wird leichter, wenn man mit jemandem darüber reden kann. Die Dinge sind dann nicht mehr ganz so grauenvoll.«

Ich brummte bestätigend. Sie besah sich ihre absurde Uniform. »Ich in dieser Verkleidung! Wenn mich Peter so sehen könnte, würde er ...« Sie unterbrach sich und schluchzte auf. »Ich möchte gern hier weg und das Jody-Hill-Spiel beenden. Glauben Sie, ich kann wieder nach Chicago zurück?«

Ich überlegte. »Wo wollen Sie dort wohnen?«

Sie dachte einen Augenblick nach. »Das wird sicher ein Problem. Ich kann Ruth und Mary nicht noch einmal mit hineinziehen.«

»Stimmt. Nicht nur wegen Ruth und Mary, sondern auch,

weil mir gestern abend jemand gefolgt ist, als ich aus der UFG-Versammlung kam. Es ist also damit zu rechnen, daß Earl einige der Mitglieder eine Zeitlang beobachten läßt. Und es ist Ihnen bestimmt klar, daß Sie nicht nach Hause können, bis die ganze Sache ausgestanden ist.«

»Sicher. Nur – es ist so schwierig ... Einerseits war es wohl ganz geschickt, hierherzukommen, andererseits sitze ich hier wie auf Kohlen und kann mich mit niemandem aussprechen. Ständig ziehen sie mich wegen irgendwelcher junger Männer auf, wegen des netten Doktors Dan zum Beispiel, den ich heute früh mit Kaffee begossen habe, und ich kann keinem von Peter erzählen. Sie denken alle, ich bin mufflig.«

»Ich kann Sie schon nach Chicago zurückbringen«, sagte ich langsam, »aber Sie müßten für ein paar Tage untertauchen – bis ich den Fall bereinigt habe ... Wir könnten mit dem Versicherungsschwindel an die Öffentlichkeit gehen, doch damit brächten wir Ihren Vater in Schwierigkeiten und Masters würden wir vielleicht doch nicht erwischen. Und ich möchte ihn so festnageln, daß er sich nicht mehr herauswinden kann, bevor ich alle Einzelheiten ans Tageslicht fördere. Können Sie mir folgen?« Sie nickte. »Gut. Dann will ich versuchen, Sie in Chicago in einem Hotel unterzubringen. Ich glaube, ich kann es so arrangieren, daß niemand davon Wind bekommt. Sie dürften Ihr Zimmer nicht verlassen. Irgendeine Vertrauensperson würde jedoch ab und zu vorbeikommen, mit der Sie reden könnten, damit Sie nicht völlig verrückt werden. Was halten Sie davon?«

Sie verzog das Gesicht. »Ich habe wahrscheinlich gar keine andere Wahl. Wenigstens wäre ich dann wieder in Chicago, in meiner vertrauten Umgebung ... Danke«, fügte sie etwas verspätet hinzu. »Ich möchte nicht, daß es sich so anhört, als würde mir das nicht passen – ich weiß wirklich zu schätzen, was Sie alles für mich tun.«

»Machen Sie sich jetzt bloß keine Gedanken über gute oder schlechte Manieren. Ich tue das ja nicht, weil Sie sich bei mir bedanken sollen.«

Wir schlenderten langsam zum Datsun zurück. Winzige Insekten summten und hüpften im Gras, die Vögel zwitscherten munter durcheinander. Eine Frau mit zwei Kindern war in den Park gekommen. Die Kinder gruben eifrig im Dreck. Die Frau las und sah alle paar Minuten von ihrem Buch auf. Sie hatten einen Picknickkorb unter einen Baum gestellt, und als wir vorbeigingen, rief die Frau ihren Kindern zu: »Matt! Eve! Wie wär's, wenn wir jetzt was essen würden?« Sie kamen herbeigerannt. Ich verspürte einen leisen Anflug von Neid. An einem herrlichen Sommertag wie diesem wäre es bestimmt angenehmer, mit den eigenen Kindern ein Picknick zu veranstalten, als eine Flüchtige vor Polizei und Gangstern zu verstecken.

»Müssen Sie in Hartford noch etwas abholen?« fragte ich.

Sie schüttelte den Kopf. »Ich möchte nur im Café Bescheid sagen, daß ich gehe.«

Ich parkte vor dem Lokal, und sie ging hinein, während ich die Telefonzelle an der Ecke aufsuchte, um beim *Herald-Star* anzurufen. Es war kurz vor zehn. Ryerson war in seinem Büro.

»Murray, ich habe die Story deines Lebens für dich, wenn du eine Kronzeugin einige Tage auf Eis legen kannst.«

»Wo bist du denn?« fragte er. »Hört sich ja an, als seist du am Nordpol. Wer ist die Zeugin? Die kleine McGraw?«

»Murray, dein Gehirn arbeitet wie ein Fangeisen. Du mußt mir etwas versprechen, und ich brauche deine Hilfe.«

»Ich hab' dir doch schon mehr als genug geholfen«, protestierte er. »Andauernd. Erst mit den Fotos, und dann, weil ich keine Story über deinen Tod verfaßt habe, damit ich an das Dokument bei deinem Anwalt hätte herankommen können.«

»Murray, wenn es außer dir noch eine Menschenseele gäbe, an die ich mich wenden könnte, ich würde es tun. Aber auf dich kann man ja felsenfest bauen, wenn du nur die Aussicht auf eine erstklassige Story hast.«

»Na gut«, willigte er ein. »Ich werde mein möglichstes tun.«

»Prima. Ich bin in Hartford, Wisconsin, bei Anita McGraw. Ich möchte sie nach Chicago zurückbringen und dort in der Versenkung verschwinden lassen, bis das Theater vorüber ist. Das bedeutet, keiner darf davon Wind bekommen, wo sie sich aufhält; denn wenn das passiert, kannst du dich gleich hinsetzen und ihren Nachruf schreiben. Ich kann sie nicht persönlich abliefern, weil man mir auf den Fersen ist. Ich will sie nach Milwaukee bringen und dort in einen Zug setzen; du holst sie von der Union Station ab und verfrachtest sie in ein Hotel. Möglichst weit weg vom Zentrum, damit nicht irgendein gewiefter Hotelboy, der auf Smeissens Gehaltsliste steht, zwei und zwei zusammenzählt, wenn sie auftaucht. Geht das?«

»Herr im Himmel, Vic, mit Kleinigkeiten hältst du dich wirklich nicht auf, das muß man sagen. Klar, läuft. Und wie ist nun die Story? Warum ist sie in Gefahr? Hat Smeissen ihren Freund weggepustet?«

»Murray, eines sage ich dir: Wehe, du setzt etwas in dein Blatt, bevor die Sache ausgestanden ist – dann fischen sie nämlich deine Leiche aus dem Chicago River, das garantiere ich dir!«

»Du hast mein Ehrenwort als Gentleman, der es kaum erwarten kann, ganz Chicago mit dieser Wahnsinnsstory zu überraschen. Wann kommt der Zug an?«

»Das weiß ich noch nicht. Ich rufe dich aus Milwaukee noch mal an.«

Als ich eingehängt hatte, war Anita schon zurück und wartete neben dem Wagen. »Sie waren nicht gerade begeistert über meine Kündigung.«

Ich lachte. »Ach, darüber können Sie sich auf dem Heimweg den Kopf zerbrechen. Das lenkt Sie von Ihrem Kummer ab.«

16
Reibach

In Milwaukee mußten wir bis 13 Uhr 30 auf einen Zug nach Chicago warten. Anita blieb auf dem Bahnhof, während ich für sie Jeans und eine Bluse besorgte. Nachdem sie sich im Waschraum umgezogen und frischgemacht hatte, sah sie jünger und munterer aus. Wenn jetzt auch noch diese fürchterliche schwarze Farbe aus ihrem Haar verschwand, war sie topfit. Sie war zwar der Meinung, ihr Leben sei verpfuscht, und im Augenblick sah es ganz bestimmt nicht rosig für sie aus. Aber sie war schließlich erst zwanzig und würde sich wieder aufrappeln.

Murray erklärte sich bereit, sie vom Zug abzuholen und in ein Hotel zu verfrachten. Er hatte das Ritz ausgesucht. »Wenn sie sich schon einige Tage verkriechen muß, dann soll sie's wenigstens gemütlich haben«, erklärte er. »Der Star wird sich die Kosten mit dir teilen.«

»Herzlichen Dank, Murray«, versetzte ich trocken. Er sollte meinen Auftragsdienst anrufen und lediglich ein »Ja« oder »Nein« hinterlassen – ohne Namen. »Nein« bedeutete, auf dem Bahnhof oder mit dem Hotel war etwas schiefgelaufen. Ich sollte mich dann wieder mit ihm in Verbindung setzen. Um das Hotel würde ich einen weiten Bogen machen. Er würde es übernehmen, mehrmals täglich bei Anita vorbeizuschauen, um mit ihr zu plaudern und ihr das Essen zu bringen; wir wollten nicht, daß sie auf den Zimmerkellner angewiesen war.

Kaum hatte der Zug den Bahnhof verlassen, fuhr ich wieder auf die gebührenpflichtige Autobahn in Richtung Chicago. Ich hatte nun beinahe sämtliche Fäden in der Hand. Es gab nur ein Problem: Ich konnte nicht beweisen, daß Masters Peter Thayer ermordet hatte. Oder hatte ermorden lassen. Natürlich wurde die Tatsache durch Anitas Aussage erhärtet. Masters hatte eine Verabredung mit Peter gehabt. Doch es gab keine Beweise, jedenfalls nicht solche, die Bobby veranlassen würden, einen Haftbefehl auszustellen und einen der ranghöchsten Vizepräsidenten eines einflußreichen Chicagoer Unternehmens in Handschellen abführen zu lassen. Irgendwie mußte ich es schaffen, so heftig im Wespennest herumzustochern, daß die Wespenkönigin gereizt auf mich losging.

Bevor ich auf den Edens Expressway einbog, machte ich einen Umweg nach Winnetka, um zu erkunden, ob Jill zu Hause eingetroffen und in den Papieren ihres Vaters fündig geworden war. Ich hielt an einer Tankstelle in der Willow Road und rief bei den Thayers an.

Jack war am Apparat. Ja, Jill wäre zu Hause, aber sie gäbe keine Interviews. »Ich bin keine Reporterin«, erklärte ich. »Ich bin V. I. Warshawski.«

»Mit Ihnen wird sie erst recht nicht sprechen. Sie haben Mutter Thayer schon genug Kummer bereitet.«

»Thorndale, Sie sind das dämlichste Arschloch, das mir je begegnet ist. Wenn Sie Jill nicht sofort ans Telefon holen, stehe ich in fünf Minuten vor dem Haus. Ich werde einen Heidenkrach schlagen, und ich werde alle Ihre Nachbarn belästigen, bis ich jemanden finde, der bereit ist, Jill für mich anzurufen.«

Er knallte den Hörer hin – vermutlich auf die Tischplatte,

denn die Verbindung war nicht unterbrochen. Nach einer Weile kam Jills klare, helle Stimme über die Leitung. »Was haben Sie denn mit Jack gemacht?« kicherte sie. »Ich habe ihn noch nie so wütend gesehen.«

»Ach, ich habe nur damit gedroht, alle eure Nachbarn in eure Familienangelegenheiten hineinzuziehen«, erwiderte ich. »Obwohl das sicher bereits geschehen ist – die Polizei hat bestimmt bei allen die Runde gemacht und sie befragt ... Bist du gut in Winnetka gelandet?«

»O ja. Es war ziemlich aufregend. Paul hat für uns Polizeischutz bis zur Klinik angefordert. Lotty wollte es zunächst nicht, aber er hat darauf bestanden. Dann hat er Ihren Wagen geholt, und wir sind mit Blaulicht und Sirene von der Klinik abgebraust. Sergeant McGonnigal war wirklich super!«

»Hört sich ganz gut an. Wie ist die Lage an der Heimatfront?«

»Ach, es geht. Mutter hat beschlossen, mir zu verzeihen, aber Jack benimmt sich wie ein blöder Lackaffe. Er betet mir in einer Tour vor, wie unglücklich ich Mutter gemacht habe. Ich hatte Paul gebeten, zum Mittagessen zu bleiben, und Jack hat ihn behandelt wie einen Müllmann oder so was. Ich hab' mich fürchterlich aufgeregt, doch Paul meinte, er sei so etwas gewöhnt. Zum Teufel mit Jack!«

Ich lachte über diesen Ausbruch. »Gutes Kind! Paul ist ein netter Kerl – er ist es wert, daß man für ihn eintritt. Hattest du schon Gelegenheit, die Papiere deines Vaters durchzusehen?«

»O ja. Lucy hat natürlich einen Anfall gekriegt. Aber ich habe mir einfach vorgestellt, ich sei Lotty, und habe mich nicht um sie gekümmert. Ich wußte ja eigentlich gar nicht, wonach ich suchen sollte«, sagte sie. »Doch dann habe ich eine Art Dokument gefunden, auf dem sowohl der Name von Mr. Masters als auch der von Mr. McGraw stand.«

Plötzlich spürte ich, wie tiefer Friede in mir einkehrte, so als hätte ich eine lebensbedrohende Krise heil überstanden. Ich bemerkte, daß ich ins Telefon grinste. »Wußtest du, um was es sich handelte?« fragte ich.

»Nein, nicht so recht«, sagte Jill unsicher. »Soll ich es holen und Ihnen vorlesen?«

»Das wird vermutlich das beste sein«, entschied ich. Sie legte den Hörer hin. Ich trällerte leise vor mich hin. Was wird es mir verkünden, dies herrliche Papier? Was ist des Rätsels Lösung?

Jill meldete sich wieder. »Es ist eine Fotokopie«, sagte sie. »Mein Vater hat das Datum mit der Hand oben an den Rand geschrieben: Achtzehnter März neunzehnhundertvierundsiebzig. Dann heißt es: »Treuhandvertrag. Den Unterzeichnern, Yardley Leland Masters und Andrew Solomon McGraw, wird hiermit die treuhänderische Verwaltung sämtlicher Gelder anvertraut, die diesem Konto für die folgenden Personen gutgeschrieben werden. Es folgt eine Liste von Namen – Andrew McGraw, Carl O'Malley, Joseph Giel … – das kann ich nicht aussprechen. Es sind ungefähr – Moment mal –«, ich hörte sie leise zählen, »dreiundzwanzig Namen. Da steht noch: ›und für alle weiteren Personen, die sie dieser Liste – von mir gegengezeichnet – hinzuzufügen wünschen.‹ Dann kommt Vaters Name und eine Zeile für seine Unterschrift. Haben Sie danach gesucht?«

»Ja, danach habe ich gesucht, Jill.« Meine Stimme klang so ruhig, als ob ich gerade verkündete, daß die Cubs den Weltcup gewonnen hätten.

»Was hat das zu bedeuten?« wollte sie wissen. Nach der Freude darüber, daß sie Jack und Lucy ausgetrickst hatte, kam sie nun wieder auf den Boden der Tatsachen zurück. »Heißt das, daß Peter von Paps umgebracht wurde?«

»Nein, Jill. Dein Vater hat deinen Bruder nicht getötet. Es

bedeutet, daß dein Vater von üblen Machenschaften Kenntnis hatte, denen dein Bruder auf der Spur war. Deswegen wurde Peter ermordet.«

»Ich verstehe.« Sie schwieg einen Augenblick. »Wissen Sie, wer es war?« fragte sie schließlich.

»Ich denke, ja. Mach dir nicht zu viele Gedanken, Jill, bleib in der Nähe eures Hauses und geh mit niemandem außer Paul weg. Ich komme morgen oder übermorgen und besuche dich; bis dahin dürfte sich alles geklärt haben.« Ganz zuletzt fiel mir noch ein, daß sie vorsichtshalber das Dokument verstecken sollte. »Ach, Jill«, begann ich, doch sie hatte bereits aufgelegt. Na egal, dachte ich. Sie hätten sicherlich schon danach gesucht, wenn sie es dort vermutet hätten.

Was das Dokument besagte, war, daß Masters für jeden x-beliebigen unrechtmäßige Schadenersatzansprüche geltend machen konnte; dann brauchten er und McGraw nur noch die Zahlungsanweisungen einzulösen – oder wie man das nannte – und sie dem Treuhandkonto gutschreiben zu lassen, was Thayer geflissentlich übersah. Ich verstand nur nicht, daß sie überhaupt Namen von existierenden Personen verwendet hatten. Sie hätten genausogut welche erfinden können – dann wäre die Sache viel leichter zu vertuschen gewesen. Und Peter Thayer und sein Vater wären noch am Leben. Vielleicht hätten sie das später einmal gemacht. Ich mußte mir einmal die gesamte Namensliste ansehen und sie mit dem Personalverzeichnis der Scherenschleifer-Gewerkschaft vergleichen.

Es war beinahe vier Uhr. Anita mußte inzwischen in Chicago eingetroffen sein. Ich rief bei meinem Auftragsdienst an, doch es hatte niemand eine »Ja« oder »Nein« lautende Nachricht hinterlassen. Also stieg ich wieder in den Wagen und fuhr auf den Edens Expressway zurück. Stadteinwärts kam man nur im Schrittempo vorwärts. Wegen Reparaturarbeiten auf zwei Fahrspuren wurde der Stoßverkehr zum Alptraum. Langsam fädelte ich mich in die Schlange auf dem Kennedy Expressway ein – gereizt und ungeduldig, obwohl ich keine Termine mehr hatte. Nur diese Unrast in mir. Ich wußte nicht, was ich jetzt unternehmen sollte. Selbstverständlich konnte ich den Schwindel mit den Zahlungsanweisungen aufdecken. Doch wie ich Anita bereits auseinandergesetzt hatte, würde Masters natürlich jegliche Mitwisserschaft bestreiten: Es würde alles an der Gewerkschaft und an den ärztlichen Gutachtern hängenbleiben. Ob sich die Schadenssachbearbeiter wohl jemals irgendwelche Unfallgeschädigten ansahen? Ich bezweifelte es. Ich müßte Ralph danach fragen, ihn über das informieren, was ich heute ermittelt hatte, und herausfinden, ob es irgendeine juristische Möglichkeit gab, Masters den Betrug eindeutig nachzuweisen. Aber sogar das reichte nicht aus. Ich mußte ihn mit den Morden in Verbindung bringen. Nur das Wie war mir noch schleierhaft.

Um halb sechs erreichte ich die Ausfahrt Addison Street, und von dort aus mußte ich mich durch die Stadt kämpfen. Schließlich bog ich in eine kleine Nebenstraße voller Schlaglöcher ab, in der sehr wenig Verkehr herrschte. Ich war gerade im Begriff, in die Sheffield Avenue zu Lottys Wohnung einzubiegen, als mir der Gedanke kam, daß ich womöglich direkt in eine Falle lief. Aus dem rund um die Uhr geöffneten Restaurant an der Ecke Addison Street rief ich bei ihr an.

»Vic, meine Liebe«, begrüßte sie mich. »Kannst du dir vorstellen, daß diese Gestapo-Typen tatsächlich die Stirn hatten, auch in meine Wohnung einzubrechen? Ob sie nun dich suchten oder Jill oder die kleine McGraw, das kann ich nicht sagen, aber sie waren jedenfalls hier.«

»O mein Gott, Lotty!« sagte ich mit einem flauen Gefühl im Magen. »Das tut mir aber leid. Haben sie großen Schaden angerichtet?«

»Ach, nicht so schlimm; nur die Schlösser. Paul ist gerade hier und baut neue ein. Was mich so wütend macht, ist ihre Brutalität.«

»Ich weiß«, sagte ich reumütig. »Ich werde natürlich alles wieder in Ordnung bringen lassen, was sie dir ruiniert haben. Ich komme gleich vorbei und hole meine Sachen, und dann bist du mich los.«

Ich legte auf und beschloß zu riskieren, daß ich in einen Hinterhalt geriet. Vielleicht war es ganz gut, wenn Smeissen wußte, daß ich wieder in meiner eigenen Wohnung lebte, denn ich wollte Lotty keinen weiteren Gefahren aussetzen. Nur flüchtig nach eventuellen Scharfschützen Ausschau haltend, raste ich die Straße entlang bis vor Lottys Haus. Ich hatte niemanden entdeckt, den ich kannte, und es eröffnete auch keiner das Feuer, während ich die Treppe hinaufstürmte.

Paul stand im Eingang und schraubte gerade ein Sicherheitsschloß an. Sein eckiges Gesicht sah heute bösartig aus. »Eine ganz üble Sache, Vic. Meinen Sie, Jill ist in Gefahr?«

»Sehr unwahrscheinlich«, erwiderte ich.

»Na, ich sollte vielleicht mal hinfahren und nachsehen.«

Ich grinste. »Gute Idee. Seien Sie trotzdem vorsichtig, ja?«

»Keine Sorge.« Er zeigte sein atemberaubendes Lächeln. »Allerdings bin ich mir nicht ganz sicher, ob ich sie vor ihrem Schwager oder vor einem Revolverhelden beschützen muß.«

»Nun, dann tun Sie eben beides.« Ich ging hinein. Lotty hielt sich im hinteren Teil der Wohnung auf, wo sie versuchte, an einer Tür das Fliegengitter wieder zu befestigen. Für eine Frau mit so geschickten Operationshänden war sie außergewöhnlich unbeholfen. Ich nahm ihr den Hammer aus der Hand und war mit der Arbeit im Nu fertig. Lottys schmales Gesicht war starr, ihr Mund eine dünne Linie.

»Ich bin ja froh, daß du Paul vorgewarnt hast und uns dieser Sergeant McSowieso zur Klinik begleitet hat. Heute früh hab' ich mich zwar über dich und Paul geärgert, aber die Maßnahme hat dem Kind eindeutig das Leben gerettet.« Die Wut verstärkte ihren Wiener Akzent. Ich war der Ansicht, daß sie die Gefahr für Jill übertrieb, aber ich hatte keine Lust, diesen Punkt jetzt zu erörtern. Gemeinsam gingen wir durch die Wohnung; ich konnte nur bestätigen, daß kein Schaden entstanden war. Noch nicht einmal ihre Ärztemuster, die einen beachtlichen Verkaufswert hatten, waren angerührt worden.

Während unseres Rundgangs stieß Lotty endlose Verwünschungen aus, häufig mit Deutsch untermischt, einer Sprache, die ich nicht spreche. Ich gab meine Beruhigungsversuche auf und beschränkte mich darauf, bestätigend zu nicken und zustimmende Laute von mir zu geben. Paul beendete die Sache schließlich dadurch, daß er hereinkam und berichtete, die Eingangstür sei jetzt wieder gesichert – ob sie ihn noch brauche.

»Nein, vielen Dank. Besuche doch Jill und paß gut auf sie auf. Wir möchten nicht, daß ihr etwas zustößt.«

Paul stimmte ihr überschwenglich zu. Er gab mir meine Autoschlüssel zurück und beschrieb, wo er den Chevy abgestellt hatte: drüben auf der Seminary Avenue, in Höhe der Irving Park Road. Ich hatte ursprünglich erwogen, ihm das Auto zu überlassen, mich dann aber anders entschieden. Wer weiß, vielleicht brauchte ich es heute abend noch dringend.

Ich rief Larry an, um zu erfahren, ob meine Wohnung wieder bezugsfertig war. Es war alles in Ordnung. Er hatte die Schlüssel für die neuen Schlösser bei den Leuten im ersten Stock hinterlegt; sie waren ihm etwas freundlicher vorgekommen als Mrs. Alvarez im zweiten.

»Ja, Lotty, alles ist wieder in bester Ordnung. Ich kann heim. Schade, daß ich nicht gestern schon gegangen bin und bei vernagelter Tür geschlafen habe, das hätte dir diesen Überfall erspart.«

Ihr Mund verzog sich zu einem traurigen Lächeln. »Ach,

vergiß es, Vic. Mein Wutausbruch ist vorüber. Jetzt fühle ich mich ein bißchen melancholisch, weil ich wieder allein sein werde. Die beiden Kinder werden mir fehlen. Sie sind ein reizendes Paar ... Ich habe ganz vergessen, dich danach zu fragen: Hast du eigentlich Miss McGraw gefunden?«

»Wie konnte ich bloß vergessen, es zu erwähnen! Natürlich. Eigentlich müßte ich mich darum kümmern, ob sie es sich in ihrem neuen Versteck schon gemütlich gemacht hat.« Ich wählte die Nummer meines Auftragsdienstes. Jawohl, vernahm ich von dieser überstrapazierten Einrichtung, jemand hatte angerufen und als Nachricht nur »ja« hinterlassen. Ein Name sei nicht genannt worden. Ich wisse schon, was das zu bedeuten habe. Ich gab Anweisung, meine Dienstgespräche wieder in meine eigene Wohnung durchzustellen. In der Hektik der letzten Tage hatte ich glatt vergessen, mir ein Kelly-Mädchen zum Aufräumen ins Büro kommen zu lassen, aber wenigstens war die Tür sicher mit Brettern vernagelt. Die Sache hatte auch noch bis morgen Zeit.

Ich versuchte, Ralph zu erreichen, aber leider erfolglos. Im Büro war er auch nicht. Ob er eine Verabredung zum Abendessen hatte? War ich etwa eifersüchtig? »So, Lotty, das war's. Danke, daß ich ein paar Tage lang dein Leben durcheinanderbringen durfte. Du hast auf Jill ungeheuren Eindruck gemacht. Sie hat mir erzählt, daß ihr Hausmädchen versucht hat, ihr Vorschriften zu machen, doch sie hat sich einfach vorgestellt, sie sei Lotty, und hat sie abblitzen lassen.«

»Ich bin mir nicht ganz sicher, ob das eine so gute Idee ist – sich an mir zu orientieren, meine ich. Ein überaus reizendes Mädchen; erstaunlich, daß es ihr bisher gelungen ist, sich diesem ganzen kleinkarierten Provinzlertum zu entziehen.« Sie hatte sich auf die Couch gesetzt, um mir beim Packen Gesellschaft zu leisten. »Und was jetzt? Kannst du den Mörder überführen?«

»Ich weiß, wer es war«, sagte ich. »Zwar nicht, wer nun tatsächlich den Schuß abgefeuert hat – das war vermutlich ein Kerl namens Bronsky, aber es könnte auch irgendein anderer von Smeissens Leuten gewesen sein –, sondern wem daran gelegen war, daß es dazu kam. Ich kenne ihn, kann ihm jedoch nichts beweisen. Ich weiß auch über seine kriminellen Machenschaften Bescheid und wie er die Sache aufgezogen hat.« Ich zog den Reißverschluß meiner Segeltuchtasche zu. »Das einzige, was mir noch fehlt, ist ein Hebel, den ich an der richtigen Stelle ansetzen kann – oder besser gesagt, ein massiver Keil.« Ich redete mehr mit mir selbst als mit Lotty. »Ich müßte diesen Kerl dazu bringen, daß er ein bißchen aus sich herausgeht. Wenn es mir glückt, Beweise dafür zu finden, daß das Spielchen ohne ihn nicht gespielt werden konnte, dann gibt er sich vielleicht eine Blöße.«

Während meiner Überlegungen hatte ich einen Fuß auf die Couch gesetzt und trommelte geistesabwesend mit den Fingern auf meine Reisetasche. Lotty bemerkte: »Wenn ich Bildhauerin wäre, würde ich dich modellieren – als leibhaftige Nemesis. Dir wird bestimmt etwas einfallen – ich sehe es deinem Gesicht an.« Sie hob sich auf die Zehenspitzen und gab mir einen Kuß. »Ich bringe dich noch runter. Falls jemand auf dich schießt, kann ich dich schnell zusammenflicken, bevor der Blutverlust zu groß ist.«

Lachend sagte ich: »Lotty, du bist einmalig! Also gut, dann gib mir Geleitschutz.«

Sie begleitete mich bis zur Ecke Seminary Avenue, aber die Luft war rein. »Das ist das Verdienst deines Sergeant McSowieso. Ich glaube, er fährt immer wieder hier vorbei. Trotz allem, Vic: Paß auf dich auf, du mutterloses Geschöpf und Tochter meiner Seele. Ich wäre untröstlich, wenn dir etwas passierte.«

»Lotty, werde nicht melodramatisch!« protestierte ich.

»Du wirst doch nicht alt werden, um Himmels willen!« Sie zuckte die mageren Schultern, wie das nur Europäer können, und lächelte. Doch ihre Augen blickten ernst hinter mir her, als ich mich in Richtung meines Wagens entfernte.

17
Elm-Street-Duell

Larry und sein schreinernder Freund hatten in meiner Wohnung Unübertreffliches geleistet. Die Tür mit ihren handgeschnitzten Blumenmotiven war ein absolutes Meisterwerk. Der Schreiner hatte zwei Sicherheitsschlösser angebracht, die sich leicht und geräuschlos bewegen ließen. Die Wohnung strahlte auf Hochglanz. Nicht die winzigste Spur der Verwüstung vom letzten Wochenende war zu sehen. Nachdem Larry die zerfledderte Couch hatte wegräumen lassen, war es ihm durch geschicktes Umgruppieren von Tisch, Sesseln und Stühlen gelungen, den leeren Raum wieder zu füllen. Auf dem Küchentisch fand ich seine Rechnung. Zwei Leute für zwei Tage zu acht Dollar die Stunde, machte zweihundertsechsundfünfzig Dollar. Tür, Schlösser und deren Montage, zusammen dreihundertfünfzehn Dollar. Neue Lebensmittelvorräte – Mehl, Zucker, Bohnen, Gewürze – sowie neue Kopfkissen: Siebenundneunzig Dollar. Die Preise schienen mir vernünftig. Ich fragte mich nur, von wem ich mein Geld bekommen würde. Vielleicht konnte Jill sich von ihrer Mutter etwas leihen, bis der Betrag auf ihrem Sperrkonto fällig war.

Ich schaute auch in mein Schmuckkästchen. Wie durch ein Wunder hatten sich die Vandalen nicht an den wenigen wertvollen Stücken meiner Mutter vergriffen. Trotzdem fand ich, daß sie in einem Bankschließfach besser aufgehoben seien, damit sich nicht der nächste Eindringling darüber hermachen konnte. Anscheinend hatte Larry die Scherben des zerbrochenen venezianischen Glases weggeworfen. Ich hätte ihn bitten sollen, sie aufzuheben – aber dafür war es nun zu spät; zu retten wäre ohnedies nichts mehr gewesen. Die übrigen sieben waren die Glanzstücke in meinem eingebauten Geschirrschrank, doch ich konnte sie nicht ansehen, ohne daß es mir einen Stich versetzte.

Ich versuchte noch einmal, Ralph zu erreichen. Diesmal war er beim vierten Läuten am Apparat. »Was gibt's Neues, Miss Marple?« fragte er verwundert. »Ich dachte, Professor Moriarty würde Sie bis morgen in Atem halten.«

»Er ist mir früher ins Netz gegangen als erwartet. Genauer gesagt, ich bin hinter das Geheimnis gekommen, um dessentwillen Peter Thayer sterben mußte – aber nicht, weil er es unbedingt hüten wollte. Erinnerst du dich an die Zahlungsanweisung, die ich dir gegeben habe? Hast du eigentlich die Akte inzwischen aufgestöbert?«

»Nein. Ich sagte dir ja, daß ich sie auf unsere Suchliste gesetzt habe, aber sie ist noch nicht aufgetaucht.«

»Nun, vielleicht bleibt sie auf immer und ewig verschwunden. Weißt du, wer Joseph Gielczowski ist?«

»Was soll das? Zwanzig Fragen oder so was Ähnliches? Ich kriege in einer Viertelstunde Besuch, Vic.«

»Joseph Gielczowski ist einer der ranghöchsten Vizepräsidenten der Scherenschleifer-Gewerkschaft. Er hat seit dreiundzwanzig Jahren nicht mehr am Fließband gestanden. Wenn du ihn zu Hause besuchen würdest, könntest zu sehen, daß er so gesund und munter ist wie du. Oder du könntest ihn auch in der Hauptverwaltung der Gewerkschaft antreffen, wo er arbeitet und in der Lage ist, seine Brötchen zu verdienen, ohne auf Entschädigungsleistungen angewiesen zu sein.«

Es entstand eine Pause. »Willst du damit sagen, daß der Mann seine Entschädigung zu Unrecht bezieht?«

»Nein.«

»Verdammt noch mal, Vic, wenn ihm nichts fehlt und er Schadenersatzleistung bezieht, dann bezieht er sie doch zu Unrecht!«

»Nein«, wiederholte ich. »Sicher waren sie unrechtmäßig, aber er bezieht sie nicht.«

»Wer dann?«

»Dein Chef.«

Ralph wurde sehr ärgerlich. »Du mit deinen verdammten Hirngespinsten über Masters, Vic! Ich hab's jetzt endgültig satt! Er gehört zu den angesehensten Leuten einer hochangesehenen Firma in einer überaus angesehenen Branche. Allein die Vorstellung, daß er in so eine Sache verwickelt sein könnte –«

»Es ist keine Vorstellung, es ist eine Tatsache«, sagte ich kühl. »Mir ist bekannt, daß er und Andrew McGraw, Präsident der Scherenschleifer-Gewerkschaft, ein von ihnen beiden gemeinsam verwaltetes Treuhandkonto eingerichtet haben, das es ihnen ermöglicht, Zahlungsanweisungen einzulösen – oder was man sonst anstellen muß, um an das Geld zu gelangen, das für Gielczowski und mindestens zweiundzwanzig weitere völlig gesunde Leute gezahlt wurde.«

»Woher willst du so etwas überhaupt wissen?« fragte Ralph wütend.

»Weil mir soeben jemand am Telefon die Vertragskopie vorgelesen hat. Ich habe übrigens auch jemanden gefunden, der Masters häufig in der Nähe der Gewerkschafts-Hauptverwaltung zusammen mit McGraw gesehen hat. Und ich weiß, daß Masters mit Peter Thayer an dessen Todestag um neun Uhr morgens in seiner Wohnung verabredet war.«

»Ich kann es immer noch nicht glauben. Seit drei Jahren bin ich ihm direkt unterstellt, und vorher habe ich zehn Jahre lang in seiner Abteilung gearbeitet. Zweifellos gibt es für alles, was du herausgefunden hast, eine andere plausible Erklärung – vorausgesetzt, du hast überhaupt etwas herausgefunden. Du hast den Treuhandvertrag ja nicht einmal gesehen. Und Yardley ist vielleicht mit McGraw essen gegangen oder einen trinken oder sonst was; sie haben möglicherweise über Versicherungsverträge gesprochen oder über Versicherungsleistungen und ähnliches. So etwas kommt gelegentlich vor.«

Ich verspürte den Drang, vor ohnmächtiger Wut laut loszuschreien. »Sag's mir aber mindestens zehn Minuten vorher, wenn du zu Masters gehst und ihm meine Story vorträgst, ja? Dann kann ich nämlich noch rechtzeitig dasein, um dich aus der Scheiße zu ziehen!«

»Wenn du annimmst, daß ich meine Karriere aufs Spiel setze und meinem Chef auftische, welchen Gerüchten über ihn ich aufgesessen bin, dann hast du sie nicht alle!« brüllte Ralph. »Er wird nämlich in wenigen Minuten hier eintreffen, und ich kann dir hundertprozentig garantieren, daß ich nicht so schwachköpfig sein werde, ihm davon zu erzählen. Sollte der Entschädigungsanspruch Gielczowskis tatsächlich ungerechtfertigt sein, so erklärt das natürlich einiges. Das werde ich ihm auch sagen.«

Mir standen förmlich die Haare zu Berge. »Was? – Ralph, es ist einfach unglaublich, wie verdammt naiv du bist! Weshalb kommt er zu dir?«

»Das geht dich einen Dreck an«, schnauzte er. »Aber ich werde es dir trotzdem verraten, nachdem du diesen ganzen Wirbel mit der Zahlungsanweisung verursacht hast. Ansprüche in dieser Größenordnung werden nicht von einem regionalen Schadenssachbearbeiter geregelt, sondern von der Zentrale. Ich bin heute in der Abteilung gewesen und habe mich erkundigt, wer den Fall bearbeitet. Es konnte sich niemand daran erinnern. Normalerweise vergißt man so eine große Sache nicht, die man jahrelang auf dem Schreibtisch hatte. Das machte mich stutzig, und als ich Yardley heute nachmittag daheim anrief wie jeden Tag, weil er ja diese Woche nicht im Büro ist, erwähnte ich die Angelegenheit.«

»Herrgott im Himmel! Das ist ja nicht zu fassen! Und er fand, es sei eine ernste Sache, stimmt's? Und da er heute abend sowieso in der Stadt sei, würde er gleich bei dir vorbeikommen, um mit dir darüber zu reden. War es so?« tobte ich.

»Ja, genau!« schrie er. »Und zieh du lieber los und suche nach entlaufenen Hunden und hör endlich auf, in der Schadensabteilung herumzuschnüffeln!«

»Ralph, ich komme sofort rüber zu dir! Sag das Yardley, sobald er zur Tür hereinkommt – aber bitte *sofort*, damit du deinen dämlichen Hintern vielleicht noch über die nächsten Minuten retten kannst.« Ohne auf seine Antwort zu warten, knallte ich den Hörer auf.

Ich sah auf die Uhr. 19 Uhr 12. Masters dürfte in zwanzig Minuten dort eintreffen. Schätzungsweise. So gegen halb acht, unter Umständen ein paar Minuten früher. Ich steckte Führerschein, Waffenschein und Gewerbeerlaubnis sowie etwas Geld in meine Gesäßtasche – die Brieftasche wäre mir im Augenblick im Weg gewesen. Dann überprüfte ich die Waffe, verstaute Ersatzpatronen in der Jackentasche, opferte fünfundvierzig Sekunden, um meine Joggingschuhe anzuziehen, schloß die neuen, gut geölten Sicherheitsschlösser hinter mir und stürmte im Laufschritt die Treppen hinunter, drei Stufen auf einmal nehmend. Die halbe Häuserzeile bis zu meinem Wagen schaffte ich in fünfzehn Sekunden. Ich legte den Gang ein und raste in Richtung Lake Shore Drive davon.

Warum war jeder gottverdammte Einwohner Chicagos heute unterwegs, und was hatten sie alle auf der Belmont Avenue zu suchen? fragte ich mich wütend. Und warum waren die Ampeln so programmiert, daß sie an jeder Kreuzung auf Rot sprangen? Und warum mußte jedesmal so ein halb schwachsinniger Trottel vor mir stehen, der bei Gelb die Kreuzung nicht freigab? Ich trommelte voller Ungeduld auf mein Lenkrad, aber das beschleunigte den Verkehr auch nicht. Dauerhupen half ebenfalls nichts. Ich probierte es mit Zwerchfellatmung, um mich zu beruhigen. Ralph, du blöder Hammel! Lieferst dich einem Mann aus, der in den vergangenen vierzehn Tagen zwei Menschen ermorden ließ. Weil Masters den karierten Binder der Ehemaligen trägt und du in seiner Abteilung arbeitest, kann er unmöglich ein Krimineller sein. Wo kämen wir denn da hin! Ich schlängelte mich an einem Bus vorbei und hatte freie Bahn bis zur Sheridan Road und der Einfahrt zum Lake Shore Drive. Es war 19 Uhr 24. Ich schickte ein Stoßgebet zum Schutzheiligen aller Raser und trat das Gaspedal meines Chevy ganz durch. Um 19 Uhr 26 jagte ich hinein in die La Salle Street und fetzte die Parallelstraße zur Elm Street hinunter. Um 19 Uhr 29 parkte ich vor einem Hydranten in der Nähe von Ralphs Haus und stürzte zur Eingangstür.

Es gab keinen Portier. Ich drückte in rascher Folge auf ungefähr zwanzig Klingelknöpfe. Verschiedentlich quäkte die Sprechanlage »Wer ist da?«, aber irgendeiner bediente einfach den Türöffner. Ungeachtet der vielen Einbrüche, die auf diese Weise über die Bühne gehen, gibt es immer wieder einen einfältigen Schwachkopf, der für dich den Türöffner betätigt, ohne zu wissen, wer du bist. Der Lift brauchte eine Ewigkeit. Als er endlich angekommen war, trug er mich allerdings sehr rasch hinauf in den siebzehnten Stock. Ich stürzte durch den Gang zu Ralphs Wohnung und hämmerte gegen die Tür; meinen Revolver hielt ich schußbereit in der Hand.

Als die Tür aufging, preßte ich mich flach gegen die Wand und hechtete dann mit vorgehaltener Waffe in die Wohnung.

Ralph starrte mich erstaunt an. »Was, zum Teufel, soll das?« fragte er. Es war sonst niemand im Zimmer.

»Gute Frage«, versetzte ich und stand auf.

In dem Moment läutete es. Ralph drückte auf den Türöffner. »Ich hätte nichts dagegen, wenn du jetzt gingest«, bemerkte er. Ich rührte mich nicht vom Fleck. »Steck wenigstens den verdammten Revolver weg!« Ich verstaute ihn in meiner Jackentasche, ließ ihn aber nicht los.

»Tu mir bitte einen Gefallen«, bat ich ihn. »Wenn du die Tür aufmachst, dann stell dich bitte nicht direkt in den Türrahmen.«

»Du bist das hirnverbrannteste gottverdammte ...«

»Nenn mich bitte nicht hirnverbranntes Weibsstück, sonst jage ich dir eine Kugel ins Kreuz. Geh lieber mit deiner verdammten Figur hinter der Tür in Deckung, wenn du aufmachst.«

Ralph warf mir nur einen feindseligen Blick zu. Als es wenig später klopfte, ging er ohne Zögern zur Tür und postierte sich beim Öffnen demonstrativ in voller Körpergröße im Türrahmen. Ich selbst trat seitlich ins Zimmer, parallel zur offenstehenden Tür, und wappnete mich für das Kommende. Aber es fielen keine Schüsse.

»Hallo, Yardley, was haben Sie denn vor?« war Ralph zu vernehmen.

»Das ist meine kleine Nachbarin, Jill Thayer, und das hier sind ein paar Kumpel, die ich mitgebracht habe.«

Verblüfft begab ich mich zur Tür. »Jill?«

»Ach, Sie sind hier, Vic?« Ihr helles Stimmchen schwankte ein wenig. »Es tut mir leid. Paul hat mich angerufen, um mir zu sagen, daß er mit dem Zug käme, und ich wollte ihn vom Bahnhof abholen. Dann ist Mr. – Mr. Masters in seinem Wagen an mir vorbeigefahren und hat mich mitgenommen – und – und ich habe ihn wegen des Dokuments gefragt, und er hat mich gezwungen, mit ihm zu fahren. Es tut mir wirklich leid, Vic. Ich weiß, ich hätte nichts sagen sollen.«

»Macht nichts, mein Schatz ...« begann ich, doch Masters unterbrach mich mit den Worten: »Ach, *hier* sind Sie! Wir hatten sowieso vor, Ihnen und der von Jill so bewunderten Wiener Ärztin einen Besuch abzustatten. Sie haben uns den Weg erspart.« Er warf einen Blick auf meinen Revolver, den ich inzwischen gezogen hatte, und lächelte unverschämt. »An Ihrer Stelle würde ich den schleunigst verschwinden lassen. Unser lieber Tony hier hat einen ganz nervösen Zeigefinger, und ich weiß, daß Sie es nicht ertragen könnten, wenn Jill etwas zustieße.«

Tony Bronsky war nach Masters ins Zimmer gekommen, und mit ihm Earl. Ralph schüttelte den Kopf wie jemand, der sich bemüht, aus einem bösen Traum zu erwachen. Ich versenkte den Revolver in meiner Tasche.

»Machen Sie der Kleinen keinen Vorwurf«, riet mir Masters, »aber Sie hätten sie da wirklich nicht mit reinziehen sollen. Wissen Sie, sobald Margaret Thayer mir erzählt hatte, daß sie wieder zu Hause ist, habe ich überlegt, wie ich mal ohne Wissen ihrer Familie mit ihr reden könnte. Ein wahres Glück, daß sie genau zu diesem Zeitpunkt die Sheridan Road entlanglief. In der Zwischenzeit haben wir sie dazu gebracht, uns alles hübsch zu erklären – stimmt's, Jill?«

Jetzt erst sah ich den häßlichen Bluterguß auf ihrer Wange. »Reizend, Masters«, bemerkte ich. »Im Verprügeln kleiner Mädchen sind Sie Weltmeister. Es wäre mal interessant zu sehen, wie Sie eine Großmutter fertigmachen.« Er hatte recht: Es war blöd von mir gewesen, sie bei Lotty unterzubringen und sie in Dinge zu verwickeln, die Masters und Smeissen auf keinen Fall publik machen wollten. Aber meine Selbstvorwürfe wollte ich mir lieber für später aufheben – dazu war im Augenblick keine Zeit.

»Soll ich sie umlegen?« keuchte Tony mit glückstrahlenden Augen; das Z auf seiner Wange leuchtete wie eine frische Wunde.

»Noch nicht, Tony«, erwiderte Masters. »Wir müssen noch aus ihr herausholen, wieviel sie weiß und wem sie es erzählt hat … Ja, und Sie sind auch dran, Ralph. Es ist ein echter Jammer, daß Sie sich mit diesem Polackenmädel hier eingelassen haben – wir hatten ursprünglich vor, Sie nur im äußersten Notfall zu erschießen, aber ich fürchte, der ist nun eingetreten.« Er wandte sich an Smeissen: »Earl, du hast mehr Erfahrung in solchen Dingen als ich. Wie können wir sie am wirksamsten zum Auspacken bewegen?«

»Wir müssen dem Warchoski-Weib den Revolver abnehmen«, entschied Earl mit seiner Fistelstimme. »Dann soll sie sich zusammen mit dem Burschen da auf die Couch setzen, damit Tony sie beide in Schach halten kann.«

»Sie haben's vernommen«, sagte Masters. Er kam auf mich zu.

»Nein!« kreischte Earl. »Komm ihr nicht zu nahe! Sie soll das Ding auf den Boden werfen. Tony, kümmere dich um die Kleine.«

Tony richtete seinen Browning auf Jill. Ich ließ die S & W zu Boden fallen. Earl stieß sie mit dem Fuß in eine Ecke. Jills zartes Gesicht war bleich und verzerrt.

»Rüber zur Couch mit Ihnen«, befahl Masters. Tony bedrohte Jill immer noch mit der Waffe. Ich ging hinüber zur Couch und setzte mich. Sie war hart gepolstert – das war günstig; man sank nicht so tief ein. Ich verteilte mein Gewicht auf Füße und Beine. »Vorwärts!« quiekte Earl Ralph an. Ralph sah ganz benommen aus. Sein Gesicht war von winzigen Schweißperlen bedeckt. Als er sich neben mich setzen wollte, kam er auf dem dicken Teppichboden ein wenig ins Wanken.

»Ich möchte Ihnen mal was sagen, Masters. Die Scheiße,

die Sie gebaut haben, stinkt derart zum Himmel, daß Sie schon ganz Chicago ausrotten müssen, um den Gestank zu vertreiben«, sagte ich.

»So, finden Sie? Wer außer Ihnen weiß noch davon?« Er grinste noch immer so hinterhältig. Mir zuckte es in den Händen, ihm den Unterkiefer zu zerschmettern.

»Ach, der *Star* ist ziemlich auf dem laufenden. Dann mein Anwalt. Und noch ein paar andere. Sogar unserem lieben kleinen Earl wird es schwerfallen, die Polypen zu bestechen, wenn ihr ein ganzes Reporterteam umlegt.«

»Ist das wirklich wahr, Yardley?« mischte sich Ralph ein. Seine Stimme kam als heiseres Flüstern aus der Kehle. Er räusperte sich. »Ich kann es einfach nicht glauben. Ich habe es auch Vic nicht geglaubt, als sie versuchte, es mir beizubringen. Sie haben doch Peter nicht erschossen, oder?«

Masters lachte auf. Er fühlte sich eindeutig überlegen. »Selbstverständlich nicht. Das hat unser guter Tony hier erledigt. Allerdings mußte ich mitkommen – genau wie heute abend –, um Tony Zutritt zur Wohnung zu verschaffen. Auch Earl war dabei, als Komplize sozusagen. Im Normalfall mischt Earl nicht mit – stimmt doch, Earl? Aber wir wollen's hinterher ja nicht auf eine Erpressung ankommen lassen.«

»Hervorragend, Masters«, lobte ich. »Earls Hintern ist nur deshalb so fett geworden, weil er ihn all die Jahre aus jedem Schlamassel rausgehalten hat.«

Earl lief rot an. »Du Zwei-Cent-Hure«, schrie er los, »allein dafür wird dich Tony noch mal in die Mangel nehmen, bevor er dich umlegt!«

»Aber – aber, Earl.« Ich blickte zu Masters hinüber. »Earl schlägt nämlich nie selbst jemanden zusammen«, erklärte ich ihm. »Ich dachte immer, das sei so, weil er keine Eier hat. Aber letzte Woche konnte ich mich vom Gegenteil überzeugen. Stimmt's, Earl?«

Earl stürzte sich auf mich, wie ich gehofft hatte, doch Masters hielt ihn zurück. »Sei friedlich, Earl. Sie versucht nur, dich auf die Palme zu bringen. Du kannst mit ihr machen, was du willst – aber erst, nachdem ich von ihr erfahren habe, wieviel sie weiß und wo sich Anita McGraw aufhält.«

»Das weiß ich nicht, Yardley«, versetzte ich munter.

»Machen Sie mir das nicht weis«, sagte er und beugte sich vor, um mir auf den Mund zu schlagen. »Sie sind heute früh verschwunden. Der Scheißtyp, der in Smeissens Auftrag ein Auge auf die Gasse haben sollte, ist eingeschlafen, und Sie konnten entwischen. Aber wir haben mit einigen Mädchen aus der UFG-Versammlung von gestern abend gesprochen, und unser lieber Tony hat eines davon – überredet, mit Anitas Aufenthaltsort herauszurücken. Als wir allerdings gegen Mittag in Hartford in Wisconsin eintrafen, war sie weg. Die Caféinhaberin hat Sie ganz gut beschrieben. Eine ältere Schwester, dachte sie, die gekommen war, um Jody Hill abzuholen. Also: Wo ist sie?«

Ich sandte ein stummes Dankgebet dafür zum Himmel, daß Anita den Drang verspürt hatte, Hartford zu verlassen. »Es muß doch bei dem ganzen Schwindel um mehr gehen als nur um die dreiundzwanzig Namen auf dem ursprünglichen Treuhandvertrag, den Jill ausgegraben hat«, sagte ich. »Selbst bei einem Profit von zweihundertfünfzig Dollar wöchentlich pro Nase deckt das doch nicht die Unkosten für einen Kerl wie Smeissen. Und ich wurde auch noch rund um die Uhr überwacht. Das muß Sie eine ganze Stange Geld gekostet haben, Masters.«

»Tony«, sagte Masters im normalen Plauderton, »versetz der Kleinen eins. Kräftig.«

Jill gab einen unterdrückten Schrei von sich. Braves Mädchen. Sehr tapfer. »Wenn Sie die Kleine umbringen, Masters, habe ich keine Hemmungen mehr«, sagte ich warnend. »Sie stecken ganz schön in der Tinte. Sobald Tonys Pistole nicht mehr auf sie gerichtet ist, wird sie sich zu Boden fallen lassen und hinter den schweren Sessel rollen, und ich greife dann Tony an und breche ihm das Genick. Und falls er sie umbringt, passiert genau das gleiche. Klar, daß ich nicht gern zusehe, wenn Sie auf Jill einprügeln lassen, aber Sie verlieren dadurch auch Ihr Druckmittel.«

»Mach sie doch kalt, die Warchoski!« kreischte Earl. »Sie ist doch früher oder später sowieso fällig.«

Masters schüttelte den Kopf. »Erst, wenn wir wissen, wo die kleine McGraw ist.«

»Hören Sie, Yardley«, sagte ich, »ich biete Ihnen ein Tauschgeschäft an: Jill gegen Anita. Sie lassen das Mädchen laufen, schicken sie nach Hause, und dafür verrate ich Ihnen, wo Anita zu finden ist.«

Masters dachte wahrhaftig eine volle Minute über meinen Vorschlag nach. »Sie halten mich wohl für schwachköpfig, was? Sie wird sofort die Polizei alarmieren, wenn ich sie laufen lasse.«

»Selbstverständlich halte ich Sie für schwachköpfig. Wie hat es Dick Tracy doch einmal so herrlich formuliert: Jeder Gauner ist ein Schwachkopf. Von wie vielen Strohmännern gehen ungerechtfertigte Schadenersatzleistungen auf diesem Scheinkonto ein?«

Wieder dieses gekünstelte Lachen. »Ach, so an die dreihundert bis jetzt, verteilt über das ganze Land. Der bewußte Treuhandvertrag ist schon längst überholt; John hat es offenbar nie der Mühe wert befunden, ihn mit dem Original zu vergleichen, sonst hätte er gesehen, welche Zuwachsraten wir hatten.«

»Wie hoch war sein Anteil für die Kontenaufsicht?«

»Ich bin wirklich nicht hergekommen, um einer Klugscheißerin Fragen zu beantworten«, erwiderte Yardley durchaus freundlich und immer noch beherrscht. »Mich würde interessieren, was *Sie* wissen.«

»Oh, ich weiß eine ganze Menge«, behauptete ich. »Ich weiß zum Beispiel, daß McGraw Ihnen Earl empfohlen hat, als Peter Thayer Sie wegen der belastenden Akten angesprochen hatte. Ich weiß, daß Sie McGraw den Namen des Opfers nicht nannten, und als er von selbst draufkam, geriet er in Panik. Sie haben ihn fein in der Zange: Er weiß, daß Sie seine Tochter aus dem Weg räumen wollen, kann aber den Staatsanwalt nicht einschalten – vielleicht fehlt ihm auch der Mumm. Na, ganz egal: Auf alle Fälle wäre er der Mitwisserschaft beschuldigt worden, weil er einen Profikiller zu Ihnen geschickt hat. Moment – was noch? Ja, ich weiß auch, daß Sie Thayer ›überredeten‹, die Ermittlungen über den Tod seines Sohnes einstellen zu lassen, indem Sie ihm erklärten, er sei selbst beteiligt gewesen an den Machenschaften, die zu Peters Tod geführt hatten. Und falls er auf den Ermittlungen bestünde, würde der Name Thayer in den Dreck gezogen, und er würde seine Stelle bei der Bank verlieren. Und dann weiß ich noch, daß er sich zwei Tage lang mit Ihren schonungslosen Eröffnungen herumschlug, bis er zu dem Schluß kam, damit nicht leben zu können. Er rief Sie an und sagte Ihnen, er wolle mit dem Tod seines Jungen nichts zu tun haben. Deshalb mußte ihn unser süßer kleiner Tony hier am nächsten Morgen über den Haufen schießen, bevor Thayer zum Staatsanwalt gehen konnte.« Ich wandte mich an Tony: »Du warst auch schon mal besser, Tony, mein Junge: Es hat dich jemand vor dem Hause der Thayers beobachtet. Der Zeuge liegt jetzt auf Eis – du hast ihn nicht erwischt, als sich die Gelegenheit bot.«

Earls Gesicht verfärbte sich wieder. »Du hattest einen Zeugen und hast ihn übersehen?« schrie er, so laut es seine Fistelstimme zuließ. »Verdammt noch mal, wofür kriegst du eigentlich dein Geld? Amateure finde ich an jeder Straßenecke! Und Freddie? Der wird fürs Beobachten bezahlt – aber er hat nichts bemerkt! Gottverdammte Idioten seid ihr alle!« Er fuchtelte aufgebracht mit seinen kurzen, dicken Ärmchen herum. Ich blickte zu Ralph hinüber; sein Gesicht war grau. Er befand sich in einem Schockzustand. Daran ließ sich im Augenblick nichts ändern. Jill lächelte mir verstohlen zu. Sie hatte verstanden. Wenn Tony die Waffe hob, würde sie sich hinter den Sessel rollen.

»Da habt ihr's«, sagte ich angewidert. »Ihr Jungs habt so viele Fehler gemacht, daß es euch kein bißchen hilft, wenn ihr noch drei weitere Leichen fabriziert. Ich hab's dir prophezeit, Earl: Mit Bobby Mallory ist nicht zu spaßen. Du kannst in seinem Bezirk nicht fünf Leute über den Haufen knallen und auf immer und ewig ungeschoren davonkommen.«

Earl griente. »Du hast mir bisher noch nichts anhängen können, Warchoski, das weißt du genau.«

»Ich heiße Warshawski, du gottverdammtes deutsches Arschloch! Wissen Sie, weshalb polnische Witze so kurz sind?« fragte ich Masters. »Damit die Deutschen sie auch behalten können.«

»Jetzt reicht's, Warchoski, oder wie immer Sie auch heißen mögen«, sagte Masters. Er sprach in dem bestimmten Ton, der wahrscheinlich seinen Untergebenen imponierte. »Sie sagen mir jetzt, wo die kleine McGraw untergetaucht ist. Sie haben richtig geraten – Jill ist so gut wie tot. Es ist für mich kein Vergnügen; ich kenne das Mädchen seit seiner Geburt, aber ich kann das Risiko einfach nicht eingehen. Sie haben die Wahl: Tony kann sie mit einem sauberen Schuß erledigen. Er kann sie aber auch vor Ihren Augen vergewaltigen und dann erst erschießen. Sagen Sie mir, wo die kleine McGraw ist, dann ersparen Sie ihr eine Menge.«

Jill war totenbleich geworden. Ihre Augen starrten groß

und dunkel aus dem zarten Gesicht. »O Heiland, Yardley«, höhnte ich, »Sie mit Ihrem Machogehabe schinden wirklich enormen Eindruck bei mir. Sie wollen doch wohl nicht behaupten, daß Tony die Kleine auf Kommando vergewaltigen könnte? Was glauben Sie denn, weshalb der Junge eine Kanone trägt? Er kriegt ihn nicht hoch, das hat noch nie geklappt bei ihm, und daher schleppt er diesen Penisersatz mit sich herum.«

Während ich redete, stützte ich mich seitlich mit den Händen auf der Couch ab. Tony lief puterrot an; tief aus seiner Kehle kam ein gurgelnder Schrei. Er wandte sich zu mir um.

»Los!« rief ich und sprang auf. Jill warf sich hinter den Sessel. Tonys Schuß ging weit daneben. Ich erreichte ihn in einem einzigen Satz und versetzte ihm einen so harten Handkantenschlag auf den Arm mit der Pistole, daß der Unterarmknochen brach. Er stieß einen Schmerzensschrei aus und ließ den Browning fallen. Als ich von ihm abließ, stürzte sich Masters auf die Waffe und erwischte sie trotz meines Hechtsprungs als erster, nachdem er ziemlich hart gelandet war. Er richtete die Pistole auf mich, während er sich wieder erhob, und ich trat ein paar Schritte zurück.

Der Widerhall von Tonys Schuß hatte Ralph wieder zum Leben erweckt. Aus den Augenwinkeln bemerkte ich, wie er auf der Couch zum Telefon rutschte und den Hörer aufnahm. Masters war sein Vorhaben ebenfalls nicht entgangen. Er machte eine Drehung und schoß auf ihn. Die Sekunde, in der er sich abwandte, genügte mir, um nach einer Hechtrolle in die Zimmerecke wieder in den Besitz meiner Smith & Wesson zu gelangen. Als Masters erneut auf mich zielte, schoß ich ihm ins Knie. Er war Schmerzen nicht gewohnt; mit einem gellenden Schrei stürzte er zu Boden und ließ die Waffe fallen. Earl, der sich bisher im Hintergrund gehalten und sich den Anschein gegeben hatte, als sei er am allgemeinen

Kampfgeschehen beteiligt, war gleich zur Stelle, um sie an sich zu bringen. Ich zielte auf seine Hand und verfehlte sie; mir mangelte es wohl an Übung. Aber er trat trotzdem den Rückzug an.

Dann richtete ich die Smith & Wesson auf Tony. »Marsch, auf die Couch.« Tränen liefen ihm über die Wangen. Sein rechter Arm hing völlig verdreht nach unten – ich hatte ihm die Elle zertrümmert. »Ihr Jungs seid nicht mehr als ein Haufen Dreck, und ich würde euch alle drei liebend gern erschießen. Der Staat würde eine Menge Geld sparen. Falls jemand versuchen sollte, an die Pistole heranzukommen, ist er ein toter Mann. Earl, sieh zu, daß du deinen fetten Wanst zur Couch hinüber bewegst; setz dich neben Tony.« Er sah aus wie ein Zweijähriger, dem die Mutter unvermutet den Hintern versohlt hat. Er wirkte völlig aufgelöst, so als würde er gleichfalls jeden Moment in Tränen ausbrechen. Doch er rückte widerspruchslos an Tonys Seite. Ich hob den Browning auf, wobei ich ständig die beiden auf der Couch in Schach hielt. Masters' Blut besudelte den Teppich. Er war außerstande, sich zu bewegen. »Die Polizei wird sich über die Pistole freuen«, sagte ich. »Ich wette, daß daraus der Schuß auf Peter Thayer abgefeuert wurde – stimmt doch, Tony, oder?«

Ich rief Jill zu: »Lebst du noch dahinten, mein Schatz?«

»Ja, Vic«, antwortete sie mit ganz dünner Stimme.

»Fein. Dann komm jetzt raus und wähle die Nummer, die ich dir sage. Wir rufen jetzt die Polizei an, damit sie diesen Haufen Unrat abholen kann. Als nächstes solltest du Lotty anrufen; sie möchte bitte herkommen und sich um Ralph kümmern.« Ich hoffte, daß von Ralph noch etwas übrig war, um das sie sich kümmern konnte. Er bewegte sich nicht, aber ich konnte ihn mir nicht genauer ansehen – er war in die andere Zimmerhälfte gefallen, und wenn ich zu ihm hinüberging, gerieten mir die Couch und das Telefontischchen in die Schußlinie.

Jill kroch aus der Deckung des riesigen Sessels, hinter dem sie gekauert hatte. Ihr ovales Gesichtchen war immer noch sehr blaß; sie zitterte ein wenig. »Geh hinter mir vorbei, mein Schatz«, wies ich sie an. »Und atme tief durch. In ein paar Minuten hast du's hinter dir, dann kannst du dich gehenlassen. Aber im Moment mußt du dich noch zusammenreißen.«

Sie löste ihren Blick von Masters, der blutend auf dem Boden lag, und ging hinüber zum Telefon. Ich gab ihr die Nummer von Mallorys Dienststelle und bat sie, nach ihm zu fragen. Er war schon nach Hause gegangen. Daraufhin nannte ich ihr seine Privatnummer. »Ist Lieutenant Mallory zusprechen?« fragte sie mit ihrer klaren, höflichen Stimme. Als er am Apparat war, forderte ich sie auf, mir das Telefon herüberzubringen, ohne mir ins Schußfeld zu geraten.

»Bobby? Hier ist Vic. Ich bin in der East Elm Street zweihundertdrei in Gesellschaft von Earl Smeissen, Tony Bronsky und einem Typ von Ajax namens Yardley Masters. Sein Knie ist hin, und Bronsky hat einen kaputten Arm. Ich habe auch die Pistole hier, mit der Peter Thayer erschossen wurde.«

Mallory brauste zuerst einmal auf. »Soll das ein Witz sein, Vicki?«

»Bobby, mein Vater war Polizist. Ich bin nicht der Typ, der solche Witze macht. East Elm Street zwei-null-drei, Apartment siebzehn-null-acht. Ich will zusehen, daß ich die drei nicht erschieße, bevor du hier eintriffst.«

18
Blutsbande

Es war zehn Uhr, als die kleine dunkelhäutige Schwester zu mir sagte: »Eigentlich hätten Sie gar keinen Zutritt, aber er weigert sich, einzuschlafen, bevor Sie ihn besucht haben.« Ich folgte ihr in das Krankenzimmer, in dem Ralph untergebracht war. Sein Gesicht war sehr bleich, doch seine grauen Augen blickten recht munter. Lotty hatte seine Wunden tadellos versorgt, so daß der Arzt in der Ambulanz nur den Verband zu wechseln brauchte, ohne sich um die Verletzungen zu kümmern. Wie Lotty bereits erwähnte: Sie hat in ihrem Leben schon mit vielen Schußwunden zu tun gehabt.

Paul – außer sich vor Wut – hatte Lotty zu Ralphs Wohnung begleitet. Er war in Winnetka angekommen und hatte sich ungefähr zwanzig Minuten, nachdem Jill zu Masters ins Auto gestiegen war, an der protestierenden Lucy vorbei Zutritt zu ihrem Elternhaus verschafft. Von dort aus war er direkt zu Lotty gefahren. Die beiden hatten versucht, mich anzurufen; sie hatten Jill umgehend bei der Polizei als vermißt gemeldet, waren jedoch glücklicherweise in Lottys Wohnung in Telefonnähe geblieben.

Als die beiden eintrafen, war Jill schluchzend in Pauls Arme gesunken, was Lotty veranlaßte, auf die nur ihr eigene Weise den Kopf zu schütteln. »Prima Idee. Schaff sie hier raus. Sie braucht einen Cognac.« Dann hatte sie sich um Ralph gekümmert, der blutend und bewußtlos in der Ecke lag. Das Geschoß hatte seine rechte Schulter durchschlagen und schwere Knochen- und Muskelverletzungen verursacht, aber es war wenigstens ein glatter Durchschuß.

Und jetzt lag er hier in einem Krankenhausbett, und ich blickte auf ihn hinab. Mit der Linken faßte er nach meiner rechten Hand und drückte sie kraftlos; er war mit Medikamenten vollgepumpt. Ich setzte mich auf sein Bett.

»Nicht aufs Bett setzen«, sagte die kleine Schwester.

Ich war völlig erschöpft und wollte ihr sagen, sie solle sich zum Teufel scheren, aber ich fühlte mich nicht in der Lage, nun auch noch Streit mit dem Krankenhauspersonal anzufangen. Also stand ich auf.

»Es tut mir leid«, sagte Ralph mühsam.

»Mach dir keine Gedanken. Nach allem war es wahrscheinlich das Beste, was passieren konnte. Ich hatte nämlich keine Ahnung, wie ich Masters dazu zwingen sollte, seine Karten auf den Tisch zu legen.«

»Ja, gut. Aber ich hätte auf dich hören sollen. Nur konnte ich mir einfach nicht vorstellen, daß ich deine Worte ernst nehmen mußte. Vermutlich habe ich deine Detektivarbeit im Grunde meines Herzens als bloße Spielerei betrachtet, so als eine Art Hobby, wie Dorothys Malfimmel.«

Ich schwieg.

»Yardley hat auf mich geschossen. Ich habe drei Jahre lang mit ihm zusammengearbeitet und habe ihn total verkannt. Du bist ihm nur ein einziges Mal begegnet und wußtest gleich, woran du warst.« Seine Worte kamen undeutlich, doch aus seinen Augen sprachen Zorn und Enttäuschung.

»Deswegen brauchst du dir doch keinen Vorwurf zu machen«, wandte ich sanft ein. »Ich weiß, was es bedeutet, wenn man zu einem Team gehört. Niemals würde man seinen Teamkameraden so etwas zutrauen. Ich als Außenstehende habe die Dinge mit ganz anderen Augen gesehen.«

Er schwieg, doch der Druck seiner Finger verstärkte sich; daher wußte ich, daß er nicht schlief. Schließlich sagte er: »Ich habe mich in dich verliebt, Vic. Aber du brauchst mich nicht.« Sein Mund verzog sich; er wandte sich ab, um seine Tränen zu verbergen.

Mir zog sich die Kehle zusammen; ich brachte kein Wort heraus. »Das meinst du nur«, sagte ich schwach, doch ich wußte nicht, ob es stimmte oder nicht. Ich schluckte und räusperte mich. »Ich habe dich auch nicht nur dazu benutzt, um an Masters ranzukommen.« Meine Stimme war heiser und schwankte. »Ich hatte dich gern, Ralph.«

Er schüttelte leicht den Kopf; die Bewegung ließ ihn zusammenzucken. »Das ist etwas anderes. Es hätte sowieso nicht geklappt.«

Ich drückte ihm schmerzhaft die Hand. »Nein. Es hätte niemals geklappt.« Warum bloß hätte ich am liebsten geweint?

Allmählich löste sich der Druck seiner Hand. Er war eingeschlafen. Die kleine Schwester zog mich vom Bett weg, und ich warf keinen Blick zurück, als ich das Zimmer verließ.

Mir war danach zumute, heimzugehen und mir einen anzutrinken und mich dann ins Bett zu legen oder in Ohnmacht zu fallen oder ähnliches. Aber ich hatte doch Murray seine Story versprochen. Außerdem mußte Anita aus ihrem Unterschlupf befreit werden. Ich rief Murray vom Vorraum der Ambulanz aus an.

»Ich hatte mir schon Sorgen um dich gemacht, Vic«, bekannte er. »Wir haben gerade die Meldung von Smeissens Verhaftung hereinbekommen, und mein Informant bei der Polizei ließ mich wissen, daß Bronsky und ein hohes Tier von der Ajax ins Gefängnislazarett von Cook County eingeliefert worden sind.«

»Ja.« Ich war hundemüde. »Die Sache ist so ziemlich gelaufen. Anita kann aus ihrem Versteck herauskommen. Ich möchte sie abholen und zu ihrem Vater bringen. Das muß früher oder später sowieso sein, warum also nicht gleich.« Sobald Masters den Mund aufmachte, würde er McGraw verpfeifen, und ich wollte noch mit ihm sprechen, bevor ihn Mallory aufsuchte.

»Hör mal«, schlug Murray vor. »Wir treffen uns im Ritz in der Halle, dann kannst du mir auf dem Weg alles Weitere erzählen, und ich kriege ein paar herzzerreißende Fotos von dem rauhbeinigen alten Gewerkschaftsboß, wie er seine heimgekehrte Tochter in die Arme schließt.«

»Das ist keine gute Idee, Murray. Wir treffen uns in der Halle. Dort setze ich dich in groben Zügen ins Bild. Wenn Anita dich dabeihaben möchte, kannst du mitkommen – aber ich würde an deiner Stelle nicht so fest damit rechnen. Mach dir keine Sorgen um deine Story: Die Stadt wird dir auch so zu Füßen liegen.«

Ich legte auf und verließ das Krankenhaus. Mir stand noch eine Unterredung mit Bobby bevor. Als der Krankenwagen eingetroffen war, war ich mit Lotty und Ralph mitgefahren, und Mallory hatte mir vor lauter Geschäftigkeit nur zurufen können: »Ich muß mit dir reden!«, als ich durch die Tür wischte. Heute abend war ich dazu nicht imstande. Jill würde sich wieder erholen; wenigstens ein Lichtblick. Aber die arme Anita – doch ich war es ihr schuldig, sie vor dem Eintreffen der Polizei zu ihrem Vater zu bringen.

Das Ritz war vom Krankenhaus nur vier Querstraßen entfernt. Die Nacht war klar, die Luft schmeichelnd und mild. Ich sehnte mich im Moment nach mütterlicher Fürsorge und hieß die Nacht wie einen vertrauten Freund willkommen, als sie mich mit ihren dunklen Armen umfing.

Die Hotelhalle des Ritz, feudal und diskret, schwebte zwölf Stockwerke über der Straße. Ihre Luxusatmosphäre vertrug sich nicht mit meiner Stimmung, und auch ich selbst paßte nicht sonderlich gut hierher. Die Spiegelwände des Aufzugs hatten mir mein Bild gezeigt: das Haar zerzaust, Jacke und Hose blutbespritzt. Während ich auf Murray wartete, rechnete ich jeden Moment mit dem Hausdetektiv. Sie tauchten beide gleichzeitig auf.

»Entschuldigen Sie, Madam«, sagte er höflich. »Würde es Ihnen etwas ausmachen, mir zu folgen?«

Murray lachte. »Tut mir leid, Vic, aber daran bist du selbst schuld.« Er wandte sich an den Hausdetektiv: »Ich bin Murray Ryerson, vom *Star*. Die Dame heißt V. I. Warshawski und ist Privatdetektivin. Wir wollen nur einen Ihrer Gäste abholen, dann verlassen wir das Haus.«

Der Detektiv besah sich stirnrunzelnd Murrays Presseausweis und nickte dann. »In Ordnung, Sir. Madam, würden Sie sich bitte zur Rezeption bemühen und dort warten?«

»Gern«, sagte ich höflich. »Mir ist klar, daß Ihren Gästen nicht mehr Blut zugemutet werden kann, als in einem durchschnittlichen Tatarbeefsteak enthalten ist ... Aber vielleicht könnte ich mich etwas frisch machen, während Mr. Ryerson auf Miss McGraw wartet?«

Erleichtert führte mich der Detektiv zur Privattoilette des Geschäftsführers. Ich säuberte mich vom gröbsten Schmutz und wusch mir das Gesicht. In einem Schränkchen über dem Waschbecken fand ich eine Bürste, mit der ich meine Frisur wieder einigermaßen in Form brachte. Danach hatte sich mein Äußeres merklich verbessert; möglicherweise genügte es noch nicht ganz den Ansprüchen des Ritz, doch zumindest würde ich nicht wegen meines Aussehens hinauskomplimentiert.

Als ich zurückkam, wartete Anita mit Murray in der Halle. Sie warf mir einen zweifelnden Blick zu. »Murray sagt, ich sei außer Gefahr?«

»Ja. Smeissen, Masters und Smeissens Killer sind verhaftet. Möchten Sie mit Ihrem Vater reden, bevor er ebenfalls verhaftet wird?« Murray blieb der Mund offenstehen. Ich legte ihm die Hand auf den Arm, um ihn am Reden zu hindern.

Anita überlegte einen Moment. »Ja«, erklärte sie schließlich. »Ich habe heute darüber nachgedacht. Sie haben recht – je länger ich es vor mir her schiebe, desto unerträglicher wird es.«

»Ich komme mit«, verkündete Murray.

»Nein«, wehrte Anita ab. »Nein, ich will nicht, daß das alles durch die Zeitungen geht. Sie bekommen Ihre Story später von Vic. Aber diese Sache erledige ich ohne Reporter.«

»Du hast's gehört, Murray«, sagte ich. »Wir treffen uns dann später. Du findest mich – ja, wo denn? Sagen wir, in meiner Stammkneipe in der Stadt.«

Anita und ich gingen auf den Lift zu. »Und wo ist das?« fragte er, uns folgend.

»Ecke Federal/Adams Street – im Golden Glow.«

Ich rief ein Taxi und ließ uns zu meinem Wagen bringen. Ein übereifriger Beamter – vermutlich der, der mit der Überwachung der Eingangshalle betraut war – hatte mir einen Strafzettel an die Windschutzscheibe geheftet. Zwanzig Dollar wegen Parkens vor einem Hydranten. Deine Freunde und Helfer.

Ich war so abgespannt, daß ich mir nicht vorstellen konnte, wie ich gleichzeitig reden und fahren sollte. Plötzlich wurde mir bewußt, daß ich erst heute früh meine Fünfhundert-Kilometer-Rundreise nach Hartford angetreten hatte, und das nach einer schlaflosen Nacht. Diese Strapazen machten sich nun bemerkbar.

Anita war mit ihrem privaten Kummer beschäftigt. Nachdem sie mir den Weg zum Haus ihres Vaters am Elm Park erklärt hatte, saß sie stumm neben mir und starrte aus dem Fenster. Sie war mir sehr sympathisch und hatte mein ganzes Mitgefühl, doch ich war einfach zu fertig, als daß ich ihr im Augenblick hätte eine Stütze sein können.

Wir hatten bereits acht Kilometer auf dem Eisenhower Expressway zurückgelegt, der vom Zentrum aus in die westlichen Vororte führt, als Anita zu sprechen begann. »Was ist aus Masters geworden?«

»Er tauchte mit Verstärkung auf, um mich und Ralph Devereux aus dem Wege zu räumen. Sie hatten Jill Thayer als Geisel bei sich. Ich konnte den bewaffneten Gangster überwältigen; ich habe ihm den Arm gebrochen und auch Masters außer Gefecht gesetzt. Jill ist wohlauf.«

»Ja? – Sie ist so ein liebes Mädchen. Ich hätte es nicht verwinden können, wenn ihr etwas passiert wäre. Haben Sie sie eigentlich näher kennengelernt?«

»Ja. Sie war ein paar Tage bei mir zu Besuch. Sie ist großartig, da haben Sie ganz recht.«

»Sie ist Peter sehr ähnlich. Die Mutter ist äußerst egozentrisch, interessiert sich nur für Kleider und Kosmetik, und die Schwester ist einfach unbeschreiblich – als hätte sie sich einer ausgedacht. Aber Jill und Peter, die sind beide …« Sie suchte nach Worten. »… Sie sind selbstbewußt und gleichzeitig sehr aufgeschlossen. Für Peter ist – war – alles neu und interessant: die inneren Zusammenhänge, die Bewältigung von Problemen. Für ihn konnte jeder Mensch ein Freund werden. Jill hat viel Ähnlichkeit mit ihm.«

»Ich glaube, sie ist im Begriff, sich in einen Puertoricaner zu verlieben. Das wird in Winnetka ordentlich Staub aufwirbeln.«

Anita lachte. »Mit Sicherheit. Das ist ja schlimmer als bei mir – ich war zwar die Tochter eines Gewerkschaftsführers, aber wenigstens nicht farbig oder spanischer Abstammung.« Sie schwieg eine Weile. Dann sagte sie: »Wissen Sie, diese eine Woche hat mein Leben verändert. Oder sogar auf den Kopf gestellt. Ich war völlig auf die Gewerkschaft fixiert. Ich studierte Rechtswissenschaft, um als Anwältin für die Gewerkschaft tätig zu sein. Nach alledem scheint es mir nicht mehr erstrebenswert. In mir ist eine große Leere, und ich weiß nicht, womit ich sie füllen könnte. Besonders seit Peters Tod. Ich habe ihn und die gewerkschaftlichen Ideale zur selben Zeit verloren. Letzte Woche war ich so mit meiner Angst beschäftigt, daß ich es gar nicht gleich bemerkt habe. Aber jetzt kommt das alles hoch.«

»Verständlich. Man braucht eine Weile. Nur die Zeit heilt solche Wunden. Erzwingen läßt sich da gar nichts. Mein Vater ist jetzt seit zehn Jahren tot, doch hin und wieder merke ich, daß ich immer noch um ihn trauere. Ich kann mich nur ganz langsam damit abfinden. Der schlimmste Schmerz dauert nicht so lange. Sie dürfen nur nicht dagegen ankämpfen. Je krampfhafter Sie Kummer und Zorn unterdrücken, desto länger brauchen Sie, bis Sie damit fertig werden.«

Sie wollte mehr über meinen Vater und unser Zusammenleben wissen. Bis zum Ende unserer Fahrt erzählte ich ihr von Tony. Komisch, daß er genauso hieß wie Earls stumpfsinniger Killer. Mein Vater, *mein* Tony, war ein Träumer gewesen, ein Idealist, ein Mann, der während seiner ganzen Dienstzeit nie auf einen Menschen geschossen hatte – Warnschüsse in die Luft, das schon, aber Tony Warshawski hatte nie jemanden getötet; Mallory hatte es nicht für möglich gehalten. Ich erinnere mich an die Zeit, als Tony im Sterben lag. Sie unterhielten sich eines Abends darüber. Bobby war häufig bei uns in jenen Tagen, und einmal fragte er ihn, wie viele Leute er im Laufe seiner Dienstjahre erschossen hätte. Tony erwiderte, er habe noch nicht mal jemanden verletzt.

In der darauffolgenden Stille fiel mir wieder ein vergleichsweise unwichtiger Punkt ein, der mich beschäftigte. »Wie sind Sie eigentlich auf Ihren falschen Namen gekommen? Als mich Ihr Vater zum erstenmal aufsuchte, nannte er Sie Anita Hill. Dort oben in Wisconsin waren Sie Jody Hill. Mir ist natürlich klar, daß er einen falschen Namen angab in dem etwas naiven Glauben, Sie aus der ganzen Geschichte herauszuhalten zu können. Aber wieso kamen Sie beide auf Hill?«

»Oh, das war keine abgekartete Sache. Joe Hill war schon von jeher unser beider Held. Wahrscheinlich habe ich unbewußt den Namen Jody Hill gewählt – genauso wie er.«

Nachdem wir den Expressway verlassen hatten, lotste mich Anita weiter. Vor ihrem Elternhaus blieb sie noch eine Weile schweigend im Auto sitzen. Schließlich erklärte sie: »Ich wußte nicht recht, ob ich Sie bitten sollte, mit mir hineinzukommen. Aber ich glaube, es wäre wohl das beste. Im Grunde hat ja sein Besuch bei Ihnen alle Ereignisse ausgelöst. Ich denke, er wird die Geschichte von Ihnen selbst hören müssen, damit er glaubt, daß nun wirklich alles vorbei ist.«

»Also gut.« Wir gingen gemeinsam zum Haus. Vor dem Eingang saß ein Mann.

»Leibwächter«, murmelte Anita. »Vater hat schon vor Jahren einen gehabt – solange ich denken kann.« Laut sagte sie: »Hallo, Chuck. Ich bin's – Anita. Ich habe mir die Haare gefärbt.«

Der Mann war konsterniert. »Ich habe gehört, Sie befänden sich auf der Flucht, weil Ihnen jemand an den Kragen wollte. Ist alles in Ordnung?«

»Ja, sicher. Mir geht's gut. Ist Vater zu Hause?«

»Ja. Er ist drin. Allein.«

Wir betraten das Haus, ein kleines Anwesen im Landhausstil inmitten eines weitläufigen Grundstücks. Anita führte mich durch das Wohnzimmer in einen tiefer liegenden Freizeitraum. Andrew McGraw saß vor dem Fernsehapparat. Er wandte sich um, als er uns kommen hörte. Im ersten Moment erkannte er Anita nicht mit ihrem kurzen schwarzen Haar. Dann sprang er auf.

»Annie?«

»Ja, ich bin's«, sagte sie leise. »Miss Warshawski hat mich

gefunden, wie von dir gewünscht. Sie hat Yardley Masters angeschossen und Earl Smeissens bezahltem Killer den Arm gebrochen. Sie sind jetzt alle drei im Gefängnis. Wir können ganz offen reden.«

»Ist das wahr?« fragte er mich. »Sie haben Bronsky kampfunfähig gemacht und Masters angeschossen?«

»Ja«, sagte ich. »Aber damit sind Sie Ihre Schwierigkeiten keineswegs los. Sobald Masters sich ein bißchen erholt hat, wird er auspacken.«

Unsicher sah er von mir zu Anita. »Wieviel weißt du über die Sache?« fragte er sie schließlich.

»Eine ganze Menge«, erklärte Anita. Ihr Ton war nicht ablehnend, aber sehr kühl, die Tonart, die man einem Menschen gegenüber anschlägt, den man nicht besonders gut kennt und auf dessen nähere Bekanntschaft man vielleicht auch keinen Wert legt. »Ich weiß, daß du die Gewerkschaft dazu benutzt hast, Gelder für unrechtmäßige Schadenersatzforderungen zu kassieren. Ich weiß, daß Peter den Betrug entdeckt und sich deswegen an Yardley Masters gewandt hat. Und daß du Masters am Telefon einen Killer empfohlen hast.«

»Versteh doch, Annie«, sagte er in beschwörendem Ton, der sich völlig von dem wütenden Gepolter unterschied, das ich an ihm kannte. »Du mußt mir glauben, daß ich bei Yardleys Anruf keine Ahnung davon hatte, daß es um Peter ging.«

Von dort, wo sie stand, sah sie auf den hemdsärmeligen Mann hinab. Ich trat ein wenig zur Seite. »Siehst du denn nicht ein, daß das keine Rolle spielt?« sagte sie mit leicht schwankender Stimme. »Es spielt keine Rolle, ob du wußtest, um wen es ging. Wichtig ist, daß du die Gewerkschaft für deine Betrügereien mißbraucht hast und daß du gleich einen Killer zur Hand hattest, als Masters einen brauchte. Mir ist klar, daß du es nicht fertiggebracht hättest, Peter kaltblütig ermorden zu lassen. Aber daß es überhaupt so weit kommen konnte, lag eben daran, daß du wußtest, wo man Leute für solche Zwecke herbekam.«

Er schwieg und dachte nach. »Ja, ich verstehe dich«, meinte er schließlich in dem gleichen sanften Ton wie zuvor. »Glaubst du wirklich, mir ist das während der vergangenen zehn Tage nicht klargeworden, als ich hier herumsaß und befürchten mußte, auch dich nicht mehr lebend wiederzusehen – durch meine Schuld?« Sie blieb stumm. »Versteh mich doch, Annie. Du und die Gewerkschaft – das war in den letzten zwanzig Jahren mein Lebensinhalt. Zehn Tage lang mußte ich damit rechnen, daß ich beides verloren hatte. Nun bist du wieder da. Auf die Gewerkschaft werde ich sowieso verzichten müssen; soll ich jetzt auch ohne dich leben?«

Auf dem Bildschirm im Hintergrund richtete eine blödsinnig grinsende Frau einen Appell an das Zimmer, ein bestimmtes Haarwaschmittel zu kaufen. Anita starrte ihren Vater an. »Es wird nie mehr sein wie früher – unser Leben, meine ich. Das Fundament existiert nicht mehr.«

»Sieh mich an, Annie«, bat er mit rauher Stimme. »Ich habe zehn Tage weder gegessen noch geschlafen. Ich habe vor dem Fernseher gesessen und war ständig darauf gefaßt, in den Nachrichten zu hören, daß man irgendwo deine Leiche gefunden hat … Ich habe die Warshawski beauftragt, nach dir zu suchen, als ich noch glaubte, Masters abhängen zu können. Als sie mir jedoch unmißverständlich zu verstehen gaben, daß sie dich umbringen würden, wenn sie dich erwischten, mußte ich die Suche abblasen.«

Er sah zu mir herüber. »Sie hatten recht – in fast allen Punkten. Thayers Visitenkarte habe ich benutzt, um Sie auf die falsche Fährte zu locken. Das war blöd von mir. Alles, was ich in dieser letzten Woche getan habe, war idiotisch. Als ich erkannt hatte, daß Annie in Gefahr war, habe ich den Kopf verloren und nur noch Mist gebaut. Ich war nicht einmal sauer auf Sie; ich hoffte einfach nur inständig, daß Sie aufgeben würden, bevor Sie Annie gefunden hatten. Ich wußte ja, daß Earl Ihnen nachspionierte und Sie ihn geradewegs zu ihr führen würden.«

Ich nickte.

»Wahrscheinlich hätte ich mich nie mit Gangstern einlassen sollen«, sagte er zu Anita. »Doch die Anfänge liegen so weit zurück. Du warst noch nicht einmal geboren. Macht man einmal mit diesen Burschen gemeinsame Sache, dann kommt man nicht mehr von ihnen los. Die Scherenschleifer-Gewerkschaft war damals ein ziemlich rauher Haufen. Wenn du meinst, wir seien auch jetzt noch ziemlich übel, dann hättest du uns zu jener Zeit sehen sollen … Die Großindustriellen heuerten Rowdies an, die unsere Leute aus dem Wege räumen und ihnen die Gewerkschaften vom Halse schaffen sollten. Und wir haben Gangster angeheuert, um unsere Position zu festigen. Als uns das gelungen war, blieben uns jedoch die Gangster auf den Fersen. Hätte ich mich aus diesem Teufelskreis lösen wollen, so wäre mir nichts anderes übriggeblieben, als mich von den Scherenschleifern zu trennen. Und das brachte ich nicht fertig. Mit fünfzehn war ich im Betriebsrat. Deine Mutter lernte ich als Vertreter für die Besteckfirma Western Springs kennen; sie – fast noch Kind – montierte Scheren. Die Gewerkschaft war mein Leben. Und Typen wie Smeissen gehörten als schmutzige Hypothek dazu.«

»Aber du hast die Gewerkschaft verraten. Du hast damit begonnen, als du anfingst, mit Masters gemeinsame Sache zu machen und diese betrügerischen Schadenersatzansprüche zu stellen.« Anita war den Tränen nahe.

»Ja, da hast du recht.« Er fuhr sich durch die Haare. »Das war vermutlich das Hirnverbrannteste, was ich je getan habe. Er hat mich eines Tages in Comiskey Park angesprochen. Jemand hatte ihn auf mich aufmerksam gemacht. Anscheinend hatte er bereits seit Jahren nach einem Mittelsmann Ausschau gehalten, der die Ansprüche geltend machte. Sein Plan war fix und fertig.

Ich sah nur das Geld. Für alles andere war ich blind. Hätte ich nur die Folgen bedacht … Weißt du, es ist wie in der Geschichte, die ich einmal hörte: Irgendein Kerl – ein Grieche, meines Wissens – war so geldgierig, daß er von den Göttern eine Gnade erflehte: Alles, was er anfaßte, sollte sich in Gold verwandeln. Der Haken bei der Sache ist nur, daß einem die Götter meistens ein Schnippchen schlagen; sie gewähren dir stets, was du verlangst – nur wenn du es dann hast, stellst du fest, daß du der Gelackmeierte bist. Also, diesem Griechen ging es ähnlich wie mir, auch er dachte nicht an die Folgen. Er hatte eine Tochter, die ihm mehr bedeutete als sein Leben. Und als er sie berührte, wurde sie zu Gold – wie alles übrige. Genauso ist es mir ergangen.«

»Das war König Midas«, warf ich ein. »Doch er zeigte Reue, so daß ihm die Götter vergaben und seine Tochter wieder zum Leben erweckten.«

Anita sah ihren Vater zweifelnd an. Er wich dem Blick nicht aus, in seinen groben Zügen stand eine flehentliche Bitte.

Ich stahl mich davon. Murray wartete noch auf seine Story.